中国当代文艺学
话语建构丛书

吴子林 主编

一屏万卷

网络文学理论
与媒介文化批评

陈定家 著

浙江工商大学出版社·杭州

图书在版编目（CIP）数据

一屏万卷：网络文学理论与媒介文化批评/陈定家
著. — 杭州：浙江工商大学出版社，2022.10
（中国当代文艺学话语建构丛书/吴子林主编）
ISBN 978-7-5178-5079-3

Ⅰ.①—… Ⅱ.①陈… Ⅲ.①网络文学—文学评论—
中国 Ⅳ.①I207.999

中国版本图书馆CIP数据核字（2022）第152396号

一屏万卷：网络文学理论与媒介文化批评

YIPING WANJUAN: WANGLUO WENXUE LILUN YU MEIJIE WENHUA PIPING

陈定家 著

出 品 人	鲍观明
策划编辑	任晓燕
责任编辑	张晶晶
责任校对	韩新严
封面设计	观止堂_未氓
责任印制	包建辉
出版发行	浙江工商大学出版社
	（杭州市教工路198号　邮政编码310012）
	（E-mail：zjgsupress@163.com）
	（网址：http://www.zjgsupress.com）
	电话：0571-88904980，88831806（传真）
排　　版	C点冰橘子
印　　刷	杭州宏雅印刷有限公司
开　　本	710 mm × 1000 mm　1/16
印　　张	23.75
字　　数	342千
版 印 次	2022年10月第1版　2022年10月第1次印刷
书　　号	ISBN 978-7-5178-5079-3
定　　价	108.00元

总 序

2016年5月17日，习近平总书记在哲学社会科学工作座谈会上的讲话中指出：哲学社会科学是人们认识世界、改造世界的重要工具，是推动历史发展和社会进步的重要力量，其发展水平反映了一个民族的思维能力、精神品格、文明素质，体现了一个国家的综合国力和国际竞争力；哲学社会科学工作者要按照立足中国、借鉴国外，挖掘历史、把握当代，关怀人类、面向未来的思路，着力构建中国特色哲学社会科学，在指导思想、学科体系、学术体系、话语体系等方面充分体现中国特色、中国风格、中国气派。

2021年12月14日，习近平总书记在中国文学艺术界联合会第十一次全国代表大会、中国作家协会第十次全国代表大会上的讲话中指出：衡量一个时代的文艺成就最终要看作品，衡量文学家、艺术家的人生价值也要看作品；广大文艺工作者要挖掘中华优秀传统文化的思想观念、人文精神、道德规范，把艺术创造力和中华文化价值融合起来，把中华美学精神和当代审美追求结合起来，激活中华文化生命力。

历史表明，社会大变革的时代一定是哲学社会科学大发展的时代。当前，世界出现"百年未有之大变局"，我们正经历着历史上最为宏大而深刻的社会变革与实践创新。这种前无古人的伟大实践，给理论创造提供了强大动力和广阔空间。这是一个需要理论且一定能够产生理论的时代，这是一个需要思想且一定能够产生思想的时代。

改革开放之初，当代中国文化曾有一种"文学主义"。文学在整体文化中居于主导地位，深度参与到文化之中，激动人心，滋润人心，维系人心；文学研究随之呈现出锐意进取、多元拓展的局面，取得了丰厚的学术积累与探索成果。进入 21 世纪，资本逻辑、技术理性、权力规则使人遁无可遁，一切被纳入一种千篇一律的"统一形式"之中，格式化、程序化的现实几乎冻结了应有的精神探索和想象力，既定的文化结构令人备感无奈、无如甚或无为。当从"文学的时代"进入"文化的时代"，文学在文化中的权重不断下降，在当代知识竞争格局中，文学研究围于学科话语而一度处于被动状态，丧失了最基本的理论态度和批判意识。

当代著名作家铁凝说得好："文学是灯，或许它的光亮并不耀眼，但即使灯光如豆，若能照亮人心，照亮思想的表情，它就永远具备着打不倒的价值。而人心的诸多幽暗之处，是需要文学去点亮的。"[1] 奔走在劳碌流离的命途，一切纷至沓来，千回百折，纠缠一生；顿挫、婉转、拖延、弥漫，刻画出一条浓酽的、悲欣交集的人生曲线。屏息凝听时代的脉动，真正的作家有本领把现实溶解为话语和熠熠生辉的形象，传达出一个民族最有活力的呼吸，表现出一个时代最本质的情绪；他们讲述人性中最生动的东西，打开曾经沉默的生活，显现这个世界内在的根本秩序，一种不可触犯事物的存在。

在当代中国文学研究领域里，文艺学一直居于执旗领军的地位，具备"预言"的功能与使命，直面现实并指向未来，深刻影响并引领着中国文学研究不断突破既有的格局。"追问乃思之虔诚。"（海德格尔语）与作家一样，当

---

[1] 铁凝：《代序：文学是灯——东西文学经典与我的文学经历》，《隐匿的大师》，译林出版社 2021 年版，第 5—6 页。

代文艺学研究者抓住文学的核心价值（追求"更高的心理现实"，即"知人心"），并力图用蕴含着深刻的历史逻辑、理论逻辑和实践逻辑的话语释放这一核心价值，用美的规律修正人们全部的生活方式，引导人们"知善恶""明是非""辨美丑"，帮助人们消除"鄙吝之心"，向往一种高远之境。

新世纪以降，文学创作、文学批评、文学传播乃至整个文学活动方式持续地发生广泛而深刻的嬗变；与之相应，审美经验、媒介生态、理论思维、知识增量等交相迭变，人文学术思想形态发生裂变、重组，各学科既有话语藩篱不断被拆除。"察势者明，趋势者智。"人们深刻体认到：中国作为一个拥有长期连续历史的巨大文化存在，其中的问题意识、思维方式、语言经验、话语模式需要重新发现与阐释，并且必须重新生成一种独立的、完整的、崭新的思想理论及其话语体系；这种话语体系是思想理论体系和知识体系的外在表现形式，与文化环境、传统习惯及社会制度等密切相关，具有深厚的历史积淀与现实根基。

习近平总书记提出，时代是出卷人。进入新时代，文艺学研究者扎根中华大地，勇立时代潮头，与时代同行，发时代先声，积极回应当代知识生产的新要求，通过跨学科领域的研究致力于新文科观念与实践，重构当前各个知识领域的学科意识与现实眼光，有效参与对人类命运共同体的思考，孜孜于文艺学的学科体系、学术体系和话语体系的探索与创构，呈现中国特色、中国风格、中国气派的学术贡献与话语表达，为国家的现代化建设提供强大的精神动力和智力支持。

理论的生命力在于创新。新领域的开辟，新学科的建立，新话语的生成，需要不同见解彼此有争议的砥砺。章太炎先生当年就慨叹孙诒让的学术之所以未能彰显于世，是因为没有人反对："自孙诒让以后，经典大衰。像他这样大有成就的古文学家，因为没有卓异的今文学家和他对抗，竟因此经典一落千丈，这是可叹的。我们更可知学术的进步是靠着争辩，双方反对愈激烈，收效方愈增大。"①本着真理出于争辩及促进学科发展的愿望与责任，遵循问题共享、方法共享、思想共享的学术原则，浙江工商大学出版社邀请本人编选、推出"中国当代文艺学话语建构丛书"。本丛书拟分人分批结集出版相关的代表性研究成果，收录各人具有典范性的、在学界产生较大影响的佳作，以凸显"一家之言"的戛戛独造，为中国当代文艺学话语体系的建构尽一绵薄之力。

"中国当代文艺学话语建构丛书"第一辑共 6 部著作：陈定家《一屏万卷：网络文学理论与媒介文化批评》、赵勇《走向批判诗学：理论与实践》、张永清《马克思主义批评理论的当代阐释》、刘方喜《脑工解放时代来临：人工智能文化生产工艺学批判》、吴子林《"毕达哥拉斯文体"：述学文体的革新与创造》和周兴陆《文士精神与文论传统》。6 位作者都是当代文艺学研究领域的前沿工作者，思维活泼且笔力雄健，是该学科的中坚力量；6 位作者的问题意识、理论观念、研究方法各自不同，学术个性十分鲜明，但他们有一个共同点，那就是基于对文艺学学科的热爱与执着，都在各自领域精耕细作数十年，自信、自主、自为、自强，创构了不无创造性的思想理论及其话语体系。

积小为大，积健为雄。上述 6 部著作的主题涉及马列文论、古代文论、西方文论、网络文学、人工智能和述学文体研究，几乎覆盖了文艺学研究的各个论域；这些著作反抗传统而又批判地继承传统、批判西方而又积极融入世界、干预现实而又持守文学本位；这些著作融思想与学术于一体，具有健全的历史和时间意识，并由此返归当下，有崭新的理论话语、价值体系、思维方式和文化逻辑，而汇入了新世纪的理论创造之中；这些著作都是穷数年之功潜心结撰而成的，可以说是文艺学这个学科不断发展和走向成熟的标志，是中西方学术研究交汇和碰撞的结果，也是文艺学这个学科思想生长、聚合而成的果实，更可能是将来理论创新性发展的努力方向。

---

① 章太炎：《国学概论》，中华书局 2003 年版，第 33 页。

　　此时此刻，春光绚丽，沿了山脉的走向，清风铺展而来，氤氲所及，万物蓬勃；飞翔的事物，燃烧的迷津，隐秘的想象，急骤的阵雨，或深不可测，或骤然浮现，或不惊不乍，或渐渐透亮，一切陌生而真切而鲜明……

　　是为序。

　　　　　　　　　　　　　　　　　　　　　　　　　　　吴子林

　　　　　　　　　　　　　　　　　　　　　　　　　2022 年 2 月 28 日

代序："一首诗"和"百万亿"

　　2020年8月24日，我应中国作协网络文学研究中心邀请，去昆明为云南作协的网络作家做一次学术讲座。在机场候车时，为了打发时间，在"为知笔记"上玩起了"文字游戏"，留下几行貌似诗句的文字，并取了个"北京—昆明"的文件名。回京后，在整理笔记时，觉得这几行文字颇有些胸怀天下、放眼未来的英豪之气，于是，又将"诗句"重新排列组合一番，摆弄出了如下貌似"新诗"的"八卦"。

无　题

　　　　像一束光簇拥另一束光

　　　　让无力者有力，让悲观者前行
　　　　总有一种力量让我们泪流满面

走在中国的大地上

愿新年的阳光照亮你的梦想

我们从来没有放弃，因为我们爱得深沉

"全面小康"与"公正社会"

这梦想，不休不止

站在民意的泥土上

一句真话能比整个世界的分量还重

没有一个冬天不可逾越

这是你所拥有的时间

这是你能决定的生活

从今天起，我们更要彼此珍惜

愿自由开放的旗帜高高飘扬

让每个中国人都金贵起来

我们比任何时候都更接近梦想

你对美好的向往关乎国家的方向

在巨变的时代相依前行

把孤岛连成大陆

锚住幸福，穿越这时光之海

　　这样几行字是不是诗，或许见仁见智。有朋友赞叹说，这真是一首好诗，字字句句都有耐人寻味的深刻内涵。但也有朋友认为，这首"诗"似乎都是些标语口号，每句话都似曾相识，但搁到一块儿就不知所云了。笔者坦率地承认，这里的每句话都是《南方周末》某一年"新年献词"的标题。譬如说，"愿自由开放的旗帜高高飘扬"这一句，就是其 2008 年"新年献词"的标题——《愿自由开放的旗帜高高飘扬》。

像每年的新年献词一样，2008 年的"新年献词"，文采飞扬，颇受追捧。如果将其分行排列，它们就是令人心潮澎湃的华美诗行。即使不分行，单凭其激情四射的昂扬诗意，这首"献词"也足以跻身年度散文诗的行列："帷幕徐启，灯火璀璨，在 2008 年的世界舞台上，中国已然站在中央。闸门洞开，浪涛汹涌，在历史洪流的席卷之下，你在哪里？这是一个大时代的派对年，一个大中国的狂欢夜。……人民跟着两只猫，走进了家庭联产承包的土地，走进了个体户的摊位，走进了民营企业家的办公室，走进了股票交易所，走进了互联网空间。"①上述《无题》中的其他 20 行文字，作为某年《南方周末》"新年献词"的题目，句句都如同"愿自由开放的旗帜高高飘扬"一样，形式精美、内涵丰富，称其为诗行，似也未为不可。

当我把这首《无题》诗发到一个"说文论艺"的微信群时，收到了好几位好伙伴的点评和点赞：好诗好句，行行精彩！也有吐槽的：什么"无题"，而且还"诗"？把这种毫无逻辑、不知所云的分行文字说成诗，这简直就是对诗的亵渎！还有打圆场的：说是诗，即是诗，非诗亦诗。说非诗，即非诗，诗亦非诗。《无题》这种花非花、雾非雾的朦朦胧胧的感觉，这种似诗非诗的状态不是挺好嘛。古人推崇无理而妙，我们又何必拘泥逻辑教条呢？文学之所以与哲学、科学不同，其含混性、多义性、不确定性、不可解性等无疑是其关键性因素。可以肯定地说，在文学艺术的无穷魅力之中，各种"象忧亦忧，象喜亦喜"的"文字游戏"，理所当然地占有其一席之地。

当然，上面这种"以题为诗"的小伎俩原本不值一提，但在"诗人小冰"和"清华九歌"等写诗软件广受追捧的今天，从"写诗软件"之"创作原理"的视角，仔细看看这类"文字游戏"，或许多少能够发现些对网文研究有益且有趣的启示。如果将《无题》中的每句话写在一根竹简上，或一张纸牌上，然后不断变幻书简/纸牌的顺序，是否就能源源不断产生不同的"诗作"？网

---

① 《南方周末》编辑部：《愿自由开放的旗帜高高飘扬》，《南方周末》2008 年 1 月 3 日。

络诗人"冰冰"和"九歌"依仗的"套路"正是《无题》所操演的"游戏"。

2001 年，作家、诗人蒋夷牧在《福建文学》上发表了一篇短文——《诗歌的尴尬》，说他做过一个有趣的"测验"。他把一本诗歌刊物的目录抄下来，每首"诗"的题目作为一句，形成的全文是，"心疼的日子 / 我忽然想起五月诗抄 / 生命之城，摊位上的梦 / 一台机器是我的兄弟 / 蒲公英的种子顺风而长 / 美丽大地，南方的夜 / 捕捉灵魂的光环 / 擦玻璃的人 / 制造一个月亮……"，然后，蒋先生给这首"诗"加了个题目：《建设者》。他将"诗作"展示给作家、记者以及两位有研究生学历的人，请他们谈谈阅读"作品"的印象。[1] 结果没有一个人质疑《建设者》作为诗歌的"身份问题"。

蒋夷牧由此感叹，"诗道"之不传也久矣！诚然，这种随手摘抄的文字居然可以"冒充"诗句，就连作家、记者和学者们都分不清"真伪"（或者揣着明白装糊涂？），这让当代诗人和诗评家们情何以堪！蒋先生对这种诗风与世风的"堕落"痛心疾首，并把他亲自导演的荒诞剧命名为《诗歌的尴尬》，他的这一"壮举"即便不能说与杜尚的《泉》有异曲同工之妙，至少也能让人产生某种相似性联想，尽管二人的目的明显不同。

蒋夷牧的《建设者》究竟有何意义？从作者旗帜鲜明的批评态度看，这首"诗"除了作为诗坛"假冒伪劣"的证据外，似乎没有什么别的价值。但也有人认为，蒋夷牧无意间揭示了一个长期被人熟视无睹的文学"秘密"，那就是读者真正在意的只是作品，至于作品是作者哭着还是笑着完成的，大多数读者并不在意。进而言之，对于读者来说，只要是文质兼美的艺术品，又何必在意作者写作时究竟是使用毛笔、钢笔还是软件呢？换句话说，《建设者》无论是蒋夷牧呕心沥血创作的诗作，还是他随手从刊物上"拾得"的"游戏之作"，作为读者，其阅读感受之好坏，大约主要还是取决于作品本身。

这里姑且不探讨《建设者》本身的成败得失，单就其"集句"方式谈点感想。毕竟，作者创作的方式方法千差万别，读者对作品的理解也因时因地

---

[1] 蒋夷牧：《诗歌的尴尬》，《福建文学》2001 年第 6 期。

而异。陈师道"闭门索句"是创作，秦少游"对客挥毫"也是创作。但两位诗人诗作的优劣，似乎也并不取决于其写作的快慢。曹雪芹精雕细刻的《红楼梦》是公认的经典，用作者自己的话来说，"字字看来皆是血，十年辛苦不寻常"。李白一挥而就的《秋歌》也是千古绝唱，王夫之叹其为"天壤间生成的好句"被李白无意间"拾得"。由此可见，无论是精雕细琢的名著，还是无意"拾得"的"好句"，只要是好作品就有可能被读者喜爱。事实上，网络时代的"冰冰"和"九歌"所创作的大量作品中，已经有不少"名作""佳句"足以令当代多数诗人自愧弗如。

蒋夷牧作为一个著名诗人和散文家，可谓著作等身，但在其所有作品中，最为人熟知的，或许就是这首令他感到"尴尬"的《建设者》。尽管蒋先生本意是要为当代诗坛之堕落立此存照，将其作为"反面教材"以警示同行，但令他意想不到的是，他以"非诗"心态"拾得"了期刊目录上现成的"好句"，读者却偏以"读诗"心态审读了"他的作品"，人人都不假思索地接受了《建设者》的诗歌身份。这让他百感交集，因为他不愿意相信这样一个事实，那就是"一本好杂志的目录往往就是一首好诗"，或曰"目录即诗"。此说并非无稽之谈，多年以前，王蒙先生就曾经表达过类似的见解。毕竟，"题目"即"文眼"，自带诗意也顺理成章。

必须说明的是，笔者"创作"《无题》时，并未读过蒋夷牧的《建设者》，事实上"以题为诗"也并非蒋先生的专利。类似的"游戏"或"恶作剧"，都是前人玩剩下的"文字游戏"。至少在达达主义理论著作和创作实践中，已有许多更加令人惊叹不已的"写诗原理"。例如，法国超现实主义、达达主义理论家特里斯坦·查拉（Tristan Tzara，1896—1963）的"诗作"《如何创作一首诗》，就可以看成是上述《无题》类游戏之作的"创作指南"：

　　拿一张报纸。/ 拿一把剪刀。/ 在这张报纸里选一篇文本，长度和你要写的诗相当。/ 剪下文本。/ 然后仔细剪下这篇文本里的每一个词，把它们装进一个包里。/ 把包轻轻地晃一下。/ 然后依照字条从包里取出的顺序，把它们一张一张地拿出来。／精心地把它们粘起来。／你要的诗就成了。①

　　无独有偶，法国作家雷蒙·格诺（Raymond Queneau，1903—1976）的《一百万亿首诗》（以下简称《百万亿》）（1961）也属此类。这部诗集的特别之处在于，每首的上下诗句之间都切一刀，以便每行文字都可以单独翻页，于是，每一行诗都可以与其他诗中的句子组合成"新诗"。这种貌似传统诗歌的排列组合的方式，隐含着网络诗歌创作的基本原理和核心奥秘。

　　法国作家雷蒙·格诺的《百万亿》，并非网络时代的创新之作，事实上，它与查拉的《如何创作一首诗》一样，都是60多年之前的"游戏"。和查拉一样，格诺也是通过排列组合的方式，将10首十四行诗"打散重排"，读者随手一翻，10首十四行诗的每一行便开始与其他诗行自由组合，一首新诗就此诞生！令人震惊的是，这种排列组合的方式，居然高达"一百万亿"种，也就是说，这10首十四行诗，实际上隐含着"一百万亿首诗"。由此可见，有人将《百万亿》称为达达主义"魔咒显灵"的"诗歌机器"倒也恰如其分。一百万亿首诗是什么概念？！以每天阅读8小时、每年阅读200天计，任何人想要读完这本书，他／她必将耗费10亿年以上的时光；即便一刻不停地阅读，也需要花费大约1.9亿年才能读完。对于任何人来说，即便穷尽一生，他／她也只能读完这部"诗歌机器"生成的一小部分作品。

　　当然，这种让人一眼就能看穿底细的"文字游戏"毕竟难以流行。但是，能够设计这种"诗歌机器"的格诺却并非等闲之辈。资料表明，这个格诺拥有多重身份，他既是法国作家、诗人、批评家，也是先锋文学团体"乌力波"的（潜在文学工场）联合创始人。1960年，他与数学家勒里奥内共同创办文学团体"乌力波"，倡导自觉发现文学创作中的规则，并严格按照有意识设

---

① 蒂费纳·萨莫瓦约：《互文性研究》，邵炜译，天津人民出版社2003年版，第72页。

定的规则去从事新的文学创作。而“乌力波”的奇特文学观念也成为继法国文坛“新小说”流派之后，影响力颇为巨大和深远的文学思潮。法国作家乔治·佩雷克和意大利作家伊塔洛·卡尔维诺均为这个团体的核心成员。

我们认为，格诺这部诗集的意义，远远超出了诗集本身。格诺利用简简单单的组合排列的数学原理，用“有限的文本”制作出“无限的可能”，无论我们是否能在阅读中感受到“自动写作”所带来的魅力，这种探索精神都不容小觑。有评论说，虽然因为诗歌对于节奏、韵律、表达、结构都有一定的要求，并非将语句缀合成篇就能成诗，但在格诺的策划之下，这10首诗除严格遵循经典十四行诗的格律和规范外，每一首诗的同一行还押相同的韵，这使得衍生出的一百万亿首诗都能够严格地遵循诗歌体裁。这与查拉随心所欲的“创造”相比，似乎多少具有些“不逾矩”的优长。

有豆瓣书友对《百万亿》的表现形式表示赞赏，认为在短短10首诗中装下一百万亿首诗，这本身就是一件非常有趣的事情。更何况这种法语“诗歌魔方”的中文翻译，让中国读者有机会体验和感受“以一驭万”的美好创意，这不仅对网络诗歌创作大胆挑战传统、挑战印刷与制作工艺之极限具有启示意义，而且也极大地丰富了网络时代诗歌创作与阅读的趣味与想象。

从格诺10首十四行诗的主题看，似乎都是些常说常新的“永恒话题”，如南美、古希腊、海洋、印度、意大利、旅行、诗歌、饮食、死亡。诗集通过这些主题不断交织，连绵不绝地诞生出新的作品，这种限定文体格式的诗歌拼贴游戏，类似于设定句式的词语替换造句练习，正是“清华九歌”和“诗人小冰”等诗歌软件所使用的“创作原理”。格诺提供的10首十四行诗不过是“一副扑克牌”式的“游戏工具”，读者才是创作“一百万亿首诗”的游戏参与者。有评论认为，在极具格诺创意的形式下，读者可以用有限的文本打开无限的可能，读者通过“二度创作”可以从这种诗性智慧的“创意火花”中感受诗意生活美好。

毋庸讳言，“文字游戏”作为一个常用词，无论在主流媒体还是大众文化领域，就如同“舞文弄墨”或“形而上学”一样，具有鲜明的贬义色彩。任何作品一旦被说成"文字游戏"，即便没有被指认为"三俗"之作，至少也形同于贴上了"难登大雅之堂"的标签。对此，我们固然无法佯装不知，但也无意为之辩护。我们姑且按照我们自己的理解，通过加括号的方式屏蔽其褒贬，从"文之舞"的意义上使用"文字游戏"这一概念。对此，在拙著《文之舞》中有比较详细的论述，于兹不赘。

在今天这种"娱乐至死"的文化语境中，形形色色的娱乐游戏大行其道，网络文学中文字游戏玩家和段子高手更是极一时之盛，某些大神甚至将"语不逗人死不休"作为圈粉信条，这种娱乐至上的倾向，引起了不少研究者的忧虑和批评。应该说这种担忧和批评的合理性是毋庸置疑的。但我们也应该看到，"娱乐"和"游戏"原本是文学艺术功能的题中应有之义，尤其是文字作品，在和平年代适当增加些游戏娱乐因素实在无伤大雅。

诚然，大多数"文字游戏"并不以追求崇高精神和伟大理想为目的，但古今中外经典作品中包含着大量意味深长的"文字游戏"也是不争的事实。譬如说《道德经》中的"信言不美，美言不信"、《易经》中的"日往则月来，月往则日来"等，这类名言警句所使用的修辞技法，明显具有颠倒词序的回文游戏特色，但其思想之厚重和哲理之隽永并未因此受损。相反，高超的文字游戏技巧，往往使作品熠熠生辉，并成为作品经典化以及其流布四方的重要因素。像《荷马史诗》和莎士比亚戏剧这类世界文学经典作品，大多数都充满了令人心领神会的"游戏笔墨"，我们不妨设想一下，如果将这些"游戏笔墨"从经典文本中尽数删除，那么读者将会失去多少奇妙的审美体验和鉴赏乐趣？

有趣的是，《道德经》各章之间的顺序并不十分清晰。总体上看，似乎也没有一以贯之的逻辑链条。我们今天所看到的《道德经》实际上有不少章节排序"错误/差异"。譬如说马王堆出土的《道德经》很可能应该叫《德道经》，因为这两部经书出土时摆放的书序是"德经"在前，"道经"在后。至于《道德经》中谜一样的名言警句，则有更多"重新排列组合"的可能性。

孔子读"易"，"韦编三绝"。不难想象，古人"读简"时难免会遇到竹片散落一地的尴尬，当他们对竹简重新排序时也难免会出现"排序"错误。此外，像《论语》《老子》等光辉灿烂的经典著作，若以今天的学术标准看，与其说是"著作"，还不如说是"断简残篇"。至于这些"断简残篇"究竟存在着多少种合情合理的排列组合方式，今天基于大数据的研究成果，很可能会得出一些令人惊叹的结论。诗词歌赋类篇幅短小的文学作品，在各种选编本中的排列组合的可能性，就更可以说是花样百出，变幻无穷！关于这一点，我们只要想想无穷的音乐作品，无非就是屈指可数的几个音符的排列组合；多如繁星的绘画作品，竟然只是几种颜料的调配。何况通灵之文字，其变化之妙，远非声色可比。

此外，"文字游戏"也并不仅仅限于文学作品，在音乐、舞蹈等其他艺术活动中，也常会留下"文字游戏"的踪迹。譬如说，在古代祭祀大典或嘉宾盛宴等强调仪式的场合，就如同今天的春节联欢晚会或节庆晚会一样，少不了音乐舞蹈。在诗舞乐三位一体的传统文化语境中，文字的魅力有时也会在舞乐节目中得到呈现。兴起于宫廷乐舞的"字舞"就是"文字游戏"荣登大雅之堂的例证。

后晋刘昫等所撰《旧唐书》记载，唐时享宴，因隋旧制，用九部之乐。宫中乐舞以《安乐》《太平乐》《圣寿乐》等8部最为著名。其中"《圣寿乐》，高宗武后所作也。舞者百四十人。金铜冠，五色画衣。舞之行列必成字，十六变而毕。有'圣超千古，道泰百王，皇帝万年，宝祚弥昌'字"①。有研究者认为，武则天在洛阳创制的《圣寿乐》，也被认为是中国最早的"字舞"②。按

---

① 刘昫等：《旧唐书·志第九·音乐二》。

② 字舞，一种兴起于唐朝的"作字如画"的舞蹈，其表演形式有如当今的团体操："字舞者，以舞人亚身于地，布成字也。"一般是在祭祀大典或嘉宾盛宴等比较隆重的集会场合演出。据《旧唐书》记载，武则天曾亲自排演了"舞之行列必成字"的《圣寿乐》。对此，唐代诗人王建有过形象的描述："罗衫叶叶绣重重，金凤银鹅各一丛，每遇舞头分两项，'太平万岁'字当中。"2008年北京奥运会开幕式上的大型《文字》舞，是当代人的惊世之作，尤其是规模宏大又兼顾细节的"竹简舞"和"活字舞"令人拍案叫绝。"竹简舞"由孔子的"三千弟子"手持竹简，将观众的想象引向2500年前，"四海之内皆兄弟"的吟诵，将中华文化与奥运精神紧紧勾连起来。"活字舞"的表演，将古代的活字盘与现代的电脑键盘对接，通过897块活字印刷字盘变换出不同字体的"和"字，既展现了汉字的演化过程，也表达了孔子"和为贵"的人文理念。

照唐人段安节《乐府杂录》中解释，所谓字舞者，"以舞人亚身于地，布成字也"。武则天排演《圣寿乐》时，舞者有 140 人，队形变换 16 次，应该不只是变幻出"圣超千古，道泰百王，皇帝万年，宝祚弥昌"这么几个字，我们可以推想，应该还有很多其他吉祥话语，所谓"舞之行列必成字"就充分说明，《圣寿乐》的编排者，必然是深谙文字游戏之道的行家里手。

相传，除了编排奇妙的字舞外，武则天还为后世留下了一篇介绍千古奇文的奇文《璇玑图叙》。"璇玑图"是前秦才女苏蕙思念丈夫的一幅回文诗织锦。据《晋书·窦滔妻苏氏传》记载，苏蕙的丈夫被苻坚流放流沙，苏氏将思念之情织为诗锦，纵横读之，皆可成诗，故名《璇玑图》。全图总计 841 字，纵横各 29 字，但隐含着众多长短不一、句式各异的诗作。武则天称《璇玑图》"五采相宣，莹心耀目"，赞赏苏蕙"才情之妙，超古迈今"。自《璇玑图》问世以来，诗图本身及其解读故事便广为流传，据统计，女皇武则天读出了 200 多首，宋代高僧起宗读出 3752 首，明代学者康万民读出 4206 首。经历代"璇玑迷"的不懈努力，据说迄今已读出三、四、五、六、七言诗 7598 首！一块织锦，能读出近万首诗，这不能不令人称奇，今人甚至将这则故事搬上了银幕。

一块情诗织锦何以有如此巨大的魅力，以至睥睨众生的武则天都会为之作序？有研究者认为："《璇玑图叙》借助总集收录、注本引录、图像附录、小说转录等多种方式获得了空前的传播力度，但其文本自身却罅漏甚多，前人虽已对此有所怀疑但终究辨之未彻。经考证，《璇玑图叙》实为后人伪托武则天而作……虽为伪作但丝毫不减其文学与思想价值，可借之考察文人微妙的性别意识与文化心理。"① 必须指出的是，"璇玑"背后究竟还隐藏着哪些玄机显然涉及一系列极为复杂的问题，在这里，我们只在意"一方织锦"何以能"藏诗万首"？关于这个问题的探讨，读者既可以从本书有关"剪刀诗学"的章节中找到答案，也可以从"互文性"与"超文本"的论述中寻找答案。

---

① 李琰、陈洪：《〈璇玑图叙〉"武则天作"考论》，《南开学报》2020 年第 2 期。

　　我们发现，达达主义的"剪刀诗学"不仅是理解网络诗歌的一把钥匙，同时也是我们重建"文字游戏"观念的一个经典例证。我们认为，游戏并不只有轻松幽默的一面，它们也有表现悲壮崇高主体的功能。例如，文天祥的《集杜诗》就是一部用文字游戏手法写就的感天动地的英雄悲歌。众所周知，文天祥是一位顶天立地的英雄人物，但文学圈外知道他是"文字游戏"高手的人却并不多。多少有些令人吃惊的是，文天祥这样一位正气凛然的抗元英雄，在国破家亡、身陷囹圄之际，仍然孜孜不倦地借用重新"排列组合"杜甫诗句的"游戏"消愁破闷、抒情言志。古今中外有大量的狱中诗成为文学经典，但以《正气歌》闻名的文天祥，在狱中借"集句诗"游戏写下了200首五言绝句，并结集为《集杜诗》，中文文学史上，似乎很难找到同样的例证。当然，就思想性和艺术性而言，文天祥的《集杜诗》与通常意义上的文字游戏判然有别，其完全没有调笑逗乐的闲情逸致，相反，每首诗中都保留着杜诗特有的那种"济时敢爱死，寂寞壮心惊"的家国之思，可谓字字血，声声泪，仇恨满腔！这里姑且举几个例子：

　　　　握节汉臣回，麻鞋见天子。
　　　　感激动四极，壮士泪如雨。（《至福安第六十二》）

　　　　故人入我梦，相视涕阑干。
　　　　四海一涂炭，焉用身独完。（《怀旧第一百八》）

　　　　天地西江远，无家问死生。
　　　　凉风起天末，万里故乡情。（《思故乡第一百五十六》）

　　从写作方式看，文天祥《集杜诗》中的200首诗，无一字不出自《杜工部集》，这类"集句"方式，一向被历代"玩家"视为"文字游戏"是不争的事实。我们常常想当然地认为"集句"不同于"原创"。但果真如此吗？互文性理论和超文本实践告诉我们，任何所谓"原创"，其实都是自觉或不自觉的"集句"，或"集句"的改造与变形。

诗歌如此，小说亦然。有人宣称：一部《红楼梦》可谓"字字是游戏，处处有隐喻"。甄士隐即"真事隐"，贾雨村即"假语存"，还有贾府清客相公詹光（沾光）、单聘仁（善骗人）、卜固修（不顾羞）等，这类显而易见的谐音游戏，书中触目皆是。贾府的四位千金小姐分别叫元春、迎春、探春、惜春，也是一种谐音游戏，所谓"元迎探惜"即"原应叹息"的谐音。"四春"身边的丫鬟，分别是抱琴、司棋、侍书、入画，四人名字中嵌入的"琴棋书画"，恰好也暗合了"四春"各自擅长的才艺。这类明显具有文字游戏性质的例子，《红楼梦》中可谓俯拾即是。有研究者注意到，"香菱的名字，无论是本名还是谐音，都别有深意。还是高贵的千金小姐时，她叫英莲，就像一朵英姿飒爽的莲花，被宝钗改名香菱后，则暗含着宝钗对其命运的怜悯与同情，一个香字也点出了香菱人品之贵重，被夏金桂改名秋菱后，则暗示其如秋后之菱一般，日渐枯萎，谐音则透露了作者对其凄惨命运的哀叹"。香菱判词"自从两地生孤木，致使香魂返故乡"中的"两地"可理解为"两土"，与"孤木"组合起来，即是一个"桂"字，暗示香菱遇到夏金桂之后，就魂断红楼。除人名隐喻外，地名隐喻也不胜枚举，如第一回出现的十里街、仁清巷、葫芦庙，分别寓意势利、人情、糊涂，也暗示了后文甄士隐与贾雨村关系的演变和香菱命运的流转。又如"怡红院"寓意"遗红怨"，"潇湘馆"寓意"销香棺"，"蘅芜苑"谐音"恨无缘"，如此等等不一而足。"一部红楼梦，尽是曹雪芹的文字游戏，而且这游戏不做作，不生硬，他把人物性格、命运结局、家族兴衰都早已隐藏在各种人名、地名、住所或诗词之中，等待更多读者去探索发现，所以红楼梦百读不厌，充满了奇异和新鲜之感，令人爱不释手。"①

---

① 夕四少：《为你讲述不一样的名著故事》，转引自少读红楼：《红楼梦：曹雪芹玩起文字游戏，至今无人能及》，https://known.ifeng.com/a/20191028/45634497_0.shtml，引用日期：2020年7月6日。

如今的网络小说，其写作手法更是灵活多样，尤其是那些善于使用最新科技手段的作者，在写作过程中借用 AI 技术等网络时代的科创成果，不仅极大地提高了写作效率和作品的娱乐性，而且有力地推动了传统文学理论向网络文学观念转化的历史进程。有一种观点认为，写作无非就是个"手艺活"，任何文学作品都是文字的"排列与组合"，即通过几千个常用字编故事或摆龙门阵。网络作家相较于传统"码字工"的优势在于，他们拥有"互联网＋"思维和网文游戏技巧。"利用互联网优势和文化传承的资料优势，把人类数千年积淀下来的史诗、神话、戏剧、故事、史传、小说、电影等叙事艺术的创作经验，集人物小传、故事设计为一体，融创作教程、写作软件于一炉，能轻松设计言情、家庭、武侠、悬疑、历史、社会、科幻等多种风格、多种类型的故事，帮助影视编剧及小说作家、写手多、快、好、省地完成构思、创作和修改工作。……"互联网＋"写作已经不可逆转。互联网阅读，特别是手机阅读正在强势改变人们的阅读习惯。很快，会改变我们的写作习惯，包括思维方式。写作要不断创新"互联网＋"的思维和方式。交互性、超链接、可检索、多媒体……互联网的好处不胜枚举，也是其吸引人的主要原因，它大大节省了时间，是按需供应给你的免费盛宴。互联网并没有违背我们的意愿，而是在顺应我们意愿的情况下，改变了我们的思维习惯。一切都要转向互联网＋。"①

以言情小说为例，古典言情小说有一个妇孺皆知的基本套路：才子佳人相见欢，私订终身后花园；落难公子中状元，奉旨成婚大团圆。这种言情故事的定式思维，在郭昌鹤《佳人才子小说研究》中有一个鲜活的总结："某公子年少才美，七步成诗，以择配过苛，二十未娶。某日出游，忽于某园百花深处遇一女郎，惊为天人。与之语，娇羞不能自抑，惟脉脉含情；以诗挑之，不拒，遂定白首。女郎盖某显宦女，年方二八，秀丽颖慧，并擅诗词。以字

---

① 罗金良：《写作就是文字的排列组合》，https://www.sohu.com/a/129836894_665219，引用日期：2022 年 3 月 6 日。

内才难，犹深闺待字；见生风流俊逸，方自庆得人。——会某奸臣闻女艳名，百计求为子妇，构陷多端；有情人因之备经艰苦。后生忽中状元，奸人伏诛，生乃奉旨与女成婚。生三子，兰桂腾芳，夫妇寿登九十，无疾而逝。"[1]这类故事虽然老套，但大多数相关小说、戏剧作品，始终不乏喜闻乐见的受众。令人印象深刻的是，与古代小说相比，当代网络小说的类型化与模式化倾向则更是有过之而无不及。对此，有网友总结说：自古真情留不住，唯有套路得人心。

这里的"套路"被置于"真情"的对立面，就如同前文所说的"游戏"一样，明显具有贬义色彩。玩套路的人，不仅缺少真情，而且没有节操。所谓"一入套路深似海，从此节操是路人"。对于网文批评家来说，"套路"是开始不太喜欢，却很快就接受，最后越玩越尽兴的东西。不难看出，这些都是调侃套路的"套话"。但只要我们摘掉有色眼镜，理性地对待这两个概念，就不难发现，它们其实是网络文学家族里必不可少的两大重要成员。有这样一种说法，"套路"打开网文市场，"游戏"汇聚读者人气，离开了网文和读者，就不会有网络文学。其实，传统戏文也是这个道理：不熟悉梨园"套路"，就玩不转舞台"游戏"。

作为网络文学研究者，我们当然也有自己的"套路"和"游戏"。有人说文论与批评，本质上就是概念的操演，如果从这个意义上说，这里所谓"网文理论与媒介批评"，其所操演的主要概念只有两个——"互文性"与"超文本"。"互文性"使数字化阅读的"一屏万卷"现象得到了合理解释，"超文本"实践使"一机在手，乾坤在握"的"文献宇宙"构想成为现实。

众所周知，"互文性"（intertextualité）是法国符号学家、女权主义批评家

---

[1] 转引自苏建新：《才子佳人小说叙事演变新探》，《中国古代小说戏剧研究丛刊》2007 年第 2 期。

朱丽娅·克里斯蒂娃提出的一个概念①。这一概念的基本意义在《词语、对话与小说》一文中是以这样一种面貌出现的："任何作品的文本都像许多行文的镶嵌品那样构成，任何文本都是其他文本的吸收和转化。"②按照这一说法，每一个文本都是蕴涵于文本海洋中的水滴，都是潜力无限的文本大家族中的一员，任何文本都要以其他文本作为存在前提和延伸媒介，文本与文本之间彼此互喻，互相阐发，且互为对方之意义无限繁衍的场域。从一定意义上说，互文性就是这样一个文本与文本之间"相互参照、彼此牵连"、你中有我、我中有你的开放系统的表意功能。正如范尼瓦设想的超文本一样，基于互文性的所有文本，共同构成了一个融过去、现在、将来于一体的、无限开放的文本网络和意义永恒流转嬗变的符号系统。我们理解的互文性文本，可以说是无数滔滔汩汩的耗散结构，是循环往复、生机无限的意识流。互文性和超文本互为表里，共同编织起一个数字化生存的网络文化世界。

超文本贯通古今和互文性无处不在的情形，让人联想到一句佛家偈语："千江有水千江月，万里无云万里天。"海阔凭鱼跃，有如互文性关联之深广；天高任鸟飞，恰似超文本潜能之无限。在互文性支撑的超文本世界里，任何文本与其他文本之间，总有看不见的千丝万缕相勾连。在一个数字化信息编制的"文献宇宙"中，既有之互文性历史无往不复，辽阔的超文本世界无远弗届。

---

① intertextualité 是一个法语词汇，英译为 Intertexuality，中文有多种译法，最常见的有"互文性"和"文本间性"两种，其他译法还有"文本互涉""互涉文本""文本互释性""文际关系""间文本性"等，随着研究文献的日渐增加，"互文性"（有时也简称"互文"）的译名已占压倒性多数。

② Julia Kristeva, "*Word, Dialogue and Novel*", in Toril moied., The Kristeva Reader, Oxford: Blackwell Publisher Ltd.,1986, p.36.

目　录

| 第一章 |

超文本的兴起与网络时代的文学

　　起于青苹之末的网络风潮，已悄然演化成天落狂飙之势，径直把我们带进了一个"数字化生存"的世界。毫无疑问，互联网的横空出世写下了有史以来最伟大的神话。就文学这个以神话奠基的审美王国而言，一经网络介入，便立刻引发了大河改道式的族类迁移和时空跳转。千百年来辉映人类心灵世界的流岚虹霓，正被虚拟为诗意灵境中电子赋魅的天光云影。在整个审美意识形态领域，"网络文学"的"生成与生长"以及"超文本"的"兴起与兴旺"，已经成为文学世纪大转折的根本性标志。"超文本"研究也受到越来越多的关注，现已成为中外文论与批评的一个开坛必说的"关键词"。但毋庸讳言，对"超文本"这个从数字技术领域引入的新概念，文论界的相关研究仍明显缺乏应有的人文烛照和审美关怀，更少见中西贯通、文理兼容的诗学化深度阐释。可以说，"超文本"的兴起已成为网络时代文学研究最迫切的课题之一，因为，"超文本"研究已成为理解和研究网络文学的关键词，而互文性则是体现超文本本质特征的核心要素，从这个意义上说，互文性可谓研究网络文学的关键词中的关键词。

　　我们看到，与近年来网络文学的风生水起形成鲜明对照的是，自 20 世纪 90 年代以来，书面文学边缘化态势日趋严峻，文学研究终结论更是不绝于耳。但从网络统计的数据看，文学世界似乎依旧风和日丽，繁花似锦，特别是网络文学创作与批评，展露出"乱花渐欲迷人眼"的奇幻景象，文学研究的学术专著、论文和评论文章逐年呈现海量激增态势，形形色色的研究成果，泥沙俱下，滔滔滚滚，俨然一派全民学术狂欢的热闹景象。然而，如果从学术研究的视角以冷眼看热点，我们不难发现，学术界所关注的热点问题很少真正来自文学自身，这个倾向，在文学理论界表现得尤为突出。这些年来的文论热点问题，要么来自西方文化思潮，要么来自大众传播媒介，要么跟风于其他文化热点。譬如说近些年在文学研究论文中排名靠前的高频词汇——全球化、现代性、后现代、文化研究、消费文化、视觉文化、生态文化、媒介批评、网络文化等，几乎都是来自当代文学创作和文学批评之外的领域。从近些年召开的中国中外文论学会、年会提交的论文看，文学理论越来越密切关注文论的形态建构问题、文学"视像化"与"市场化"问题、文学本质与数字化问题、生态美学与生态批评问题、图像霸权与文艺学边界问题、移动屏媒与文学阅读问题……这些问题，都直接或间接地与网络社会的来临以及数字文化的兴起有关联。在这种背景下，网络文学研究渐渐成为学术界关注的热门话题，这几乎可以说是一代学人顺应时代潮流的必然结果。

　　笔者在《超文本的兴起与网络时代的文学》一文中曾经指出，在这个"数字化生存"的时代，超文本作为网络世界最为流行的表意媒介，它以"比特"之名唤醒了沉睡于传统文本中的开放性、自主性、互动性等潜在活力与灵性。它以去中心和不确定的非线性"在线写读"方式解构传统、颠覆本质，在与后现代主义的相互唱和中，改变了文学的生存环境和存在方式。在"如我们所想"的"赛博空间"里，网络文学所营造的"话语狂欢之境"交织着欣喜与隐忧——它精彩纷呈、前景无限却又充满陷阱与危机。超文本的崛起不仅是当代文学世纪大转折的根本性标志，而且也是理解文学媒介化、图像化、游戏化、快餐化、肉身化、博客化等时代大趋势的核心内容与逻辑前提。更重要的是，超文本正在悄然改写我们关于文学与审美的思维方式和价值标准。①

---

① 陈定家：《超文本的兴起和网络时代的文学》，《中国社会科学》2007 年第 3 期。

第一节 "生还是死，这是个问题"

2001年第1期的《文学评论》上，发表了希利斯·米勒（J.Hillis Miller，1928—2021）的一篇文章《全球化时代文学研究还会继续存在吗？》，作者开篇就以小标题的形式亮出了这样一个观点："新电信时代会导致文学、哲学、精神分析学甚至情书的终结。"作者首先引用了雅克·德里达《明信片》一书中的一句话，尽管这句话是德里达书中一位主人公说的，但米勒不容分辩地把这句"骇人听闻"的话记在德里达的账上："在特定的电信技术王国中（从这个意义上说，政治影响倒在其次），整个的所谓文学的时代（即使不是全部）将不复存在。哲学、精神分析学都在劫难逃，甚至连情书也不能幸免。"简而言之，米勒从德里达《明信片》中挖掘出了这样一条似曾相识的信息——人类也已进入一个全新的电信时代，这个时代的文学命运即将发生如此重大的转折："生还是死，这是一个问题。"这句由莎剧人物哈姆雷特说出的台词固然有多重不同含义，但在大多数情况下，这句话只不过是某种愤青式的激烈情感的宣泄，但密切关注"文学生死问题"和"文学权威问题"的米勒在中国发表"终结论"时已年逾古稀（这是苏格拉底和孔子离世的年龄），他对"文学生死问题"的"权威性"思考，理所当然地引起了同行学者们的高度重视。

一、米勒对德里达"终结论"的阐释

诚如米勒所言，至少对爱好文学的人来说，德里达的"文学终结论"是耸人听闻的奇谈，在这个世界被称作"地球村"的时代，全世界的文学爱好者们心中都会有这样或那样的焦虑、疑惑、担心，甚至愤慨，有些人心中或许还隐隐地藏着这样一种渴望，"想看一看生活在没有了文学、情书、哲学、精神分析这些最主要的人文学科的世界里，将会是什么样子"。按照米勒的猜想，那一定是："无异于生活在世界的末日！"①

　　米勒对德里达之论断的心态是相当复杂的，一方面他表达了或许只是作为修辞策略的"强烈震惊"："德里达在《明信片》中写的这段话在大部分读者心目中都会引起强烈的疑虑，甚至是鄙夷。多么荒唐的想法啊！我们强烈地、发自本能地反对德里达以这样随意、唐突的方式说出这番话，尽管这已经是不言自明的事实。"另一方面，他又对自己斩钉截铁的否定态度表现出了犹疑："在最主要的信息保留和传播媒介身上发生的这种表面的、机械的、偶然的变化，说得准确点儿，就是从手抄稿、印刷本到数码文化的变化，怎么会导致文学、哲学、精神分析学、情书——这些在任何一个文明社会里都非常普遍的事物——的终结呢？它们一定会历经电信时代的种种变迁而继续存在？"②

　　我们注意到，米勒的这篇文章在评述了德里达的名作《明信片》之后，还依次论述了印刷技术及电影、电视、电话和国际互联网这些电信技术对文学、哲学、精神分析学，甚至情书写作的影响。对德里达在电信技术王国中文学时代将不复存在之说，米勒的解释是，在西方，文学这个概念不可避免地要与笛卡尔的自我观念、印刷技术、西方式的民主和民族独立国家概念，以及在这些民主框架下言论自由的权利联系在一起。从这个意义上说，"文学"只是最近的事情，开始于17世纪末18世纪初的西欧。它可能会走向终结，但这绝对不会是文明的终结。从这个意义上说，德里达无疑是对的，新的电信时代正在通过改变传统文学存在的前提和共生因素而把基于机械印刷工业的文学引向"终结"。

　　当然，米勒的文章已经超出了文学理论的范畴，这篇论文还广泛地讨论

----

① J. 希利斯·米勒：《全球化时代文学研究还会继续存在吗？》，《文学评论》2001年第1期。具有反讽意义的是，在中国大众文化生活中，精英知识分子所谓"文学、情书、哲学、精神分析"一向与"但求温饱的大多数"格格不入，即便在初步解决了温饱问题的今天，文学、哲学、精神分析这类东西似乎也只是少数小资的精神奢侈品，对普通大众而言，它们常常只是被调侃的对象，譬如赵本山的小品和尚敬的《武林外传》将其作为"包袱"而聊博观众一笑。

② J. 希利斯·米勒：《全球化时代文学研究还会继续存在吗？》，《文学评论》2001年第1期。

了文本、电视、电影和互联网的关系，而且还论及了网络超文本写作和电子邮件时代出现的一种新的文化概念——数字文化。传媒研究领域的学者们还能从这篇文章中发掘出米勒对视觉艺术及其相关文化理论的思考。由此不难看出，米勒的这一篇文章具有多维度的学术阐释空间和多层面的理论延展性。

值得注意的是，历史上各个时期、各个民族的文学都曾有过不同形式的"终结"理论，不管是在西方还是中国，文学"死而复生""向死而生"的戏剧一再上演。关于这方面的情况，马克思曾就希腊神话的"终结"发表过极为精彩的意见，他说："大家知道，希腊神话不只是希腊艺术的武库，而且是它的土壤。成为希腊人的幻想的基础，从而成为希腊〔神话〕的基础的那种对自然的观点和对社会关系的观点，能够同自动纺机、铁道、机车和电报并存吗？在罗伯茨公司面前，武尔坎又在哪里？在避雷针面前，丘比特又在哪里？在动产信用公司面前，海尔梅斯又在哪里？任何神话都是用想象和借助想象以征服自然力，支配自然力，把自然力加以形象化；因而，随着这些自然力之实际上被支配，神话也就消失了。在印刷所广场旁边，法玛还成什么？……阿喀琉斯能同火药和弹丸并存吗？或者，《伊利亚特》能够同活字盘甚至印刷机并存吗？随着印刷机的出现，歌谣、传说和诗神缪斯岂不是必然要绝迹，因而史诗的必要条件岂不是要消失吗？"[1]不难看出，米勒对德里达"终结论"的论述，无论逻辑起点还是论证方式，都与马克思对古希腊神话的阐释颇有相似之处。我们从中可以看到这样一个朴素的道理——一个时代有一个时代的文学，文学在不断的死亡中不断地获得新生，这大约就是陈晓明先生所谓"向死而生"吧，吴子林先生曾引用庄子的"方生方死，方死方生"来描述文学这种"凤凰浴火"的境况，他所要表达的大约也是这个意思。

我们认为，马克思所谓传说的"绝迹"同时也隐含着神话的"不朽"，这正如缪斯的"消逝"必然孕育着诗神的"再生"一样。马克思的论断，同样适用于中国文学更新换代的情况。我们看到，虽然《诗经》《楚辞》时代的风

---

[1]《马克思恩格斯选集》第2卷，人民出版社1972年版，第113—114页。

骚雅范，至今被人推崇备至，但春秋战国之后的两千多年来，为何再也产生不了第二部《诗经》或第二篇《离骚》？以"三曹七子"为核心的文学集团曾是何等壮怀激烈！他们成就过群星闪耀的文学辉煌时代，但建安风流转眼就被雨打风吹去，一个"文学自觉的时代"很快走向衰亡而终成不可复制的历史！感叹"大雅久不作"的李白和"转益多师"的杜甫赢得了"诗歌万口传"的美誉，但毕竟总会有让人感觉"不新鲜"的时候；且不用说王杨卢骆，更不用说韩柳欧苏，一个时代有一个时代的文学，一个时代终结了，一个时代的文学也必将随之终结。如果从这个意义上理解米勒提出的"开始于17世纪末18世纪初的西欧"之文学终结了，大多数中国学者或许没有任何异议。就像20世纪初面向劳工大众的白话新文学兴起之后，那种以诗文评为传统的中国文言文学传统就此走向衰亡一样，网络时代的悄然兴起和数字技术的飞速发展，也必将使当下以书刊报纸为主要发表阵地的文学走向消亡。

二、"知人论世"看米勒

我们之所以如此关注米勒，首先不在于他讨论的"终结论"引发了一场旷日持久的论争，而主要在于他是一位著名的解构主义者、著名的互文性理论代表人物，他的《传统与差异》和收入王逢振等主编的《最新西方文论选》中那篇著名的《作为寄主的批评家》等都是互文性理论的经典之作，关于这一点，将留在后面的相关章节中详细讨论。

既然书面写作不允许我们像超文本那样随心所欲地插入互文性链接，那么还是让我们回到前文提及的文学生死问题吧。正如我们不能简单地理解哈姆雷特的那句"To be or not to be"一样，我们对文学是否会走向终结的问题，也不能只看诉诸一般文学常识的表面现象。既然我们以米勒的文章为分析对象，那么，从知人论世的传统路子出发，我们不妨查查这位频频来华的美国批评家的"老底"。在美国加利福尼亚大学尔湾分校的网站上，我们找到了介绍米勒的资料。以此为基础，结合中国学界与米勒交往较多的朋友们提供的信息，我们觉得可以对老米勒做出如下描述：

J. 希利斯·米勒，美国著名文学批评家、欧美文学及比较文学研究的杰出学者、解构主义批评的重要代表人物。米勒生于弗吉尼亚纽波特纽斯的一个知识分子家庭，其父是佛罗里达大学教授、校长和主管牧师。米勒曾就读于奥柏林大学，并在那里获得学士学位（1948），后就读于哈佛大学，并先后获得硕士学位（1949）和博士学位（1952）。结束了求学生涯之后，米勒首先任教于霍普金斯大学（1952—1972），在那里的 20 年，他的主要兴趣是维多利亚时期的文学和现代主义的作家与作品。耶鲁大学（1972—1986）时期，米勒的学术研究渐入佳境，逐渐成长为解构主义耶鲁学派的主要成员，他与保罗·德·曼、布罗姆和哈特曼被中国学界并称为"耶鲁四人帮"。他的这些经历，让我们惊喜地看到了这样一个事实，那就是研究互文性的一帮颇为著名的美国学者，几乎都是米勒的朋友。在耶鲁执教 15 年之后，他移位于加利福尼亚大学尔湾分校，任批评理论研究所文学教授，并担任现代语言学会会长。在此期间，他曾多次来华讲学，尤其是 2000 年秋天在北京召开的"文学理论的未来：中国与世界"学术研讨会上，米勒应邀发表了著名的讲演"全球化时代文学研究还会继续存在吗？"，在中国文论与美学界产生了巨大影响。尽管近 10 年来有关"文学终结"或"文学转型"的大讨论存在着极为复杂的历史文化背景，但米勒的演讲如果不能说是导火线的话，那么至少也可以说是为"文学终结论"推波助澜的最著名的代表性力作之一。如今，"文学之死"几乎成了米勒的理论标示，以至中国学者在翻译他的《论文学》（*On Literature*）一书时，竟忍不住要将书名改为《文学死了吗？》。

米勒无疑是一个勤奋的文学研究者，他把毕生心血奉献给了他"钟爱和珍惜"的文学事业，关于这一点，他的数十部著作可以做证：《查尔斯·狄更斯：小说的世界》（1958）、《神迹无踪：十九世纪五作家》（1963）、《维多利亚小说的形式》（1968）、《托马斯·哈代：距离与欲望》（1970）、《保罗·德·曼的经验》（1985）、《阅读伦理学》（1987）、《皮格马利翁诸版本》（1990）、《理论随想》（1991）、《阿里阿德涅的彩线：故事线索》（1992）、《插图》（1992）、《文学地形学》（1995）、《阅读叙事》（1998）、《黑洞》（1999）、《他者》（2001）、《论文学》（2002）等。这里的《论文学》即广西师范大学出版社版秦立彦中译本《文学死了吗？》（2007）。

作为米勒的朋友和米勒学术思想的研究者，金惠敏先生认为，米勒这样一位学者是不会轻言"文学终结"的，从情感上说，米勒也不忍心宣判文学的死亡。金先生做出这一判断的重要理由之一是，米勒属于那种视文学为事业和生命的学者，由其学术经历和研究成果观之，金先生对米勒的评价可谓理据充足、夸饰有度。

米勒的文章使用了他惯用的"解构主义"互文性策略，在宣称"文学研究的时代已经过去"之后，他紧接着说："但是，它会继续存在。"[①]有不少学者只看到了前面"已经过去"这一层意思，而忽略了"继续存在"这一层意思，因此，对米勒的理解与批评往往会得出针锋相对的观点。有人为米勒喝彩，认为他看到了文学发展问题的本质，"文学研究的时代已经过去"的论断包含着理论大师惊人的洞见；也有人认为米勒不是"信口开河"，就是"杞人忧天"，抑或是"故作惊人之语"，总之，这种"极端化预言"不足为凭。

2001年8月，北京师范大学文艺学研究中心召开了题为"全球化语境中的文化、文学与人"的国际学术研讨会，米勒本人也出席了这次会议。会上，文艺学研究中心主任童庆炳教授做了名为"全球化时代的文学和文学批评会消失吗？——与米勒先生对话"的主题发言，他认为，新兴网络媒体可能会改变文学、哲学的存在方式，但不能就此做出文学和文学批评会因此而消亡的结论。和大多数德高望重的文艺学界的著名学者一样，童庆炳先生坚信，只要人类和人类的情感不会消失，那么作为人类情感表现形式的文学也就不会消失。童庆炳先生的观点，遭到了部分中青年学者的质疑，有学者认为童先生错误地理解了米勒的观点，以至没有形成同一层面的对话。童先生在后来的文章中不无嘲讽地说："我的文章遭到一些为米勒的'文学终结'论所倾倒的学者的嘲讽，说我提出的观点根本不在米勒的层次上，言外之意是我

---

① 米勒对解构主义之"解构"（deconstruction）一词的解释耐人寻味，他认为，这里的"de"和"con"两个前缀分别有"反""倒""去"和"合""共""全"的意思，解构的奥妙就隐含在此一"反（de）"一"合"（con）之间。

的层次低，米勒的层次高……在这个迷信美国学术霸权的时代，事情就是这样。"①但也有人认为，实际情况或许恰好相反：米勒站在文学表现形式的阶段性历史层面，亦即"较低层面"上宣称，自17世纪以来的基于机械复制时代的文学在数字化语境中即将走向终结；而童先生则站在人类历史发展的"更高层次"上看文学，他认为作为人类情感表现形式的文学是不会走向终结的。这两种截然不同的说法，似乎都能自圆其说。值得注意的是，米勒在此后的言论中多次重述过类似于童庆炳先生的论点。

细加分辨，我们发现，正如米勒的言论还包含着许多其他方面的意义一样，童先生的理论也包含着一代中国文论家说文论艺的深刻而丰富的言外之意。从童先生对米勒的"误解"，再到那些读着童先生的《文学理论教程》而开始思考何谓文学的中青年一代对童先生的"误解"，我们不难看出，有关终结论的争鸣，绝不是一个非此即彼的简单问题。

值得一提的是，虽然米勒本人以《文学死了吗？》等著作为中国文艺学界所熟知，但对于笔者来说，他还有一个更重要的身份，那就是他还是互文性理论思潮中一位中流砥柱式的人物。他在《作为寄主的批评家》一文中，以雪莱的诗歌《生命的凯旋》为例，对其寄生物与寄主理论进行了十分精彩的阐发。他在探索雪莱穿行于"前文本丛林"所留下的蛛丝马迹时，发现雪莱竟然是众多寄主的寄生者，这些寄主从《圣经》的《旧约全书》到《新约全书》，从但丁到华兹华斯再到柯勒律治……雪莱在解构前人作品的同时也在建构自己的作品。在米勒看来，寄生物和寄主存在着一种相生相克、互相转化的奇妙关系。在雪莱之后，不少作家，譬如托马斯·哈代从《生命的凯旋》中汲取营养或受到启示，雪莱的这首诗便从寄生者的地位变成了众多后世作品的寄主。寄生者在解构寄主的同时建构着自身，并为自身成为被寄生的寄主积累资本，继而遭到寄生者的解构。然而，这种寄主与寄生物的生生不息

① 童庆炳：《文学独特审美场域与文学人口——与文学终结论者对话》，《文艺争鸣》2005年第3期。

的生态却并非线性的链条，它们之间错综复杂的关系遵循着一种反逻各斯中心的逻各斯中心主义。

米勒的寄生物与寄主理论是其解构主义的重要内容之一，在米勒看来，所谓解构主义批评"不是一种层层深入文本，步步接近一种终极阐释的连锁，而是一种总会遇到某种钟摆式摆动的批评，如果它走得足够远的话。在这种摇摆中，概而言之是对文学，具体来说是对某一篇特定的文本，总有两种见解相互阻遏，相互推翻，相互抵消。这种阻遏使任何一种见解都不可能成为分析的可靠归宿和终点"①。不难看出，米勒所揭示的这种隐藏在传统文本中的寄生关系，在网络文本中已处于一种昭然若揭的状态，批评家们把米勒的这种观点看作互文性理论的深入与拓展可以说是一语中的。按照米勒这种解构即是建构的说法，所谓终结就完全可以理解为新生，也就是说文学总在以不同形式终结着，同时也在以另一种形式走向新生。

三、"终结论"没有终结

在中国文论与批评界诘问与反驳米勒的阵阵喧闹之中，也不乏为米勒辩护的声音。例如，金惠敏先生有感于国内学界对米勒《全球化时代文学研究还会继续存在吗？》一文多有误解，特撰文"正本清源"，将文学终结题还原于当代国际理论语境，对米勒的文章进行了富有启示性的阐释。在金先生看来，就"世界文论"在中国的前景而言，有关文学终结论的争鸣，昭示着中国文论家与外国文论家开始成为真正意义上的国际同行，即有了共同感兴趣的话题，而且对于来自全球化的挑战和威胁也有大致相同的价值判断和情感取向。因而从学术层面上说此次"争鸣"与其说是"争鸣"，毋宁说是在两条平行线上互不交锋的"共鸣"。米勒这位以文学阅读为事业、为生命的学者怎么可能骤然间就割舍了其半个多世纪以来对文学的痴情呢？

米勒在同一篇文章中明确表示："文学研究的时代已经过去，但是，它会继续存在，就像它一如既往的那样，作为理性盛宴上一个使人难堪，或者

---

① 王逢振、李自修编：《最新西方文论选》，漓江出版社1991年版，第184页。

令人警醒的游荡的魂灵。文学是信息高速公路上的沟沟坎坎、因特网之神秘星系上的黑洞。虽然从来生不逢时，虽然永远不会独领风骚，但不管我们设立怎样新的研究系所布局，也不管我们栖居在一个怎样新的电信王国，文学——信息高速路上的坑坑洼洼、因特网之星系上的黑洞——作为幸存者，仍然急需我们去研究，就是在这里，就是在现在。"①

对于这一被人广为引用的段落，学者有许多不同分析和阐释。金惠敏先生的阐释充满了知音式的辩护和诗意化的赞美。在金先生看来，米勒的这段话"既有对文学永远'生不逢时'的命运的清醒认识，但更洋溢着加缪笔下西绪福斯那种对命运的悲剧式抗争精神；同时又像耶稣口里慈爱的老父迎接落魄归来的浪子，对于文学这个度尽现代媒介之劫波的幸存者，米勒老人被压抑良久的期盼和珍爱终于喷薄而出，急切切，喜欲狂，因略带神秘的节制而坚定不移，读之愀然，陡生无限敬佩"。但令人遗憾的是，尽管米勒"不失明朗、不致误读"地表达了自己对文学前途的"清醒认识"和"抗争精神"，以及"期盼和珍爱"，但是，这位可怜的美国老人结果（竟然）还是被……中国同行们"误解了，误批了"，"甚至还影响了一些道听途说者"②。或许，米勒明知自己有可能被误解但仍要说出自己无可奈何的"期盼和珍爱"来，正是从这个意义上，我们对金先生之"读之愀然"和"无限敬佩"云云，才有了一定的同情与理解。

按照金先生自己的说法，米勒是不会也不忍宣判"文学之死"的。金先生在《趋零距离与文学的当前危机》一文中以德里达《明信片》为案例进行了学理层面的探讨，他认为希利斯·米勒对于文学和文学研究在电子媒介时代之命运的忧虑，不是毫无缘由的杞人忧天。对"当前文学的危机"，米勒是清醒的。我们也应该看到，米勒是那么执着于文学事业，历经沧桑，初衷不改。这样的"执着"是建立在一个清醒的意识之上的，唯其清醒，他才能够

---

① J. 希利斯·米勒：《全球化时代文学研究还会继续存在吗？》，《文学评论》2001 年第 1 期。
② 金惠敏：《趋零距离与文学的当前危机》，《文学评论》2004 年第 2 期。

以变通的方法坚持文学和文学研究的不可取代性，并对文学与人类的永恒相伴深信不疑。面对图像和其他媒介文化的冲击，米勒试图以一个更高的概念即"阅读"（reading）予以海纳。① 金先生认为，"阅读"对米勒而言本质上就是文学"阅读"，因此米勒以"阅读"所表现的开放性同时又是其向着文学本身的回归，是对文学价值的迂回坚持，他试图以文字的"阅读"方式阅读其他文本符号。② 从米勒的论述和金先生的阐释中，我们看到了一个回归歌德时代之"文学"内涵的大文学概念，以"文字阅读"等同于"文学阅读"。换言之，只要阅读没有终结，文学就不会终结。

但出人意料的是，米勒的这种"概念升级"的"解构"策略，恰好变成了某些极端"终结论"者的口实。因为形形色色的"大文学"或"泛文学"概念一向都是文学终结论者宣告文学死亡的最主要证据之一："在文学阅读中，我们再也看不到任何比新闻更多的东西，因此人们已经不需要文学了，文学既然失去了想要的东西如何能够获得继续生存的理由？如果说，作为文化遗产的文学还有点什么实用价值的话，大约也只有修辞技巧和惯用的情感调动手法等有益于新闻写作的技巧尚可被借用，除此之外，传统文学还有什么存在的必要？"③

面对这类从实用主义立场出发的文学何为的诘问，米勒和金惠敏的答案看上去与童庆炳的说法并没有本质差别："文学研究或'修辞性阅读'的存在是基于文化记忆的需要，更是为了经济有效地掌握语言，我们无法离开语言，因而我们无论如何也无法抛弃文学。只要有语言，就一定有文学和文学研究。

---

① 米勒所谓"阅读""不仅包括书写的文本，也包括围绕并透入我们的所有符号、所有的视听形象，以及那些总是能够这样或那样地当作符号来阅读的历史证据：文件、绘画、电影、乐谱或'物质'的人工制品等。因此可以这么说，对于摆在我们面前有待于阅读的文本和其他符号系统，阅读是共同的基础，在此基础上我们能够聚集起来解决我们的分歧。这些自然也包括理论文本"。见《文学评论》2001 年第 1 期。

② 金惠敏：《趋零距离与文学的当前危机》。

③ 叶匡政等：《关于文学之死的讨论》，https://blog.sina.com.cn/s/blog_489ab6b00100063l.html，引用日期：2007 年 2 月 4 日。

米勒这样的辩护虽然朴素，但道理实实在在，自有其不可推倒的定力，更何况其情真意切的感染力——这使我们想到，执着于文学或美学，本就是我们人类的天性；只要我们人类仍然存在，仍然在使用语言，我们就会用语言表达或创造美的语言文学。"①这个结论或许"不可推倒"，但仍然留有许多有待具体分析的余地。

撇开"文学终结"概念辨析的无尽纠缠不说，单就网络文化对文学生存状况的影响而言，学界对"终结论"的理解就是一种乱象纷呈的景象。譬如说，有学者认为网络社会崛起使得世界范围内的社会权力关系和权力结构发生了分化和重组，这种权力场的变化必然会影响到文学场的存在结构和文学的实际存在状况，在这种背景下，"西方19世纪中期以来形成的以'纯文学'或自主性文学观念为指导原则的精英文学生产支配大众文学生产的统一文学场走向了裂变，统一的文学场裂变之后，形成了精英文学、大众文学、网络文学等文学生产次场按照各自的生产原则和不同的价值观念各行其是，既斗争又联合，既各自独立又相互渗透的多元并存格局。今天并不存在着一种包罗各种类型、意义笼统、价值取向相同的文学。……走向边缘的只是精英文学，大众文学通过与视听艺术的合作在扩大着自己的存在领域，而打破精英与大众区分的网络文学更体现出了一定的发展势头"②。

在数字化生存语境下，当代"文学性"在思想学术、消费社会、媒体信息、公共表演等领域中都发生了深刻的变化，有的学者甚至认为文学在这些领域已经确立了自己的统治。在这种背景下，重建文学研究的对象是克服社会转型期文学研究危机的关键。从一定意义上说，当前文学研究的危机乃是"研究对象"的危机。后现代转型从根本上改变了总体文学的状况，它将"文学"置于边缘，却又将"文学性"置于中心，面对这一巨变，传统的文学研究如果不调整和重建自己的研究对象，必将茫然无措，彷徨无地。概言之，

---

① 金惠敏：《趋零距离与文学的当前危机》。

② 单小曦：《电子传媒时代的文学场裂变》，《文艺争鸣》2006年第4期。

重建文学研究的对象要完成两个重心的转向：一是从"文学"研究转向"文学性"研究，在此要注意区分作为形式主义研究对象的文学性和撒播并渗透在后现代生存之方方面面的文学性，后者才是后现代文学研究的重心；二是从脱离后现代处境的文学研究转向后现代处境中的文学研究，尤其是对边缘化的文学之不可替代性的研究。①

如果站在传统的"纯文学"的视角看问题，我们或许会发现，近十年来的中国文学理论与批评，一直在蓄势待发却又颓势难挽的尴尬困境中艰难前行。在通往放逐诗神和远离经济中心的道路上，确实也时有三两个精英人物走到文学虚拟的前台吆喝那么一两嗓子，而且（竟然）也偶尔能赚得几声喝彩，但关注或回应吆喝的声音很快就趋于寂静。昔日的文学精英们无奈地摇摇头，对文学终结之不可避免也只能听之任之，充其量也不过如同"闲坐说玄宗"的白头宫女一样，想想当年，看看现在，发发感慨，如此而已。试想，在这个房市与股市牵动着大众每一根神经的唯利是图的时代，在一种到处逢人说商机的消费文化背景下，说文论艺是多么不合时宜。因此，有关文学的话题，已越来越难以找到耐心的听众或参与者。相比之下，也只有这样一个至今尚未冷场的话题——"文学死了！"或许还能赢得些许同情。尽管昨天陶东风先生宣称"文学死了"，而今天蒋述卓和李凤亮先生则断言"文学的死已经不死"②，这个话题仍将继续下去，至少在中国中外文论学会 2011 年年会上还有学者将其作为大会主题发言再次展开了讨论。事实上，自 20 世纪 80 年代至今，有关文学终结的问题始终没有沉寂过，相关讨论与争鸣也一直没有稍做停歇的势头。至少在我们反思终结论的时候，"终结论"还没有终结的迹象。

我们知道，早在 20 世纪 80 年代，作家王蒙就宣布文学产生"轰动效应"的时代已经过去了。在市场经济大潮下，"无论你写的比沈从文还沈，还是写

---

① 余虹：《文学的终结与文学性蔓延——兼谈后现代文学研究的任务》，《文艺研究》2002 年第 6 期。
② 蒋述卓、李凤亮：《传媒时代的文学存在方式》，广西师范大学出版社 2010 年版，第 144 页。

得比洋人还洋，再也翻不起什么大浪了"①。著名批评家李洁非先生甚至断言，现代意义的"文学"这个词语，即将在21世纪的词典里消失。这些言论在当时曾经引起过一定范围的讨论与争鸣，单就这个话题对当代中国文论所产生的影响而言，"外来和尚"希利斯·米勒的言论似乎产生了更大的冲击波，从论文引用率的网络统计数据看，米勒的那篇曾经产生过巨大轰动效应的论文——《全球化时代文学研究还会继续存在吗？》，直到今天仍然是援引率最高的学术文章之一。而前文提到的那本米勒的大作《文学死了吗？》已成为"生还是死"这一问题炒作者的"广告代言品"：

"文学死了吗"？"小说死了吗"？"书死了吗"？网络时代来临，这些明显带有情绪化色彩的说法，一度成为泡沫四溅的焦点问题。学术界的热烈讨论更是引起了各种媒介的关注，但文学依旧还是文学。风波过后，事实上，人们阅读的热情并未因此减少。因为，文学所承载的是回忆、现实以及梦幻互相交织的世界。只要人类还有幻想，还会做梦，那么，文学就不会死亡，纯文学也不可能终结。②

那么文学究竟是什么？书商们说米勒的这本著作中有可信的答案。如果相信了书商们的广告，我们就会惊异地看到，老米勒竟然跟中国文论与批评界开了一个近似于黑色幽默的玩笑，当中国学者为他的一句文学即将走向终结的论断争得死去活来时，老先生居然若无其事地模仿中国学者的"北京腔"说："只要人类还有幻想，还会做梦，那么，文学就不会死亡，纯文学也不可能终结。"有媒体爆料说，米勒读了童庆炳先生的文章后，对文学的永不终结论表示了敬意和认可。

2001年6月28日，《文艺报》记者周玉宁曾就传统意义上的文学理论是

---

① 阳雨：《文学：失却轰动效应之后》，《文艺报》1988年10月28日。
② 这段话为以卓越网、当当网等为代表的数十家网络平台销售《文学死了吗？》的网络广告语。

否已走向死亡的问题采访过米勒。米勒认为，文学理论是一种混合型的理论，也就是说，它是一种文学的、文化的、批评的理论，是一种混合体。在作为这种混合体的同时，传统的文学理论形态依然存在，所谓传统的文学理论，是基于一种具有历史、文化功能的或者与历史、文化保持联系的文学的理论，是以语言为基础的理论。"至于它是不是走向死亡，我认为它不是走向死亡，它只是处在一种变化当中，所以是走向一个新的方向，一种新的形态。"①在米勒看来，新形态的文学越来越成为混合体。这个混合体是由一系列的媒介发挥作用的，他说的这些媒介除了语言之外，还包括电视、电影、网络、电脑游戏……以及诸如此类的东西，它们可以说是与语言不同的另一类媒介。然后，传统的"文学"和其他这些形式的文学，它们通过数字化进行互动，形成了一种新形态的"文学"。米勒强调说，他在这里使用的"文学"一词，与其说是"文学"（literature），毋宁说是"文学性"（literariness），也就是说，除了传统的文字形成的文学之外，还有使用词语和各种不同符号而形成的一种具有文学性的东西。或许我们应该这样理解米勒有关文学之"生还是死"的问题——米勒所谓文学之死或许是指纯粹以文字为媒介的文学之"死"（即主导地位的丧失），而文学不死，则是指与新媒介一同组成混合体的新形态的文学是不死的。换言之，传统意义上的文学或许会在超文本日益成为文化主流的背景下改变生存状态，但作为审美精神的文学性却不会随着网络超文本的出现而走向消亡。

　　跳出传统文论思维方式，转换一个新视角看问题，我们会发现，米勒提出的与语言不同的另一类媒介的说法，为我们理解未来的文学提供了一个全新的思路，我们看到，"在短暂的 50 年里，电子革命接踵而至：微电子革命、PC 机革命、互联网革命、手机革命……一个相当于物质世界的电子世界、赛

---

① 米勒、周玉宁：《我对文学的未来是有安全感的》，刘蓓译，http://www.chinawriter.com.cn/bk/2004-06-24/7546.html，引用日期：2007 年 4 月 6 日。

博空间进入了电脑族的生活"①。在这一变化过程中，我们的文学从写作到阅读都在经历一个"从文本走向超文本"的大河改道般的转变。我们认为，目前有关文学"终结"或"死亡"之类的说法，绝大多数只能看作一种比喻或修辞策略。就问题的根本症结而言，文学的生存与发展方式，正在经历着一场深刻的革命——"从文本走向超文本"，这才是问题的关键所在。

第二节　从"文本"走向"超文本"的文学

中国文论向来就有直面社会变革、贴近现实生活的优良传统，对社会政治变革和文化动向一向十分敏感，素有时代风尚的晴雨表和风向标的美誉，但令人不解的是，在有关文论"生死存亡"的数字化变革过程中，文学理论界的感应神经却显得异常迟钝。就网络时代的文学研究而言，长期以来，"网络文学"也一直没有得到文论界主流学者们的应有关注。例如，即便在超文本阅读和写作成为这个时代最为普及的文本传播方式的今天，有关超文本的研究，在文学理论界也并未得到与其重要性相适应的重视。即便在网络文学研究领域，超文本研究也一直没有得到文学理论与批评界应有的重视，关于这一点，从对"中国知网"收集的研究成果进行检索获得的数据中可略知一二。

当然，如果孤立地看这个数据，或许看不出文论与批评界对这个论题之态度的厚薄来，但只要与某些热门论题的检索结果稍做对比，我们就会发现"超文本"研究还是一个只限于小圈子的话题。

就当前国内学者对超文本的研究情况看，学界对超文本的发展历程、本质特征、应用前景等问题都有比较专深的研究。但文学界对超文本的理论关注似乎远远落后于超文本的具体应用。就文艺理论界对超文本的研究情况看，

---

① 何道宽：《从纸媒阅读到超文本阅读》，http://media.people.com.cn/GB/40628/4127384.html，引用日期：2006 年 12 月 27 日。

具有标志意义的成果当然是黄鸣奋先生主持的国家社科基金项目成果《超文本诗学》。这部 50 多万字的著作从作为历史的超文本、作为理念的超文本、作为平台的超文本、作为范畴的超文本、作为课件的超文本、作为美学的超文本、作为未来的超文本等八个方面，介绍了超文本的发展历史、先驱人物的贡献，探讨了超文本与西方马克思主义、后现代主义的联系，超文本对教育的建构化、集成化及远程化的影响，建立超文本美学的可能性，并对与超文本相适应的超写作、超阅读、超比喻，超文本的技术规范、版权规范、社会规范进行了分析，对超文本的前景做了展望。[①]该书已被相关高校列为研究生教材。此外，欧阳友权先生的两本研究网络文学的力作《网络文学本体论》（中国文联出版社，2004）、《数字化语境中的文艺学》（中国社会科学出版社，2005）都设有专门探讨超文本写作和阅读的章节。欧阳友权主编的《网络文学论纲》（人民文学出版社，2003）和聂庆璞的《网络叙事学》（中国文联出版社，2004）两本书也有对超文本和超媒体写作进行综合评介和学理研究的章节。至于"中国期刊网"所刊载的有关超文本研究的文章虽是数以万计，但其主流却是计算机技术研究领域的文章。而在这个文论与批评必将大有作为的领域，相关研究还有极大的拓展空间。譬如说，迄今为止，尚未见从文学生产与消费角度研究超文本的力作，由是，笔者不揣浅陋，在此谈几点不成熟的看法以就教于方家。

一、超文本的起源、概念与形式

关于超文本观念起源，人们通常会归功于范尼瓦·布什（Vannevar Bush，1890—1974），他在 20 世纪 30 年代提出了"存储扩充器"（memory extender）的构想。在这种被命名为 Memex 的设计中，范尼瓦提出了一整套非线性文本结构的理论，1939 年，他开始将自己的这些开创性的想法写成文章《如我们所想》（*As We May Think*），六年之后，即 1945 年，范尼瓦将文章发表于《大西洋月刊》。该篇文章呼唤在有思维的人和所有知识之间建立一种新的关系。

---

① 黄鸣奋：《超文本诗学》，厦门大学出版社 2002 年版。

由于条件所限，范尼瓦的思想在当时并没有变成现实，但是他的思想在此后的 50 多年中产生了巨大影响。

根据"维基百科""超文本发展史"提供的材料可知，在超文本的发展历史上，有好几位著名人物发挥了重要作用。除了有"超文本鼻祖"之称的范尼瓦·布什外，美国斯坦福研究院的道格·英格尔伯特（Doug Engelbart）的贡献也不容忽视。正是这个英格尔伯特，最早将范尼瓦的思想付诸实施，他开发的联机系统 NLS（ON-Line System）已经具备了若干超文本的特性。此外，英格尔伯特还发明了鼠标、多窗口、图文组合文件等，因此，有人宣称英格尔伯特才是超文本真正的发明者。"'99 国际超文本大会"设立的最佳论文奖即以英格尔伯特的名字命名，可见其先驱地位在相关领域已成共识。

范尼瓦提出了超文本的设想，英格尔伯特将范尼瓦的想法变成了现实，但是，"超文本"这一术语的创立者却另有其人，这个为超文本命名的"教父"是美国学者泰德·纳尔逊（Ted Nelson）。1964 年，纳尔逊提出了周密系统的超文本理论，直到 1965 年，他在文本（text）前加了一个前缀"超"（hyper），于是，"超文本"（Hypertext）这一术语悄然诞生了，不过，它并没有像现在"微博"上的某些"雷人雷语"那样，一夜之间就在网络上迅速传播开来。直到 1981 年，纳尔逊在他的著作中对"超文本"进行了比较严密的阐释，其核心思想是创建一个全球化的大文档，文档的各个部分分布在不同的服务器中。通过激活称为"链接"的超文本项目，例如研究论文里的参考书目，就可以跳转到引用的论文。如今，"超文本"一词得到全世界的公认，成了这种非线性信息管理技术的专用词汇。为此，"'99 国际超文本大会"设立的新人奖特意将奖项冠名权奉送给了纳尔逊。值得注意的是，时至今日，究竟什么是超文本，学界并没有定于一尊的说法。下面是当下流行出版物中比较常用的超文本定义：

定义一：超文本（Hypertext）是用超链接的方法，将各种不同空间的文字信息组织在一起的网状文本。超文本更是一种用户界面范式，用以显示文本及与文本相关的内容。现时超文本普遍以电子文档方式存在，其中的文字包含可以切换到其他位置或者文档的链接，允许从当前阅读位置直接切换到超文本链接所指向的位置。超文本的格式有很多，最常使用的是文本置标语言（Hyper Text Mark-up Language，HTML）及富文本格式（Rich Text Format，RTF）。我们日常浏览的网页都是典型的超文本。

定义二：一种按信息之间关系非线性地存储、组织、管理和浏览信息的计算机技术。超文本技术将自然语言文本和计算机交互式地转移或动态显示线性文本的能力结合在一起，它的本质和基本特征就是在文档内部和文档之间建立关系，正是这种关系给了文本以非线性的组织。概而言之，超文本就是收集、存储、磨合、浏览、离散信息以及建立和表现信息关联的技术。

定义三：超文本是由若干信息节点和表示信息节点之间相关性的链接构成的一个具有一定逻辑结构和语义关系的非线性网络。

比较著名的还有《牛津英语词典》（1993 年版）对"超文本"的定义："一种并不形成单一系列、可按不同顺序来阅读的文本，特别是那些以让这些材料（显示在计算机终端等）的读者可以在特定点中断对一个文件的阅读以便参考相关内容的方式相互连接的文本与图像。"这一定义最后一句话引起了学者们的高度重视，即超文本不仅包含着相互连接的"文本"，而且包含着相互连接的"图像"。

我们还注意到，《牛津英语词典》的编者和许多研究者一样，把超文本看成计算机出现后的产物。按照通行的解释，超文本以计算机所储存的大量数据为基础，使得原先的线性文本变成可以通向四面八方的非线性文本，读者可以在任何一个关节点上停下来，进入另一重文本，然后再点击，进入又一重文本，理论上，这个过程是无穷无尽的。从而，原先的单一的文本变成了无限延伸、扩展的超级文本、立体文本。

但是，作为文学研究者，根据我们对网络文学多年的研究经验和体会，超文本是一个开放的概念，它理所当然可以有不同的理解。譬如，计算机科学家、认知科学家和文艺理论家对超文本的认识就很不一致。笔者在《超文本的崛起和网络时代的文学》一文中就充分论证了这样一个事实，即传统文本中普遍存在着一定的"超文本特性"，这个结论，显然与《牛津英语词典》的定义不尽一致。

根据美国学者德·布拉（De Bra）的研究，创立超文本概念的纳尔逊本人实际上只是将超文本看作一种"文学手段"！它不过是"我们已知的文学联系的电子化"[①]而已。与那些过分夸大超文本与传统文本之间的差异性的论点相比，我们比较认同纳尔逊的这种"注重根本、不忘传统"的观点，无论如何，超文本仍然是一种"文本"，从这个意义上讲，将超文本看成传统书面文本的派生物的论点是有理有据的，我们不能想象谁能凭空虚构出一套完全置传统文本于不顾的"超文本理论"。

我们认为，"超文本"是网络时代文学实现数字化生存的最重要的标志之一。从一定意义上说，网络时代的文学生产和文学消费主要是以"超文本"的样态出现的。众所周知，超文本通用的标记语言 HTML 是英文"Hyper Text Mark-up Language"首字母的缩写。作为一个计算机常用术语，超文本其实就是一些不受页面限制的"超级"文件，在超文本文件中的某些单词、符号或短语起着"热链接"（Hotlink）的作用。所谓"热链接"通常是以特殊符号（如标注下划线）或以不同颜色、不同字体将其关键词凸显于文本之中的标记，这些通往其他页面的热链接，构成了超越既定文本的超级文本网络。

这些热链接就如同罗马帝国四通八达的道路能够将罗马皇帝的权力延伸到权限所及的每一个角落一样，它们也可以在一个个容量有限且边界分明的文本之间架设自由往来的桥梁，使读者的情思在文本帝国的广阔天地之间自由翱翔。那些相关甚至不太相关的知识，只要设置了热链接，读者只需用鼠标一击，便可以从一个文件跳到另一个文件。更为可贵的是，这些超级文本文件还包含图形和图像，甚至声音和视频文件。就阅读意义而言，超文本与传统文本的注释具有异曲同工之妙，但即便是作为注释，超文本也是一种既没有层级限制又没有空间限制的超级注释。自互联网问世以来，就一直有人

---

① 黄鸣奋：《超文本诗学》，第 12 页。

在为古腾堡大唱"哀歌"，"告别诗书"和"文学终结"的言论沸沸扬扬，传统文本的千年帝国似乎就要分崩离析了。在这种背景下，对文学数字化生存的研究势在必行，其中，对文学数字化生存的主要方式超文本的理解，已经成了打开21世纪文学之门的一把重要的钥匙。（更详细的论述，参见本章第三节"超文本：存在本质与发展历程"）

二、从纸质文本到网络超文本

根据2006年版《微软大百科全书》（Encarta）的解释，"文本"至少具有10种意思：（1）相对于简介、索引、图解和标题的书籍主体；（2）书写材料；（3）演讲或声明之类的成文文稿；（4）作品选；（5）供教学与科研用的书籍；（6）教学参考书；（7）《圣经》语录；（8）相对于译文、梗概或发生了改变的原文；（9）适合于铅字印刷流程的版面；（10）计算机屏幕显示资料。尽管文本一词在不同语境下意义不同，但其最基本的含义几乎是不变的，那就是书面文字形式。《简明牛津英语字典》就干脆把文本定义为"任何书写或印刷品的文字形式"。

当我们把"文本"作为一个文艺理论与批评概念使用时，最基本的含义虽然还是"文字形式"，但其引申义却已远不局限于文字形式了，正如西方学者贝维尔在《什么是超文本》一文中指出，"文本的观念已经扩展到绘画、行为、衣着、风景——总之，一切我们附着意义于其上的事物。通常在狭义上，我们用以为例的文本是有着文字的物理存在，然而文本的关键是，它们都具有意义"。

值得注意的是，贝维尔这里所说的对象"有意义"以及"如何具有意义"是问题的关键。为此，我们必须把"文本"和"作品"区分开来才能明其大要。按照贝维尔的说法，对文本唯一可行的分析，就是把文本看作汇聚有不同作品的处所（the site of various works）。这种分析有助于解决关于文本的稳定性以及作者的意向与文本意义之间关系的难题。从一定意义上说，"文本"概念的真正价值是在与"作品"的对比中逐渐凸显出来的。在现代文艺理论和批评体系中，"文本"的地位随着作者、作品和读者三方面关系的演变不断发生变化，在 20 世纪以前，当作者具有诗人雪莱所说的"立法者"地位时，作者的中心地位是相当明显的。文本被认为是作者思想感情的真实记录，作者的真实意图是最重要的，文本只是读者接近作者的媒介。如果说文本是作者让读者猜测的谜语，那么谜底只有作者说了算。

　　既然文学作品是作者思想感情的表现或流露，那么，对作者生平和思想情感的研究就理所当然地成了文学研究的基本前提。提出文学的产生取决于"时代、种族、环境"三要素的泰纳，曾经形象地把文学作品比作"化石"，认为研究化石无非是为了再现它曾经作为"活物"时的情景，研究文本也同样是为了认识那"活人"。在这种思想的支配下，作者的身世及其社会背景的研究就变成了文学研究的中心。作品似乎只是通向这个中心的一个路标。因此，作品的渊源，作品与作家、作品与社会等方面的关系变成了文学研究的主要对象，于是，文学研究实际上与史学研究没有本质的区别了。

　　但是，文学毕竟不是历史。早在亚里士多德的《诗学》里就有诗（文学）与历史之区别的详细论述："史学家叙述已发生的史实，诗人则叙述可能发生的事情。因此，诗较历史更理想、更为重要，因为诗偏于叙述一般，历史则偏于叙述个别。"[1]如果对文学的研究只能以了解作者个人的身世际遇为理解作品的前提，以作者的本来意图为阐释作品意义的唯一标准，那么，文学还有什么普遍意义可言？带着这样一种疑问，俄国形式主义和新批评向传统文学批评发起了挑战。他们抛弃了社会—历史批评家强加在文学身上的种种社会的、历史的意义，把文学看作一个独立存在的自足体，认为：文学作为客体是独立于创造者和欣赏者之外的，而且也独立于政治、道德和宗教等各种意识形态及上层建筑，甚至还是独立于社会生活的。因此，研究文学应该研究文学作品，研究作品的艺术技巧和手法，研究文学的内在规律。[2]只有把独立的文本作为研究的中心，才能避免传统文论与批评中常见的"意图谬见"和

---

① 亚里士多德：《诗学》第 9 章。
② 陈定家：《瑞恰兹与〈文学批评原理〉》，《江汉论坛》2002 年第 4 期。

"感受谬见"。① 新批评这种完全无视作者和读者存在的批评观，其偏激与狭隘是显而易见的。

　　毕竟，文学是由作者、作品、读者共同组成的一个鲜活的整体，割断作品与作者和读者的联系，文学可能就要成为真正的"化石"了。相比之下，以读者为中心的接受美学家似乎又走了另一个极端，他们把读者的地位强调到了无以复加的地步。按照伊塞尔的说法，文学作品从作者的视角看是"艺术的"，从读者的视角看则是"审美的"。艺术的一极是作者的文本，审美的一极则是由读者对"作品的实现"。也就是说，作者所创作的文本在读者将其具体化或"实现"之前，它充其量只能说是一种"潜在的文学作品"。只有在读者的阅读过程中"文学文本"才能转化为"文学作品"。而读者在阅读文学文本的过程中需要克服各种障碍，在不断的"期待"与"回顾"中，重建文本的连续性，用想象来"完形"（格式塔）或实现文本的潜能。因此，阅读的"完形"过程，其实就是读者参与文本审美对象和意义生成的再创造过程。不难看出，伊塞尔的研究重点既不是作者，也不是作品，而是在总体性研究原则的基础上，把研究重心转向了读者。毫无疑问，这有助于恢复被形式主义割断了的文学与社会及历史之间的血肉联系，能更深刻、更准确地从全方位和于动态中把握文学活动的本质。因此，当不可一世的新批评理论变成众矢之的的时候，接受美学和其他一些新潮理论迅速取代了新批评的重要地位。

　　当以接受美学为理论基础的读者反应批评形成潮流时，"读者""阅读过程""反应""接受""交流""影响"等成了文学研究论文中最流行的关键词，"文本"的中心地位已不复存在。其实，古今中外的作家批评家一般都知道读者有多么重要，即便在新批评崛起前后，读者的重要性也没有被遗忘。例如，

---

① 新批评理论家维姆萨特和比尔兹利合写的两篇文章：《意图谬见》《感受谬见》。所谓"意图谬见"，是指"将诗与其产生的过程相混淆……其始是从写作的心理原因中推衍出批评标准，其终则是传记式批评和相对主义"。所谓"感受谬见"是指"将诗与诗的结果相混淆……其始是从诗的心理效果推衍出批评标准，其终则是印象主义和相对主义"。参见赵毅衡主编：《"新批评"文集》，中国社会科学出版社1988年版，第228页。

罗森布拉特在《作为探索的文学》（1938）中，就已明确提出了"文学沟通"的观念，认为作品是通过作者与读者之间的"沟通"来实现的，因此，没有成为阅读对象的作品是没有任何意义的，这就如同马克思所说的没有人居住的房屋不是真正意义上的房屋一样。只有文本所具有的潜在形象和意义在读者的头脑中得以实现之后，文本才会变成作品。

2003 年，笔者和南京大学的汪正龙教授等人翻译了伊塞尔的《虚构与想象》一书，在本书的译后记中，笔者写下了这样一段文字："20 世纪的西方美学和文艺理论，思潮迭起，流派纷呈。……在理论风云变幻无定的近百年中，比较而言，大体上有这样的三种类型仍旧引人注目：（1）主要以作者为中心的'表现主义'理论，如克罗齐的直觉主义，弗洛伊德的精神分析学，荣格的神话原型理论；（2）主要以作品为中心的'形式主义'理论，如以雅格布森为代表的'俄国形式主义'，兰塞姆等人热衷的'新批评'，以及罗兰·巴特等人倡导的'结构主义'；（3）以读者为中心的'读者反应批评'和'接受美学'等，主要代表有英伽登的'阅读现象学'，伽达默尔的阐释学以及姚斯、伊塞尔倡导的接受美学。"[1]

在美学和文学理论的这样一种发展"顺序"中，文本的地位、特征、功能和影响也发生了相应的变化。理论的这种变化自然有多方面的原因，其中文学实践因素往往具有决定性的意义。"只要比较一下十九世纪巴尔扎克式现实主义小说或雨果式浪漫主义小说与二十世纪卡夫卡或乔伊斯式的小说，谁都会感觉到现代文学的独特性。巴尔扎克对客观历史进程的信赖和雨果对人性的期望，在现代作家身上似乎都消失了……莫道作者不是英雄，就连传统作品中的英雄在越来越具讽刺性的现代文学中，也逐渐变矮变小，成了反英雄，二十世纪文论不再那么看重诗人英雄创造，却强调批评的独立性，乃至宣告作品与作者无关。""二十世纪形形色色的西方文论如果说有什么明显的总趋势，那就是由以创作为中心转移到以作品本身和对作品的接受为中

---

① 伊塞尔：《虚构与想象》，陈定家、汪正龙等译，吉林教育出版社 2003 年版。

心……"①这种理论上的转变来源于文学实践又反过来影响着文学的发展。罗伯-格利耶曾经指出，巴尔扎克的时代是稳定的，当时的社会现实是一个完整体，因此，巴尔扎克表现了他的整体性。但 20 世纪则不同了，它是不稳定的，是浮动的，是让人捉摸不透的，它有很多含义都难以揣测，因此，无论是逃避现实还是面对现实，也不管作者从什么角度去写，结果总会呈现出一种飘浮不定、难以捉摸的时代特性来。

在人类进入 21 世纪前后，人类精神世界的这种"飘忽不定、难以捉摸"的特性剧烈膨胀起来，并在无中心而多中心的互联网上得到了酣畅淋漓的表现。单从文学写作和阅读来说，在互联网这个无边无际、无主无定的赛博世界里，"唯变唯不变"的极端化态势越来越明显。由于超文本具有云水一般随物赋形的"完全灵活性"，因此，它能轻而易举地为各种繁杂而奇妙的不确定性提供自由出入文学王国的通行证。相对于传统文本而言，超文本对读写的影响是革命性的，它给人类精神生产领域带来了全局性的变革，这种正在快速推进的变革，横向辐射之深远，纵向震动之强烈，可以说都是史无前例的。尽管如此，我们也应该看到，超文本毕竟没有完全脱离文本的行迹，即便是超文本引以为豪的所谓"完全灵活性"，也明显残留着传统文本的胎记。

纵观文本发展的历史，从陶塑、骨雕、铜铸、缣文、帛书的文字形态到印刷文本的"粉墨登场"，由"泥与木"到"铅与火"再到"光与电"……在经历了一系列的渐变与突转之后，整个"表意"家族正经历着从 A 到 B，即从原子（Atom）到比特（Bit）的快速跃迁，一个全新的"超文本"世界轰然洞开。在这里，超文本鼻祖范尼瓦在《如我们所想》（1945）中意在借"机"拓展人脑联想功能之"所想"几成现实；"这样一来，计算机就从一个可计算的程序变为一种思维机器，它一下子从通信的模式构造完全变成了大脑模拟器。甚至人们对于装上了人工智能翅膀的精神最终可以从人类肉体的尘世纠

---

① 张隆溪：《二十世纪西方文论述评》，生活·读书·新知三联书店 1986 年版，第 6 页。

缠中解放出来的'期望'也变得十分强烈"①。而在"所见即所想，所想即所得"的"超媒介"支持下，"人人成为艺术家"的梦想似乎离现实也不再那么遥远了。在这样一种全新语境中，"什么是超文本"的问题或许要变成"什么不是超文本"了。

当然，我们也不无遗憾地看到，超文本在催生大众审美狂欢的同时也制造了惊人的文化垃圾。按照超文本理论家乔治·兰道的说法，数字化超文本只不过借助网络技术，完成了结构主义以来的文本理论家与批评理论家们的设计而已，为超文本提供标志性特点之一的"超链接"（hyperlink）其实并非从天而降的"神赐妙品"，它的核心内容早已存在于巴特、德里达和克里斯蒂娃等人的文本理论之中。它在实现前人梦想的同时也为今人带来了新的难题。但中国文论界在这个领域的研究还远未达到国际水准，虽已出现了《超文本诗学》《网络文学本体论》《网络叙事学》等重要著作，但总体上仍处于理论建构的起步阶段。

当然，超文本及其相关研究毕竟只是蓓蕾初放的新鲜事物，从崭露头角到渐成气象都需要一个发展过程。不难看出，随着超文本的日益普及，文学创作、传播与接受正在经受一次前所未有的革命，相关研究也处在风生水起的关口。基于这样一种认识，我们有理由得出这样一个结论——"超文本是连接历史与未来的桥梁"。虽然我们大多数人一时还难以真切地看到太多的动人景观，但如今已很少有人再怀疑，在这个"桥梁"的另一端的确存在着一个精彩纷呈、前景无限却又危机四伏、处处陷阱的全新世界。

三、"超文本"与"文献宇宙"

首先，互联网吐纳天地、熔铸古今的博大胸怀，使超文本具有超乎想象的包容性。照兰道的说法，整个互联网原本就是一个硕大无朋的超文本，它最大的特点就是，能无与伦比地凸显出文本潜藏的"互文性"，使文本之间

---

① 西皮尔·克莱默尔：《传媒、计算机、实在性——真实性表象和新传媒》，孙和平译，中国社会科学出版社 2008 年版，第 2 页。

相互依存、彼此对释、意义共生的潜能得到最充分的呈现或迸发。超文本另一个非同寻常的力量在于，它能轻而易举地将传统文本千年帝国的万方疆土，悉数纳入比特王国的版图。因此，在"具备万物、横绝太空"的超文本面前，任何辉煌灿烂的传统文本都将黯然失色。

我们知道，每一部经典文学作品，都是一个既自足又开放的世界。例如，曹雪芹的《红楼梦》原本是一部没有结尾的残稿，这部"天缺一角"的奇书自问世以来，一直吸引着骚人墨客的"补天之作"，据一粟编著的《〈红楼梦〉书录》所列，颇有脸面的续作就有 30 部之多。它的残缺破损之处，反倒为雪片翻飞的续作留下了翩翩起舞的"互文性"空间。谁料这种"结构性缺憾"，反倒成全了"残书"的"互文性无憾"？对此，王蒙有过这样的感叹："请问，有哪一位小说家哪一部小说有这样的幸运，有这样的成为永久的与普遍的话题的可能？此时无声胜有声，此书无结束胜有结束。不让《红楼梦》有一个符合标准的结尾乃是最好的结尾，不让完成就是最好的完成。这简直是天意，苍天助'红'！要说遗憾，这遗憾与整个人类对世界对人生的遗憾，与'前不见古人，后不见来者，念天地之悠悠，独怆然而涕下'的遗憾相共振。正是这种遗憾深化了《红楼梦》的内涵，动人得紧，善哉《红楼梦》之佚去后四十回也。"[①] 这种动情的赞叹固然不乏精彩与精辟，但王蒙把《红楼梦》说成是空前绝后的"经拉又经揣，经洗又经晒"的文本就未免有些绝对了。说到底，《红楼梦》也只不过是网络超文本的基本细胞而已。对成功的名著，海明威曾有过著名的"冰山之喻"。如果说曹雪芹的《红楼梦》是漂浮于海面的冰山，那么它沉浸在水中的主体部分，理应是一个相对开放的"互文性"世界。离开了这个比文本本身丰富得多、精彩得多的"互文性"世界，再美的"红楼"，也不过是极尽雕梁画栋之绚烂的一堆土木砖石而已。

值得注意的是，与超文本相比，即便是《红楼梦》这样的皇皇巨著也明显有其致命的弱点——形式与内容的双重局限。吴伯凡在《孤独的狂欢》中

---

① 王蒙：《双飞翼》，生活·读书·新知三联书店 2006 年版，第 163 页。

把专论"超文本"的章节命名为——"'超文本':从'死书'到'活书'"。他把一切纸媒文本称为"死书",因为它们不仅装订"死板"、印刷"刻板"、编排"呆板",从内容上说也万万不及现实社会的生气勃勃、多姿多彩,在不断发展的真理面前它们更加显得焦虑无依、进退失据。禅宗的创立者为了避免常青的真理之树因"刻板"而"死于言下",甚至提出了"不立文字"的极端主张。因此,即便是《红楼梦》一样壮丽的冰山,如果与超文本的浩渺汪洋相较,也会显得如同一滴水珠那样细微渺小。

尼葛洛庞帝说过:"印刷出来的书很难解决深度与广度的矛盾,因为要想使一本书既具有学术专著的深度又具有百科全书的广度,那么这本书就会有一英里厚。而电脑解决了这个矛盾。电脑不在乎一'本'书到底是一英寸厚还是一英里厚。如果有必要,一台网络化的电脑里可能具有 10 个国会图书馆的藏书量。……即使我把美国国会图书馆的所有书下载到我的电脑里,我的电脑也不会增加一微克的重量。"[1]

"大而无外"的网络空间这种"不知轻重"的品格赋予了超文本无限的延展性,超文本也因此具有无中心、无构造、无主次的灵活多变的特点,显然,这是传统文本向往已久却永难企及的理想境界。按照罗兰·巴特的说法,传统文本也并非一个封闭的孤城,那些被阅读的文本,貌似一个自成一体的小世界,实际上那只是为对话提供一个相对静止的场景而已。巴特在《S/Z》中所设想的理想的文本,就是众网络交错、相互作用的一种无中心、无主次、无边缘的开放空间。文本根本就不是对应于所指的规范化图式,就其潜在的无穷表意功能而言,"理想的文本"是一片"闪烁不定的能指的群星",它由许多平行或未必平行的互动因素组成。它不像线性文本那样有所指的结构,有固定的开头和明显的结尾,即便作者提笔时情思泉涌,搁笔时意犹未尽,被钉死于封面与封底之间的纸媒文本也至少在形式上是一个相对独立的小世界,全须全尾,有始有终。

---

[1] 参见吴伯凡:《孤独的狂欢》,网络版,超星图书馆。

　　传统文本的情况是，有一千个读者就有一千个"哈姆雷特"，超文本的情况要复杂得多：同一个读者也可以读出一千个"哈姆雷特"来。在超文本语境中，古今中外所有的"经学家""道学家""革命家""才子"和"流言家"的知识背景都浑然混合一体，没有孔孟老庄之别，也没有儒道骚禅之分，希腊罗马并驾齐驱，金人玉佛促膝而谈……一切学科界限，一切门户之见，在超文本世界里都已形同虚设。网络世界的浩瀚无垠，让人联想到黄兴在《太平洋舟中诗》中的慨叹："茫茫天地阔，何处着吾身？"超文本像一个既没有此岸也没有彼岸的大海，承载着无数的舟船，虽然没有故土，却处处都是家园，无尽的连接、无尽的交错、无尽的跳转、无尽的历险……网上冲浪者，就像那汪洋中的一条船，但他永远不用担心迷失方向。因为，网络备有包举宇内、吞吐八荒的引擎，它总能让人在文本的汪洋中随时准确地找到航道。

　　其次，超文本使文学得以解除经典的禁锢，冲破语言的牢笼。它不仅为创作、传播与接受提供了全新的媒介，它还让艺术家看到了表情达意走向无限自由的新希望。众所周知，妥善处理思维的多向性与语言的单线性之间的矛盾，一直是白纸黑字的"书面写作"必须跨越的铁门槛。刘勰曾经感叹"意翻空而易奇，言征实而难巧"，陀思妥耶夫斯基也曾深深地体验过"语言的痛苦和悲哀"。而超文本写作则正是一种将"翻空易奇"的千头万绪"网络"为一个整体的制作过程。"文不逮意"似乎不再是作家的心头之患。从这一点看，今天的作家是幸运的，他们找到了"超文本"这一解决传统作家"言意困惑"的有力武器。

　　世界万物之间原本就是一种非线性关系，所谓线性关系不过是非线性关系中的特例而已。现实世界中并不存在纯粹的线性关系，这就如同现实生活中根本就不存在像理论一样纯粹化的直线一样。由于超文本使用的是一种非线性的多项链接，"写读者"① 可以随心所欲地在相互链接的节点之间轻快跳

---

① 在超文本系统中，读者成为集阅读与写作于一身的"作者—读者"。为此，罗森伯格杜撰了一个新单词"写读者"（wreader）来描述这种超文本阅读过程中"读写界限消弭一空"的新角色。显然，这个新单词是将作者（writer）与读者（reader）两词去尾斩头后拼合而成的。

转，形形色色的文本在聚合轴上任意驰骋。守着方寸荧屏里这个无限开放的超文本世界，便足以"观古今于须臾，抚四海于一瞬"。

从文学创作的角度看，作者的思绪路径往往是复杂、闪烁、诡变、不可意料的，关于这一点，《红楼梦》或《管锥编》都是生动的例证。从超文本的起源看，人脑本质上就是超文本最初的母本，它是既呈现多姿多彩又符合规律规则的奇妙混合体。可以说，互联网和超文本既是人脑的产物，同时也是人脑的摹本。它们的大多数奥秘都早已在观念和实践的层面悄然地成形于传统文本的潜能中。关于这一点，中外学者的论述繁杂而宏富，例如，法国学者埃德尔曼（Edelman）认为，人脑的进化和对语言的运用以及文字的适应是一个十分复杂的问题。"百亿细胞的大脑综合了初级神经元（接收感官传递的原始信息）、高级神经元（处理信息）和十分复杂的神经元整体（组合信息并通过细胞间的联系进行大脑概括）。人类的特征性既存在于整体系统的总体合成，又存在于单独的自动转化和这一过程中经验（也就是历史）所占的位置。"①文字之于人脑的情形尚且如此复杂，何况由文字细胞组成的文本与大脑的依存、同构、互动、冲突、变异等复杂关系及其潜藏的奥秘，人类迄今为止的研究还只能涉及其冰山之一角。正如文本的许多特征隐藏在文字的奥秘之中一样，超文本的许多特征实际上大多可以在传统文本中探究其踪迹。

从文学接受的角度看，读者的联想往往也和作者的思路一样错综复杂，千回百转。《红楼梦》（第二十五回）中林黛玉听《西厢记》就是经典的例子：黛玉听到"原来姹紫嫣红开遍，似这般都付与断井颓垣"十分感慨缠绵。听唱"良辰美景奈何天，赏心乐事谁家院"不觉点头自叹。听了"则为你如花美眷，似水流年"这两句，不觉心动神摇。又听见"你在幽闺自怜"等句，亦发如醉如痴，站立不住，便一蹲身坐在一块山子石上，细嚼"如花美眷，似水流年"八个字的滋味。忽又想起前日见古人诗中有"水流花谢两无情"之句，再又有词中有"流水落花春去也，天上人间"之句，又兼方才所

---

① 弗雷德里克·巴比耶：《书籍的历史》，刘阳等译，广西师范大学出版社 2005 年版，第 11 页。

见《西厢记》中"花落水流红，闲愁万种"之句，都一时想起来，凑聚在一处。仔细忖度，不觉心痛神痴，眼中落泪。

在林黛玉的脑海里，"姹紫嫣红""良辰美景""如花美眷""流水落花"等脆弱美丽、清雅虚幻的形象，以互文的形式构成了盘根错节的"超文本"——眼前耳边，戏里书外，往日今朝，千头万绪，凑聚一处。于是她点头自叹，与作者形成了同声相应、同气相求的忘情交流，并渐渐进入如醉如痴的共鸣境界。此时，读者与作者、语言与情感、戏文与诗文、心境与环境、黛玉与莺莺、《西厢记》与《红楼梦》……样样浑然一体，全然没有分别。至此，"心痛神痴，眼中落泪"的究竟是听《西厢记》的林黛玉，还是写《红楼梦》的曹雪芹，抑或是"神痴"于"林妹妹"的读书人？对于一个沉浸于《红楼梦》的读者而言，这一切不过是一团虚幻而杂乱的思绪与情感而已。如此复杂的审美体验，是很难给那些缺乏知识或缺少心境的读者带来应有的艺术想象的。相比之下，网络超文本对经典作品的通俗化、快餐化、图像化、影视化、视频化等，为满足文学经典消费不同层次的需要，提供了多种渠道和途径。"旧时王谢堂前燕，飞入寻常百姓家。"超文本把高雅艺术从贵族的深深庭院带到了大庭广众中间。

更为重要的是，在网络语境中，作为超文本组成部分的每一部作品都将"从符号载体上体现文本与文本之间的关系，或者某一文本通过存储、记忆、复制、修订、续写等方式，向其他文本产生扩散性影响。电子文本叙事预设了一种对话模式，这里面既有乔纳森·卡勒所说的逻辑预设、文学预设、修辞预设和语用预设，又有传统写作所没有的虚拟真实、赛博空间、交往互动和多媒体表达"[1]。不仅文学经典平添了多重身份并获得了千变万化的本领，一般作品也可能在无休止的变形改造过程中成为优秀艺术品。

超文本的网络链接，让作者和读者可以在无穷尽的阅读可能性之中肆意游荡。"写读者"如同乘坐洲际旅行的空中客车，可以忽略时间的存在恣意遨

---

① 欧阳友权：《网络文学本体论》，中国文联出版社 2004 年版。

遥地穿越天南海北。在网络的登录处，最初的文本或许会如机场的跑道一样清晰，但随着游览眼界的不断扩大，一条条道路渐渐变得模糊起来，作为网上逍遥客，我们究竟"从何而来，向何处去"有时也变得不再十分明确，开始的目的地在缤纷多彩的旅途中已变得无足轻重了，那些曾经魂牵梦萦的城市因尽收眼底而顿时丧失了神秘的魅力。事事变得如此轻而易举，样样得来全不费功夫。

所有神话般的惊人变化，都源于这样一个秘密——"超文本"背后隐藏着一个比特化的"文献宇宙"（Docuverse）[①]。正是凭着这个"思接千载，视通万里"的 Docuverse，超文本才能施展魔法把"写读者"带到一种理想的艺术境界："刹那见终古，微尘显大千。"

最后，超文本不仅穿越了图像与文字的屏障，弥合了写作与阅读的鸿沟，而且还在文学、艺术和文化的诸种要素之间建立了一种交响乐式的话语狂欢和文本互动机制，它将千百年来众生与万物之间既有的和可能的呼应关系，以及所有相关的动人景象都一一浓缩到赛博空间中，将文学家梦想的审美精神家园变成更为具体可感的数字化声像，变成比真实世界更为清晰逼真的"虚拟现实"。对文学而言，这是一场触及存在本质的革命，那种认为超文本写作不过是"换笔"的说法纯属肤浅的皮相之论，套用麦克卢汉的说法，数字化对文学的影响"不是发生在意见和观念的层面上，而是要坚定不移、不可抗拒地改变人的感觉比率和感知模式"[②]。从这个意义上说，超文本是文学存在本质的易位。作家首先得把数字符号转化为语言文字，其次，文本形态也由硬载体（书刊等）转向了软载体（网），在电脑中，数字书写和储存都已泯灭了物质的当量性。

这种转变说明，真正的"超文本文学"只能存活在网络上。如迈克尔·乔伊斯的《下午》、麦马特的《奢华》等就是如此。此外，真正的超文本

---

① docuverse 是尼尔森自创的新词，由 document（文献）和 universe（宇宙）去尾截头拼合而成。
② 麦克卢汉：《理解媒介》，何道宽译，商务印书馆 2000 年版，第 46 页。

应该永远处于开放状态，著名的"泥巴游戏"（MUD）其实就是一部永远开放、永未完成、多角互动性的集体创作的小说。多媒体是网络文学可以利用的又一重要资源，它使我们不仅沉浸在纯文字的想象之中，还让我们直接感觉到与之相关的真实声音、人物的容貌身姿以及他生存的环境等，甚至我们还可以与人物一起生活，真正体验人物的内在情感和心理过程。因此，真正的网络文学在叙事方法上与传统文学存在巨大差异。如网络小说《火星之恋》在讲故事的过程中，不断有音乐、图片、视频相伴。在这里，体裁、主题、主角、线索、视角、开端、结局、边界这些传统文学的概念已统统失效。读者只需把鼠标轻轻一点，文本、图像、音乐、视频等数字化军团便呼啸而来，偶有感想，还可以率尔操觚，放开手脚风雅一把，互动一把。

我们只要登录某个文学网站就会看到，不少文学作品都有同名的"电影版"或"游戏版"，这些电影版与游戏版当然是极为不同的，但它们都能极为娴熟地利用先进的数码技术追求声光效果，强化感官刺激，使传统文学的艺术效果在互联网上得到魔幻般的展示和张扬。这种将"声""图""文"三个王国完美和谐地归为一统的新媒体技术，在网络问世以前就由影视艺术工作者捷足先登了。但影视艺术，对于接受者来说，在时间和空间上都有严格的要求和限制，而在网络世界里，艺术参与者在时间和空间上则拥有更大的"自由度"。此外，网络不仅是文字的理想载体，而且还是声音与画面的极佳载体。在网络上，我们常常可以读到"会说话""会跳舞"的文学名著。虽然，网络上配有音乐和图像的文学作品，在形式上与电视文学作品（如电视散文）没有多大差别，但网上众多相关评论和无数的相关链接，却隐藏着电视所无法比拟的精彩世界。在其他很多方面，网络文学和网络艺术的灵活性和综合性也是传统文学甚至传统影视艺术所无法比拟的。还有一点尤其值得我们重视，那就是网络技术在影视艺术领域得到了出神入化的运用，并取得了一系列辉煌的成就，这为网络时代文学的生存和发展提供了极为可贵的借鉴。

超文本与超媒体的结合，极大地促进了文学图形化与声像化的步伐。影像作为一种更加感性的符号，它的日臻完美将对书籍——书写文化的保存形式——造成巨大压力，也使文字阅读过程中包含的理性思考遭到剥夺。尼葛洛庞帝也曾经指出："互动式多媒体留下的想象空间极为有限。像一部好莱坞电影一样，多媒体的表现方式太过具体，因此越来越难找到想象力挥洒的空间。相反地，文字能够激发意象和隐喻，使读者能够从想象和经验中衍生出丰富的意义。阅读小说的时候，是你赋予它声音、颜色和动感。我相信要真正感受和领会'数字化'对你生活的意义，也同样需要个人经验的延伸。"[①]其实，超文本不仅是我们"个人经验的延伸"，作为新兴媒介，它本质上也可以说是"人的延伸"。

第三节　超文本：存在本质与发展历程

就像大多数文学概念一样，"超文本"是一个使用相当混乱的术语。语言应用上的混乱往往是概念内涵不明晰、外延不确定等因素造成的。众所周知，对一个正在快速发展的研究对象下定义，这一向是理论研究的难题。虽然我们明知无法给超文本下一个准确而服众的定义，但是，"超文本"作为本书的研究对象，对其基本内涵做一些基本设定或定义还是必不可少的，至少，在笔者心目中应该对超文本概念有一个相对稳定的学术轮廓与框架。

一、如何理解"超文本"

在不同语境中"超文本"具有不同的含义。黄鸣奋先生在《超文本诗学》一书中说：

> 当谈到"超文本是文本"时，超文本被作为文本的一种类型；当谈到"超文本不是文本"时，超文本被作为一种特殊传播手段，区别于一般意义上的文本而存在；当谈到"一切文本都是超文本"

---

① 尼葛洛庞帝：《数字化生存》，胡泳、范海燕译，海南出版社1997年版，第17页。

时，超文本被作为文本共有的属性；当谈到"超文本是一切文本"时，超文本被作为文本的存在环境。显而易见，"超文本"有多种含义。[1]

不难想见，如何理解"超文本"的确切含义绝不是一个简单问题。从词源学的角度说，超文本这个术语是美国学者纳尔逊（Nelson）于 1965 年提出来的。从字面意义看，hypertext 是由 hyper 与 text 合成的。hyper 是一个由古希腊语转化而来的词根，具有"超""上""外""旁"等含义。在纳尔逊的定义中，"超文本"的核心意义是"非连续写作"（non-sequential writing），这与我们通常从阅读的视角来看待超文本有所不同，事实上纳尔逊并没有将"读"与"写"的界限严格加以区分，因为，屏幕上的阅读与写作没有传统读写之间的差异那么大，超文本的读与写，往往是紧密纠缠在一起的。按照接受美学的说法，即便是传统的阅读，也是一种不动笔的重新"书写"（即"二度创作"）。更何况，屏幕上原本就没有一成不变的文本。

罗伯特·库弗甚至把超文本看作是《书籍的终结》的根本缘由。从本质上讲，"超文本"并不是一种系统，而是一个泛指的名词。在泰德·纳尔逊那里，主要是指计算机写作，它为非线性和非有序性空间的叙事提供了可能性，而且，它与印刷文本不同，超文本在文本各部分之间提供了多种路径，即所谓 Lexias（文本各组成部分之间或文本与文本之间的链接）。Lexias 这个术语是从"前超文本"（pre-hypertextual）时期颇有先见之明的作家罗兰·巴特那里借来的。由于文本互换路径的网络化（相对于印刷文本只能朝一个固定方向翻页的情形而言），超文本提供了一种具有发散性的多样化技术。这种技术有交互功能和"复调"特色，有利于读者对既定文本的多样回应，使读者得以走出作者中心论的陷阱。超文本读者和作者之间是一种"同读或共写"（co-learners or co-writers）的合作／互动关系，读者与作者就像是绘制或重绘

---

[1] 黄鸣奋：《超文本诗学》，第 261 页。

文本"地图"的旅伴，这些文本构件并非完全由作者提供。特别值得注意的是，库弗所说的"文本构件"是一个包括视觉、动量和听觉等因素在内的复杂概念。

视觉因素的突现是超文本的一个重要特征。"对超文本来说，多义纷呈是极为流行的事情：作为文本要素的图表，无论是手绘的还是扫描的，都已成为叙述的有机构件，富有想象力的字形变化，已被用于不同声音的识别和情节因素的设置之中。同时，超文本在正规文件中还有许多有效的应用，可见它并非小说所专有，比如统计图表、抒情歌词、报刊文章、电影脚本、随手涂鸦、摄影作品、棒球卡片、盒式记分、字典条目、摇滚音乐、相册封面、天气预报、搭伙游戏以及医疗与警事报告等，均有超文本大显身手的用武之地。"①

在网络或在线语境中，"文本"经典化的确定性业已丧失殆尽。一个在线读写者如何判断、分析、创作出一部常读常新的作品？不再局限于线性书写的叙述之流又究竟何去何从？这些过去别无选择的事情，现在都成了在线读写者必须面对的问题。由此，库弗重点讨论了超文本这样两个特征——不确定性和非完整性。

所谓"不确定性"，即超文本解构了传统文本不可移易的确定性。"是的，叙述之流仍在继续，但是在缺乏维度的无限广阔的超空间里，叙述之流更像是无边扩展的气浪；它冒着丧失向心力的风险四处张延，传统文本的经典化的确定性被一种静态而廉价的抒情性所取代，这种抒情性是早期科幻电影所表现的在大气中梦游的失重感觉。"②这就是说，在线写作首先颠覆了传统文本白纸黑字式的确定性。

所谓"非完整性"，即在超文本语境中，传统文本的完整性已经不复存在。读者要求文本具有连贯性和完整性，而文本则天然具有反完整性的叙事

---

① 在这里，超文本是作为一种技术被应用于各种艺术文本和应用文本之中的。参见罗伯特·库弗：《书籍的终结》，陈定家译，《南阳师范学院学报》2007年第2期。

② 参见罗伯特·库弗：《书籍的终结》。

延展性冲动，从这种意义上说，"所谓完整性，实际上就意味着文本的终结，于是，读者与超文本之间的矛盾就这样出现了。的确，在这种情况下，完整性便成了一个难解之谜。如果一切都处在无尽的变化过程之中，那么，无论是作为读者还是作为作者，也不管是写作或阅读，我们的工作岂不是永远没有完结的时候？如果作者可以自由地在任何地方任何时候、随心所欲地向任何方向发展故事，这岂不是太不负责任了？毫无疑问，这将是未来的叙事艺术家们，甚至包括那些固守传统印刷技术的艺术家所面临的主要问题。完整性或封闭性过去就一直是一个主题——难道不是吗？在文学的黎明时期，当《吉尔迦美什》被印在切开的泥板上的时候，完整性就是一个主要问题，当《荷马史诗》在 26 个世纪之前被革新技术的希腊文学家写在纸莎草上时，完整性就已然是一个主要问题"①。

当然，超文本作为一个全新的独一无二的环境还具有许多其他方面的特征。"以超文本工作的艺术家也只能获得超文本读者的理解，并很可能在超文本里接受评判与批评。文学批评也如同小说一样，正在告别书页向网上迁移，批评本身向来就容易产生思想与文本的变化。流动性、偶然性、不明确性、复数性、不连贯性等是今日超文本的热门词汇，它们似乎很快就会成为原理，就像爱因斯坦的相对论取代了牛顿的经典力学一样。"②

有些学者将超文本与超媒体的概念严格区分开来，这种严谨的治学态度固然可取，但于问题的有效性解决并无太多助益。我们知道，纳尔逊提出超文本概念的时候，超媒体还只是一种构想。因此，在这个概念的首倡者那里，图像与声音是与超文本无缘的。但是，随着计算机技术的发展，超文本的内涵也悄然发生了变化，声音与影像也在不经意间渗透到了超文本的领域之中。

值得注意的是，《牛津英语词典》（1993 年版）在解释超文本概念时只是把图像写进了词条的解释之中："一种并不形成单一系列、可按不同顺序来阅

---

① 参见罗伯特·库弗：《书籍的终结》。

② 参见罗伯特·库弗：《书籍的终结》。

读的文本，特别是那些以让这些材料（显示在计算机终端等）的读者可以在特定点中断对一个文件的阅读以便参考相关内容的方式相互连接的文本与图像。"声音文件被排斥在外，更不用说影像文件了。

按照英国彼得·科林公司出版的《多媒体词典》（*Multimedia Dictionary*）的定义，超文本（hypertext）即"组织信息的系统。文档中的某些关键词连接到其他文档或把用户带到书中其他位置，或当用户选择热字时显示有关的文本"。在这个简洁的定义中，有这样几个相关概念必须进一步得到解释。首先是"热字"（Hot word）。按照该词典的解释，所谓"热字"，是指"显示文本中的字，当把光标移动到它的上面或用户选择它时，会自动执行一定的操作。通常以不同的颜色显示，用来解释复杂的词或建立文本之间的连接"①。

与连接相关的重要概念是"超链接"（Hyperlink）。所谓"超链接"是指"在多媒体书籍中与页面上按钮或关键词相关联的一系列命令，把它连接到其他页面，当用户单点击按钮或关键词时，超链接把用户带到连接的目的地址或显示连接的目的页面"。除此之外，我们还要引用另外两个重要概念：一个是超媒体（Hypermedia），即能够显示图像和播放声音的超文本文档；另一个是"文本置标语言"（HTML，Hyper Text Mark-up Language），用于定义超文本文档的标志符，一般用于定义 Internet 上 World Wide Web 屏幕显示，与 SGML（Standard Generalized Markup Language）类似，例如，代码"<p>"表示新的段落，代码"<b>"表示加粗显示。

根据专家的说法，HTML 事实上是 SGML 标准的一种应用。SGML 本身是用于描述结构化文档的通用置标语言，可用于各种类型的电子出版，用作不同文档处理系统之间进行数据交换的中间描述语言。它于 1986 年成为国际标准（ISO 8879—1986）。为了行文方便，学术界大多数讨论超文本的文章对以上几个相关概念并没有做严格区分，广义的超文本概念，实际上包含以上"相关概念"所涉及的所有内容。本书未做特别说明时，照惯例使用广义的超

---

① 参见 S.M.H. 科林编：《多媒体词典》，世界图书出版公司 2000 年版，第 135 页。

文本概念，此外，本书还将科林的"连接"一律写作"链接"。关于超文本是否包括超媒体的问题，学界有不同看法。考虑到超媒体是一个导源于超文本且在学术研究中使用得越来越广泛的重要词汇，超媒体自然具有自己独特的内涵。但是，随着广义的超文本概念越来越普遍地被接受，超文本与超媒体之间的区别在宏观研究过程中似乎没有严格区分的必要。如前所述，早期超文本是与图像和声音无缘的，但是后来图像成了超文本的重要内容，就像《牛津英语词典》所定义的那样。今天，许多研究超文本的学者，理所当然地把音频文件看作超文本的组成部分。例如，在黄鸣奋先生《超文本诗学》等一系列著作中，声音文件一直被认为是超文本的重要组成部分。

德国学者西皮尔·克莱默尔认为："与货币作为经济上的媒介相类似，二进制编码也变成了符号学上的'一般货币'，在它的'价值'中可以传递任何其他符号系统。因此，正如从语音书写引入的语言和书写的交互作用对于西方'精神'的标记特别富有成果和富有启发性那样，类似于传媒，数字化或许也会显示出图像和书写之间具有变革性的交互关系。"①克莱默尔的这种说法，让我们联想到这样一种观念，即数字化技术可抹平各类传统媒介之差异性，而我们理解的超文本，理所当然具有克服不同媒介体系难以兼容的各种障碍的潜能。

从这个前提出发，我们比较赞同将超文本因素看作一系列数据或数据库的观点，只有将超文本所能应用和调动的各种数字化因素看作其组成部分，超文本的这个"超"字才显得名副其实了，因此，我有时候也把视频文件纳入超文本研究的视野，例如大量使用视频文件的网络"恶搞"。这种文化现象也许是影视文化研究者的地盘，但是，以艺术生产的视角观之，许多网络"恶搞"实际上完全可以看作一种"视频文学"。西方学者施奈德曼就认为，超文本是一种有着活跃的交叉参考的数据库，他主张将"超文本"和"超文

---

① 西皮尔·克莱默尔：《传媒、计算机、实在性——真实性表象和新传媒》，孙和平译，中国社会科学出版社 2008 年版，第 3 页。

件""超文本系统"加以区分。"超文件"指的是一种信息的内容，包括信息的项目（节点）以及它们之间的联系（链接），而不管是用什么系统从事阅读与写作。"超文本系统"是指一种可用来阅读和写作的"超文件"的软件。"超文本"是包含了"超文件"的超文本系统。根据德·布拉的观点，整个万维网（WWW）实际上是一个巨大的超文本。①

　　概而言之，早期的超文本系统是指一种非连续性的文字信息呈现方式，它利用链（Link）将非线性分布的节点（Node）上的信息相联结，形成具有相关性的信息体系。链的外观表现为字串，是文章的一部分，读者在浏览时可顺着"链接交叉"参考其他文章（即节点），超文本是以非顺序的、随机的访问方式安排的文件。广义的超文本是一组可供读写者灵活地交叉互动的数据库。② 美国学者曼纽尔·卡斯特认为，超文本这个神秘的魔盒，体现了信息时代文化传播最创新的思维方式。以超文本为标志的新兴通信方式的出现，实际上是一种新的文化，它可以被同时发生的五个过程所证明。这五个过程包括：（1）集聚，将艺术形式与技术结合成表达的混合形式；（2）互动，用户直接操纵和影响他的媒体经历的能力，以及通过媒体与其他用户通信的能力；（3）超媒体，将独立的媒体彼此连接起来，创建一个个人的联系；（4）侵入，进入三维环境模拟的经历；（5）叙事，美学和形式上的策略。来自上述的概念，引发了非线性的故事形式和媒体演示。在卡斯特看来，超文本是一个真实的互动系统，其中所有字节和文化表达都通过数字交流和电子操作。现在、过去及将来，在它们所有的表现中，超文本都能够共存并且被

---

① 黄鸣奋：《超文本诗学》，第13页。
② 超文本几个常用词汇的基本意义：（1）节点（node），超文本的基本信息单元，用于存放信息。（2）链（link），超文本中标识信息节点之间的实体。（3）锚（anchor），"链"的终点，可以设置在任何节点的任何位置上。链通过锚链接节点。（4）热区（hot spot），在节点内以特殊方式（如高亮、变色等）显示并且链有信息的区域。如这个区域有一个词，有时也叫它热字（hot word）。（5）浏览（browse），用户根据自己的意愿和信息之间的关系看信息的活动。（6）跳转（jump、go to），从一个节点转移到另一个节点的操作。

重新组合。这在因特网时代在技术上是可行的。①

　　必须强调的是，我们将超文本和超媒体概念不加区分地使用纯粹是对约定俗成的一种妥协。在超文本的非线性网络结构的基础上，将图形、图像、视频、音频以及动画等多种媒体信息集成一体，于是就产生了"超媒体"技术。因此，有一种观点认为："超媒体"＝"超文本"＋"多媒体"。不过，从多媒体计算机技术飞速发展的前景看，仍然以单纯的文本为中心的超文本，因其"超而不越"，因此其用途极为有限，而结点中包含多种媒体信息的超媒体即"超而越之"的"超文本"则获得了越来越广泛的应用，在实际应用过程中，人们通常把超文本和超媒体这两个概念统称为超文本技术。

　　二、超文本的发展历程

　　值得注意的是，当我们将相互链接的数据看作"超文本"时，这个概念流行的文化背景表面上看，似乎是人们常说的"数字化生存"。但是，为了更好地理解和运用"超文本"技术，人们并不满足于这种显而易见的关联。因为，任何有生命力的事物都不可能是无源之水或无本之木，因此，许多研究者在超文本流行起来以后，便开始从不同途径寻找它得以形成和壮大的最初根源和发展轨迹。例如：有人从先锋派文学实验中寻求原因；有人从词典和百科全书的发展历程中查考线索；也有人从古代经书的多级注解方式中挖掘理论依据；甚至还有人从司马迁写《史记》时使用的"互见法"看出了超文本产生的思想萌芽。

　　著名的"百度百科"在讨论博客时认为，博客和超文本理念甚至可以追溯到古代犹太人的法典《塔木德》。这是一种看起来多少有些奇怪的法典。表面上，它由正文与后人的注释两部分构成，但两部分具有同等的法律效力，两部分互为正文和注释。而且，注释也是多层次的，包括对注释的注释，对注释的注释的注释……《塔木德》的特点就是：它是一种开放的文本而不是一本"只读文本"；原创者（立法者）与再创者（法律的解释者）只有先后之

━━━━━━━━━━

① 曼纽尔·卡斯特：《网络星河》，社会科学文献出版社 2007 年版，第 216—218 页。

分，在权威性上没有差别，从而也就没有严格的作者和读者的差别。正因为《塔木德》的所有读者（即所有犹太居民）都参与了作品的创作（也就是修改和完善），这样的一部法律才能在不断延伸的时间长河中不断优化、升级。犹太教的经典并非特例，其实佛教、道教，甚至儒家的经典文献都存在类似情况。

如果一定要把数千年前犹太人的经书和当代时髦的超文本联系起来，借用《圣经》中上帝造人的说法大约是最省事的方式了。当然，作为一个无神论者，笔者更相信达尔文的生物进化论，所以，在将上述两种看似风马牛不相及的对象相提并论时，我们还是从人类自身说起，因为，将《塔木德》和超文本紧密联系在一起的正是人类的脑神经。从某种意义上说，人脑这个沟壑纵横、立体化、网络式的思维器官，几乎就是一个天然的理想的超文本"模型"。事实上，正是人类奔放不羁的思维方式启发了超文本的构想。也正是在这一点上，唯物主义和唯心主义至少有了貌似一致的公共立场：在超文本出现之前，人脑中就已经"先验地"存在着一个理想的"超文本模型"。

人类文化只存在于人类的心灵中，这通常与人类自己的身体相关联。因此，如果我们的心灵有可能接近文化表达的所有领域，并选择它们，重新组合它们，我们就有了一个超文本：这个超文本是内在于我们的。或者更确切地说，它在我们的心灵中，能够重新组合，并且在我们心灵中能够理解所有超文本的组成部分，而这些组成部分涉及文化表达的许多领域。因特网使我们能够做得更加精确。不是多媒体，而是因特网的中间可操作性可以接近并重新组合所有种类的文本、图像、声音、寂静和空白，包括封闭在多媒体系统内的符号表达的所有领域。所以超文本不是运用因特网为媒介到达我们所有人的多媒体系统产生的。相反地，它是我们生产的，利用因特网在多媒体世界和之外吸收文化表达。这实际上是泰德·纳尔逊的"世外桃源"明确表达的内容，也是我们所应该理解的。①

　　如果从人类文化传播史的视角考察文本发生发展的嬗变轨迹，我们不难发现，人类可认知的历史，其实主要是不同形态的"文本"所呈现的历史。当文本处在陶塑、骨雕、铜铸、缣文、帛书的初级形态时，不同形态的文本就如同远古时期老死不相往来的村落，孤立自足地散布于荒凉的大地之上，它们彼此之间长期没有太多实质性的联系。随着社会群体数量的增加，社群活动范围的逐渐扩大，形形色色的文本数量也相应地得到了快速增长，当手工缮写已无法满足人们对文本的需要时，印刷文本便"粉墨登场"了。蔡伦的造纸术和毕昇的活字印刷术，为文本的批量生产创造了条件，从此，人类建立起了一个长达千年且辉煌无比的文本帝国。这期间，文本复制经历了泥版、木版到铅版的多次变革，到 20 世纪末，又由"铅与火"的印刷发展到了今天"光与电"的复制……在经历一系列漫长的渐变和急促的突转之后，各文本之间的复杂联系也发生了一系列的渐变与突转，在人类突然转入"数字化生存"之境的过程中，文本世界也在风驰电掣地加速从 A（原子）到 B（比特）的跃迁。

　　当量如恒河沙数的文本以惊人的速度涌入网络世界时，形形色色的文本所隐含的多种多样的特性开始纷纷显现出来。当文本获得了超越传统线性叙事的能力时，不再局限于单向度叙事的文本，也能如同思想情感一样具有"翻空易奇"的灵活性，过去"征实难巧"的文本仿佛插上了翅膀，终于有可能与人类的想象比翼翱翔了。因此，在超文本世界里，克罗齐所倡导的艺术与语言的"同一化"已不再是美学家们的梦想；在文学超文本中，雅各布森所谓"支配因素"与"辅助因素"之间的张力空前增长，二者的和谐互动极大地增强了文本的自主性；由于文本通过"超链接"可直指自身隐含的"价值观"与"历史观"，普通读者也可以像诗人一样在瑞恰兹所描述的各类"冲

---

① 曼纽尔·卡斯特：《网络星河》，第 218—219 页。

动"之间建立"稳定的平衡状态";正如许多西方学者所指出的,在超文本语境中,巴特所预言的理想化文本的许多特性基本已变成了现实,克里斯蒂娃所构想的"互文性"特征以及德里达论述的解构阅读的特点,在网络化的超文本世界里都已变成了基本常识。如前所述,数字化超文本只不过借助网络技术,完成了解构主义以来的文本理论家与批评理论家们的设计而已,为超文本提供了标志性特点之一的"超链接"亦非"神赐妙品",其实,它的核心内容早已存在于巴特、德里达和克里斯蒂娃等人的互文性理论之中。

无论从什么途径寻找超文本的发生学因由,我们都不能忽略这样一个事实,即超文本真正崭露头角是 20 世纪下半叶的事情,只是到了世纪之交它才逐渐显现出兴盛的气象。"它适应了人类处理数量日益巨大的各种信息的需要,与后现代主义的氛围相投契,又有日新月异的计算机技术为之推波助澜,万维网更是替它插上了腾飞的翅膀。因此,电子超文本几乎顺理成章地成为时代的宠儿。电子超文本正在迅速进入我们的生活。使用 Windows 操作系统的人几乎都用过它的帮助文件,欣赏过多媒体光盘出版物的人或许曾为其声情兼备、图文并茂的特征所倾倒,上了万维网的人则尽可以领略在信息海洋中'冲浪'的情趣。在上述场合,我们都受益于超文本。"[1]正是基于这样一种认识,我们才有充足的理由得出了这样一个结论——超文本是连接历史与未来的桥梁。虽然我们大多数人一时还难以真切地看到太多的动人景观,但很少有人再怀疑,在这个"桥梁"的另一端的确存在着一个精彩无限的新世界。

说到超文本的历史,我认为有这样几位先驱是人们不应该忘记的。第一位是美国早期计算机科学家范尼瓦·布什,他是迄今为止计算机界公认的超文本的鼻祖。早在 1945 年,这位范尼瓦先生发表了一篇题为《如我们所想》的文章,他认为应该创造一种设备,用于存储书籍、文章、照片、信件等信息,并且用户可以以一种类似人脑的联想思维法快速、灵便地查到这些信息。他还给这个想象中的机器（Memory extender,存储扩充器）命名为"美

---

[1] 黄鸣奋:《超文本诗学》,第 11 页。

美克斯"（Memex）。在范尼瓦心目中，"美美克斯"与其说是一种工具，还不如说是一种方法，它应该使任何一条信息都具有招之即来的灵活性，并可以快速切换到另外的相关信息。这种看起来特别复杂的事情，实际上不过是重复这样一个简单的过程而已，即将两条信息自动连接到一起。换个角度说，在《如我们所想》中，范尼瓦·布什呼唤在人的"活动的"思维和人类积累的"固定的"知识之间建立一种全新的互动关系，这正是"超文本"的核心思想。因此，当代网络文化批评者把范尼瓦说成是超文本的鼻祖。事实上，今日大行其道的"超文本"概念也确实珠胎暗结于范尼瓦这篇发表于半个多世纪之前的文字。尽管他的天才想法在当时还只能停留在"纸上谈兵"的层面，但他这一先知般的预见，却给研发"超文本"的后继者提供了重要的思想武器。

然而，真正赋予超文本以生命的是美国另两位科学家——道格·英格尔伯特和泰得·纳尔逊。美国斯坦福研究院的道格·英格尔伯特将范尼瓦的思想付诸实施，他开发的联机系统 NLS（ON-Line System）已经具备了若干超文本的特性。英格尔伯特从人机交互问题入手，创设了一个叫"扩展人类智力"的项目。这个项目的目的是开发一个计算机系统来帮助人类思维，也就是要找到使用计算机解决复杂问题的方法。他认为用传统的计算机系统几乎解决不了这个问题。1963 年英格尔伯特发表文章《扩展人类智力的概念性框架》，阐述了他的思想。此后，1968 年他在一次计算机科学家的交流会上演示了他的部分研究成果——NLS。NLS 系统已经具备了若干超文本的特性。它可以用于管理研究人员的文章、报告和备忘录等。数据项达到 10 万多条。

自 20 世纪 60 年代以来，超文本系统的研究与开发一直在阔步前进。早期比较著名的超文本系统，有美国布朗大学在 1967 年为研究及教学开发的"超文本编辑系统"（Hypertext Editing System）。有资料表明，这是世界上第一个实用的超文本系统。1968 年，布朗大学又开发了第二个超文本系统——"文件检索编辑系统 PRESS"。专家们认为，这两个早期的系统已经具备了基本的超文本特性——链接、跳转等，不过用户界面都是文字式的。

超文本编辑系统问世十多年之后，能够将图片自由链接到用户界面的"超媒体系统"才研发成功。有媒介文章介绍说，1978 年美国麻省理工学院开发的"白杨树镇电影地图"（Aspen Movie Map，简称 Aspen）是最早的超媒体系统。这个系统使用了一组光盘。光盘里存有白杨树镇所有街道秋、冬两季的图像以及一些建筑物内部的照片。所有图片都按相互位置关系链接。用户使用 Aspen 时，可以在全镇漫游，甚至浏览建筑物的内部。

大名鼎鼎的 Intermedia（1985 年）也是布朗大学开发的超文本系统，罗伯特·库弗在撰写《书籍的终结》时这个系统仍在使用中。这个系统是为教学应用而建立起来的，因此，它也曾经是布朗大学众多超文本小说爱好者乐而忘返的娱乐中心。与同年开发的 Note Cards 系统相比，Intermedia 的优越性相当明显，前者只能在施乐的 Lisp 机器上运行，而后者的每个用户不仅可以在界面上自由建立链接，随意添加批注，而且还可以保留自己的私有版本。

20 世纪 80 年代流行的超文本软件还有 Symbolics 工作站联机手册 SDE（Symbolics Document Examiner）。它的超文本版本有 1 万个节点和 2.3 万条链，足足占据 10M 存储空间。英国肯特大学开发的 Guide 也有一定影响。直到今天，Guide 的升级版仍旧是世界软件市场上举足轻重的超文本创作工具之一。当然，20 世纪 80 年代末期世界上最流行的超文本系统当推 HyperCard。从 1987 年到 1992 年，Apple 公司把 HyperCard 软件作为销售计算机的赠品，出人意料的是，这一商业促销行为不仅使 HyperCard 软件大为流行，而且还使超文本的基本概念得到了普及化推广，并真正使超文本从专家研究阶段进入了大众使用阶段。

不过，相对成熟的开放超文本系统的建立还是 20 世纪 90 年代的事情。90 年代比较流行的是丹麦计算机专家开发的超媒体系统 DHM（DEVISE Hyper Media），美国加州大学信息与计算机科学系开发的 Chimera 系统，英国人开发的 Microcosm 系统，等等。其中，Microcosm 不在信息上强加任何标志，所有数据都可以自由访问、编辑；应用系统还可以建数据；所有与链接有关的信息都被储存在 Microcosm 指定的链库中。

三、"非线性"与"迷路"问题

超文本是自然科学家提出的一个概念，它作为一种以非线性为特征的数据系统，明显属于数学范畴。这里所谓"非线性"就是一个专业化的数学术语。它指两个量之间在笛卡尔坐标上没有呈现出正比那样的"直线"关系。自然科学和工程技术中有许多问题都要用到非线性的数学模型。例如，采用了非线性模型以后，可以说明为什么同一个前提会导致几种不同的后果，可以说明什么时候两种效应不能"叠加"（superposition），这两种现象会怎样彼此影响、发生"耦合"作用。自伽利略——牛顿时代精确自然科学起步开始，非线性问题就日渐成为科学家关注的对象，例如，伽利略研究过的摆和牛顿研究过的天体运动，这些都是非线性力学中的典型问题。前些年学术界颇有影响的"三论"——普里高津（Prigogine）的耗散结构论、哈肯（Haken）的协同论以及托姆（Thom）的突变论，也都属于非线性科学的范畴。20世纪80年代，这些自然科学理论都曾不同程度地在社会科学领域展现过各自的风采，在所谓"方法年"（1985）前后，"新三论"和"旧三论"[1]俨然成了社会科学中引领风骚的前沿理论。现在看来，这些理论能够如此自由地跨越学科疆域，在很大程度上是与其"非线性"特征分不开的。

在超文本理论体系中，所谓"非线性"指的是非顺序地访问信息的方法。由于构成超文本的基本单位是节点，而节点又可以包含文本、图表、音频、视频、动画和图像等因素，因此，超文本包含文本、图表、音频、视频、动画和图像等因素似乎也是顺理成章的事情。毫无疑问，当各节点还不能通过广泛的链接建立相互联系时，单一线性联系必然无法应对信息爆炸的局面，于是打破时空顺序的非线性链接便成了信息得以及时传播与回馈的必然趋势。

世界万事万物之间的关系原本就是一种非线性关系，所谓线性关系不过是一种特殊的非线性关系而已。现实世界中并不存在纯粹的线性关系，这就

---

[1] 系统论、信息论（或讯息论）、控制论三者俗称"旧三论"，耗散结构论（dissipative structure theory）、协同论（synergetics）、突变论（mutation theory）俗称为"新三论"。

如同现实生活中根本就不存在像理论一样纯粹化的直线一样。由于超文本使用的是一种非线性的多项链接，用户可以随心所欲地在相互链接的节点之间跳转，在一个无限开放的超文本世界里，过去被封闭于森严壁垒中的"大观园"变成了一个任人观光的公共空间，"观古今于须臾，抚四海于一瞬"。形形色色的文本在聚合轴上获得了无限扩展的可能性。

超文本这种没有边缘、永无尽头的延展性，无中心、无构造、无主次的灵活多变的特点，都是传统文本向往已久却永难企及的理想境界。按照罗兰·巴特的说法，传统文本也并非一个封闭的世界，那些被阅读的文本，貌似一个自成一体的小世界，实际上那只是为对话提供一个相对静止的场景而已。巴特在《S/Z》中所设想的理想的文本，就是众网络交错、相互作用的一种无中心、无主次、无边缘的开放空间。文本根本就不是对应于所指的规范化图式，就其潜在的无穷表意功能而言，"理想的文本"是一片"闪烁不定的能指的群星"，它由许多平行或未必平行的互动因素组成。它不像线性文本那样有所指的结构，有固定的开头和明显的结尾，即便作者提笔时文思泉涌，搁笔时意犹未尽，被钉死于封面与封底之间的纸媒文本也至少在形式上是一个相对独立的小世界，全须全尾，有始有终；即便在超文本中，对于某一单个文本例如小说《金碗》来说，它就如同童庆炳先生所说的，与传统文本没有什么区别，自然也是一个有头有尾的整体。但是，就整个超文本世界而言，《金碗》只不过是撒哈拉沙漠里的一堆沙子和太平洋上的几朵浪花。它们与别的尘埃组成沙漠，它们与另外的水珠组成海洋。因此，当《金碗》作为超文本的一个节点时，它已不再只是传统意义上的一篇小说了。诚然，作为传统文本的《金碗》自然可以一字不差地呈现于读者的界面，但是，那只是超文本《金碗》的万千阅读形式中的一种。传统文本也许有"一千个读者会读出一千只《金碗》"的说法，而超文本的情况则复杂得多："同一个读者，也可以读出一千只《金碗》。"毫无疑问，超文本的《金碗》已远远不再是小说《金碗》了。

福柯在《知识考古学》中指出，书的物质单位同书的话语单位相比只是一个无力的、次要的单位，而这个话语单位又是非同质的，因而也是不能统一使用的。例如，一部司汤达的小说或一部陀思妥耶夫斯基的小说的各自差异不同于《人间喜剧》诸篇的各自不同，而《人间喜剧》诸篇的各不相同又相异于《奥德赛》《尤利西斯》之间的差异。这是因为书的界线从来模糊不清，从未被严格地划分。在书的题目、开头和最后一个句号之外，在书的内部轮廓及其自律的形式之外，书还被置于一个参照其他书籍、其他文本和其他句子的系统中，成为网络的核心。然而，这种参照的游戏与我们所涉及的数学论著、文本评论、历史叙述、小说叙事中的插曲相比，不是同形的。无论在这儿还是在那儿，书的单位即使被理解为关联的一束，它也仍不能被认为是同一性的东西。书籍枉为人们手中的物品，白白地蜷缩在这小小的将它封闭的平行六面体之中，它的单位是可变和相对的。当有人问及它时，它便会失去意义，本身不能自我表白，它只能建立在话语复杂的范围基础上。可见，被阅读的文本的意义总是在参照其他书籍、文本和语句的系统中呈现出来的，任何文本都不过是文本潜在的巨型网络中的一个节点而已。①

　　一个"胸藏万卷书"的读者，在阅读一部作品时，他所接受与理解的"言外之意"必然要比一个胸无点墨的读者复杂得多、丰富得多。同样是满腹经纶的人同读一部《红楼梦》，却因"胸中书卷"不同而产生鲁迅所说的巨大差异：见易、见淫、见排满、见缠绵、见宫闱秘事……因人因事而异，因时因地不同。

　　在超文本语境中，古今中外所有"经学家""道学家""革命家""才子"和"流言家"的知识背景都浑然混合一体，没有孔孟老庄之别，也没有儒道骚禅之分，希腊罗马并驾齐驱，金人玉佛促膝而谈……一切学科界限，一切门户之见，在超文本世界里都已形同虚设，面对互联网世界的浩瀚无垠，有时正如写《太平洋舟中诗》的黄兴一样虽心连广宇却难识归程："茫茫天地阔，何处着吾身？"况且，超文本如同一个既没有出口也没有门墙的超级迷

---

① 福柯：《知识考古学》，生活·读书·新知三联书店 1988 年版，第 26—27 页。

宫，只有无尽的链接、无尽的交错、无尽的跳转、无尽的想象……网上冲浪者，的确有些像那汪洋中的一条船。因此，"网络读写者"在进行超文本阅览时，面对如此纷繁复杂的选择，作为"用户"的"写读者"在乱花迷眼的山重水复之"迷宫"中，出现形形色色的"迷路"问题几乎是不可避免的事情。

　　事实上，"迷路"（get lost）一开始就是超文本系统中一个使用频率较高的专有名词，用以描述超文本写读过程中思维与界面相脱离的状况。在浏览过程中，由于写读者在不同界面之间进行过多次的游移和跳转，他 / 她突然"迷路"了：我从哪里来？我要到哪里去？何以来自所来？何以去其所去？下一步该怎么办？读写者没有了主张，迷失了方向，这是超文本阅读过程中极为常见的事情——方位迷失（disorientation）。按照专家伊尔姆（Elm）的说法，这种"迷路"主要有三种情况，即不知道自己现在的位置，不知道自己要去哪儿，知道自己要去哪儿但是不清楚怎样到达。另一位科学家福斯（Foss）认为，除了上述三种情况外，常见的超文本迷路至少还有以下四种情形：（1）到达既定的地点，但是不清楚自己到达的原因；（2）绕道后忘记返回；（3）忘记自己的绕道计划；（4）忘记哪些部分曾经阅览过。在此基础上，福斯对于迷路问题进行了分类。（1）内嵌的绕道问题（embedded digression problem）。用户阅览时，由于超文本提供的选择空间过大，用户偏离既定的通路。（2）博物馆现象（art museum phenomena）。用户无休止地在超链接之间跳转，忽略对超文本内容的阅览，从而无法掌握系统的内容和结构。也就是说，在通常情况下，超文本阅览中的迷路问题，主要是指用户对于自己位置的不确定，以及对于自己的阅览历史和阅览计划的模糊。对于文档结构，而不是对于信息内容的陌生是导致迷路问题的主要原因。

　　不难看出，超文本作为一个非线性交互系统是由用户、任务、界面组成的一个复杂的人机交互系统，超文本系统信息量大，强调用户对阅览进程的自主控制，用户在享受超文本非线性的丰富多彩和自由便捷的同时容易出现迷路、遗漏等问题。根据相关研究成果，超文本这种具有划时代意义的高新技术仍然只在起步阶段，在一个相当长的时期内，都将一直处于一个持续发展和不断完善的过程中。有专家提出，系列化组织文本，合理设计节点和超链接，结合使用导航工具，是提高用户阅览绩效和舒适度的有效手段。①

第四节　超文本与互文性

在讨论"迷路"问题时，我们忽略了用户的身份问题，这并不是说网络的自主性的增强使这个问题得到了合理的解决，事实恰恰相反，与"我从哪里来""我到哪里去"密切相关的"我是谁"的问题，在超文本世界里变得异常突出。首先遇到的问题是，读者与作者身份的模糊，这使得文本的意义变得更加暧昧不清、更加千头万绪、更加无法确定。李顺兴表示，在全新意境的创造之外，超文本能提供读者多重路径选择的事实，也催生了新型的多向阅读行为，同时给传统读者和作者的身份定义带来冲击。依据乔伊斯的看法，晚期印刷时代的文本面貌（topography）已遭颠覆，阅读是依设计而进行的，因此文本所能呈现的多种可能，跟读者进行意义创造和故事组合的复杂程度相关。电子多向文本的面貌是经由读者的路径挑选动作而产生的，每次阅读所得的面貌仅是众多可能之一，未必与作者的原初安排相同。简言之，读者的选择构成文本的状态，因此读者也同书写者一样，享有生产文本意义的权利。或者干脆说"读者即书写者"（reader as-writer）。

一、"写读者"与互动性

网络文本的"互文性"特征，决定了网络创作是一种"互动书写"。数码技术能便捷地形成"超链接设计"，整个网络就是一个庞大的"超文本"。作为巨型超文本的"网络中的每一作品都将从符号载体上体现文本与文本之间的关系，或者某一文本通过存储、记忆、复制、修订、续写等方式，对其他文本产生扩散性影响。电子文本叙事预设了一种对话模式，这里面既有乔纳森·卡勒所说的逻辑预设、文学预设、修辞预设和语用预设，又有传统写

① 沈模卫、崔艳青、陶嵘：《超文本阅览中的人的因素》，《浙江大学学报》2002 年第 3 期。

作所没有的虚拟真实、赛博空间、交往互动和多媒体表达"①。

从一定意义上说，任何文学活动都是一种"交往与对话"，任何"交往与对话"都是一个互动过程。不言而喻，口传时代的文学主要是一种及时互动行为，书面文字出现以后，面对面的交流已不再是互动的必要条件，但这并不是说作者/读者之间的"把酒论诗文"会受到局限。如切如磋、如琢如磨，白居易写诗，常常边写边读给身边人听，与身边人共同字斟句酌。就写作和阅读来说，从来就没有一个毫无对象的作者，卡尔维诺写《未来千年文学备忘录》时，面对此大而无当的标题，作者心中仍不乏相对明确的读者群体，他在向"潜在读者"阐释自己的文学观念。歌德说过，读一本好书就是和无数心灵高尚的人谈心，这种与虚拟对象的互动原本是文学文本的重要特征之一。读者与作者之间的这种虚拟的对话，在接受美学和读者反应批评那里，已经有相当透彻的论述。这种潜在的互动，即便在解构主义和形形色色的后现代主义阵营里，也是颠扑不破的通识。例如，德里达在确定文学意义时，正是将其虚构功能作为本质特征的。②这种虚构功能也理所当然地包含着读者与作者之间的这种潜在的互动功能。

从这个意义上说，超文本不过是将传统文本的潜在功能"显在化"了而已。说到底，"互动书写"的动力和源泉仍然从传统文本"进化"而来。超文本不仅将传统文本中的"完全灵活性"发挥到了极致，而且使作者与读者之间的互动变得更加轻松愉快了。虽然超文本还尚未达到某些论者所说的"读写界限消弭一空"的程度，但传统文学中的作者的权威角色的确受到了超文本读者的深度挑战。在超文本中，读者成为集阅读与写作于一身的"作者—读者"。罗森伯格甚至杜撰了一个新单词"写读者"（wreader）来描述这种

---

① 欧阳友权：《网络文学本体论》。
② 德里达认为，谁也不可能准确无误地确定自己手里拿着一部实实在在的文学。文学不是隐藏在特定文本里的本质。用语言构成的东西，无论是口头的还是书面的，都可"当作文学"，文学取决于能否使用语言脱离坚实的社会和传记的语境，让它任意地虚构运作。参见希利斯·米勒：《德里达与文学》，陈永国译，载金惠敏主编：《差异》第2辑，第84页。

超文本阅读过程中的新角色。显然，这个新单词是将作者（writer）与读者（reader）两词去尾斩头后拼合而成的。"写读者"的出现使巴特所谓"读者再生"的理论设想变成了网络文学领域的普通实践。李顺兴把"写读者"的出现称作"新文学人"的诞生，这个新读者并非凭空创造出来的，而是和超文本科技的进展息息相关的。"读者书写"（readers write）正是当今网络（web）的流行现象，留言板、讨论区中读者的参与自是不在话下，新颖例子如亚马逊书店，每一本书的专属网页都向使用者提供评论空间，参酌使用者所输入的正负面书评，读者可能做出比较好的购买选择。一言以蔽之，超文本含书写开放的成分，是由读者参与书写而形成的，因此，信息提供者与使用者共同建构起来的超文本，已不归属单一方，而是读写者的公物。超文本不仅如同可以自动"洗牌"的扑克小说，读者可以通过作者预先设置的多向选择，自行决定故事情节的发展与走向，在某些交互性更强的网络超文本例如接龙小说的读写过程中，人人都是真正的"写读者"，超文本在这些游戏与准游戏的网上逍遥过程中，互动性被表现得更加充分、更加直接。

超文本本质上就是一种呈现于数字"写读者"面前的互动文本。文本嵌入互动设计（interactive design）所造就的表现形式，最能突显超文本文学之不同于平面印刷文学（print-based literature）。互动设计如超级链接可创造多向阅读路径，而超级链接的媒介可以是简单的纯文字、具联想性的动静态影像，或一组互动游戏。这样的互动设计造就了互动阅读行为。

在传统文本中，文本之间的连接主要是靠目录、页码、注释或相关说明文字来完成的，超文本与此极为相似，只不过超文本的注释是可以无限延展的，传统文本对注释做注释并不罕见，但是，对"注释的注释"再做注释的情况就不太常见了。即便是《诗经》这样古奥难懂的文本，也少见超文本式的多层级注释。从《诗经》的一些著名的注释看，无论如何拓展，由于页码的限制，注释都不可能离《诗经》原著太远。无论是西汉毛亨的《毛诗故训传》、东汉郑玄的《毛诗笺》、唐代孔颖达的《毛诗正义》（简称孔"疏"）、宋代朱熹的《诗集传》，还是清代马瑞辰的《毛诗传笺通释》、陈奂的《诗毛氏传疏》、王先谦的《诗三家义集疏》，诗经传统文本的解释之网撒得再远，它覆盖的直径和吃水的深度总是非常有限的，因为，传统的线性文本给"注家"所提供的空间大体甚为逼仄，只是一个直接以中心文本为节点的相关区域。

"传""笺""疏"也许可以各有侧重，但说到底，它们主要还是"围绕一个中心"在"同一个水平面"作业的阐释行为。且不说"郑笺"只不过是对"毛传"的补充，同属于对《诗经》的直接注释，即便是孔颖达的"疏"也只是对毛传、郑笺做注，它的主要目的仍然是注解《诗经》的意义。即传统文本在注解经典文本时，通常只能够在有限的层次以内发挥阐释学的作用。孔颖达的"疏"充其量也只是在"二级与三级注释之间游弋的次生文本"而已。显而易见的是，传统文本很难像超文本那样把"注释的注释……的注释……"如此无限地深入下去。这也是为什么我们要把传统文本称为线性文本，把超文本称为非线性文本，用希利斯·米勒的话来说超文本是一种"立体的高幂次文本"[①]，而传统文本所具有的平面性特征在超文本的映衬下就不再那么飘忽不定了。

当然，超文本是一种极为复杂的文化现象，任何试图一言以蔽之的概括与总结都是不切实际的。对于超文本的研究，"专攻一点，不及其余"的战法也许能让人更清楚地认识某些问题，"盲人摸象""见树不见林"固然是一种可怕的局限，但当代学术日趋精微的科学性条块分割，使得"小题大做"的微观研究成为一种相对流行的方式。在知识爆炸、网络崛起的时代，百科全书式的通才已不可能再现辉煌了。虽然形形色色的学科壁垒正在不断被打破，学术团队的跨学科研究也日益成为一种必然，但就单个学者而言，在庞大的学术机器面前，除了充当齿轮与螺丝钉的角色外似已别无选择，而这种情形已越来越明显地成为新一代学人的职业化宿命。

近年来，国内有关超文本基本特征的研究已取得了可观的实绩。例如：

---

① J. Hillis Miller, *The Ethics of Hypertext Diacritics*，1995。

黄鸣奋先生在数码或网络艺术研究方面已积累了数百万字的评介与创新成果，其中《电脑艺术学》中关于"机媒交往"的描述和设想引人入胜，《电子艺术学》中的"全球化与艺术交流"和"电子艺术前瞻"令人向往，《数码戏剧学》中关于"交互性戏剧"的"仿生交流"更是精彩纷呈，《网络媒体与艺术发展》中对"因特网与间性理论"的探讨别开生面，《数码艺术学》中对"艺术随机方式"的论述同样具有可贵的开创性意义……这些研究成果，虽然都是作者对超文本进行深入探究和精辟论述的书面化文本，但它们共同组成了一个开放的"准超文本"的学术研究空间，为超文本的理论建构开辟了一条新路。特别是在具有筚路蓝缕之功的《超文本诗学》中，作者更是对超文本的"互动性"关注有加。在"超文本理念构成"（第二章）、"网络华文文学"（第三章）和"超文本美学构成"（第六章）等章节中，作者从不同视角对超文本的互动特征展开了系统化研究。在《电子超文本文学理念初探》一文中，黄鸣奋先生认为，超文本的互动性主要体现在如下几个方面：（1）高度统一的交互性，包括有意识交互与无意识交互、自向交互性与他向交互性、绝对交互性与相对交互性；（2）高度发达的交叉性，包括文文交叉、图文交叉、视听交叉；（3）高度自由的动态性，包括动态操作、动态时空、动态路径。这些论述言之成理，持之有故，令人叹服，笔者自知无法就超文本全局说出更多的新道理，因此，这里只就几个窃以为有点体会的具体问题，谈点肤浅的看法，如能对孤峰耸立的《超文本诗学》起到些微点缀与陪衬作用，则吾愿足矣。

二、超文本与网络互文性

我们知道，单字的意义取决于词语，词语的意义取决于语句，语句的意义取决于段落，段落的意义取决于篇章，篇章的意义取决于语境，语境的意义取决于时代，时代的意义取决于整个人类历史。所以布莱克说，刹那见终古，微尘显大千。罗塞塔石碑（Rosetta Stone）上的一篇铭文，之所以能成为后人打开一个金字塔装点的古埃及世界的钥匙，是因为商博良找到的那根连接古埃及与现代世界的互文性纽带。《旧约全书》中，路得是唯一被单独作传的普通百姓家的女子，她的故事似乎也是最为平淡无奇的。但是，联想到路得的曾孙大卫王，路得的意义就完全不一样了，大卫使以色列从一个微不足道的牧羊人部族变成了一个东方强国，而没有路得就不会有大卫，没有大卫，就没有以色列辉煌灿烂的第一圣殿时期的文明。想想千年后被人称为圣母的木匠之妻玛利亚是大卫的直系后裔，路得作为圣母之前的"圣母"，作为"耶稣圣族故事的前传"，就成了经书中藏珠蕴玉的篇章。这个平凡的异邦女子背后竟然隐藏着如此复杂的互文关系，即便是她手中的一束麦穗也堪称人类历史巨型超文本中闪亮的节点。没有路得就不可能有大卫和耶稣；而没有大卫与耶稣，路得之名则必将消隐于历史的微尘里。

从一定意义上说，我们所理解的互文性，实际上是一种具有超越性的文本关系，这种关于文本间交错贯通相互呼应却永远呈现为无限开放态势的想法，可以在马克思恩格斯关于事物的永恒发展和普遍联系的学说中找到哲学依据。在我们看来，互文性就是那将有限的文本寓于无限的叙事关系之网络的一根根妙不可言的"草蛇灰线"。雨果说莎士比亚的作品字字有白天黑夜，句句有相互照应，如果仅从具体的文本看难免有些夸张，而如果从互文性的视角看，莎作彼此之间，的确存在着极为普遍的照应关系。

互文性，从根本上讲无非是文本之间普遍联系的特性，因此，它获得了另一个名字——"文本间性"。从普遍性意义上说，互文性的这种无处不在的互联性特征是人类与自然、社会和精神世界各种复杂关系之文本化镜像的特出表征之一。《易经》说，包羲氏在观察天象地法和鸟兽之文的基础上，取诸身物，类以阴阳，创立八卦，"以通神明之德，以类万物之情"，由此可见，五千年前的古人对事物的这种普遍联系原理已有深刻认识。网络互文性利用超文本无限链接的方式，使传统文本"通神明""类万物"的互文潜能得以充分呈现，从这个意义上说，超文本也不过是互联网成功地开发了"互文性"潜能的副产品而已。超文本的许多特征，在传统文本中实际上都是有端倪可查的。

笔者在不少文章中，往往把"互文性""超文本"和"互联网"三个概念不加区分地用在相近似的语境中，这并不仅仅是出于修辞方面的需要，也并非故意混淆不同概念的内涵，实在是因为它们在许多场合具有几乎相同的特征和秉性。专就文本而言，三者的相似性或同一性是如此显而易见，以至在许多情况下将它们相互替换而不会出现语法或逻辑问题。超文本原本是为计算机及网上世界而设计的，但是超文本首创者所追求的知识机器与信息之网，几乎就是"互文性理论"的数字化图解，而"互文性"理论则如同专为超文本设计的技术蓝图。超文本在理论上与互文性学说的惊人相似绝非"巧合"所能说通，其中的必然联系还有待学界做进一步的探究。超文本理论家兰道曾经指出，超文本作为一种基础的互文性系统，它比以书页为界面的印刷文本更能凸显互文性的特征。整个超文本就是一个巨大的互文本，它将相互关联的众多文本置于一个庞大的文本网络之中，并通过纵横交错的路径保持各文本之间的链接，由此可见，最能够体现互文性本质的互联网本身就是一个典型的超文本系统。

三、超文本的局限与陷阱

超文本的问世无疑是传统文学生产与消费的一次伟大革命。这场深刻革命具有历史的必然性、时代的必要性，令人欢欣鼓舞，但它同时也给文学的生存发展制造了空前的危机。事实上，"一切以印刷媒介为基础的现代精神生活形式——它们以'距离''深度'和'地域性'为生命内蕴——所面临的深刻的存在论危机，即使算不上一个终结，亦堪称一次脱胎换骨的转型"①。在网络艺术领域，我们听到了更为焦虑的声音——"谋杀即将开始"：

> 也许这是一个"虚幻"对于真实的"谋杀"。也许这将是一种最庞大的艺术样式，参与人数最多的艺术盛会。她没有所谓的正式开幕，更无法想象将来会如何收场。过去的先锋艺术，自达达主义运动以来的所有激进实验，自杜尚、凯奇、劳申伯、克莱因、波依

---

① 金惠敏：《媒介的后果》，人民出版社 2005 年版，第 187 页。

斯以来的所有激进人物，无不已经成为现代传统的主要部分。当今的总体艺术混合了美术、音乐、戏剧、舞蹈、电影、文学等等所有的艺术形式，并借助地理空间的膨胀和社会历史的激变，一举打破了艺术与其他领域尤其是日常生活的界限，几乎使整个世界成为一个悲壮（或狂欢）的舞台剧场。[①]

　　艺术与日常生活的界限即将消失殆尽，"生活艺术化"和"艺术生活化"之间的界限渐渐模糊不清，这究竟是艺术的终极解放还是艺术的末日来临？这究竟是审美文化的灾难还是人类文明的福音？在对大众文化欣喜与惊恐相交织的激情日益高涨的过程中，对网络文化的焦虑和不安也日益成为人文学者心中挥之不去的阴霾：谁能告诉我们，网络文学与艺术的无限开放性究竟隐含着什么样的危机？历史的经验一再证明，美好的"无限"往往也是致命的"局限"，社会如此，人生如此，网络如此，文学也是如此。

　　几乎每个文学工作者都很清楚，近年来风雨满城的文学终结论，主要是针对电子超文本颠覆文学传统这类情况流传起来的。被誉为"继弗洛伊德和爱因斯坦之后最伟大的思想家"的麦克卢汉在《理解媒介》中提出了"媒介是人的延伸"的著名论断，他认为，媒介与人的关系是相对独立的，不同媒介对不同感官起作用。书面媒介影响视觉，使人的感知呈线状结构；视听媒介影响触觉，使人的感知成三维结构。[②]按照麦克卢汉的说法，超文本语境中的文学大约已不能再简单地称为文学了。如果，一切文学作品都已转化为超文本形式，那些宣告文学终结的理论似乎真的有理有据。至少，超文本化将是传统文学一次历史性的大转折。

　　生，还是死，这大约是进入 21 世纪以来文学界面临的最为深刻的焦虑。2000 年，作家张辛欣说："21 世纪恐怕根本不是纯文字阅读时代，平面阅读，

---

① 谢旺：《"谋杀"即将开始：关于"网络艺术"的提纲》，http://hypertextbook.com/eworld/fourthirtythree.shtml，引用日期：2007 年 12 月 15 日。

② 麦克卢汉：《理解媒介》，第 2 页。

是不是像老辈子听戏一样，是小众的退化行为？盘根错节的文字编织术，是不是像 16 世纪的荷兰画派的精心工笔，一种太古老的手艺？……在未来的新时代，看书翻书的动作，是一个少数人的古典动作吗？ E 书不需要纸，屏幕可以扩大，而新形式的书，仍然是沉默的阅读的吗？作家发声和沉默的文字究竟是什么关系？是不是破坏了文字本身的美感？是不是像电视出现一样，声图俱全，使文化大流行并大流俗？"① 这类悲喜交集的文字遍布媒体。

> "娱乐阅读""读图时代"不值得欢呼，更不能够讴歌为时代进步，没有深度的阅读会使人心智枯竭、心灵生锈。正面的引导当然要使人学会分辨不同目的、功能和层次的阅读：浏览、专题、研究、拓展、创造，步步前进，在充实的生活中逐渐向网络阅读和纸媒阅读的深度进军。……我们不能让图片遮蔽文字、游戏取代阅读、娱乐替代思考。……我们不能够在培养网络人和动漫人的同时又造就一代文字阅读的文盲。②

书写文化依赖于文学符号系统。文字的能指与所指是疏离的，这种疏离本身即已包含人类思维对于外部世界的凝聚、压缩、强调或删除，电子媒介系统启用了复合符号体系，影像占据了复合符号体系的首席地位。崭新的符号体系形成了新型的艺术，新型的艺术产生了前所未有的文化和政治功能。电子媒介系统提供了消愁解闷的大剂量的迷幻药，使人们放弃了对历史的不依不饶的提问，而"虚拟生存"的数码技术更显示出不可估量的前景。当代文论家南帆甚至认为，除了入口的美味佳肴，"比特"可以随时制造一个令人向往的天堂。超文本的局限与妙处也正在于此——分明虚无一物，俨然包罗万象！这一切，真让人看不清究竟是福音还是陷阱。

---

① 张辛欣：《怎么在网络时代活一个自己》，《南方周末》2000 年 3 月 31 日，第 22 版。
② 何道宽：《从纸媒阅读到超文本阅读》。

更新鲜的是，"非线性"超文本拆穿了故事只能向结尾发展的神话。网络文本没有边界，只有无尽的环节和不断的展开，每个超文本页面都可以作为通向其他超文本的电子门厅。在这种情形下，就如德里达所说的，创造性叙述的核心从作家转到设计文本联系的制作者手中，或是利用这些联系的读者手中。"传统文本中的固定框架撤除了，读者冲出了情节式叙述逻辑的拘禁，凭借鼠标从一个空间跃入另一个空间，但是，如果将这种纵横驰骋当作读者的自由，将是一种错觉。事实上，读者只是进入了一个软件设计师重新配置的叙述关系网络。这个改换制造了解放的假象，并在假象的背后设置了更为强大的控制。"①这种尴尬境况表明数字媒介系统控制下的文学，同样难以避免解放与控制的双重交织。

人类文明是否真的像尼葛洛庞帝所断言的发展到了一个临界点？所谓"数字化生存"果真是现代人注定无法逃避的谶语？现代技术革命在大幅度推动社会进步和改善物质生活的同时，是否一定要留下无数意念中的奇幻诱惑和谜一般令人困惑的现代神话？现代人匆匆忙忙涌向"网络新大陆"，仿佛找到了一只逃避过去、通向未来的挪亚方舟。"作为一个敞开的全新的世界，计算机网络对于许多富于好奇心的人来说确实产生了一种'挡不住的诱惑'。……一位尚未入网的朋友在看过网上漫游的演示后大发感慨地说：现在忽然觉得自己就像刚从树上下来那么原始！"②这种感慨其实只是网络社会无数"正常"的奇怪感受的一种正常表达而已，因为网络社会是由无数惊人的奇迹组成的，网络本身就是一个史无前例的迷人神话。

有人认为网络就是现代版的"巴比塔"，它将给人类带来无比美好的全新的文明，它不但能轻而易举地实现人们的愿望，甚至在帮你实现愿望的同时，还为你设计了无数你根本就没有想过的愿望。它为人类创造幸福生活提供了无限广阔的前景。但也有人担忧，网络这个伟大的神话，实际上是人类发展

① 南帆：《电子时代的文学命运》，《天涯》1998 年第 6 期。
② 李河：《得乐园·失乐园》，中国人民大学出版社 1997 年版，第 7 页。

史上最大的一个陷阱！网络召唤人们逃离"原子"组成的现实家园，纷纷奔向"比特"组成的"太虚幻境"，它把现代人变成匆匆过客——现实生活也因此成了一个失去家园的驿站。应该说，这样的担忧并非多余。仅就网络文学而言，其纷繁芜杂、失衡失范的情况的确十分严重，网络"超文本"的局限与陷阱随处可见。

第一，由于"Ctrl C + Ctrl V"大行其道，"千部一腔，千人一面"几成绝症。机械复制给文学所造成的所有缺陷都加倍地出现于超文本写读之中，"数字化的冷酷宇宙吞噬了隐喻和转喻的世界"[①]。"韵"的瓦解，艺术膜拜价值的丧失在所难免，这些在本杰明那里就已"言尽矣"。这里着重谈谈超文本被肆意曲解为"抄文本"的"剪贴诗学"问题。克里斯蒂娃说："一切时空中异时异处的本文相互之间都有联系，它们彼此组成一个语言的网络。一个新的本文就是语言进行再分配的场所，它是用过去语言所完成的'新织体'。"[②]在克里斯蒂娃看来，每一个文本都是直接或间接的引用语或仿造语的大集会，每一个文本都是对另一个文本的吸收和改造。任何作品的文本都是许多引文的镶嵌品构成的，是对其他文本的吸收和转化。按照诗人 T. S. 艾略特的说法就是初学者"依样画葫芦"，高手"偷梁则换柱"。马歇雷甚至对"创作论"进行过哲学层面的清算，他根本就不信有什么平地起楼或另辟蹊径的创作，任何作者都不过是在运用前人的文本"制造"新文本而已。甚至有人说，《红楼梦》全凭"曹雪芹的抄写勤"，《管锥编》也无非是"钱锺书抄千种书"。于是，"天下文章一大抄"竟成网络写作暗流汹涌的谶语。

毫无疑问，满腹经纶者的旁征博引自然与不学无术者的投机取巧不可同日而语。鲁迅讲"拿来主义"却不忘消化、吸收和创新，毛泽东讲"古为今用，洋为中用"则更强调"推陈出新"。如果不加甄别，恶意克隆，为名利计，为稻粱谋，剽窃他人作品，冒充自己的成果，这种行为，于作者是一种

---

① Mark Poster（ed），*Jean Baudrillard*: *Selected Writings*, Stanford University Press, 1988, p.147.
② 布洛克曼：《结构主义》，商务印书馆 1987 年版，第 162 页。

行窃，对读者是一种欺骗。当然，我们也应该看到，赝品与原作之间也并非毫无互文关系，正如有机物之于排泄物一样，什么时候也无法割断二者间的几乎是必然的联系。但那不过是一种与审美文化精神和社会道德理想相背离的情况而已，不提也罢。古人赋诗撰文，在讲究"无一字无来处"的同时更标榜"点石成金"式的"化腐朽为神奇"。如果只有前者，没有后者，"文必先秦，诗必盛唐"，空有互文而毫无创新，或者是互文变成赘文，其结果就是新作与旧章一同腐朽，一同成为古董或垃圾。

更令人不安的是，许多超文本写读完全混淆了抄袭与创新的标准。萨莫瓦约说："乔伊斯以剪贴和粘贴（scissors and paste）为写作的主要目的；普鲁斯特则是'文献串联（paperoles）'，他通过在手稿上连接或叠加一连串的文献来延展作品。"[1] 由此可见，即便是"剪剪贴贴"，只要别具匠心，也同样可能成为不朽的艺术。反倒是那以独创名义制造的文化垃圾令人无法容忍。例如，悬河裂岸的信口开河，话语失禁的讲经布道，随地便溺的文字发泄，哗众取宠的视频"恶搞"……这些网络"灰客"的危害常常有甚于"黑客"，它们制造的"尘暴"已给赛博空间造成了严重污染。

第二，主体的过度分散和传统艺术惯用手法的纷纷失效，使超文本写读失去了往日的艺术魅力，文学赋予主体的那种诗意对话和审美交往，蜕变成了网络写手恣情快意的文学发泄，"脱帽看诗"的适意与优雅变成了网上冲浪的"随波逐流"。艺术与生活、精英与大众的界限正在逐渐消失。在这个所谓"数字化时代"，越来越多的人正在变成机器的一个组成部分（或者说被机器延伸），信奉"效率就是生命"的现代人长期处于一种非我的"耗尽"（Burnout）状态，超文本的设计者意在借"机"（Memex）扩展（Expand）体验世界的能力，结果反倒让人无法体验完整的世界和自我，无法感知自己与现实的切实联系，无法将此刻同历史乃至未来相联结，无法使自己统一起来，这是一个没有中心的自我，一个没有任何身份的自我。在人不自觉地物化为

[1] 蒂费纳·萨莫瓦约：《互文性研究》，第 25 页。

机器的附属后，世界已不是人与物的世界，而是物与物的世界，人的能动性和创造性消失了。网络主人已身不由己地变成了网络奴隶。

马克·波斯特在《德里达与电子写作》一文中，分析了电子写作对由西方思想的伟大传统所刻画的主体形象的消解。他说："笛卡尔的主体是站在客观世界之外的，那个位置能使主体获得相关的客观世界的某些知识；康德的主体，则既作为知识的本源立于世界之外，又作为那种知识的先驱对象而站在世界之内；黑格尔的主体，处身世界之内，又改变着世界自身，但因此而实现了世界存在的终极目的。我认为电子写作分散了主体，因此不再是电子写作出现以前那样起着中心作用了。"①事实上，主体的消解由来已久，早在网络问世之前，哲人们就曾一再描绘主体的黄昏，商讨主体的退隐，宣告主体的死亡，尽管主体依然顽强地坚守着书面语言构筑的传统阵地。我们注意到，西方大多数哲学流派如分析哲学、解构主义、系统理论，甚至交往理论都没有关注主体范式的热情，尽管也有人坚持以饱满的热情探讨主体回归论题，但更多人倾向于相信主体范式即将山穷水尽。网络社会崛起之后，主体的退隐和死亡则更是不再给"回归论"者留下任何幻想。

如果说传统文本是一个"日月经天，江河行地"的"地球人"世界，那么，漫无边际的网络文本就是一个"天地齐一，和光同尘"的"太空人"世界，这里的太阳和月亮都不过是浩瀚星河中的两粒普通的沙尘。读者与作者之间"众星捧月"的关系业已消逝。因此，在超文本世界里，对于任何"写读者"来说，不但柏拉图"代神立言"的崇高理想遥不可及，就连巴尔扎克那种要当一个时代秘书的愿望也成了过世狂人的幻想。不但如此，甚至有人断言，21世纪原著将不复存在，传统作家也必将消亡。2007年初，高调复出的王朔就声称自己"再也不出纸媒书了"，他要走美国头号畅销书作家斯蒂芬·金的《子弹骑士》的路子，在互联网上以超文本的形式发行自己的新作。可谁知道，这个书面世界的文学"大腕"是否从此消失于网络江湖？

---

① 王逢振编：《网络幽灵》，天津社会科学出版社2000年版，第65页。

杰姆逊曾把"主体性的丧失、距离感的消失以及深度模式的削平"描述为后现代艺术的特点，这些都恰好与网络写作暗合，因此，有人将超文本说成是"网络版的后现代主义"。大多数写手最通常的做法是将作品贴于 BBS，优秀作品可以张贴在精品区，有点经典意味的收到文集里面，然而，一旦入了个人文集便大有入了"棺材"的意味，很少有人翻看。古人说"江山代有才人出"，网络则是"分分秒秒出才人"。当然，这也许并不是坏事，但我们对此却不可盲目乐观。一位网络写手说："文章的耀眼时刻，其实就是在新鲜出炉的那几分钟，网友点击之时。这种网文的独特载体，决定了网文要有快餐意味，不快成吗？一日一更新，甚至几分钟的时间，便被淹没在帖海里了。"我们不得不面对这样一个无情的事实：在网上每个人都只是一个 IP，每个人都只是一个匆匆过客。

第三，个性的恶性张扬和泛滥成灾的物料"灌水"已成为超文本写作的一大公害。在博客、BBS、QQ、CG、动漫、网络游戏、视窗广告、视频"恶搞"等充斥页面的互联网上，形形色色的新鲜玩意儿无不制造严重的混乱：随手涂鸦、信口瞎话、胡编乱造、生拉硬套、低级趣味、色情暴力不一而足。当然，张扬个性和强调娱乐也有种种复杂的表现。有批评者指出："网络文学与纯文学的最大区别，正是在于说不得的话，可说而不必说的话，网络文学非说不可，一说再说，生怕读者智力跟不上，几近密不透风，让人喘不过气来。就像现在某些所谓生活流的戏剧、电影、电视剧，从头至尾絮絮叨叨，名义上打着'再现生活'的旗号，实则在欺骗观众，没有半句潜台词，不留一抹想象的空白。这种情况在网络文学形成伊始，还好一些。后来便急剧恶化，使网络文学成为一个偌大的文学垃圾场、情感临摹地。虽然有些情感可能是真实的，但文本却更加倾向歇斯底里的自我宣泄以及对读者无聊的魅惑。"[①]当然，超文本也不乏"一剑封喉，一刀毙敌"的凶悍泼辣之作；"絮絮叨叨"与"一剑封喉"这两种极端不同的风格，都是个性恶性张扬的例证。

---

① 参见《北京日报》2001 年 10 月 23 日。

第四，网络已经介入了文学生产的全过程，"这彻底改变了已有的文学社会学，网络空间的文学权威陨落了。而且，网络语言的'速食化'倾向将对文学语言产生深刻影响。此外，网络技术形成的超文本对于传统的线性文本结构具有巨大的冲击力量"①。对这种"深刻影响"和"巨大的冲击力量"，我们有理由为之欢呼，我们也有理由为之忧虑。

> 正如"数字化生存"并不等于"诗意的栖居"一样，高科技迅猛发展也不都是艺术的福祉。……直拨电话、电脑传真、光纤通信、电子邮件等的确方便快捷，却又消弭了昔日那种"望尽天际盼鱼雁，一朝终至喜欲狂"的脸红耳热的幸福感。还有高速公路上的以车代步和蓝天白云间的睥睨八荒，的确让人体验到了激越和雄浑，但同时又排除了细雨骑驴、竹杖芒鞋、屐齿苍苔的舒徐和随意。②

毕竟，网络带给文学的不只是"现代性"的创造效率和"全球化"的传播便利，它也同样带来了形形色色的广告陷阱和机械复制的文化垃圾。

网络时代，最明显的变化是，昔日艺术家特立独行的万丈光芒已经变得越来越黯淡，传统艺术生产独唱的歌声，将被分工精细的大合唱彻底淹没。今天，电脑进入影视制作，对传统表演艺术提出了挑战。有人感叹银幕荧屏将失去真正的艺术家，电影电视将被电脑退化到魔术时代。网络写作的命运也不容乐观，由于写作主体的转移和"分散"，人人都可以在网上率性而为，信笔涂鸦，传统的功利主义和唯美主义被声色娱乐和情感倾泻的强烈冲动打得个落花流水，文学正在被网络进化/退化为一种"游戏"，一种随心所欲的"游戏"。王安忆曾有过"网络写手类似于音响发烧友"的说法。这个"发烧友"的比喻看似随手拈来，实则大有深意。发烧友对技术和器材的兴趣远胜

---

① 南帆：《游荡网络的文学》，《福建论坛》2000 年第 4 期。
② 欧阳友权：《网络文学：挑战传统与更新观念》，《湘潭大学社会科学学报》2001 年第 1 期。

于音乐本身。同样，在多数超文本"写读者"心中，软件的升级也远比文学的神韵重要。

　　有趣的是，在本书的写作过程中，笔者每次输入"写读者"的代码时，电脑上总会同时跳出"亵渎者"和"泻肚者"字样。它似乎在提醒我们，绝不能听任时尚的"写读者"变成传统的"亵渎者"或废话的"泻肚者"，而这也恰巧是本书反复强调的论点。试想，一个单词的拼写尚且埋伏着诸多变异，在无边的网络世界里，天知道隐藏着多少陷阱？对此，我们岂能不提高警惕！

| 第二章 |

互文性诗学与无限"宇宙文献"

> 古训已在泥土中枯萎，格言也已疲惫。
>
> 飞船却抖动丰满的羽毛，在新的空间
> 浪迹。
>
> ——雷抒雁

> 任何文本都是引语的拼凑，任何文本都
> 是对另一文本的吸收和改编。
>
> ——克里斯蒂娃

20 世纪的西方美学和文艺理论，思潮迭起，流派纷呈。五花八门的理论与学说，彼此渗透，互相辩驳，交相阐发，在一个无边无际的"互文性耗散结构"之域，使源远流长的审美精神绵延不绝，使不断创新的诗性智慧生生不息。尤其是数字技术诞生之后的近半个世纪以来，日益走向"超文本诗学"的艺术哲学，在人文主义与科学主义之间，前呼后应，此起彼落。数十年间，新言旧说之多，让人眼花缭乱；流变更迭之快，有如风驰电掣。站在无纸阅读时代的门槛，回头放眼一望，只见茫茫一派乱花迷眼的芜杂与斑驳。当年的千军万马与猎猎旌旗，即将被无情的岁月尘封于纸花烂漫的历史画卷。但是，在理论风云变幻无定的近百年间，比较而言，大体上有这样三种类型仍旧引人注目：一是主要以作者为中心的"表现主义"理论，如克罗齐的直觉主义、弗洛伊德的精神分析学、荣格的神话原型理论；二是主要以作品为中心的"形式主义"理论，如以雅格布森为代表的"俄国形式主义"、兰塞姆等人热衷的"新批评"，以及罗兰·巴特等人倡导的"解构主义"；三是以读者为中心的"读者反应批评"和"接受美学"等，主要代表有英伽登的"阅读现象学"、伽达默尔的阐释学，以及姚斯和伊塞尔倡导的接受美学。新兴网络时代，纵然不会在一夜之间使得翰墨飘香的书面世界繁华散尽，但白纸黑字的魔咒正渐渐失去往日的神威，在此背景之下，美学与文论世界最后的诸神，必将顺应互文性理论的召唤，结成跨学科联盟共同走向数字化生存的时代，在全新的伊托邦（e-topia），开创一个由超文本与互文性主导的、潜力巨大的、无限开放的数字化文论与美学的新文本世界。

　　关于超文本与互文性的基本关联，在我们预先设定以网络文学研究为主要对象的特定意义域中，大体可以这样理解二者的关系：超文本是互文性最重要的表现形式，互文性是超文本最重要的本质特征。超文本是一种以热链接突破单一文本之页面限制的互文性文档，其优越性在于能充分呈现文本的开放性、互文性和阅读单元离散性等潜在特点。整个互联网就是一个巨大的超文本，而任何超文本本质上都是标准的互文本。超文本将相互关联的众多文本置于一个庞大的文本网络之中，并通过纵横交错的路径保持各文本之间普遍而深入的联系。当超文本将禁锢于印刷文本的互文性从书页界面中解放出来时，必将引发一场数字化生存的文本革命。

第一节　互文性：概念与历史

　　如前所述，"互文性"（intertextualité）是法国符号学家、女权主义批评家朱丽娅·克里斯蒂娃提出的一个概念[①]。这一概念的基本意义在《词语、对话与小说》一文中是以这样一种面貌出现的："任何作品的文本都像许多行文的镶嵌品那样构成的，任何文本都是其他本文的吸收和转化。"[②]按照这一说法，每一个文本都是蕴涵于文本海洋中的水滴，都是潜力无限的文本大家族中的一员，任何文本都要以其他文本作为存在前提和延伸媒介，文本与文本之间彼此互喻，互相阐发，且互为对方之意义无限繁衍的场域。从一定意义上说，互文性就是这样一个文本与文本之间"相互参照、彼此牵连"、你中有我、我中有你的开放系统的表意功能。正如范尼瓦设想的超文本一样，基于互文性的所有文本，共同构成了一个融过去、现在、将来于一体的无限开放的文本网络和意义永恒流转嬗变的符号系统。我们理解的互文性文本，可以说是无数滔滔汨汨的耗散结构，是循环往复、生机无限的意识流。互文性和超文本互为表里，共同编织起一个数字化生存的网络文化世界。

超文本贯通古今和互文性无处不在的情形，让人联想到一句佛家偈语："千江有水千江月，万里无云万里天。"海阔凭鱼跃，有如互文性关联之深广；天高任鸟飞，恰似超文本潜能之无限。在互文性支撑的超文本世界里，任何文本与其他文本之间，总有看不见的千丝万缕相勾连。在一个数字化信息编制的"文献宇宙"中，既有之互文性历史无往不复，辽阔的超文本世界无远弗届。

[①] intertextualité 是一个法语词汇，英译为 Intertexuality，中文有多种译法，最常见的有"互文性"和"文本间性"两种，其他译法还有"文本互涉""互涉文本""文本互释性""文际关系""间文本性"等，随着研究文献的日渐增加，"互文性"（有时也简称"互文"）的译名已占压倒性多数。

[②] Julia Kristeva，*"Word，Dialogue and Novel"*，*in* Toril moied.，*The Kristeva Reader*，Oxford: Blackwell Publisher Ltd.，1986，p.36.

一、互文性研究文献概述

对网络资料进行检索，会有许多出人意料的发现①。譬如，从既有资料看，互文性概念的应用明显早于"文本间性"（这与多数人想当然地认为先有"文本间性"的翻译后有"互文性"翻译明显不一样）。按时间顺序对中国知网进行关键词检索，我们发现，由斯义宁和薛载斌共同摘译的《文学理论中的成规概念与经验研究》是中文刊物中最早使用"互文性"概念的文章之一，该文是荷兰文论家佛克马为参加中国比较文学第二届年会（西安）而撰写的专题论文，最初发表于 1987 年《文艺研究》第 6 期。该文认为，成规概念远不是清晰明确的，所有关于成规的讨论似乎都陷入了一种令人不安的悖论之中。审美经验被认为或者是遵循成规的结果，或者是违背成规的结果。雪莱曾试图摆脱"成规化表达的互文性"，但是尼采却断言"成规是伟大艺术的产

---

① 笔者于 2011 年 8 月 1 日凌晨 2 时查询"中国知网"，对"互文性"研究进行"主题"检索，获得了这样一组数据：以互文性为研究主题的文章共有 2460 篇，涉及 40 个学科（下面所列学科后括号内的数字为论文篇数），它们分别是世界文学（649）、中国文学（438）、外国语言文字（367）、中国语言文字（337）、文艺理论（287）、戏剧电影与电视艺术（119）、新闻与传媒（90）、哲学（30）、美术书法雕塑与摄影（25）、文化（24）、贸易经济（19）、音乐舞蹈（16）、中等教育（14）、出版（9）、计算机软件及计算机应用（6）、考古（2）、医学教育与医学边缘学科（2）、成人教育与特殊教育（2）、图书情报与数字图书馆（2）、旅游（2）、中国政治与国际政治（1）、政治学（1）、管理学（1）、伦理学（1）、马克思主义（1）、市场研究与信息（1）、工业经济（1）、初等教育（1）、中国古代史（1）、史学理论（1）、中医学（1）、军事（1）、互联网技术（1）、政党及群众组织（1）、心理学（1）、体育（1）、思想政治教育（1）、保险（1）、农业经济（1）、宏观经济管理与可持续发展（1）。关注互文性理论的研究论文之多、涉及学科范围之广，着实令人瞠目结舌。在 2000 多篇论文组成的这块"什锦大蛋糕"中，文学与艺术明显占据了主要份额。其中涉及中国文学互文性研究的文章分布情况大体如下：小说（203）、文学评论和研究（94）、诗歌和韵文（79）、鲁迅作品及其研究（22）、戏剧文学（14）、报告文学（6）、民间文学（5）、少数民族文学（4）、散文（4）、文学史和文学思想史（中国文学）（3）、儿童文学（1）。小说、评论的互文性视角受到比较普遍的关注，相比之下，诗歌、散文的互文性研究显得薄弱一些。外国文学的情况，大抵也是如此。有关文艺理论学科中的互文性研究，相关论文分布情况如下：文学写作与文学创作方法（101）、文学理论综述（98）、各体文学理论和创作方法（52）、文学理论的基本问题（19）、艺术理论（8）、文艺美学（3）、世界各国艺术概况（3）。创作论方面的互文性研究比较充分，文论基本问题视域的互文性研究似乎没有得到应有的重视。

生条件"。①

　　而最早使用"文本间性"的文章之一是张新颖的一篇题为《反苹果牌即冲小说——关于〈《洛神赋图卷》答问〉》的文章，该文发表于 1997 年底，恰好在"互文性"概念出现于中文期刊十年之后。在张新颖的文章中，"文本间性"一再被作为新颖概念提及。文章以当时网络小说中流行的"玄幻句式"开头：西西创作于 20 世纪 70 年代中期的小说《我城》中，说有家出版社发明了一种"苹果牌即冲小说"，看小说变得就像冲咖啡一般简单，喝下去脑子里就会浮现出情节来。这类故事，在当今的各色网站上已经成为过时的大路货，别说看小说了，借助于类似于"苹果牌即冲"软件，写小说能变得如同冲咖啡一般简单，情节变化比转动万花筒还要容易。②

　　从文献影响的角度来说，网络文献引用率检索也显示出比较明确的信息。迄今为止，在有关"互文性"研究的著作中，至少有这样三本书如同幽灵一样在不同文章和书籍中频频出现。它们是格拉汉姆·艾伦的《互文性》（Graham Allen，*Intertextuality*，尚未见该书中译本）、蒂费纳·萨莫瓦约的《互文性研究》、王瑾的《互文性》。三本书中，引用率最高，也可以说影响最大的当数"法国大学 128 丛书"中萨莫瓦约的《互文性研究》，这不仅是因为该著的汉译本出版较早，更重要的原因是，它虽然也不失为一本严格意义上的学术研究专著，但其篇章结构与表达方式似乎更自由、更活泼、更具有开放性。艾伦与王瑾的两本小册子则更像"文学概论"式的学术"基础/通俗"读本，尽管它们对互文性的概念、历史与方法的介绍可能更系统、更全面、更容易被理解。

　　具有反讽意义的是，在以传统文本式样出版的书面著作中，有关互文性的权威性"学术成果"里，往往充斥着信口雌黄的奇谈怪论，而以"在野"

---

① 佛克马：《文学理论中的成规概念与经验研究》，斯义宁、薛载斌摘译，《文艺研究》1987 年第 6 期。

② 张新颖：《反苹果牌即冲小说——关于〈《洛神赋图卷》答问〉》，《当代作家评论》1997 年第 6 期。

姿态出现的网络批评中却常常会出现一些中规中矩的"老成持重"之论。譬如，网友"tjw309"在"北大中文论坛"贴出了题为《解构主义文论的"互文性"理论浅识》的文章，对互文性理论发表了令人耳目一新的意见："互文性"理论是从当代西方文化思潮激荡更替的洪流中共生出来的一种文本理论。当代西方一些主要的文化文学理论，如结构主义、符号学、后结构主义（解构主义）、西方马克思主义、新历史主义和女性主义都或多或少对这一理论有所指涉。"互文性"表征了文本（符号）系统全新的存在方式，是一种关于文本（符号）世界的激进"哲学观"，也是一种动态开放、具有实际操作性的方法论。从价值取向来看，"互文性"理论试图揭示的是文本表象世界下意义（本真）世界的无限丰富性和共生互换性。它几乎涉及了文艺理论学科涵盖的所有重大理论问题，如作家与作品（如文本的生成过程及其作家的文学观）、作品与世界（如文本与客观世界的关系、文本的意义生成）、作品与读者（如文本意义的阐释及求解）以及作品与作品间的特殊关系（如文学的文本间以及文学与非文学文本间的关系问题）；它直接链接到文学的社会生产、消费（鉴赏）过程之中。正是这种包容特性使互文性的概念撒播在几乎所有当代文论中。

　　萨莫瓦约的著作前文已有比较详细的介绍，于兹不赘。与萨莫瓦约的《互文性研究》相比，格拉汉姆·艾伦的《互文性》和王瑾的《互文性》，无论从主旨还是结构上看，都像是一个加强版的"名词解释"，且都是10万字左右的小册子，如前所述，它们都是以"关键词"的形式作为某套文论术语丛书中的一分子出版的。格拉汉姆·艾伦的《互文性》作为兼及教学目的的评介式著作，其主要目的是对互文性概念进行一次系统而准确的深度阐释，事实上作者也正是把对"互文性"概念的起源与演变的梳理与辨析作为研究之主攻方向的，该书的这一特点，注定了作者不可能有太多创新空间，这就如同一本用于教学的《文学概论》不可能提出太多新锐观点一样，作者必须尽可能忠实地转述既有研究成果所呈现的思想状况。尽管如此，艾伦还是创造性地将互文性的创新与拓展前景寄托在互联网领域，这一点似乎可以说是艾伦的小册子比另外两本小册子稍胜一筹的地方。有关《互文性》的评论注意到，格拉汉姆·艾伦"穿梭于各派理论令人眼花缭乱的术语密林"，在论述"互文性"理论的起源、发展与演变过程中，较好地注意到了互文性概念与20世纪60年代之后的各种理论之间的互文性关系，尤其是作者将互文性理论的拓展与延伸"最终落脚于对万维网的思考"，给人以高屋建瓴之感。互文性与互联网的联系，使互文性对文本之间的互动性特征的强调无以复加，互动成了网络时代一切文本最显著的特征。

事实上，不少研究者注意到，强调文本间的互动关系这一基本内涵，被后来所有提到互文性理论的流派所接受和继承。其实在此之前，巴赫金的对话理论和复调理论中已经显出了互文性理论的端倪。他在提到"文学狂欢化"理论时就带着非常激进的态度打破了横亘在话语之间的政治等级观念、身份贵贱区别、文化优劣划分，而把各种形式的话语混杂到一起，形成一种完全交融和平等的话语共存状态。文学话语与非文学语言、方言、职业语言、民俗语言等相互交汇自由指涉，任何话语都不拥有先决的权威性和普遍的真理性。这就为打破文本间的独立封闭世界开辟了一条通道。

艾伦指出，在20世纪60年代以前，文学批评家们对文本的内在意义孜孜以求，但在克里斯蒂娃提出"互文性"概念之后，文论与批评界才明确地意识到，任何文本都不存在超验的、自足的意义等待我们去发掘，相反，文本的意义在文本与它所指涉、所关联的其他文本之间散播了，意义游弋于文本关系的巨大网络之中。文本的本质是其与一切他者关系之和，换言之，一切文本皆互为文本，文本的独立性是相对的，文本的开放性则是绝对的，任何文本都不可能完全独立于其他文本而存在，否则，它将失去作为文本而存在的任何意义。

在艾伦看来，是索绪尔、巴赫金、克里斯蒂娃共同创造了"互文性"概念，艾伦将"互文性"理论的起源定位在20世纪初的现代语言学领域。具体些说，就是把索绪尔和巴赫金看作互文性理论的学术先驱或前导。虽然此二人都不曾提出"互文性"概念，但是他们对语言的论述，蕴含着"互文性"

思想的核心内容。索绪尔强调语言符号的非指涉性和差异性，认为符号存在于系统之中，通过与其他符号的相似或差异而产生意义，关注的是语言系统。巴赫金则侧重具体社会情境中的语言交际，关注的是话语。在巴赫金看来，所有话语都是对话性的，语言的对话性本质体现在语言的社会、意识形态，以及发话主体和受话主体的性质上。巴赫金断言，个人意识的语言存在于自我与他者之间的交叉地带，语言的语词一半是他人的。这一点正是克里斯蒂娃的"互文性"概念所突出与强调的。从某种意义上讲，克里斯蒂娃为西方文论"发现"了巴赫金，是她首创了"互文性"一词，试图综合索绪尔和巴赫金的语言观念。张新军指出，克里斯蒂娃用"文本性"置换了巴赫金的人文主体，但是却为巴赫金的对话性、双声语、杂语等概念添加了心理维度。①

　　早在王瑾的《互文性》出版之前，就有学者预言"互文性"将是中国当代文论行情不断看涨的热门词汇，近年来涌现出数量惊人的有关互文性研究的学位论文使这一判断获得了有力的支持。张新军在介绍艾伦《互文性》的文章中提及了一个有意思的现象：即使对当代文论极其反感的文学教授，潜意识里也存有朴素的"互文性"思想。比如说，教授们往往会告诉学生，阅读亨利·詹姆斯的《淑女画像》时应该读一读乔治·艾略特的《米德尔马契》，读凯特·肖邦的《觉醒》最好能同时读一下福楼拜的《包法利夫人》，而要阅读斯宾塞的《仙后》则不可不了解骑士传统，如此等等。"互文性"作为一种文学创作实践可以说是源远流长，而作为一种理论探索则是滥觞于当代文论中的语言学转向。

　　进入 20 世纪 70 年代以后，互文性理论已被广泛接受，如意大利符号学家艾柯就在其意指理论中指出，文本具有自我指涉和含混的特征，由于这种特征，"只要纠缠在一起的各种解释相互作用，文本就迫使我们重新考虑常规的代码和它们转变为其他代码的各种可能性"。在艾柯看来，文本的译解就

---

① 张新军：《互文性：从索绪尔到万维网——Graham Allen〈互文性〉评介》，《山东师大外国语学院学报》2001 年第 3 期。

是"持续不断地将其直接意指转化为新的含蓄意指,其中没有哪一项终止于第一阐释成分上"。此后,理论界普遍认为可以把人类的一切话语都联系起来,达到破除学科间森严壁垒的效果。事实上很多理论流派的文论家都自觉不自觉地在实践着用互文性理论来解读文本,进行文学研究。

此外,还有一个值得密切关注的现象,那就是有 100 篇博士论文涉及互文性理论,相关硕士论文多达 554 篇,这也是一个匪夷所思的惊人数据。其中部分博士论文,在前人研究成果的基础上真正做到了有所发现、有所创新、有所超越。如陈亚萍的《体裁互文性研究》(2006)、焦亚东的《钱锺书文学批评的互文性特征研究》(2006)、武建国的《当代汉语公共话语中的篇际互文性研究》(2006)、刘金明的《互文性的语篇语言学研究》(2006)、万书辉的《文化文本的互文性书写:齐泽克对拉康理论的解释》(2007)、姜怡的《基于文本互文性分析计算的典籍翻译研究》(2010)、姜辉的《"红色经典"的叙事模式与左翼文学经验》(2010)等,分别在各自的研究论题中挖掘出了前人尚未深入研究的东西,对互文性理论的深化与拓展做出了一定的贡献。

其中李玉平的博士论文《互文性研究》(2003)旨在对当今文学理论和文化研究中的重要概念"互文性"进行系谱梳理和理论探析,论述它对于文学研究的重要意义,考察它在文学和文化实践中的具体应用。作者首先纵向梳理互文性概念的学渊系谱,勾勒互文性概念生成、发展、嬗变的轨迹。认为索绪尔的结构主义语言学和巴赫金的对话主义思想直接促使了克里斯蒂娃提出互文性概念,是互文性理论最直接的学术渊源。1966 年,克里斯蒂娃在介绍巴赫金的学术思想时,提出了具有浓烈社会历史和主体性色彩的"互文性"概念。其后,互文性理论大致沿着结构主义和解构主义两条路径嬗变。其次,作者还尝试横向探析互文性的概念与分类。认为互文性产生于后现代语境中,关注非个人化领域,注重符号分析,倡导民主平等意识。互文性是指文学、绘画、音乐、舞蹈、广播、电影、电视、广告、互联网等众多艺术门类和传播媒体的文本之间,互相指涉、互相映射。这种互涉的程度视不同的文本而变化。互文性不是文本自发的性质,它必须通过读者的阅读和阐释才能激活和实现。从不同的角度切入，可以对互文性进行不同的分类。再次，作者还论述了互文性对于文学研究的重要意义。作者认为，互文性给传统的文学理论研究带来了一场革新，它使我们换一种眼光看文学，从而更好地认识文学的独创性，它还为我们提供了研究文本意义生成和阐释的新路径、重新审视文学史的新视角，让文学研究和文化研究得以有效沟通。最后，作者考察了后现代文化中的互文性现象。作者认为，互文性业已成为后现代文化的一个重要特点。在后现代主义时期，互文性出现的广度和深度超过以往的任何一个历史时期。互文性在后现代主义文学中通常发挥一种解构的功能。作者指出，当前，互文性的研究与信息技术的突飞猛进息息相关，呈现出科学与人文交互渗透的趋势。超文本是互文性与网络技术联姻的产物。互文性在超文本文学中呈现出非线性的文本结构、阅读与写作界限的消弭、"极乐"的阅读体验和超媒体等全新的特点。①

又如万书辉的博士论文《文化文本的互文性书写：齐泽克对拉康理论的解释》就是互文性理论应用于专题个案研究的代表性作品。作者认为，齐泽克的文化书写堪称当今时代以跨学科为根本特征的文化研究之典范。在互文性这一视角内，我们发现了齐泽克文本内部的资源要素及其复杂关系。万书辉举例说，在精神分析传统中，通常把传统意义上的经典文学艺术作品视为通俗作品来进行分析，齐泽克也不例外，通过对拉康作品中《哈姆雷特》《安提戈涅》等的分析，从不同角度对康德、黑格尔和马克思的哲学以及拉康的精神分析学做了极具特色的重读，从而跨越了现代以来高雅文化和低俗文化间的森严界限。从齐泽克的书写方法看，由于深受黑格尔辩证法和晚期拉康"实在界"观念的影响，齐泽克的文化书写明显表现出重返、重申、悖论等方法。对他来说，"重返"就是要寻找"真正的起源"。因此，齐泽克文本中出现了一系列的"回返"。比如，在他的文本中，有诸如向谢林的回返，向笛卡尔主体性的回返，向拉康的回返，以及"回到弗洛伊德""回到黑格

---

① 李玉平：《互文性研究》（2003），国家图书馆馆藏论文。

尔""重返列宁"等不同的内容。在这些回返中,最根本的还是"转向拉康",同时这种转向又是经由黑格尔实现的。[①]

当然,还有很多值得期待的研究成果或许会给我们带来意想不到的惊喜,例如,北京大学外国语学院法语系秦海鹰教授承担的国家社会科学基金项目"互文性问题研究"[②]很早就有不少读者翘首以盼。据介绍,该课题于2000年立项,2003年8月结项。其最终成果形式为专著。这项成果比较系统地清点和研读了以互文性概念为中心的多种文学理论著作和相关历史资料,探讨了作为当代西方文论重要组成部分的互文性问题的缘起、流变、特征和意义。国家哲学社会科学规划办网站对秦海鹰教授"互文性研究"的具体内容、研究方法和学术创新进行了简明扼要的介绍,其中有关"互文性理论的演变轨迹和整体面貌"的寥寥数语便使看似千头万绪的互文性的主脉与支流展露无遗:从互文性概念的提出到相关的文本理论在不断阐释过程中的转换与发展,作者提纲挈领地勾勒出来一部互文性理论的简史。

确如秦海鹰教授所言,互文性概念从广义到狭义、从模糊到精确、从后结构主义到开放的结构主义的奇特流变过程,大致呈现出两个方向:一个方向趋于对互文性概念做宽泛的解释,把它当作一个批判武器,这个意义上的互文性理论逐渐与美国的解构批评、文化研究、新历史主义相汇合;另一个方向趋于对互文性概念做精确的界定,使它成为一个描述工具,这个方向的理论建设集中出现在20世纪80年代后的法国。秦海鹰这一研究成果最富洞见性的创新之一是对互文性理论之"解构"与"建构"的区分。就其解构意义而言,互文性概念属于后结构主义文学理论范畴,与哲学上的解构论处于共生状态,其基本意图是在文学研究中突破结构主义方法的局限,把社会历史、意识形态、他人话语等诸多外部因素当作文本重新纳入文学研究的视野,把文本看作一个自身包含多种声音的意指过程,以此方式质疑文本的同一性、

---

① 万书辉:《文化文本的互文性书写:齐泽克对拉康理论的解释》,巴蜀书社2007年版。

② 秦海鹰:《互文性问题研究》,http://cpc.people.com.cn/GB/219457/219506/219508/219526/14640
234.html,引用日期:2012年5月13日。

自足性和原创性。就其建构意义而言，互文性概念为修辞学、符号学和诗学范围的研究提供了一个操作性很强的工具，同时也从另一个角度更新了文学观念。研究者关于解构与建构的区分，一举廓清了形形色色不同性质的互文性理论之概念疑团和身份焦虑。

研究者对几种主要的互文性理论之基本特征的理解与把握也颇有特色。例如研究者在符号批判理论的语境下分析克里斯蒂娃的互文性，将其主要内容概括为文本的异质性（引文性）、社会性和互动性，可谓抓住了问题的要害。更为可贵的是，研究者站在中西文化比较的立场上对相关术语所进行的清理和辨析，有一种纠偏补罅、正本清源的学术指导意义。尤其是一些常被误用误解的概念，如代码、文本、引文、生产性、互文痕迹、文本分析、线性阅读、互文阅读、跨文本性、"羊皮纸"、二级文学、阅读契约等，在特定文本中的特殊含义和不同语境中的适用范围，亟待学养深厚的专家做充分的阐释和辨析，相信秦海鹰教授的相关研究必定不会辜负读者的期许。

二、互文性概念的历史嬗变

萨莫瓦约在《互文性研究》的"引言"中指出："互文性（intertextualité）这个词如此多地被使用、被定义和被赋予不同的意义，以至于它已然成为文学言论中含混不清的一个概念；比起这个专业术语，人们通常更愿意用隐喻的手法来指称所谓文中有文的现象，诸如拼凑、掉书袋、旁征博引、人言己用，或者就是对话。但互文性这个词的好处在于，由于它是一个中性词，所以它囊括了文学作品之间互相交错、彼此依赖的若干表现形式。"[1]作者用作"开场白"的这几句话，言简意赅地概括了全书的主旨，事实上大多数网络书店也正是把这几句话作为全书的"内容简介"而放置在"商品描述"栏目之中的（如"当当网"和"卓越网"都是如此）。

从这段类似于"内容摘要"式的文字里，我们可以看出萨莫瓦约阐释互文性的几个不容忽视的"关键词"：文中有文、拼凑、掉书袋、旁征博引、

----

[1] 蒂费纳·萨莫瓦约：《互文性研究》，第1页。

人言己用、对话、互相交错、彼此依赖。互文性或许可以简洁地表达为"文中有文";互文性生产的最基本方法大约可以概括为"拼凑、掉书袋、旁征博引、人言己用、对话";而我们这里所讨论的"互文性",就其本质而言,其实正是萨莫瓦约所说的"文学作品之间互相交错、彼此依赖的若干表现形式"。

即便在口头文化时代,人言己用的现象也必定普遍存在,关于这一点在后面有关巴赫金的对话理论中将有详细论述。这里我们单以文字组成的文本之生成与发展的情状,看看互文性之源头可以追溯到什么时代。按照我们对互文性字面的肤浅理解,互文性得以成立的最基本的条件是必须存在足以建立"互"①之关系的文本数量,文字创立之始,或许还没有足够的征引对象,因而还不具备文中有文的基本条件,这个看似合情合理的猜测,实际上并非无懈可击,因为按照广义互文性理论的理解,即便人类最初的文本也已经包含极为丰富的互文性因素。譬如,关于中国最初文字的发生学过程,《易·系辞下》有这样一段精彩的描述:

> 古者包羲氏之王天下也,仰则观象于天,俯则观法于地,观鸟兽之文与地之宜,近取诸身,远取诸物,于是始作八卦,以通神明之德,以类万物之情。

按照互文性理论的理解,这段话反映的是我们中华民族自古以来"天人合一"即"天地互文"的思想——在外,观察天地万物,在内,观察自身奥妙,明白了外在"大宇宙"与自身"小宇宙"互喻互释、交相呼应的奥秘,然后人类才"发明"了"八卦"。《易经》每一卦都有"卦德",从一定意义上讲,"卦德"之中即包含着"天道"与"人道"的互文性变化,《易经》之

---

① 根据《现代汉语大辞典》的解释,"互"字释义,除"木架"和"巷门"之外,其余各义都与"互文"之"互"意义相近,如"(1)交互、交错;(2)相互、彼此;(3)并"等。萧统《〈文选〉序》:"各体互兴,分镳并驱。"这里"互""并"同义且"互文"。

所以被一些人看作一切古代典籍、诸子百家思想的源头，应该说与其绵延无尽之"天文"、生生不息之"地文"以及代代相传之"人文"三者之间的互文性演化有莫大关联。

德里达说："文本之外无一物。"在他看来天、地、人就如同日、月、星一样都是依照一定规律运动的符号系统，亦即文本系统。与这位犹太学者的极端言论相比，我们将中国古老的八卦看作文本系统或许可以说理所当然。儒家对《周易》的解释常使用术语"互文"。《周易》以雷、风、雨、日四种现象开始，然后列举艮、兑、乾、坤四个卦名，表示这是卦，同时也是象，这种表达方式非"互文"而何？这种"互文"排列方式反映事物由动至静、由显至藏的过程，即"雷以动之，风以散之，雨以润之，日以暄之，艮以止之，兑以说之，乾以君之，坤以藏之"[①]。其实，八卦中的天、地、日、月、风、雷、山、川常常被人看作"天人合一"的中华文明之互文系统中的象征符号。在这个由八种基本符号无限分解和任意组合的超级"宇宙文本"中，互文性可谓是万事万物之相互依存、和谐与共的奥秘所在。基于这样一种理解，或许可以说《易经》就是这样一个"互文性文本"。南怀瑾先生曾经宣称："整个宇宙就是一部《易经》。"换言之，整个宇宙就是一个互文性文本。

若以马克思主义世界观审视互文性，我们不难发现，所谓互文性理论，从本质上讲，它不过是世界万事万物普遍联系和无限发展这一唯物主义辩证法思想在文本学中的基本体现。只不过有关互文性的某些理论在强调文本之间的某些关系特征时，往往会从一个极端走向另一个极端[②]。从一定意义上说，互文性理论，有时又是一种类似于德里达所信奉之一神论的具有彻底性和极端性的理论。

---

① 甘莅豪：《中西互文概念的理论渊源与整合》，《修辞学习》2006年第5期。
② 如巴特与"无处不互文"思想密切关联的"作者之死"，彻底摧毁了独创性概念，"作者死亡了，个性不复存在了，作者在写作中的主体性和创造性被一笔勾销，有关文学独创性的话语都消失在无所不在的'互文性'中。在文学的汪洋大海中，我们找不到任何独创性文本，只存在互相模拟和抄袭的文本"。参见王瑾：《互文性》，第55页。

仍以《易经》和八卦为例。我们知道，八卦的情形，或许具有极为复杂的变数，就单个文字而言，是否也具有一定的互文性特征呢？仓颉造字的传说似乎可以为我们提供某些启示。《淮南子·本经训》载"昔者仓颉作书而天雨粟，鬼夜哭"。《说文解字》序说："黄帝之史仓颉，见鸟兽蹄爪之迹，知今之可相别异也，构造书契。"这一传说，将文字的发明归于个别文化英雄，这一说法，或许排除了初始文字的互文性之心理学内涵，但人类考古学的成果证明，个别文字固然可以由个别人物独立创造，但文字系统，绝不可能是单个人的创造物。鲁迅说："但在社会里，仓颉也不止一个，有的在刀柄上刻一点图，有的在门户上画一些画，心心相印，口口相传，文字就多起来了，史官一采集，就可以敷衍记事了。中国文字的来由，恐怕逃不出这例子。"（鲁迅：《门外文谈》）也就是说，文字当然不可能是仓颉之类的某个个人独立创造出来的，而是由许许多多像仓颉这样的人慢慢丰富起来的，仓颉只不过在这些人当中比较重要、起的作用比较大而已。从一定意义上说，文字的发展过程就是一个互文性衍生与汇聚的过程。就是一个鲁迅所说的"心心相印，口口相传"的过程。而这里的相印相传可以说正是互文性最本质的内涵的生动体现。

众所周知，互文性理论脱胎于索绪尔的结构主义语言学和巴赫金的对话主义思想，由克里斯蒂娃正式报幕出场，在罗兰·巴特、热奈特、里法泰尔、贡巴尼翁、洛朗·坚尼、米歇尔·施奈德等人的呼应与推动下变成热门话题，其历史演变态势和话语嬗变轨迹，已有汗牛充栋的综述资料，其中黄念然、陈永国、王瑾等人的研究成果为概念史梳理奠定了基础。如今，互文性概念的历史嬗变这一话题变为人所共知的常识，有鉴于此，这里不再做概论式系统梳理，而专就某些略有心得的话题谈点粗浅看法，并借以就教于读者与同行。

首先说说"一切皆文本，无处不互文"这一略显偏激的论点所包含的合理性及其局限。"文本之外无一物"是德里达《论文字》中一个众所皆知的说法，对于德里达以及许多后结构主义者来说，万物无非符号，一切皆是文本。换言之，任何一套符号都可以当作一种语言机制来研究和解释。如前所述，这一话题包含着德里达这样一位一神论者看问题的深刻性和彻底性，但这里只是将其作为一个背景论题或预设条件提出，鉴于它并非互文性理论的直接表述，暂且搁置相关争议，不予深入讨论。如果结合克里斯蒂娃及巴特的"一切文本都是互文性文本"的说法，依据德里达"一切皆文本"这一论断必然会得出"无处不互文"的结论。按照逻辑推理的游戏而言，这一说法似乎没有问题。但由此涉及的另两个问题可能会有不同理解：第一是最初的文本之互文性从何而来？第二是互文与独语是否有区别，换言之，对话与独白是否应该加以区别对待？这里的第一个问题，已在前文有关仓颉造字的讨论中述及。第二个问题大约可以在巴赫金的对话理论中找到答案。

按照巴赫金对话理论的说法，即便"茕茕子立"，也有"形影相对"。哈代说"呼唤的与被呼唤的"总是难以"互答互应"。但在巴赫金那里，"呼唤的与被呼唤的"总能够形成"互答互应"，因为在巴赫金的对话理论语境里，任何文本都具有对话性，没有"对话性"的文本就没有存在的"意义"。即便像祥林嫂那样几乎是下意识的自言自语："我真傻，真的……"从对话理论的视角看，这样的自言自语也不能看作毫无对话对象的"独白"，因为这个"我真傻"的"我"，在"对话过程"中至少可以理解为说话人"祥林嫂"和听话人"祥林嫂"。在互联网上，"我真傻，真的……"居然被戏仿成了一个典型的"对话模式"。

上述两个问题，对我们从更广泛的视角看待文学之互文性有一定的启示意义。例如，在前文提及的萨莫瓦约的《互文性研究》一书中，作者的视线并没有局限于文学文本，作为一位乐于直面现实社会生活的文论家，萨莫瓦约自然不会忘记文学的现实社会之维，在肯定了文学与世界的关系之后，萨莫瓦约便从互文性视角强调了文学生产的"自根性"，提出文学不仅是在与世界的关系中写成的，更是在它同自己、同自己的历史的关系中写成的。文学的历史是文学作品自始至终不断产生的一段悠远历程。与我们通常相信的现实生活是文学的唯一源泉不同，萨莫瓦约更趋向于把既有文学作品看作其新生文学作品的源头，任何文本，都来源于同一个文学大家族，它同时又是这个大家族中的一员，并多多少少反映了这一家族的存在。"文学大家族如同这样一棵枝繁叶茂的树，它的根茎并不单一，而是盘根错节，纵横蔓延。因此无法画出清晰体现诸文本之间相互关系的分析图：文本的性质大同小异，它们在原则上有意识地互相孕育，互相滋养，互相影响；同时又从来不是单纯而又简单的相互复制或全盘接受。借鉴已有的文本可能是偶然或默许的，是来自一段模糊的记忆，是表达一种敬意，或是屈从一种模式，推翻一个经典或心甘情愿地受其启发。"①

在论述互文性的具体方式时，作者比较正式地提出了引用（citation）、暗示（allusion）、参考（reference）、仿作（pastiche）、戏拟（parodie）、剽窃（plagiat）以及各式各样的照搬照用……并用"不胜枚举""一言难尽"等略微夸张的词语加深了我们对"互文方式"之多样化的理解。在萨莫瓦约看来，对互文性的理解和研究，最重要的是回到文本自身的环境之中，设身处地地回顾文献，将历史和批评的观点综合起来，同时寻求一些途径，使我们能够对互文性有一致的看法，并以追忆的思路总体介绍互文性的各种特征。

萨莫瓦约反复强调，互文性在不同语境中被赋予了不同意义，有关互文性的概念和定义，必须结合具体语境以"具体问题具体分析"的态度讨论问题。因为，互文性可以说是一个无限开放的、极为不确定的概念，在索绪尔、巴赫金、克里斯蒂娃那里，互文性的面孔各不相同，在罗兰·巴特、热奈特、里法泰尔等人笔下，互文性具有更大的流变空间，在德里达、保罗·德曼、J.希利斯·米勒等人那里，互文性或演化成"延异性"，或被描述成"跨文性"，或干脆被理解为"语言修辞性"，在某些新潮文论家的著作里，"互文性"甚至被想象成一种"流质多变"的"耗散结构"。

毛崇杰先生在为王治河主编的《后现代主义辞典》撰写的"互文性"条目中指出："它（互文性）的提出旨在打破结构主义本文的孤立与封闭性，认

---

① 蒂费纳·萨莫瓦约：《互文性研究》，第2页。

为作为任何本文的成文性在于同该本文之外的符号系统相关联，都是其他本文的吸收和转换，在差异中形成自身的价值。因此互文性与后现代主义本文‘意义链’的破裂相关。”①毛先生认为，在后现代主义“多元”格局中，“互文性”在不同的流派那里衍生出不同的意义。他先后列举了维瑟的“文学与非文学”之互文性、拉尔夫·科恩“非文学学科与文学理论的扩展”之互文性、海登·怀特的历史本文的诗学互文性等新历史主义思潮中的互文性因素，并得出了“互文性作为结构主义、形式主义本文孤立与封闭性之反动”的精辟结论。

与毛先生的反结构主义的观点相近似，有些学者将互文性观念置于后结构主义视域中加以阐释。例如，胡敬署等人编写的《文学百科大辞典》是较早涉及互文性概念的辞书。该书将互文性定义为“后结构主义文学批评的一个术语”，认为互文性“指的是对任何一个本文的解释都离不开其他本文，本文与本文之间存在着边界与沟通”②。其相关阐述，主要引用了德里达等人的后结构主义文本思想，认为文本的系统是自我参照的互文性系统，在互文性系统内，文本的踪迹可以把整个“结构”联结起来。文本和读者、文本和文本的清晰划分变得毫无意义；因为如果我们要接近一篇本文，它就必定有个边界，这是不可能的，按照德里达的原则，一篇本文不再是完成了的作品资料体，内容封闭在一本书里或字里行间，而是一个区分的网络，一种踪迹的织体，这些踪迹无止境地涉及它自身外的事物，涉及其他区分的踪迹。互文性的这些作品，在数字化文本领域得到极为充分的展示。

在阐释互文性概念的众多文本中，陈永国先生的“一句话概说”给出了一个言简意赅的定义：

互文性（Intertextuality）也有人译作“文本间性”。作为一个重

---

① 毛崇杰：《互文性》，见王治河主编：《后现代主义辞典》，中央编译出版社 2005 年版，第 341 页。
② 胡敬署、陈有进、王富仁等：《文学百科大辞典》，华龄出版社 1991 年版。

要批评概念，互文性出现于 20 世纪 60 年代，随即成为后现代、后结构批评的标识性术语。互文性通常被用来指示两个或两个以上文本间发生的互文关系。它包括（1）两个具体或特殊文本之间的关系（一般称为 transtextuality）；（2）某一文本通过记忆、重复、修正，向其他文本产生的扩散性影响（一般称作 intertextuality）。所谓互文性批评，就是放弃那种只关注作者与作品关系的传统批评方法，转向一种宽泛语境下的跨文本文化研究。这种研究强调多学科话语分析，偏重以符号系统的共时结构去取代文学史的进化模式，从而把文学文本从心理、社会或历史决定论中解放出来，投入到一种与各类文本自由对话的批评语境中。①

有关"互文性"的这段话，首见于 2003 年《外国文学》第 1 期的《互文性》一文中。这大约是迄今为止引用频次仅次于克里斯蒂娃之"互文性定义"的"名词解释"。作者对互文性概念的"大背景"进行了如下解说："作为对历史主义和新批评的一次反拨，互文性与前者一样，也是一种价值自由的批评实践。这种批评实践并不隶属于某个特定的批评团体，而与 20 世纪欧洲好几场重要的知识运动相关，例如俄国形式主义、结构主义语言学、精神分析学、马克思主义和解构主义。围绕它的阐释与讨论意见，大多出自法国思想家，主要有罗兰·巴特、朱丽娅·克里斯蒂娃、雅克·德里达、热拉尔·热奈特、米歇尔·里法泰尔。"在比较详细地介绍了巴赫金和布鲁姆的互文性思想之后，陈永国插了"互文性革命"概念。作者对互文性革命的解释是，结构主义批评家在放弃历史主义和进化论模式之后，主动应用互文性理论，来看待和定位人文、社会乃至自然科学各学科之间关系的批评实践。这种批评的惊人之处在于它的"双向作用"：一方面，结构主义者可以用互文性概念支持符号科学，用它说明各种文本的结构功能，说明整体内的互文关系，进

① 陈永国：《互文性》，《外国文学》2003 年第 1 期。

而揭示其中的交互性文化内涵，并在方法上替代线性影响和渊源研究；另一方面，后结构主义或解构主义者利用互文性概念攻击符号科学，颠覆结构主义的中心关系网络，破解其二元对立系统，揭示众多文本中能指的自由嬉戏现象，进而突出意义的不确定性。[①] 前者将文本的相对稳定性视为理所当然的前提，后者则将文本的多变性看作必然规律。这两种看似互为对立的观点，在互文性视域下被模糊含混地调和成了一个问题的两个方面。

拉曼·塞尔登主编的《文学批评理论——从柏拉图到现在》一书，对朱丽娅·克里斯蒂娃的符号学理论进行了深刻剖析。塞尔登认为克里斯蒂娃从一个非常激进的视点向"传统"与"影响"等观念提出了挑战。她提出的"互文性"概念是向"主体"的稳定性质疑的含义更为宽泛的精神分析理论的一部分。她把互文性定义为符号系统的互换，她不是在"陈旧的""渊源研究"的意义上界定互文性，而是把互文性当成了超越那种致力于"引经据典"或"运用渊源"的理性控制的符号过程的一部分。在克里斯蒂娃看来，符号系统的"互换"不仅意味着从书写系统到书写系统的转换，而且意味着从非文学与非语言学系统到一个文学系统的转换。不仅如此，她甚至把每一个指意系统看成"各种各样的指意系统互换的一个领域"。在这里，处于系统游戏位置的主体统一性和实质性便遭到了质疑与循环。在传统文学批评看来，克里斯蒂娃的方法存在的问题是，这门学科常见的范畴如"文学作品""传统""作者""渊源"等几乎无法存在下去了。[②] 对网络时代的文学研究者而言，系统符号的互换还隐含着另一重意义，那就是文学存在的媒介符号系统的转换，或许图文音画之间的界限，在互文性理论的统摄下会混融为一个趋于综合性统觉的超文本系统。事实上，由互文性概念衍生出来的"互视性""互介性"等概念，早已经不动声色地解构了文字独领风骚的表意系统。

---

① 陈永国：《互文性》，《外国文学》2003 年第 1 期。
② 拉曼·塞尔登：《文学批评理论——从柏拉图到现在》，刘象愚、陈永国等译，北京大学出版社 2000 年版，第 436 页。

三、"巴赫金抑或克里斯蒂娃"

历史老人有时候看上去像一个条理分明的逻辑学家，它将各种纷繁复杂的理论按照一种不可移易的顺序进行了权威性的安排。不同国籍的好几代美学家和文论家，在近百年的时间内，居然顺着从"作者"到"作品"再到"读者"的顺序，各自建构并发展着自己的理论体系，这是否可以说是学术史上的一个奇迹？当理论研究关注的中心即将开始新一轮的"循环"时，一种综合性研究和总体性研究的趋势已变得越来越明显，越来越真切。例如，杜威的实用主义美学、英伽登的现象学美学、萨特的存在主义美学等，都不约而同地加强了对研究对象的综合性探讨和整体性把握，也都注意到了传统美学将作家、作品和读者割裂开来进行孤立研究的缺陷和不足。在这一方面，现代解释学和接受美学的理论自觉性表现得更为突出。伊塞尔从接受美学转向文学人类的研究，就是顺应美学研究的综合化和总体化发展趋势的一个生动例证。[①]可以说，巴赫金的对话主义和克里斯蒂娃的互文性理论正是在这样一个拒绝区隔和走向融合的大背景下产生并快速成长起来的。

面对当下互文性理论大红大紫的热闹场面，我们不禁会想起20世纪90年代末那阵不大不小的"巴赫金旋风"，这二者之间有多大程度的承续关系似乎还有待进一步考证。但某些标志性的事件，多少会给我们一些启发。1998年《巴赫金全集》在中国首次出版，并很快在文论界引起轰动，钱中文先生那篇"论巴赫金意义"的《理论可以常青》，满怀深情地描绘了巴赫金从神童到大师的传奇经历，堪称是对这位20世纪的俄国思想家、美学家、文艺理论家的"又一次发现"。钱先生主编的《巴赫金全集》的出版，为中国文学理论学术界带来了这样一句宣言式的口号——"走向交往对话的时代！"

钱先生有关"交往对话"理论的一系列阐释，在一定意义上充当了我们理解互文性理论的一把钥匙。我们注意到，互文性概念已被习惯性地说成是脱胎于巴赫金的对话理论，法国当代著名文学评论家茨韦塔·托多罗夫在

---

① 伊塞尔：《虚构与想象》"译后记"，第396—397页。

《巴赫金、对话理论及其他》一书中，直接使用了"互文性"一词来描述巴赫金的对话理论。① 无论萨莫瓦约的《互文性研究》，还是艾伦的《互文性》，也都将巴赫金的"对话理论"视为克里斯蒂娃"互文性"概念的先导。萨莫瓦约说："在任何一篇文本中，都是由词语引发该文与其他文本之间的对话：朱丽娅·克里斯蒂娃借用巴赫金的这一思想，并且恰如其分地引入了自己的新术语和抽象理论。巴赫金是《小说的美学和理论》（*Esthétique et théorie du roman*）以及《陀思妥耶夫斯基的文学创作》（*La poétique de Dostoïevski*）的作者。他从未用过诸如'互文性'或'互文'一类的词。然而在他研究小说的时候（从 20 世纪 20 年代开始），为了阐明兼容文体及其语言学、社会和文化分支的可能性，巴赫金提出了通过词语来承担多重言语（multiplication des discourse）的思想。"②

维克多·什克洛夫斯基在《关于散文理论》中，根据巴赫金的理论研究劳伦斯·斯泰恩的著名小说《商狄传》时指出："如果说这篇小说和以前的文学截然不同，那么首先是因为它综合了以前的文学，重新使用所有业已存在的话语形式——说教的、宗教的、政治的、司法的、文学的，同时将它们饱和、混杂和戏拟，达到不得不对这些话语进行转换的程度。"③ 艾伦的《互文性》一书的第一个标题是《起源：索绪尔、巴赫金和克里斯蒂娃》，作者依次罗列的小标题是：索绪尔与词之结构关系；巴赫金与词之社会关系；对话主义；克里斯蒂娃与《原样》生产；从对话主义到互文性；理论之互相转换；巴赫金抑或克里斯蒂娃？

---

① 茨韦塔·托多罗夫：《巴赫金、对话理论及其他》，蒋子华、张萍译，百花文艺出版社 2001 年版。托多罗夫的《巴赫金、对话理论及其他》由两部分组成。第一部分"《文学概念》及其他"收录的 10 篇文章曾见于《散文体诗学》和《话语类别》两本集子里，其公开发表的刊物是 1971 年《诗学》和 1978 年《诗学》合订本。该书第二部分"米哈伊尔·巴赫金与对话理论"其实是另一本书《米哈伊尔·巴赫金与对话理论，及巴赫金小组文论》的中译本，中译者删除了原书附录中收录的"巴赫金小组文论"。该书只翻译了"巴赫金与对话理论"。

② 蒂费纳·萨莫瓦约：《互文性研究》，第 6 页。

③ 蒂费纳·萨莫瓦约：《互文性研究》，第 11 页。

尽管在互文性理论原创者究竟是巴赫金还是克里斯蒂娃的问题上学术界有不同看法，但无论如何，巴赫金的对话理论、对话思维都对互文性理论的形成和发展具有不可替代的理论价值。关于这一点，学术界的看法表现出了高度的一致。进入 20 世纪之后，中国的"巴赫金旋风"似乎渐渐由强趋弱，但相关研究却开始逐渐走向深入，尤其是他的对话理论，在文论与美学领域得到了极为广泛的关注。有论者指出，巴赫金对话理论解释了一个观点多元、价值多元、体验多元的真实而又丰富的世界，它的意义已经远远超出了文学理论自身的范围。对话成为连接古今中外文化和文学理论的桥梁。它在文学作品中具有独立性、自由性、未完成性和复调性等特点。

王瑾的《互文性》一书对克里斯蒂娃根据几个最常用的法语词缀和词根拼合而成的新词——intertextualité 进行了详细阐释："语词（或文本）是众多语词（或文本）的交汇，人们至少可以从中读出另一个语词（文本）来，在巴赫金的作品中，这两者分别以对话和背反的形式出现，他没有对二者明确区分。尽管缺乏严密的论述，但这一视角确实是巴赫金首先引入文学理论里来的。……因此，文本间的概念应该取代'主体间性'（intersubjective）的概念。"和大多数论者一样，王瑾在明确指出克里斯蒂娃"生造"了"互文性"一词后，立刻指出了互文性概念与巴赫金的联系。事实上克里斯蒂娃本人也从未回避过巴赫金的对话主义对互文性理论产生的影响，并直言不讳地说，巴赫金的影响是"直接的"，是"决定性的"。王瑾还特意援引了格拉汉姆·艾伦的《互文性》的评判说："在我看来，与其说互文性概念源自巴赫金的作品，毋宁说巴赫金本人即是一位重要的互文性理论家。"

巴赫金说："人带着他做人的特性，总是在表现自己（在说话）亦即创造文本（哪怕是潜在的文本）。"[1]人在对话过程中，表达自己并由此获得他"作为人"的生命，这一"创造文本"的过程，是一个交往与对话的过程，一个自我与他人话语互答互应的过程。巴赫金相信，人在"表现自己"的过程中，

---

[1] 钱中文主编：《巴赫金全集》第 4 卷，河北教育出版社 1998 年版，第 306 页。

他人的话语无处不在，所有话语都具有内在的对话性，所以艾布拉姆斯所说的文学四个要素中的任何一个都具有在文本内或文本间发生对话的潜力。在巴赫金之后，随着接受美学、读者反应批评等理论为学术界所认同，批评家的目光第一次投向了长期被忽视的"读者—文本"和"读者—作者"，尽管读者反应批评所强调的前理解（Pre-understanding）以及期待视界（Horizon of expectation）很好地解释了读者对文本的动态接受过程。而作者和读者的对话则体现于作者在创作作品时脑海中所蕴含的进行答话的对象。伊塞尔称之为"隐含的读者"（Implied Reader），斯坦利·费什则称之为"理想化的读者"（Idealized Reader），而巴赫金则将之命名为"超受话者"（meta-addressee）。

对于"隐含在复调小说中的对话关系"，王瑾在《互文性》中进行了精彩的分析。她认为，巴赫金对互文性的思考首先来源于他的哲学思想。"我与他人"的关系就是巴赫金哲学思想的一个基本出发点，"我"的存在是一个"我之自我"，我以外皆为他者。自我作为主体是一个生命存在的事件或进程，在存在中占据着唯一的、不可重复的、不可替代的位置，是一个确实的存在。然而，这种存在又是不完整的、片面的，因为每个自我在观察自己时都会存在一个盲区，就如同我们不可能看见自己的脸和后背一样，但是这个盲区却可以被他者所看见，这种独特的个体视野即为每个个体都拥有的"视野剩余"。这种情况就决定了自我不可能是封闭、完结、自给自足的，自我的存在与发展离不开他者，除了自我内省外，还需要借助他人的外位超视，从他人对我的感受中感受到自我在人群中的存在状态。这一点与苏格拉底对真理产生于对话的认识相仿，因此，巴赫金认为，自我存在于他人意识与自我意识的接壤处。① 用巴赫金自己的话来说："一个意识无法自给自足，无法生存，仅仅为了他人，通过他人，在他人的帮助下我才展示自我，认识自我，保持自我。最重要的构成自我意识的行为，是确定对他人意识的关系。"这就是他所说的："单一的声音，什么也结束不了，什么也解决不了。两个声音才是生

---

① 王瑾：《互文性》，广西师范大学出版社 2005 年版，第 11—12 页。

命的最低条件，生存的最低条件。"①

　　巴赫金从本体论角度强调存在与他性的紧密联系，因而人之自我意识的获得必须靠"他人眼中之我"才能实现。这种"我"与"他者"生生不息的依存关系则衍生出人类社会存在的根本，即对话关系。自我话语也存在于杂语（heteroglossia）之中，与他者话语相互影响，相互进入，从而形成超语言学研究中特有的双声语（double-voicedness）现象。这种对话性的双声语渗透到文学中来就形成了独特的复调小说，或对话小说。对话关系是一种特殊的语义或逻辑关系，参与对话的话语互不融合，各自具有充分的独立的价值，话语的主体各自平等。因而对话的意义不在于评判对错，而在于对话这一事件本身。对话本身蕴含的积极理解使新意义的产生成为可能。因而对话也具有未完成性（unfinalizability）、开放性和多义性。自此，我们已经可以清晰地看到克里斯蒂娃互文性理论的基本轮廓。

　　中国社会科学院外国文学研究所研究员董小英是国内较早系统研究巴赫金对话理论的学者之一，她的《再登巴比伦塔——巴赫金与对话理论》一书即以"对话性""作为研究的起点"。她认为，对话最初与叙事者的陈述一同进入文本的时候，在史诗中仅是叙事的一部分，是单方叙述，即独白。在希腊悲剧发展到一定阶段后，埃斯库罗斯（前525—前426年）把歌唱队分为领唱与合唱两部分，于是就出现了悲剧中程式化的对话。人物作为当事人叙述自己的故事，歌队作为旁观者，站在听众—读者的立场，代表他们要求人物"请把整个故事告诉我们"，同时充当剧情的叙事者，并以问话形式，参与对话，使独白叙事成为双方叙事。②

　　巴赫金认为，"在悲剧对话之后接踵而至的是苏格拉底对话——这是历史上一个新的小说体裁的第一步"。按照巴赫金的说法，对话性或许可以说是陀思妥耶夫斯基的首创，接着，巴赫金对"对话"和"对话性"做了区分。

---

① 巴赫金：《陀思妥耶夫斯基诗学问题》，生活·读书·新知三联书店1992年版，第344页。
② 董小英：《再登巴比伦塔——巴赫金与对话理论》，生活·读书·新知三联书店1994年版，第11—12页。

巴赫金给对话性下的定义——"对话性是具有同等价值的不同意识之间相互作用的特殊形式"①——却是我们了解对话性的钥匙。对话有对话者、对话内容、对话方式的范畴，对话性也具有同样的范畴，但比对话更复杂。首先，对话就不只是文本中人物与人物的对话，还包括作者与人物、作者与读者、人物与读者的对话；其次，对话的内容就不只是引号内的内容、文字上的内容，还包括文字以外的画外音以及空白；最后，对话的方式，由于摆脱了引号的束缚，更是自由自在，尤其是作者与读者的对话性形式变化最多。对话性使叙述更有深度，使形式更有韵味。尽管对话性从文本诞生的那一天起就已经存在，但人们并没有认识到它，甚至没有注意到它。直到现代，作者在写作时已经在有意地运用对话性技巧叙述，评论家们才开始注意到对话性在文本中的功用。

　　小说《穷人》中，杰符什金的信里有这样一段话："我没有成为任何人的累赘！我这口面包是我自己的，它虽然只是块普通的面包，有时候甚至又干又硬，但总还是有吃的，它是我劳动挣来的，是合法的，我吃它无可指摘。是啊，这也是出于无奈嘛！我自己也知道，我不得不干点抄抄写写的事，可我还是以此自豪，因为我在工作，我在流汗嘛。我抄抄写写到底有什么不对呢！"①

　　巴赫金认为这是典型的双声语，他把它展开来分析：

　　他人：应该会挣钱，不应成为任何人的累赘，可是你成了别人的累赘。

　　杰符什金：我没有成为任何人的累赘！我这口面包是我自己的。

　　他人：这算什么有饭吃呀？！今天有面包，明天就会没有面包。再说是块又干又硬的面包！

　　杰符什金：它虽然只是块普通的面包，有时候甚至又干又硬，

---

① 董小英：《再登巴比伦塔——巴赫金与对话理论》，第26页。

但总还是有吃的，它是我劳动挣来的，是合法的，我吃它无可指摘。

他人：那算什么劳动！不就是抄抄写写吗，你还有什么别的本事？

杰符什金：这也是出于无奈嘛！我自己也知道，我不得不干点抄抄写写的事，可我还是以此自豪！

他人：有什么值得骄傲的！抄抄写写！这可是丢人的事！

杰符什金：我抄抄写写到底有什么不对呢！等等。[1]

在这里展开的对话中，"两句对语——发话和驳话——本来应该是一句接着另一句，并且由两张不同的嘴说出来"，但实际在小说中，两者是重叠起来的，"由一张嘴融合在一个人的话语里"[2]。无论是一个人嘴上的话移到另一个人嘴上，而潜台词变了，还是一张嘴融合了两个人的话，它们的共同特点都是，一句话具有双重的指向——既针对言语的内容而发（这一点同一般的语言是一致的），又针对另一个语言（即他人的话语）而发。这就是"双声语"，它的本质就是两种意识、两种观点、两种评价在一个意识和语言的每一成分中的交锋和交错，亦即不同声音在每一内在因素中交锋。[3] 正是这类交锋让巴赫金抓住了"对话性"的要义，而巴赫金的对话理论又启发了克里斯蒂娃。互文性概念，于此已呼之欲出。由是，我们又回到了问题的起点。

关于互文性的概念与历史是一个说不尽的话题，这里只就其原创者与互文性的关系略做探讨，作为该概念之历史演绎的引子，在此之后的复杂演绎情况，在此将流水状铺叙转入延伸阅读参考文献中。且让水面下的冰山留在原处吧，让我们在这个论题上将足够的互文性想象空间留给网络搜索引擎，一个概览冰山全貌的最简单的方法或许是寻找一份互文性研究的著述清单，为此，先让我们看看著名的"中国知网"中有多少关于互文性的学术研究之

① 巴赫金：《陀思妥耶夫斯基诗学问题》，第 255 页。
② 巴赫金：《陀思妥耶夫斯基诗学问题》，第 287—288 页。
③ 董小英：《再登巴比伦塔——巴赫金与对话理论》，第 28 页。

宝藏。

第二节　"互文性"与"超文性"

如前所述，"互文性"是一种强调文本关系的文学理论的核心概念，它与中国古汉语修辞格的"互文"与其说是内涵相同，不如说是字面上的巧合。"二者属于不同的理论范畴，理论含义也大不一样，但两者在语言修辞学、诗学以及思维的认知、表达方式等方面仍存在某些联系和暗合之处。"[1] 资料表明，中国学术传统中的"互文"历来也有不同的称呼：互文、互言、互备、互体、互参、互辞、互其文、互文见义。东汉经学大师郑玄在《毛诗笺》中指出"互文"的称法有：互辞、互文、互言、互其文等。唐代孔颖达在《毛诗正义》中除称"互文、互言"外，还称"互相足、互见其义、互相见、互相发明"等。唐代贾公彦《仪礼注疏》载："互文者，是两物各举一边而省文，故曰，互文。"清人俞樾的《古书疑义举例》称此类语言现象为"参互见义"。杨树达在《汉文文言修辞学·参互》中称之为"参互"，包括"互备"和"举隅"。[2] 总之，西方的"互文性"与中国的"互文"是颇不相同的两个概念，但二者的"暗合""遇合"与"整合"过程，却使得这两个概念的分野渐渐趋向模糊，譬如说，"互文"作为古汉语里一种重要的修辞方式，它的主要特点被汉字学家描述为"上下文义具有彼此隐含、彼此渗透、相互呼应、相互补充的关系"[3]。不难看出，有关中国修辞学之"互文"的这一描述基本上与西方文论之"互文性"概念相吻合。从一定意义上说，西方文论之"互文性"与中国修辞之"互文"，天然存在着一种"互文性/互文"关联。

一、"互文性"与"剪刀诗学"

"互文性"作为一个内涵极为丰富的文论概念，它的背后，隐藏着许许多

---

① 夏腊初：《西方文论的"互文"与汉语修辞的"互文"》，《海南师范学院学报》2005 年第 5 期。
② 甘莅豪：《中西互文概念的理论渊源与整合》，《修辞学习》2006 年第 5 期。
③ 周志锋：《"互文见义"与古书解读》，《汉字文化》2004 年第 1 期。

多令人惊奇的文学现象。例如，20 世纪 60 年代的欧洲，"造诗机器"和"取消文学产权"等思想相当盛行，超现实主义"自动写作"的构想令人神往。当时法国一个名为 Oulipo（Ouvroir de Litterature Potentielle，意即"潜在文学的开启"）的文学团体十分活跃，这个团体大胆地尝试过各种异想天开的"自动写作"文学实践。其中，特里斯坦·查拉"制造一首诗"的建议就令人难忘："拿一张报纸。/ 拿一把剪刀。……剪下文本。然后……精心地把它们粘起来。/ 你要的诗就成了。"①这种荒谬不经的"造诗"方式，让人联想到当下网络语境中流行的"恶搞"，对这种"邪门歪道的艺术"，大约一笑置之足矣。但假如我们联想到中国甲骨文时代那些历史风云人物求神问卦的情形，或者"计算机写作软件"运行原理，那我们就有理由对查拉疑似亵渎缪斯的"剪贴诗学"另眼相看了。众所周知，文字作为文本的"细胞"，原本就隐含着文本的众多特征，特别是中国文字所包蕴的天然诗性基因和"细胞"间的亲和力，使汉语文本具有超强的结构张力和意义的可逆性。

查拉也许想不到，他的"建议"于汉语或许比法文更为适用。例如，同是 20 世纪 60 年代，中国学者周策纵先生写过一首"字字回文"的回文诗，足以将查拉的"剪贴诗学"演绎成一种"造诗经典"。回文诗原作由如下 20 字组成一个封闭的圆环，没有标点符号，为了排版方便，这里暂且斩断"圆环"，将其一字铺开："星淡月华艳岛幽椰树芳晴岸白沙乱绕舟斜渡荒"。

这 20 个字，不管从哪一个字起头，也不论从哪一个方向开始，只要每 5个字一句，顺序读来，都是一首五言绝句：

1. 星淡月华艳，岛幽椰树芳。晴岸白沙乱，绕舟斜渡荒。

2. 淡月华艳岛，幽椰树芳晴。岸白沙乱绕，舟斜渡荒星。

3. 月华艳岛幽，椰树芳晴岸。白沙乱绕舟，斜渡荒星淡。

…………

40. 荒渡斜舟绕，乱沙白岸晴，芳树椰幽岛，艳华月淡星。

---

① 蒂费纳·萨莫瓦约：《互文性研究》，第 72 页。

　　除了汉语以外，不知世界上是否还有其他语言能够如此"回文"？据美国学者罗伯特·司格勒斯说语言学家索绪尔晚年痴迷于寻找隐藏于"回文"中的奥秘（如果"颠倒字母位置而形成的词语"可以组成回文的话），但显然他的这一近似于怪僻的嗜好并没有给他的学术声誉锦上添花。[1] 尽管笔者知道英语中也有大量有趣的"回文"，例如一句有关拿破仑生平的妙语"ELBA SAW I ERE I WAS ABLE."就可以倒过来读，但由于英文的音、形、义、性、数、格等语法规则或行文要求极为刻板，因此，要写出周策纵式的字字回文诗，断无可能。叶维廉认为：在上述这一首字字回文诗里（或应说在这 40 首诗里），读者已经不能用"一字含一义"那种"抽思"的方式来理解作品了；每一个字，像实际空间中的每一个事物，都与其附近的环境保持着若即若离、可以说明而犹未说明的线索与关系，这一个"意绪"之网，才是我们接受的全面印象。尽管回文诗中的语法是极端的例子，但我们不能否认，在适度解放的情况下，中国古典诗的语法，利用"若即若离、可以说明而犹未说明的线索与关系"，而向读者提供了一个由他们直接参与和感受的"如在目前"的意境。[2]

　　其实，中国古典诗歌这种打破语法规则的现象绝不只局限于回文诗，散文中这类文字游戏则更是有过之而无不及。古人有以"篇篇锦绣，字字珠玑"夸赞他人文章者，篇篇锦绣者或许有之，而字字珠玑则不免有夸饰之嫌。但从周策纵的诗歌看，说起字字珠玑或许也有某些合理成分。所谓字字珠玑，打散了还是珠玑。当然，笔者并不认为周策纵的回文诗是诗之极品，相反，这样的回文诗充其量也只是古已有之的文字游戏而已，说到底也只是 20 个可以勉强读成类似诗句的汉字。不过，说回文诗是游戏之作也没有贬低的意思。

---

① 罗伯特·司格勒斯：《符号学与文学》，春风文艺出版社 1988 年版，第 2 页。

② 叶维廉：《中国诗学》，生活·读书·新知三联书店 1992 年版，第 27—28 页。周策纵称自己的"字字回文诗""妙绝天下"，笔者曾经信以为真。某一天，读到另一首回文诗："落雪飞芳树，幽红雨淡霞。薄月迷香雾，流风舞艳花。"颇有似曾相识之感，原来这是黄遵宪之侄黄伯权的"茶壶诗"。不难看出，所谓"妙绝天下"的周诗，其实只是一首"高仿"之作。阅读原作，虽无初见仿作那种"骤然遇见"的惊艳，却也收获了类似"邂逅故交"的欣喜。

其实很多回文诗是具有极高艺术造诣的,唐代著名诗人皮日休和陆龟蒙之间的唱和就有一些是精彩的回文诗,如陆龟蒙的《晓起即事寄皮袭美》就是绝妙的例子。大文豪苏轼平生也写过不少游戏之作,其中不乏回文诗。如《纪梦》就是一首回文诗:"空花落尽酒倾缸,日上山融雪涨江。红焙浅瓯新火活,龙图小碾斗晴窗。"这首诗倒过来读似乎更有东坡神韵,特别是"缸倾酒尽落花空"一句,曲尽其妙地描摹出了诗人豪饮过后的莫名惆怅之态,悲欣莫辨,倒转回环,如醉如梦,颇有太白遗风。宋人李禺写过一首回文诗,顺读是夫忆妻,倒读则是妻忆夫,人称"夫妻互忆回文诗",耐人寻味:

枯眼遥望山隔水,往来曾见几心知?

壶空怕酌一杯酒,笔下难成和韵诗。

途路阻人离别久,讯音无雁寄回迟。

孤灯夜守长寥寂,夫忆妻兮父忆儿。

分明是文字游戏,却也算得上情真意切,更难得的是其顺畅自然、明白晓彻,颠之倒之,仍成佳句,构思如此精巧,令人拍案叫绝。有人冒吕洞宾之名写过一篇八字《酒箴》——"神伤德坏身荒国败",也像周策纵的字字回文诗一样首尾衔接,成一圆环。按照周诗的读法,8个字居然可以读出32组箴言来:

1. 神伤德坏,身荒国败。

2. 败神伤德,坏身荒国。

3. 国败神伤,德坏身荒。

4. 荒国败神,伤德坏身。

…………

周策纵说自己的诗"妙绝天下",大约妙在字字回文上,但周诗的"一串珠子"却始终未被打散。如果打散周策纵的"念珠",将其重新组合,必然会得到许多不同的结果。如将已有的40首诗歌的第一、三句顺读为第一、二句,将第二、四句倒读为第三、四句,便又可读出40首。将第三、一句顺读为第一、二句,将第四、二句倒读为第三、四句,便又可读出40首。如果按照查拉的"剪贴诗学"规则，打破平仄、押韵和文从字顺的限制，将有多少"新作"问世呢？计算结果是"20的阶乘（20！）"，即可以"剪贴"出 $20 \times 19 \times 18 \times 17 \times \cdots \times 5 \times 4 \times 3 \times 2 \times 1$ 首"新诗"。这显然是一个令人震惊的天文数字。

也许这类捣碎又重塑的文字游戏与真正的文学还有相当的差距，但就结构意义而言，我们常说的"解构"与"重构"其实也正是这样的文本游戏。我们注意到，"解构"与"重构"传统诗文，一直是骚人墨客津津乐道的游戏，直到今天仍然大有"玩家"，而且还有"大玩家"。例如著名作家王蒙就是一个把玩"解构"与"重构"游戏的"顶尖高手"。王蒙在新版的《双飞翼》一书题记中说自己——心有"双飞翼"，迷醉诗与文。痴情《红楼梦》，着魔玉黧生。他多次强调自己半生钟爱李商隐，特别是他的"无题诗"，尤其是《锦瑟》。他说自己"也不知中了什么魔，心里老是想着《锦瑟》，在《读书》上发表了两篇说《锦瑟》的文章……仍觉不能自已"。他默诵《锦瑟》的诗句："锦瑟无端五十弦，一弦一柱思华年。庄生晓梦迷蝴蝶，望帝春心托杜鹃。沧海月明珠有泪，蓝田日暖玉生烟。此情可待成追忆，只是当时已惘然。"他感到这些字、词、句在自己脑海里联结、组合、分解、旋转、狂跑，开始了布朗运动，于是出现了以下的诗，同样是七言：

> 锦瑟蝴蝶已惘然，无端珠玉成华弦。庄生追忆春心泪，望帝迷托晓梦烟。日有一弦生一柱，当时沧海五十年，明月可待蓝田暖，只是此情思杜鹃。

全是使用《锦瑟》里的字，基本上用的是《锦瑟》里的词，"虽略有牵强，却仍然可读，仍然美，诗情诗境诗语诗象大致保留了原貌"①。

在王蒙先前发表于《读书》的那两篇文章中，他已经多次操演过这样的

---

① 王蒙：《双飞翼》，第22—23页。

文字游戏：把《锦瑟》诗的字句彻底打乱，然后将其重新组合。他将这种文本的解构与重构戏称为"颠倒锦瑟"。

除了前面引用的一首"王记"锦瑟诗以外，王蒙还别出心裁地把《锦瑟》改编成了如下绝妙的长短句：

> 杜鹃、明月、蝴蝶，成无端惘然追忆。日暖蓝田晓梦，春心迷。沧海生烟玉。托此情，思锦瑟。可待庄生望帝。此时一弦一柱，只是有珠泪，华年已。

王蒙依据《锦瑟》编撰的对联同样颇有雅意：

> 此情无端，只是晓梦庄生望帝。月明日暖，生成玉烟珠泪，思一弦一柱已。
>
> 春心惘然，追忆当时蝴蝶锦瑟。沧海蓝田，可待有五十弦，托华年杜鹃迷。

有些学者认为，王蒙的这些将微型文本改头换面的小把戏，似乎只能用于篇幅较小的文本中，但实际上也存在着推而广之的可能性。王蒙曾把他的"颠倒锦瑟"的游戏范围扩大到李商隐的《无题》诗中，同样产生了奇特的效果。如将"锦瑟无端"与"相见时难"掺和起来重新排列组合同样可以得到别有情趣的诗作：

> "相见时难别亦难，东风无力百花残。庄生晓梦迷蝴蝶，望帝春心托杜鹃。晓镜但愁云鬓改，夜吟应觉月光寒。此情可待成追忆，只是当时已惘然。"
>
> "锦瑟无端五十弦，一弦一柱思华年。春蚕到死丝方尽，蜡炬成灰泪始干。沧海月明珠有泪，蓝田日暖玉生烟。蓬山此去无多路，

青鸟殷勤为探看。"

　　这样的"集句"游戏还可以应用到其他诗人的其他作品中。如果放开游戏的字数限制，真正将"剪刀诗学"原则贯彻到底，这类改写、集句游戏与严肃创作之间的界限便渐渐模糊起来，于是，文本与超文本的差异也渐渐被增加或减少的字数掩盖了踪迹。王蒙的文本游戏说明，《锦瑟》这样的微型文本是可以打散后重新组装的，那么，大型文本，如一篇小说是否可以如此"颠之倒之""散之合之"？答案是不言而喻的。

　　二、"写作机器"与"文学工场"

　　2000 年，高龄的英国言情小说女王芭芭拉·卡特兰（Barbara Cartland，1901—2000）去世，陆建德先生为此专门写过一篇文章《写作机器停止转动》。据陆先生介绍，非凡的卡特兰一生著述 723 部作品，在她 77 岁的那一年（1977）她竟一口气出版了 32 部作品。她曾"自嘲地把自己位于伦敦以北、占地 200 公顷的庄园称为'工厂'，那里不仅有最高级的复印设备，还有她的半打秘书。原来卡特兰喜欢以口授的方式写作，那些秘书专司记录之职"[1]。陆建德先生从文化生产和读者心理学等视角分析了卡特兰的多产原因，在文章结尾处，他说："我们也愿意向生前永不言倦的卡特兰致意。"陆先生所说的"永不言倦"或许是指自强不息的人类精神，但在我看来，"永不言倦"也是一种可贵的"机器特征"。当然，陆先生所谓"写作机器"只是一种比喻，这里要讨论的却是一种真正意义上的"机器"，"写作的机器"。

　　从实用主义的视角看，"剪刀诗学"原理最成功的应用或许在"写作机器"的研制以及"文学工场"的机械化生产的开发方面。就像照相机问世之前人们几乎难以相信绘画的写实功能可以被摄影代替一样，"剪刀诗学"与写作软件的重要意义其实远远超出了大多数人的想象。目前，写作软件还处在摸索过程之中，从适用和商务视角看，这类软件还极不成熟。但人文学者关

---

① 陆建德：《写作机器停止转动》，《环球时报》2000 年 6 月 2 日，第 12 版。

于写作软件的某些流行观点与观念却比写作软件本身更为幼稚、更为狭隘。如果说我们人类是大自然所有创造中最为杰出的作品，是自然创造的"'人'机器"，那么，时下流行和即将问世的形形色色的人造写作"'机器'人"，则是大自然之"产品的产品"。虽然说"人是机器"的理论已经相当老套了，但人类是自然进化的必然产物，我们没有理由把人类思维神秘化。此外，一款软件的开发成功往往是一大群时代精英通力合作的结果，从一定意义上说，它理所当然应该比一张纸、一支笔的单个人的"手工操作"更富有创造能力。

写作机器早已不是什么新闻了，如果说20世纪，有关写作机器的种种说法大多还只是在谈论某种幻想的话，那么，今天的情况则完全反过来了。1999年，《光明日报》刊登了林之的一篇文章：《作家终结者》。作者把时人对软件写作的种种猜想变成了日常生活化的细节，朱清月和欧阳飞这两个人物更是给笔者留下了深刻印象。朱清月在报社翻看着当天的日报，发现过去动笔就写错别字的老同学欧阳飞居然成了知名作家，她认为这绝对不可能之事形诸报端，不是无意的报道失实，就是有意的恶作剧。在朱清月的再三打探下，欧阳飞终于透露了"白字大王"成为"先锋作家"的全部秘密：

> 我花了一个月时间，不包括大半年在图书馆抄阅各类小说，写了个软件，暂起名"作家终结者"，你还记得"丘比特之剑"吗？对了，同样的思路，更先进的算法，CPU都出了PIII了，运算的速度也跟得上。大致的过程是这样的，举个例子，我写句"夏日，黄昏，沙滩，遇，少女"，半分钟电脑就在我的文库里找到适合的文字，编排出一段六七百字的段落来，每次都不一样。[1]

其实，让机器代替人来从事艰巨的脑力劳动，这个梦想可谓由来已久。以写作为例，至迟在斯威夫特的《格列夫游记》中就有过对"写作机器"的

---

[1] 林之：《作家终结者》，《光明日报》1999年5月26日。

非常具体的描述。尽管上述事例都只是处于一种"虚构与想象"状态，但从可能性上讲，它们暗含着不容小觑的现实性。

尽管我们所说的"写作机器"与"文学工场"都是文学创作领域颇为流行的老概念，但我们试图赋予它们新的含义，即把它们理解为网络文化背景下的"电脑自动写作"。笔者认为，把写作这种艰苦劳动的最基本的工作交由机器来完成，这既是人类千百年来的一个梦想，也是精神生产日益数字化的必然要求。从发展的眼光看，将人工智能引入创作领域，这未尝不是文学生产的一个比较理想的出路。事实上，智能化升级如此神速的计算机已经为电脑机器人的自动化写作提供了一定程度的可能性。特别是"电子克隆时代"的文化消费的迫切需求和精神产品雪暴式的"比特化"，这种时代文化发展的大趋势，已为数字化写作机器的开发试验和市场推广提供了坚定的信心和强大的动力。可以毫不夸张地说，自 20 世纪 90 年代以来，有关自动化写作的理论与实践，已经成为时代精神"冷风景"中的文化消费"热时尚"。

1998 年，美国人研制的"布鲁图斯一号"文学软件的问世，曾成为轰动一时的新闻事件。在 20 多年之后的今天，只要在互联网上输入"电脑自动写作"之类的字样，用随便什么搜索引擎稍做检索，转眼之间，就可以获得数百万条相关信息。在网上关于电脑自动写作的海量信息中，笔者选择了涉及"写作机器"和"人工智能"问题的一篇小说和一部电影作为考察对象，借以探索更好地理解网络媒介与文学生产关系的方法及途径。经验告诉我们，从具体的文艺实践中归纳出来的理论和观念要比从纯粹的概念和推理演绎出来的玄学讲章鲜活得多、可靠得多。

（一）彼埃尔·伽马拉的《写作机器》

彼埃尔·伽马拉的《写作机器》与林之所谓"作家终结者"极为相似。简单地说，《写作机器》其实也是一篇亦真亦幻的微型小说，虽然它也像《作家终结者》一样明显带有概念化的痕迹，但小说所体现出的对智能机器渗入人类精神活动的好奇和疑惑，至少在社会文化心态的层面具有比较普遍的代表性。作者对写作机器的基本态度颇值得玩味：传统而不保守，警惕而不挑剔。小说的主人公名叫奥涅尔，是一位因发明"新式烤炉"而声名鹊起的科学家，但他最得意的发明却是一种"能写出名家杰作的机器"——指令一下便能一挥而就，只需25分钟就能得到一部具有大仲马风格的长篇小说，10秒钟就能写出模拟拉封丹的十四行诗，让人"简直无法想象这种人间奇迹"。按奥涅尔的说法，"这全靠了神奇的电子技术。在这匣子的右边有排键钮，每个键钮都对应一种体裁，比如长篇小说、史诗、诗歌、剧本、论文等等，而左边有个麦克风。你只需要按下键钮，对准麦克风报出作家姓名，比如司汤达啦，雨果啦，莫泊桑啦……想到谁就报谁，然后你就等着作品从机器另一端出来好了，你所需做的一切就是给它供应纸张……"①。

奥涅尔的机器仿造品全都"惟妙惟肖，卓越无比"，但结局并不像他的朋友说的，所有文学奖都将被他"大包大揽了"。实际上，他只"收获"了各家出版社如出一辙的退稿信，因为它们太像巴尔扎克、福楼拜或莫泊桑的作品了。当他决计拒绝大师的影响，在按下"长篇小说"键钮的同时就喊了自己的名字时，它期望的小说居然是一篇题为《关于用新式烤炉煎烤牛排或羊排的心得体会》的技术论文！

彼埃尔·伽马拉的《写作机器》并未像他笔下的主人公预期的那样创造奇迹，机器最终仍然不过是传统意义上的机器。也就是说，计算机至今还没能找回机械复制时代业已失落的那种"灵光"。写作机器的"产品"因为与巴尔扎克、司汤达、雨果、莫泊桑等文学巨擘的作品太过相似而没有得到专业人士的认可。在自动写作的起步阶段，这样的例子是颇有代表性的。不难看出，这是一篇讽刺写作机器的小品文式的科幻小说，作者的立场或许正好站在笔者的对立面，但我们只要想想历史上曾有多少推进文化或文明的发明创造在其萌芽时期备遭讥讽与嘲弄，我们就不必太过在意作者的立场与倾向了。尽管"写作机器"最终没能写出像真正的作家那样"成熟"的作品，但是，作为正在迅猛崛起的"机器人家族"中的"作家"，写作机器还只不过像

---

① 彼埃尔·伽马拉：《写作机器》，《课堂内外：初中版（A版）》2007年第5期，第52页。

一个呱呱坠地不久的孩子，我们是否可以设想，"尚未成熟"的"写作机器"，将来某一天终会成熟起来呢？

（二）斯皮尔伯格的《人工智能》

好莱坞著名导演斯皮尔伯格（Steven Spielberg）摄制的《人工智能》（AI）也讲述了一个"尚未成熟"的机器人的故事。这部电影的光盘制品的包装相当精美，相关广告文字宣称，这是一个自然资源有限，科学技术飞速发展的时代。你可以对你的住所进行监控，对自己的饮食进行精心制作，而为你服务的可能根本就不是人类本身，而是一个机器人。诚然，园艺、家务、友谊……机器人可以满足你除了爱以外人类的每一个需求。因为，科学家还无法真正赋予机器人以情感。但是，随着人类社会机械化、网络化程度的日益提高，"情感资源"则呈现出相应的负增长态势，例如失去孩子的父母，失去父母的孤儿，空巢老人，失恋者……这个群体所忍受的情感巨创无疑是迫切需要得到救助与补偿的。这就是电影故事的基本文化背景。

赛博电子制造公司（Cybertronics Manufacturing）制造出了一个具有感情的机器人——大卫。作为第一个被输入情感程序的机器男孩，大卫是这个公司的一个员工和他的妻子的一个试验品，他们夫妻俩收养了大卫。而他们自己的孩子却最终因病被冷冻起来，以期待有朝一日，有一种能治疗这种病的方法会出现。尽管大卫逐渐成了他们的孩子，拥有了所有的爱，成为家庭的一员，但是，一系列意想不到的事件的发生，使得大卫的生活无法进行下去。人类与机器最终都无法接受他，大卫只有唯一的伙伴机器泰迪——他的超级玩具泰迪熊，也是他的保护者。大卫开始踏上旅程，去寻找真正属于自己的地方。他发现在那个世界中，机器人和机器之间的差距是那么巨大，又是那么脆弱。他要找寻自我、探索人性，成为一个真正意义上的人。[①]

和彼埃尔·伽马拉的《写作机器》一样，斯皮尔伯格编导的 AI 也是以人工智能之梦的破灭而告终，且在故事谢幕的时候，也同样保留着希望的灯火。

---

① 彼埃尔·伽马拉：《写作机器》，第 52 页。

在一种"有需要"就意味着"有可能"的理念支配下，勇于探索未来的人们对"写作机器"和智能化"文学工场"的研发、改造和革新的热情，非但没有因为暂时的失败而低落，反倒日渐高涨起来。当然，我们也应该看到，大众和部分人文知识分子对"写作机器"的态度可以说只是一种习惯性的漠不关心或近乎本能的怀疑。写作机器？机器写作？无聊！荒谬！笑话……

诚然，写作机器的具体发展状况究竟会怎样，网络时代文学生产的未来究竟会描绘出什么样的审美的或非审美的画卷，"未来会如何"人们很难确切地知道。但是，这并不能妨碍人们对未来的追问和探索。美国学者迈克尔·德图佐斯就写过一本《未来会如何》，其中许多精彩的想法都能给人以深刻的启示。例如，他说："一个心理学家看到了一个计算机和人将和谐地相互作用的新时代。这个思想是革命性的，但在许多人看来是荒谬的。我还清楚地记得，利克利德是在 1964 年一次宴会后的演说中告诉我们这些思想的。尊敬的科学家们骨碌碌地转动着眼珠，悄悄地用力做着否定的手势。这，是一种一贯的反应。也是我们面临新发展时人人都有的一种经验：任何重大革新在刚出现时几乎都不受欢迎。然而过不多久，如哲学家阿图尔·叔本华所说，人人众口一词说，'这一向是个显然很重要的思想'。"[1] 等到将来某一天，相对成熟的写作机器把我们从"雕章琢句""身心互仇"的苦役中彻底解放出来之时，我们是否会像叔本华所嘲笑的那样众口一词地说，写作机器一向就是人类一个美丽的梦想？机器写作，"这一向是个显然很重要的思想"。

根据温哥华美术馆举办的展览"离奇：电子人文化实验"的介绍，早在 19 世纪，亚魁特·德洛兹公司伦敦分部主管梅拉德特就制作出了一部自动写作机器。相关资料表明，以机器作家、艺术家为描写对象的艺术作品在 20 世纪中叶已经大量出现。1950 年 11 月 25 日，美国作家冯内果发表标题为 EPICAC 的小说，描写同名超级计算机帮助一位男士写爱情诗，以打动其所钟情的电脑程序员的芳心。1951 年，美国作家科恩布鲁斯在小说《用这些

---

[1] 迈克尔·德图佐斯：《未来会如何》，周昌忠译，上海译文出版社 1999 年版，第 41 页。

手》中设想计算机能够被编程以创作视觉艺术。1956 年，美国作家西尔弗伯格在小说《电路》中想象计算机可用于谱写音乐。此外，美国作家西马克的《视觉如此明亮》（1956）、费兰的《某物发明了我》（1960）、莱柏的《银脑》（1961）、科温的《美文》（1970），英国作家巴拉德的《5 号工作室，星群》（1961）、斯拉德克的《马勒—佛克尔效果》（1971），法国文学社会学家埃斯卡皮的《小说计算机》（1966）等都是以机器写作为主题或主要情节的作品。有人将机器作家看成奴役人类作家的威胁。在莱柏的《银脑》中，人类利用机器人生产小说，创造性写作的任务已经改由机器"词语作坊"（word-mills）承担。人类作家所做的事情，只是在机器从事写作时坐于其旁，然后在作品出版时露脸。有些作家不甘心这样的境地，试图毁坏"词语作坊"而重新承担其历史角色。可是，他们已经无法理解创作的奥秘了。尽管对于机器作家、艺术家可能带来的社会影响存在种种疑虑，对利用"概率论 + 程序"所产生的作品的价值也存在种种非议，生成艺术却仍然在生成，并呈现出日趋成熟的气象。①

在研究和论述超文本的特性时，笔者曾提到法国的"潜能文学工场"。这个"文学工场"成立于 1960 年，其前身是一个"实验文学研究会"。据介绍，它是一个由作家、逻辑学家与数学家组成的群体，领头者是诗人格诺和数学家利奥奈斯。他们将自己定义为建造了迷宫又试图从中逃脱的猫，首要目标是系统地、正式地革新文学生产与改编的种种规则。这个群体的成员相信，所有的文学都受制于一定的规则，不论它是十四行诗、小说或其他什么东西。他们试图通过创造新的规则来创造新的文学形式。1961 年，格诺生产出了《百万亿首诗》（*One Hundred Trillion Poems*）。这一作品由 10 首十四行诗组成，每首十四行诗印在一张纸上，每张纸切成 14 条（每行诗一条）。读者随机地将这些字条加以组合，便可以创造出新的十四行诗来。所能产生的诗的数量是 1014 首。这与马克·萨波塔"扑克牌小说"的原理完全一致，事

---

① 黄鸣奋：《数码艺术学》，学林出版社 2004 年版，第 430 页。

实上，这也正是查拉"剪贴诗学"①的具体应用。

社会大众对待科学技术的心态暧昧多变而又矛盾重重。对尚未出现的奇特创意人们常常拭目以待，对已成现实的科学奇迹却往往视而不见。令人困惑的是，当下日益强大的科技意识形态，常常是以一种反科学和非理性的亚文化现象形之于世的。例如，人们对科技无所不能的盲从和依赖已接近于一种宗教式的虔敬与崇信。在大众文化语境中，科学几乎成了真理和上帝的代名词。但是，对人工智能和写作软件这一类代表着时代高科技发展新水平的新事物，大多数人甚至包括一向唯恐天下不热闹的大众媒介也煞有介事地表示忧虑和反感。甚至有个别媒体文章对机器写作百般调侃嘲讽，可谓是极尽挖苦谩侮之能事。部分人文学者，说到某某用软件写作或借助于软件搞翻译时的口气，俨然是在揭发他人欺世盗名或弄虚作假。在一个思想如此开放，科技如此昌明的网络时代，人们竟然害怕承认自己的精神劳动借用了智能机器的帮助，这真是咄咄怪事。

牛津大学颇负盛名的罗斯·玻勒教学讲席教授罗杰·彭罗斯说："机器能使我们实现我们过去在体力上从未可能的事，真是令人喜悦：它们可以轻易地把我们举上天空，在几个钟头内把我们放到大洋的彼岸。这些成就毫不伤害我们的自尊心。但是能够进行思维，那是人类的特权。正是思维的能力，使我们超越了我们体力上的限制，并因此使我们比同伙生物取得更加骄傲的成就。如果机器有朝一日会在我们自以为优越的那种重要品质上超过我们，那时我们是否要向自己的创造物双手奉出那唯一的特权呢？"②看来，害怕机器奴隶僭越主人的"特权"的忧虑是一种普遍现象。

许多人相信这样一个基本的道理：人之所以为人，主要是因为人拥有"思维天赋"。帕斯卡说过，人是一根芦草，但是，他是一根"会思想的芦草"。恩格斯有一个更富有诗意的比喻——人的思维是"地球上最美的花

---

① 陈定家：《超文本的崛起与网络时代的文学》，《中国社会科学》2007年第3期。

② 罗杰·彭罗斯：《皇帝新脑：有关电脑、人脑及其物理定律》，许明贤、吴忠超译，湖南科技出版社1995年版，第1—2页。

朵"。在地球漫长的进化史上，人类思维的"花朵"也许还是十分稚嫩和娇弱的，但正是思维能力的逐步发展，才使人类由脆弱的"芦草"变成了莎士比亚所说的"宇宙的精华，万物的灵长"。今天，君临万物的人类居然要小心翼翼地提防机器的"犯上作乱"，这难道是人类长期"冒犯"大自然所必然要遭受的报复？

尽管机器的力量和灵巧性常常让人惊叹不已和自愧不如，但人作为机器的创造者一直心安理得地把机器所有值得夸耀的品性都看成是"人的延伸"。这就如同某种宗教教义所宣扬的一切荣耀都应归于"神"一样，机器的荣耀似乎也理所当然要归于人。从某种意义上说，大自然是人的"上帝"，人则是机器的"上帝"。如果这个类比还有点合理性的话，那么，当人宣布"上帝死了"以后，机器是否也将学着人的样子宣布"人死了"？许多人文工作者已经警觉地注意到，数字化技术在越来越多的领域褫夺了人的主体意识或人的主观能动性，例如，有学者警告说，当下网络上流行的形形色色的"傻瓜作文"软件，正在把"90 后"的一代新人变成真正的"作文傻瓜"。

人虽为"宇宙的精华，万物的灵长"，但归根结底，人类毕竟也是自然界的产物。而"自然界既没有理智的计划也不提供有意识的设计，它采取的是最糟糕的反复试验的下策：试试这个再试试那个，且看结果如何。多数情况下结果并不理想，大多数进化物种都难逃很快灭绝的命运就是明显的例子"[①]。这样看来，大自然的"创作原则"其实与前文所说的计算机软件写作的原理如出一辙：穷尽事物联系与发展的所有可能性，然后择优组合。"荒荒油云，寥寥长风"，不输诗文化境；"碧桃满树，风日水滨"，尤胜妙手丹青。即便人类最优秀的艺术家，在大自然鬼斧神工的杰作面前，都会油然生出一种归心低首的敬畏。即便我们人类真是大自然所有杰作中最为出类拔萃的，说到底，人仍然不过是大自然创造的"人机"而已。而当下流行和即将问世的形形色

---

① 埃德·里吉斯：《科学也疯狂》，张明德、刘青青译，中国对外翻译出版公司 1994 年版，第 141 页。

色的人造写作"'机器'人",则是大自然之"产品的产品"。谁都知道,"人是机器"①的说法已经相当老套了。人类是自然进化的必然产物,我们根本就没有理由把人类思维神秘化。

对科技发明和文学创作的历史稍有了解的人都知道,"试试这个再试试那个,且看结果如何"这种看似"最糟糕的反复试验的下策",实际上是人类许多伟大的科技发明和了不起的文艺杰作所共同使用的基本方法。想想爱迪生发明电灯的千万次试验,想想托尔斯泰创作《复活》时对开篇手稿的数十次修改,想想海明威对《老人与海》的 200 次审读,想想曹雪芹对《红楼梦》的批阅十年和增删五次……正是如此不畏繁难的"反复试验",成就了科学家和文学家的伟大发明和不朽创作。相比之下,"机器写作"不过是利用了计算机技术,使这种"反复试验"的范围更广、速度更快、效率更高,如此而已。

当然,作为机器的电脑是否具有思维或创造力,这是一个颇有争议的问题。对于这一问题的论争,《计算语言学》(*Computational Linguistics*)杂志发表了一篇关于布林斯约和佛鲁西(Selmer Bringsjord & David A. Ferrucci)的《人工智能与文学创造性》(*Artificial Intelligence and Literary Creativity*)的书评文章,作者署名罗纳尔德·苏萨(Ronald de Sousa)。书评中关于图灵机(Turing machines)是否有创造性的论争相当有趣,论争双方都使用了计算机命令一样简洁的套路。

认为图灵机有创造能力的理由是:

1. 人类是创造性的;

2. 人类脑子是一个神经网络;

3. 因此神经网络是创造性的;

4. 神经网络是图灵机的逻辑对等物;

5. 因此图灵机是创造性的。

针锋相对地使用同样的推理方法可以推导出完全相反的结论:

---

① 拉·梅特里:《人是机器》,顾寿观译,王太庆校,商务印书馆 1959 年版,引自光盘版。

1. 只会计算的工具只能算是真正的机器；

2. 如果它不能生产新的东西就不算创造；

3. 算法不能提供新东西；

4. 仅仅靠计算是算不出任何新东西来的；

5. 结论：没有机器能算得上是创造性的。

关于争论双方孰是孰非，文章并没有斩钉截铁地给出结论，不过，作者的倾向性是一点也不含糊的。《人工智能与文学创造性》一文最后的结论性文字中有这样一段话："计算机程序毕竟不是人，它们对人类戏剧性生活中包含的情感因素无动于衷。事实上，我们甚至很难想象，在无数的 0 和 1 组成的海洋中游泳的计算机是如何能让一个活生生的富有情感的人非相信它们的发现不可。"对此，罗纳尔德提出了旗帜鲜明的反对意见，他说："是的，这的确令人难以想象。从同样的意义上讲，我们也一样很难想象，在无数的神经传感细胞和磷光体粒子组成的海洋中游泳的大脑是如何发现任何东西的。我们实际上也并不知道这一切究竟是如何发生的。但我们不能将无知或难以想象与逻辑上的不可能混为一谈。"

罗纳尔德的话，让人想起了培根的经验之谈："有些已知的发明在其被发现前是很难进入任何人的头脑而为人所想到的。它们总是被认为不可能而遭搁置。因为人们凡在构想会出现什么时，总是把曾出现的东西摆在面前做样子；凡在预度新的东西时，总是出现先被旧的东西所盘踞、所染过的想象。形成意见的这种方法是很荒谬的，因为从自然这一泉源所发出的水流并不是永远束在旧的槽道里面来流的。"[1]培根在著名的《新工具》中公开宣称："发现可以算是重新创造，可以算是模仿上帝的工作。"[2]培根还引用《圣经》中的话歌颂了犹太王所罗门的伟大："上帝的光荣在于藏物，国君的光荣在于把它搜出。"大炮发明之前，说有一种武器会有一种带火焰的疾风，猛然而爆裂

---

① 培根：《新工具》第 1 卷，许宝骙译，商务印书馆 1984 年版，第 84 页。

② 培根：《新工具》第 1 卷，第 88 页。

地发出并爆炸起来，这种想法曾是多么难以进入任何人的想象与幻想！培根还列举了许多类似的例子。譬如说，曾经在世界范围内改变了事物全部面貌的印刷、火药和磁石的发明与发现。根据历史的经验，我们似乎有理由相信，随着文学软件的日益完善，形形色色的怀疑论将会变得越来越没有底气和缺乏市场。

就像照相机问世之前人们几乎难以相信绘画的写实功能可以被摄影代替一样，写作软件的重要意义其实一样远远超出了大多数人的想象。目前，写作软件还处在摸索过程之中，从适用和商务视角看，这类软件还极不成熟。令人吃惊的是，人文学者关于写作软件的各种观点与观念甚至比写作软件本身更为幼稚。这种情况让人联想到了本雅明在《摄影小史》中所说的摄影艺术早期的遭遇。在摄影艺术产生影响之初，理论与批评界对摄影的理解极为粗略。尽管人们对这个话题曾引起过许多论辩，却净是些"无稽而简化的泛论"，很少有真知灼见闪耀其间。当时有人叫嚣应立即取消摄影这项来自法国的"恶魔技艺"。因为"要将浮动短暂的镜像固定住是不可能的事，这一点经过德国方面的深入研究后已被证实。非但如此，单是想留住影像，就等于是在亵渎神灵了。人类是依上帝的形象创造的，而任何人类发明的机器都不能固定上帝的形象。顶多，只有虔诚的艺术家得到了神灵的启示，在守护神明的至高引导之下，鞠躬尽瘁全心奉主，这时才可能完全不靠机器而敢冒险复制出人的神圣五官面容"。"这种艺术观丝毫不知考量科技的任何发展，一旦面对新科技的挑衅，便深恐穷途末路已近。就是针对这种具有拜物倾向且基本上又是反科技的艺术观，摄影理论家曾不自觉地抗争了近百年之久，而当然未能取得任何成果。这是因他们做的，只是向审判者的权威挑战，只是一心一意在代表守旧艺术观的法庭面前为摄影者辩护。"[①]不难看出，本雅明对这样沉重笨拙的愚言及其所表露出的庸俗"艺术观"十分鄙视。

---

① 本雅明：《迎向灵光消逝的年代》，许绮玲、林志明译，广西师范大学出版社 2004 年版，第 4—8 页。

　　今天的学术界关于写作软件的言论与本雅明所说的情况何其相似乃尔！同样是些"无稽而简化的泛论"，同样是些"沉重笨拙的愚言"和"深恐穷途末路已近"的庸俗艺术观，直到今天，"反科技的艺术观"仍然阴魂不散。例如，有人认为，文学创作软件一出，写作这一行，必将成为历史。电脑砸掉作家饭碗的时刻就要到来了。不仅如此，电脑写作软件将成为文学艺术的终结者，使文学这个人类心灵世界的千年帝国从此消失。也有人认为，软件写作纯属天方夜谭，如果电脑真的可以砸掉作家的饭碗，那么它总有一天也会砸掉"总统的饭碗"。

　　诚然，文学写作软件的出现可能使日益缩小的文学作家阵营更加岌岌可危，正如一则写作软件广告所说的："只要付费下载了这个软件，任何人都可以当作家了。"电脑软件中储存了很多名家的经典语句、小说结构方式等，等于动用了很多著名作家的大脑来"构思"，这样"优化组合"出的文字固然不会差到哪里去，但问题是，写作变得如此容易，那还要专业作家干什么？若果真如此，作家失业于电脑之说，也并非全无道理。电脑"深蓝"既然可以打败国际棋王，那么，电脑为什么就不可能使一些靠写字糊口的人甘拜下风呢？要知道，一款软件的开发成功往往是一大群时代精英通力合作的结果，从一定意义上说，它理所当然应该比一张纸、一支笔的单个人的"手工操作"更富有创造能力。

　　20世纪80年代初，叶朗先生出版了一部研究"中国小说美学"的同名论著，在该书的序言中，叶先生提到了英国作家B. S. 约翰逊①的《不幸者》（*The Unfortunates*，1969）。这部小说的主要内容是写作者到一个城市去报道足球，这是他的一位好友生活过的城市，但友人已于两年前病逝。小说的基本特点

---

① B. S. 约翰逊（B. S. Johnson, 1933—1973），20世纪60年代著名前卫作家，行为怪异，屡出惊人之举，如在小说页面上钻孔，使用由灰到黑的纸张暗示小说主人公病愈加重，写"活页小说"，等等。1973年，约翰逊因躁狂症和穷困潦倒而自杀。据报道，英国小说家乔纳森·科埃（Jonathan Coe）以一本记述B. S. 约翰逊的传记作品《类同怒象》（*Like a Fiery Elephant*）赢得了萨缪尔·约翰逊奖，该奖项由BBC第四频道主办，堪称英国最著名的非小说类年度图书奖。

是把过去与现在互相掺和在一起，把对足球队报道和对朋友的回忆任意交织在一起，时间顺序被彻底打乱了，但是，这种任意性和装订书发生了矛盾，因为装订书必定有一个固定的顺序。于是，作者决定让小说用一种新的面貌与读者见面。他把自己的小说变成了活页文本，根本就不装订，而是像扑克牌一样装在一个盒子里。这种小说在结构上所体现出的美学思想和文学观念，与传统文论自然有很大差别。[①]这部由 27 个章节组成的小说除了开头和结尾两个章节相对固定以外，其他 25 个章节的顺序可以随机排列，读者可以按照自己喜欢的任何次序进行阅读。

由于当时中外学术界交流的资料非常有限，大多数人并不知道约翰逊使用的这种"扑克牌小说"的创立者是法国小说家马克·萨波塔（Marc Saporta，1932— ）。萨波塔早在 1962 年就创造了"活页小说"（即"扑克牌小说"）《第一号创作：隐形人和三个女人》（下文简称《第一号创作》）。小说要求读者"读前请洗牌，变幻莫测的故事将无穷无尽地呈现在您的眼前"。它在形式上有如下特点：（1）全书（中文版）149 页，加上作者的前言和后记共 151 页；（2）全书没有页码，不装订成册，只将活页纸装在一个适合于存放扑克牌的盒子里；（3）每页有 500—700 字不等的小说故事，正面排版，背面空白或像扑克牌一样点缀一些装饰性图案；（4）每页的故事独立成篇，犹如微型小说，但全书合起来可以成为一部完整的作品，犹如长篇小说；（5）阅读前应该像洗扑克牌那样将活页顺序打乱，每洗一次，便可以得到一个新的故事。据推算，文本排列组合的方式高达 10236 种。这个惊人的数字，使《第一号创作》成了任何读者一辈子也读不完的小说。这种游戏式的叙事方式，被欧阳友权称为"最典型的纸介印刷的超文本作品"。但相对于电脑上的比特叙事来说，纸笔书写的超文本作品不仅互文链接的容量和难度会受到限制，而且欣赏效果也不能与前者同日而语，更何况网络超文本还具有纸质

---

① 叶朗：《中国小说美学》，北京大学出版社 1982 年版，第 8 页。

书写所不可能具有的多媒体优势。①

　　《第一号创作》的形式如此新颖独特，该书一出版就在法国文坛引起轰动，并旋即被译成英、德、意等多种文字。流播所及，读者无不被其新奇的形式所深深吸引。这种别出心裁的扑克牌式的结构，巧妙地宣告了作者在文学文本创作中的有限作用，把读者从阅读的桎梏中解放出来，给读者的再创造留下广阔的空间，任读者在作者留下的空白里升华出意义。正如作者所言："每部小说作品既是知识性的宝库，又是趣味性的迷宫。读者从中吸取做人的知识，同时也寻求一种尽兴的消遣。"只不过萨波塔的迷宫从哪里来，到哪里去，中间怎样左拐右颠，都随读者之兴；他的"尽兴消遣"是一种难为的高智商的智力游戏。②

　　如前所述，《第一号创作》，文本的组合顺序高达 10236 种。这比周策纵的 20 个字组成 40 首诗的例子更为神奇。王蒙把义山诗的解构链条剪断，然后按照诗歌结构原则重新拼接，其结果如新瓶装旧酒，没有产生与原诗迥然不同的新作品。扑克牌小说的情况似乎有所不同，正如作者在《第一号创作》的序言中所指出的，作品根据读者"洗牌"后所得页码顺序的不同，作品中的主人公有时是一个市井无赖，是一个盗窃犯和强奸犯；有时他又是法国抵抗运动的外围成员，虽身染恶习，但还不失爱国操守；有时他简直就是一个反抗法西斯占领的时代英雄……这种情况对埃尔佳也一样。按照某种编码，她可能是一个童贞的少女，竭力维护自己的贞操，但最终还是成了男人施暴的对象；按照另一种编码，她虽然也曾纯洁过，但她逐渐沦落成一个放荡成性的女人。其中有一种编码甚至会让读者读到如此离奇的故事：埃尔佳竟然是一个混入法国抵抗组织内部的德国间谍，她不惜使出浑身解数为纳粹军方四处搜集情报……正是小说文本流动、变幻的扑克牌结构，使整个小说像魔方一样左旋右转而八面玲珑，故事情节千变万化且又自成一局，令读者如入

---

① 欧阳友权：《网络文学本体论》，第 76 页。
② 王彬、涂鸿：《〈第一号创作〉结构探析》，《天府论坛》2001 年第 2 期。

迷宫，如堕雾中。有人为之拍案叫绝，称其为小说形式的革命；也有人视其为雕虫小技，将艺术变成了小儿游戏。当有人问及为何不把书装订成册时，作者不无幽默地反问道："生活中的事都能用一根万能的线穿起来吗？哪儿去找这样一根万能的线呢？"[①]由此可见，物之本末，事之始终，并无一成不变之理。人生之兴衰成败，时间之悲欢离合，与扑克牌游戏确有许多相似之处。所谓世事如棋，人生如戏，萨波塔一定深谙此理。

马克·萨波塔的"活页小说"不仅类似于电影的"蒙太奇"和绘画的"拼贴术"，在原理上与前文所说的回文诗也如出一辙，在结构技巧方面二者难分轩轾。在这里，所有小文本都有各自的门户，但文本之间，却又有千丝万缕相勾连，那些经文本碎片连缀起来的线索，可以说就是读者心中那些飘浮不定、瞬息万变的情思、心绪、趣味、意念、偏好等看不见的东西。不难看出，任何文本都有与其他文本相互连接起来的潜在可能性，按照热奈特的说法就是，所有作品都具有超文本性。从这个意义上说，所谓超文本，不过是把文本潜藏人心的"链接意愿"以专门的标识符号呈现于 PC 界面而已。

1984 年，在我国首次青少年计算机程序设计竞赛中，上海育才中学年仅14 岁的学生梁建章，就曾以"计算机诗词创作"获得初中组四等奖。他设计的这个诗词创作软件，收录诗词常用词汇 500 多个，在程序运行时，以"山、水、云、松"为题，平均不到 30 秒即可创作一首五言绝句，曾连续运行创作诗 400 多首，无一重复。如其中一首名为《云松》的诗是这样的："銮仙玉骨寒，松虬雪友繁。大千收眼底，斯调不同凡。"

网络文学研究专家欧阳友权教授曾对梁建章的"软件诗"给予了很高的评价，他在荣获"鲁迅文学奖"的著作《数字化语境中的文艺学》中评价《云松》说："谁能说这不是诗呢？其绘景寓情、仙风道骨之态与诗人之诗相比亦足可乱真。"[②]当然，以软件写诗并非梁建章首创。其实早在 20 世纪 60 年

---

① 萨波塔：《第一号创作：隐形人和三个女人》序，江火生译，湖南人民出版社 1988 年版。
② 欧阳友权：《数字语境中的文艺学》，中国社会科学出版社 2005 年版，第 5 页。

代，美国加利福尼亚州的一家精密仪器公司，就曾研制出一台名为"埃比"（Auto-beatnik）的可以写诗的计算机。令人惊讶的是，计算机"诗人"所遵循的写作原理竟然与查拉的"剪贴诗学"如出一辙。说到底，吟诗作赋不过是一种雕章琢句的文字游戏而已，其排列组合的复杂性也许比麻将牌更复杂些，但相对于国际象棋等更为复杂的游戏来说，按一定语法规则"重新分配词语次序"实际上是一种比较浅易的运算。①

类似的情况在小说写作过程中也有越来越广泛的应用。关于这一点，在本书关于"写作软件"的章节中有比较详细的论述。从众多无限发散敞开、自由穿越疆界的文本和超文本实例不难看出，任何新文本的出现不过是既有文本之树上长出的新芽而已。今天，人们已清晰地认识到，"文本不仅仅是某种形式的'产品'（product），它也指涉了解释的'过程'（process），并对其中所蕴含的社会权力关系进行一种揭露的'思维'（thinking），它的意义是开放的，有待读者解释的。更重要的是，文本的互文性被充分关注，诸多理论流派的代表都对其进行了阐释，形成了一种表征文本系统全新的存在方式的文学理论。而且，随着计算机和网络技术的发展，文本的互文性被现实地呈现出来，文本从而走向了超文本"②。

三、"互文性"与"超文性"

如前所述，克里斯蒂娃提出"互文性"一词时，她所依据的主要学术资源是索绪尔的符号学理论和巴赫金的对话理论，而此前此后，与克里斯蒂娃的互文性概念彼此呼应的文本学说不计其数，例如罗兰·巴特的"可读"与"可写"文本，里法泰尔的阅读理论，布鲁姆的诗学误读，德里达的延异学说，热奈特的跨文本性，贡巴尼翁的引文理论，米勒的寄生批评，德·曼的

---

① 传统文论守卫者通常会以"诗缘情"来贬低软件写诗，武断地认为，电脑诗无非是一些"无情"的文字游戏而已。但联想到嵇康的"声无哀乐论"和 T. S. 艾略特的"感情逃避说"等著名的艺术理论，曾经"为'无情'所困"的"软件诗人"从传统诗学理论中找到了"零度写作"的理论依据。

② 刘绍静：《从文本到超文本——解析 20 世纪西方文学文本理论》，山东大学硕士学位论文，2005 年。

修辞性理论，等等。与超文本相比，所有这些与互文性相关的概念和思想最显著的特点之一就是强烈的人文主义色彩。如果说互文性理论是西方人文思潮互相激荡、彼此影响的必然结果，那么，超文本的产生和快速普及则主要归功于计算机技术高度的快速发展。互文性与超文本各自的发展史极为清晰地表明了二者的差异。但是，我们必须看到，随着网络文化的兴起，互文性理论最终必然会走向超文本。关于这一点，格拉汉姆·艾伦的《互文性》一书曾进行过专门论证。关于这本将互文性最终归结到万维网的著作，在后面的章节中将有比较详细的论述。

在互文性理论的结构过程中，德里达的理论贡献不容忽视。尽管德里达以"后结构主义"（post-structuralism）闻名于世，但他在《论文字学》（*Of Grammatology*）等一系列著作中提出的文本理论对互文性研究产生的影响也不可低估。例如他在《论文字学》的小册子中提出了"文本之外别无他物"的彻底"唯文本论"思想，使互文性和超文本在理论上俨然变成了同一族类。德里达认为，构成"文本"的符号不是用来再现自然或外部世界的，它不过是对已经存在的符号的再次符号化，在单一的文本之外不存在"真实世界"。"文本"的"意义"是由各种"文本"之间相互联系的关系决定的，因为"文本"的线索或痕迹不可避免地会跨越单一文本而相互交织在一起，一切意义或思想都要通过"文本"呈现出来。不同"文本"之间的交织关系，构成了在自身之外别无指涉的"文本性"（textuality），其中包括了文本符号的"互文性"（intertextuality）关系。

在德里达看来，所谓"互文性"，是指符号与符号之间交叠、延宕、换位的关系，或者是个别文本与其他文本所组成的难以分割的网络关系。文本的意义取决于在文本组成的复杂关系中如何确认和凸显某个文本，以及读者在互文性关系中的阅读方式。与此同时，由互文性所决定的意义关系也是暂时的和多重的，它是一个永远无定形的不确定的领域。

由此可见，通过传统文本研究超文本可以说是顺理成章的事情。事实上，传统文本与超文本之间并不存在天然鸿沟。例如，法国学者乌里奇·布洛赫

（U. Broich）曾把传统文本的互文性指涉方式概括为六个方面，它们竟无一不适用于超文本的情形。（1）作者死亡：一部作品不再是某一作者的原创，而是交互写作的文本混合，因此传统意义上的作者不复存在。（2）读者解放：互文性会使读者在文本中读入或读出自己的意义，从众声喧哗中选择一些声音而抛弃另一些声音，同时加入自己的声音。（3）模仿的终结和自我指涉的开始：文学不再是给自然提供的镜子，而是给其他文本和自己的文本提供的镜子。（4）寄生的文学：一个文本可能是对其他文本的改写或拼贴，进而消除了原创与剽窃之间的界限。（5）碎片与混合：文本不再是封闭、同质、统一的，它是开放、异质的，破碎和多声部的，犹如马赛克的拼贴。（6）"套盒"效应：在一部虚构作品中无限制地嵌入现实的不同层面，或使用暗示制造无限回归的悖论。"网络文学的比特叙事文本就是这样一种'漂浮的能指'方式，它是一篇篇被不断书写并可能被重新改写的意义螺旋体，其指涉的无限累加使它呈现为一个无穷庞大的堆积物，一种网状的扩张性文化结构。"[1]毋庸讳言，今天，即便是"超文本与网络时代的文学研究"，也正在变成这样的"螺旋体"和"堆积物"，更遑论海涵地负的超文本了。

　　在传统文本中，铭、刻、刊、印等生产方式使经典成为具有稳定特性的"不朽之物"，古埃及人把王对神的忠诚刻在金字塔上，希伯来人把上帝与摩西的立约刻在石板上，古罗马人把共和国的法律铭刻在铜表上，中国古代的某些统治者把求神问卜的结果烙印在甲骨上……它们代表中心的权威和永恒的渴望。直到今天，人与人之间的信任、信赖与信誉仍常常离不开"合同为文"或"立字为据"。相比之下，超文本没有固定的结构，没有稳定的形态，没有不变的规则，没有可靠的界限，因此，超文本失去了传统经典文本那种明确的中心地位和稳定的权威性，但是，作为人类进化史上自"钻木取火"以来最伟大发明的互联网，也给超文本带来了传统文本永远难以望其项背的艺术魅力和技术优越性。

---

[1] 欧阳友权：《网络文学本体论》。

第三节　互文性与开放的文本

根据史忠义先生的《中西比较诗学新探》提供的资料，克里斯蒂娃提出"互文性"概念的相关论文《封闭的文本》写于 1966 年，正式出版于 1969 年。[1]1973 年，罗兰·巴特在为《通用大百科全书》撰写"文本理论"这一词条时进一步重申了互文性概念："表达这样一种每一篇文本都是在重新组织和引用已有的言辞"，"互文是由这样一些内容构成的普遍范畴：已无从查考出自何人所言的套式，下意识地引用和未加标注的参考资料"。巴特有关互文性的这种描述，似乎是今日网络互文性写作的一种谶语。网际写作，主体消散、隐藏于 IP 之后的"假面舞会"之中，似乎不再有类似"递相祖述复先谁"的追问和感叹了，"作者之死"已成为一种数字化写作的"常态"。

作者的死亡，亦即主体的消散（discentering of the subject），必然会造成文本空间的错乱，造成独创性的消亡。当原创文本隐退之后，模拟文本就必然会变成各种引证的编织物，变成"充满零乱文化源头的混合物"，这种没有原创者、只有抄写者的写作只能是模仿之模仿的循环往复。"因为任何写作都不具有初始性、原创性，任何写作都汇入写作的大海中从而彼此模仿，作家的写作处在一种无穷无尽的字词环链中。……有关文学独创性的话语都消失在无所不在的'互文性'中。在文学的汪洋大海中，我们找不到任何独创性文本，只存在互相模拟和抄袭的文本。"[2]

在著名的《S/Z》中，巴特提出了所谓"可写文本"的概念，并对此进行了这样的阐发："能引入写作之文，就是正写作着的我们，其时，世界的永不终止的运作过程（将世界看作运作过程），浑然一体，某类单一系统减损入口的复数性、网络的开放度、群体语言的无穷尽。能引入写作之文，是无虚构的小说，无韵的韵文，无论述的论文，无风格的写作，无产品的生产，无结

---

① 史忠义：《中西比较诗学新探》，河南大学出版社 2008 年版，第 344 页。

② 王瑾：《互文性》，第 54 页。

构体式的构造活动。"①这种类似杜甫所说的"递相祖述复先谁"的"模仿之模仿"的无限循环，是写作的意义回归于写作本身，这种所谓"不及物"的写作，使任何尝试寻找固定意义的企图变得毫无意义。

巴特以近乎玩世不恭的"文之悦"，颠覆了新批评派孜孜以求的"意义之意义"。他所追求的"文之悦"，可以说是对传统一元论和逻各斯中心主义的高调拒绝，其主要动机是"使结构在开放中消解，内容在互文中互现，意义在游戏中消除，以达到文本意义的不确定、非中心化和多元化的目的"②。在此，我们注意到了这样一个有趣的现象：互文性概念最早出自克里斯蒂娃的《封闭的文本》一文，但随着互文性概念"永不终止"的"运作"（将阐发和演绎看作运作过程），"封闭的文本"逐渐从开放、再开放最终走向了"无穷尽"的开放。然而，只有在计算机启动的"文之舞"流行开来之后，巴特的"文之悦"，才得以从幻想走向现实。

一、互文性与开放的文本

在罗兰·巴特的奇书《恋人絮语——一个解构主义的文本》（下文简称《絮语》）的中译序言中，译者对罗兰·巴特进行了"罗兰·巴特"式的评价："翻开流行于西方学术界的思潮流派的经籍文献索引：马克思主义、精神分析、结构主义、符号学、接受美学、释义学、解构主义……里面总有巴特的一席之地。马克思、萨特思辨的印迹，布莱希特和索绪尔理论的折射，克里斯特娃和索绪尔方法论的火花，德里达深沉隐晦的年轮，尼采的回声，弗洛伊德和拉康的变调在巴特笔端融合纷呈。"③这篇中译序言，对巴特的互文性理论进行了精辟概括：

1. 文本不同于传统"作品"。文本纯粹是语言创造活动的体验。

2. 文本突破了体裁和习俗的窠臼，走到了理性和可读性的边缘。

---

① 罗兰·巴特：《S/Z》，屠友祥译，上海人民出版社 2000 年版，第 62 页。

② 王瑾：《互文性》，第 61 页。

③ 罗兰·巴特：《恋人絮语——一个解构主义的文本》，汪耀进、武佩荣译，上海人民出版社 2004 年版，第 5 页。

3. 文本是对能指的放纵，没有汇拢点，没有收口，所指被一再后移。

4. 文本构筑在无法追根寻源的、无从考据的文间引语、属事用典、回声和各种文化语汇之上。由此呈纷纭多义状。它所呼唤的不是什么真谛，而是碎拆。

5. "作者"既不是文本的源头，也不是文本的终极。他只能"造访"文本。

6. 文本向读者开放，由作为合作者和消费者的读者驱动或创造。

7. 文本的指向是一种和乌托邦境界类似快感的体验。

在条分缕析地归纳了罗兰·巴特的文本理论之后，《絮语》的中译者不得不承认巴特的激进与偏颇[①]，但是，译者马上为之辩护说："理论支点的失之偏颇并不意味着整个建筑的崩坍，比萨斜塔的绰约风姿不更自成一格，令人惊叹吗？思辨的过程也许更富魅力。《絮语》不啻是一个万花筒，满是支离破碎、五颜六色的纸片，稍稍转动一个角度又排成了一个新的组合。"[②]罗兰·巴特的《絮语》及其自传等著述，为我们所理解的"互文性和开放的文本"提供了最好的诠释。在讨论网络"互文性与超文本"的文字中，笔者曾试图从传统文本理论中发掘网络超文本的学理依据，结果发现，罗兰·巴特的文本理论几乎无不适用于网络超文本。

超文本的网络结构最大的优越性在于把德里达所构想的文本的开放性、互文性和阅读单元离散性等潜在特点和盘托出，使之彰明昭显，一望便知。著名学者赵一凡在《后现代史话》中说，德里达秉承了希伯来先知的狂热和以色列人出埃及的神勇。他的解构即来自犹太人的差异精神。历史上，尼采明知理性庄严，偏要鼓吹酒神疯癫。海德格尔抓住存在差异，不惜大动干戈。利维纳斯反感笛卡尔的我思，就竭力标榜他人之见。出于对意识的疑虑，弗

---

① 如批评家莱蒙皮卡特曾指责巴特的"极端主观主义冒险"是允许把本文说成"任何什么东西"。参见戴维·霍伊：《阐释学与文学》，张弘译，春风文艺出版社 1988 年版，第 206 页。

② 巴特认为："一部作品问世，意味着一道支流融入了意义的汪洋，增加了新的水量，又默默接受大海的倒灌。"罗兰·巴特：《恋人絮语——一个解构主义的文本》，第 1 页。

洛伊德竟一头扎进潜意识的深渊。德里达的著名"延异论"即源于以上形形色色的差异（Difference）。①德里达将"差异"改写一个字母，发明了"延异"（Différance）一词，用以概括文字以在场和不在场这一对立为基础的运动。德里达把"延异"解释为"产生差异的差异"，一方面要表示两种因素之间的不同，另一方面还要表示这种"不同"中所隐含的某种延缓和耽搁。这种"产生差异的差异"，在时间和空间方面，既没有先前的和固定的原本作为这种运动的起源性界限和标准，也没有此后的确定不移的目的和发展方向，更没有在现时表现中所必须采取的独一无二的内容和形式。这种运动的真正生命力，不是传统本体论所追求的那种"现时呈现"的真实性结构，而是一种"疑难与疯狂，是给出或许诺对于道路的思考，激发思考尚不可思考或未被思考，甚至不可能的东西的可能性"……德里达所谓"延异"实际上是将结构理解为无限开放的"意指链"，而超文本则使这种意指链从观念转化为物理存在，从而创造了新的文本空间。②

由于这种"新的文本空间"没有固定的结构，没有稳定的形态，没有不变的规则，没有可靠的界限，因此，相关描述和评介常常相去甚远，某些讨论"延异"和超文本的论著不是人云亦云就是不知所云，使超文本研究这个原本盘根错节的问题变得更加繁杂混乱，加之"如沸如羹"的"博客"和"如蜩如螗"的"短信"，当前的理论研究和学术批评出现了"五代十国"般的无序状况。与超文本世界的天下大乱相比，传统文本研究领域的成果显出了稳定可靠的特性，因此，超文本研究往往要从传统文本研究的新成果中吸取养料。例如，法国学者吉尔·德勒兹在《千座高原》中所提出的"根茎说"，就对于我们认识超文本的特性具有十分重要的启示作用。德勒兹认为，根茎与树或树根的放射性生长不同，根茎把节点组成一个整体化的网络，"根茎不是由单位构成的，而是由维度或运动方向构成的。它没有起始和结尾，

---

① 赵一凡：《后现代史话》，《差异》第 2 辑第 29 页。
② 费多益：《超文本：文本的解构与重构》，《哲学动态》2006 年第 3 期。

而总是有一个中间，并从这个中间生长和流溢出来。它构成 n 维度的线性繁殖。……根茎与（网）结构不同。结构是由一组点和位置限定的，各个点之间是二元关系，而各个位置之间是双单义关系。根茎只由线构成：作为其维度的分隔和层次的线，作为最大维度的突围角或'解域线'……与图表艺术、画画或照相不同，与踪迹不同，根茎必须与生产、必须与建构的一幅地图有关。一幅地图总是可分离的，可连接的，可颠倒的，可修改的，有无数的进口和出口……与等级制交流模式和既定路线的中心（或多中心）系统相对比，根茎是无中心的、无等级的、无意指的系统，没有将军，没有组织记忆或中央自动控制系统，仅仅只是由流通状态所界定"①。

不难看出"根茎"的许多特点与超文本几乎完全一致，尽管根茎的"n 维度的线性繁殖"毕竟仍然体现的是一种有序的线性关系，但是，作者把它定义为一种无中心或多中心的动态过程，从一定意义上讲，与"超文本"所体现的"非线性"和"非连续性"特征没有本质上的差别。就通行的在线读写而言，形形色色的超文本其实就是一个典型的无中心、无等级、"无意指"的表意系统。罗兰·巴特的《絮语》的中译者在描述罗兰的"絮语"时说："胡话、痴言、谵语正是巴特所神往的一种行文载体，一种没有中心意义的、快节奏的、狂热的语言活动，一种纯净、超脱的语言乌托邦境界。沉溺于这种'无底的、无真谛的语言喜剧'便是对终极意义的否定的根本方式。遥望天际，那分明的一道地平线难道就是大地的终端？不，它可以无限制地伸展。语言的地平线又何尝不是这样。"②

超文本作为人类表意系统的一种范式革命，虽然也有长期追求终有所获的必然性，但对于那些在 IT 领域不懈奋斗的庞大军团来说，超文本的出现可以说只是数字技术飞速发展的附属产品或意外收获。它既没有"因特网"那种规避战争风险的国家化战略意识，也没有解构主义那种发誓要彻底颠覆传

---

① 王逢振主编：《2001 年度新译西方文论选》，漓江出版社 2002 年，第 255—256 页。
② 罗兰·巴特：《恋人絮语——一个解构主义的文本》，第 1 页。

统形而上学的逻各斯中心主义的学术冲动。因此，超文本作为表意系统的一种技术性突破，所具有的某些后现代特征并非某些学者所说的是科技与人文合谋的结果。诚然，德里达试图用一种去中心的非逻辑概念的手段和形式，以非传统语言的符号和意义的解构过程，在传统文化所建立和占据的"中心"之外，在没有边界、不断产生区分、不断"扩散"和"散播"的"边缘"地区，重建一种新的人类文化，以便实现在不受"中心"管制的边缘地区的自由创作。这种去中心的目的，是否像网络创立者为确保中心不受摧毁而分散中心那样，以无中心或多中心代替唯一的中心？后现代主义在以不确定性、非中心化、零散化解构历史和现代性的同时，是否又是对另一种新秩序（如工具理性主义）的重构？

　　有一点似乎是可以肯定的，那就是超文本的确像某些论者所说的，在解构中心的同时激发了一种"边缘化思维"：被链接的文本位于特定文本之外，它在无限扩张边缘野草般疯狂生长，它复制、克隆或再生出无数"无中心"的"新中心"，亦即"无边缘"的"新边缘"。在传统文本中，铭、刻、刊、印等生产方式使其成为具有稳定特性的"不朽之物"，正因如此，为了确保约定不变，人类发明了文字。如前所述，人与人之间的信任、信赖与信誉仍常常需要"合同为文"或"立字为据"。

　　这种信而有征的线性文本用一根严密的逻辑链条将文本的意义以单一标准贯穿到底。"而在超文本中，读者得以自由地穿梭于文本网络之间，不断改变、调整和确定自己的阅读中心，获得属于自己的意义。读者可以随意地在某个地方停下来，从一个页面进入另一个页面，从一个语境进入另一个语境，他所把握的文本的意义也随着上述运动而'散播'，无所谓中心，也不存在终极。这样，超文本就被赋予了一种民主的、反中心的意义。传统文本因其线性而成为相对独立的存在，它使人们关注文本自身或眼前的文本，而忽略文本之外的东西；超文本则引导我们不断将注意力移向页面之外，使我们始终意识到边缘之外还有更为广阔的空间。网络使文档的内部结构发生了变化，而不仅仅是改变了它们之间的链接方式。它将文档拆散，使指向文档之外的链接成了文档的一个组成部分。曾经紧密的文档现在被划分为一块一块的，撒入空中。"①

作为一种活的、开放的文本，超文本以多重路径提供了一种多重的信息经验。文本的边界消除了，每一个文本都向所有其他文本开放，从而这一文本与其他文本都互为文本。因此它比传统文本更为清晰地体现了"互文性"，即电子超文本将理论形态的"互文性"现实化了。

对于作为"文本互涉关系""文本互相作用性"的互文性，克里斯蒂娃曾有过这样的描述："一切时空中异时异处的本文相互之间都有联系，它们彼此组成一个语言的网络。一个新的本文就是语言进行再分配的场所，它是用过去语言所完成的'新织体'。"② 这也就是为什么马歇雷要清算"创作论"，因为不管作家如何自负地宣称其创作是平地高楼独辟蹊径，他所谓匠心独运都不过是在运用前人所创造的文本进行"再加工"而已。在克里斯蒂娃看来，每一个文本都是直接或间接的引用语或仿造语的大集会；每一个文本都是对另一个文本的吸收和改造。任何作品的文本都是由许多引文镶嵌构成的，任何文本都是其他文本的吸收和转化。按照诗人 T. S. 艾略特的说法就是初学者"依样画葫芦"，高手"偷梁则换柱"。北京大学一位著名教授在中国社会科学院文艺理论研究中心成立大会上说："抄一千本书成了钱锺书，抄一本书就成了某某某（北大另一位著名教授）。"不难看出，这位教授的妙论与"天下文章一大抄，看你会抄不会抄"这句俗谚之间存在明显的互文关系。

毫无疑问，满腹经纶者的旁征博引自然与不学无术者的投机取巧是不可同日而语的。鲁迅讲"拿来主义"却不忘消化、吸收和创新，毛泽东讲"古为今用，洋为中用"则更强调"推陈出新"。如果不加甄别，恶意克隆，为名利计，为稻粱谋，剽窃他人作品，冒充自己的成果，这种行为，于作者是一种行窃，于读者是一种欺骗。当然，我们也应该看到，赝品与原作之间也

---

① 费多益：《超文本：文本的解构与重构》，《哲学动态》2006 年第 3 期。
② 布洛克曼：《结构主义》，第 162 页。

并非毫无互文关系，正如排泄物之于有机物一样，什么时候也无法割断二者间的几乎是必然的联系。但那不过是一种与审美文化精神和社会道德理想相背离的情况而已，不提也罢。古人赋诗撰文在讲究"无一字无来处"的同时更标榜"点石成金"式的"化腐朽为神奇"。如果只有前者，没有后者，"文必先秦，诗必盛唐"，空有互文而毫无创新，或者是互文变成赘文，其结果就是新作与旧章一同腐朽，一同成为古董或垃圾。

从一定意义上说，超文本的"去中心"倾向实际上正是其"互文性"凸显的结果，所谓"互文性"，说到底是文本之间的某种相互依存、彼此对释、意义共生的条件或环境。马克思在《路易·波拿巴的雾月十八日》中指出："人们自己创造自己的历史，但是他们并不是随心所欲地创造，并不是在他们自己选定的条件下创造，而是在直接碰到的、既定的、从过去承继下来的条件下创造。一切已死的先辈们的传统，像梦魇一样纠缠着活人的头脑。"①这里所说的历史创造的情况也同样适用于文本创造，作家的创造同样也只能是在"直接碰到的、既定的、从过去承继下来的条件下创造"。但这种继承，有一个去粗取精、去伪存真的甄别与选择过程。

有一种观点认为，"互文性"就是大幅度增强语言和主体地位的一个扬弃的复杂过程，一个为了创造新文本而摧毁旧文本的"否定性"过程。克里斯蒂娃把关于语言和意义的几种现代理论（其中包括弗洛伊德、巴赫金和德里达的理论）结合起来，强调讲话者与听众、自我与他人之间对话的重要性，修正了主体作为在一切话语中解构的互文性功能的地位。作为文本特性的"互文性"并不是静止的，而是在阅读过程中得到揭示的。即使碰到引文或注释，我们也只是阅读时才需要交叉对照。而菜单浏览、嵌入文本等技术所构成的赛博空间，形成了最基本的互文现象，直接体现了"互文性"的特征之一，即非线性。"互文性"的另一个特征是：它关注文本与文本、语词与语词、语词与图像之间的联系，只有链接才赋予文本、语词或图像以意义。当

① 马克思：《马克思恩格斯选集》第 1 卷，第 585 页。

然，链接不仅仅是形式，而是内容本身，它本身就是阅读的活动；不仅仅是点缀，而是重要组成；不仅仅是内容的一个组成部分，而是内容的生命。如果说一个优秀的文档需要"画龙点睛"，那么链接就是这个眼睛。① 那么，这个体现"互文性"特征的"眼睛"是否具有中心的地位呢？答案显然是否定的，因为，每一个标示隐藏节点的链接在点击之后，它便"功成身退"，在完成了界面切换的使命之后悄然消逝了，这一点与传统文本很不一样。

如前所述，互文性，从根本上讲，只是传统文本的一种尚未完全开发的潜能，从"绝对联系"的意义上说，超文本只不过是互联网成功地开发了传统文本这种"互文性"潜能的副产品而已。超文本的许多特征，在传统文本中实际上都有端倪可察。例如，在 21 世纪的第一届世界杯期间（2002），选题新颖泼辣、风格犀利明快的《南方周末》发表了刘齐的一篇文章，说："世界杯是一部现代版的《红楼梦》、地球村的《石头记》。从中，球迷看到节日；商人看到蛋糕；赌徒看到赔率；政客看到选票；警察看到流氓；媒体看到硝烟；女人看到性感男人；妻子看到'气管炎'暴动；同性恋看到天外有天；贾宝玉看到水做的洋妞；薛宝钗看到国际足联的贾母；薛蟠看到英国晚辈；刘姥姥看到地里不种庄稼只种草；板儿看到比萨饼和麦当劳；网民看到网站比球场还挤；老'红卫兵'看到红海洋；新纳粹看到元首；毒贩子看到潜力；外星人看到莫名的活动体聚堆儿……总之，大家人手一小杯，都能从世界杯这个大杯中倒出自己想要的东西。"②

这段奇文显然是对鲁迅评论《红楼梦》的一段名言的"戏拟"。鲁迅说，关于《红楼梦》，"单是命意，就因读者的眼光而有种种：经学家看见《易》，道学家看见淫，才子看见缠绵，革命家看见排满，流言家看见宫闱秘事……"。这种无须注明出处的名言几乎尽人皆知，正因如此，它的"互文性基因"才异常活跃。当代学者魏家骏教授在分析刘齐的文章时指出，"这位

---

① 费多益：《超文本：文本的解构与重构》。
② 刘齐：《世界杯是〈红楼梦〉》，《南方周末》2002 年 6 月 6 日。

21 世纪的作者由此洋洋洒洒地引申出了这么一大段文字，而这段戏言却有着多重的互文关系，它既改写了《红楼梦》，也改写了鲁迅，也就是说，它和《红楼梦》有着互文性的连接，又和鲁迅的那段名言产生互文性连接，从而开掘出了世界杯足球赛的丰富的视角，展示出这次足球盛会和人们的日常生活的多种联系，很能概括出各种不同身份的人的心态，虽然是戏拟，倒也不失幽默的风趣"①。足球、《红楼梦》、鲁迅、地球村、商人、蛋糕、赌徒、赔率、政客、选票、警察、流氓、媒体、硝烟、女人、男人、妻子、"气管炎"、暴动、同性恋、贾宝玉、洋妞、薛宝钗、国际足联、贾母、薛蟠、英国、刘姥姥、庄稼、草、板儿、比萨饼、麦当劳、网民、网站、球场、"红卫兵"、海洋、纳粹、元首、毒贩子、外星人、莫名的活动体……这些原本互不相干的词语，被狂欢的世界杯无端地粘合在一起，给人一种词语尘暴和话语失禁式的"恶搞"印象，但足球一旦与《红楼梦》、鲁迅这样广博深远的文学世界构成了互文关系，面目可憎的丑小鸭就蓦然变成了春光灿烂的白天鹅。由此可见，文本互文性具有多么神奇的经天纬地的张力！

二、"以不类为类"的互文性

2006 年 9 月 9 日，日本著名作家大江健三郎（下文简称"大江"）来中国社会科学院演讲，题目是《"始自于绝望的希望"》（"北京演讲 2006"），演讲会庄严隆重、场面壮观、气氛热烈。笔者有幸聆听了大江的演讲，印象深刻，收益良多。这位诺贝尔文学奖得主的演讲平和冲淡，如道家常般娓娓道来，让人分不清他到底是在谈历史、政治、哲学、朋友情谊、国际关系还是什么别的东西，老作家旁征博引、纵横捭阖，像魔法师一样把周恩来、烤鸭、鲁迅、巴金、赛义德、莫言、抗战、原子弹、日本军国主义等看似互不关联的东西天衣无缝地编制成了一个令人叹服的"文本"。大江究竟是靠什么法宝"以不类为类"，将历史、现实和希望贯穿起来的呢？仅仅是靠他所谓"伦理想象力"和文学化语言吗？也许是，也许不全是。不过，当时笔者就有

① 魏家骏：《互文性和文学增值现象》，《淮阴师范学院学报》2003 年第 4 期。

的一种强烈感受竟让自己也有些意外，这个国际文学大师根本就不是在讨论文学，事实上他也根本就无意于谈论文学。但常言说，"是真佛只道家常"，大江大谈"周恩来、烤鸭……原子弹"，看似字字都未涉及文学，实际上句句都未离开文学。

在大江的讲演中，他用"浓密森林中的参天大树"来比喻中华人民共和国第一代领导人。这个比喻给我留下了极为深刻的印象。如果将作家的这次讲演文本看作一个浓密的森林，那么我们不难发现，作家讲演文本所关联的许多人物、事件和其他作品可以说是与讲演相关的更多的森林，它们与大江的"北京演讲2006"一同构成了更大更浓密的森林。这个靠文本链接文本的浓密的森林其实正是我们讨论的"超文本"。在森林中，树与树的关系是靠"盘根"与"错节"建立起来的："根紧握在地下，叶相触在云里，每一阵风过，我们都相互致意。"（舒婷《致橡树》）但树与树的这种"盘根错节"的"根本"联系，还远不能说明文本相互之间的互涉与对释的依存关系。文学大师的跨国演说，表面上几乎没有谈文学，实际上句句话都没有离开文学，其中的奥妙在于，文本与文本之间潜藏着一个"超文本"的海洋，而文本与文本的共生互动，相互依存的"互文性"正是超文本最本质的特征之一。

俄罗斯有一个谜语："不是蜜，却能粘住东西。"这个令高尔基着迷的谜语的谜底据说是"语言"。依笔者看，以"文本"作为答案也一样贴切。因为用语言打造的文本也可以说是由"蜜一样黏稠的液体"组成的。从这个意义上说，将所有语言一网打尽的网络，正在以比特化的沟渠和管道，把星罗棋布地散落于五湖四海的各种"液体"汇成一个汪洋恣肆且浩瀚无垠的"超文本"。

当然，即便在传统文本世界里，这些"黏稠的液体"也并非一汪一汪的非理性、无逻辑、反意义的烂泥潭，相反，真正的"互文性文本"是既呈现多姿多彩又符合规律规则的奇妙混合体。可以说，互联网和超文本的大多数奥秘都早已在观念和实践的层面悄然地成形于文本的"互文性"潜能中。因此，我们在讨论传统文本的过程中，超文本的许多特征就已经不言而喻。事实上，传统文本与超文本之间并不存在任何天然的鸿沟。欧阳友权先生在《网络文学本体论》中对法国的思想家乌里奇·布洛赫（U. Broich）的"国际后现代视域中互文性的文学理论与实践"进行了十分精辟的概括和评述，布洛赫的理论不仅句句都符合传统文本的情况，而且条条都适用于超文本，为我们从学理上更深入地理解文本互文性和超文本的本质特征提供了十分可贵的镜鉴。

值得注意的是，我们往往把"互文性""超文本"和"互联网"三个概念不加区分地用在相近似的语境中，这并不仅仅是出于修辞方面的需要，也并非笔者不知道三个概念在内涵上的差异，实在是因为它们在许多场合具有几乎相同的特征和秉性。专就文本而言，三者的相似性或同一性是如此显而易见，以至在许多情况下它们相互替换而不会出现任何问题。超文本原本是为计算机及网上世界而设计的发明，但是超文本首创者所追求的知识机器与信息之网，技术就是"互文性理论"的数字化图解，而"互文性理论"则如同专为超文本设计的技术蓝图。超文本在理论上与互文性学说的惊人相似绝非"巧合"所能说通的，其中的必然联系还有待学界做进一步的探究。超文本理论家兰道曾经指出，超文本作为一种基础的互文性系统，它比以书页为界面的印刷文本更能凸显互文性的特征。整个超文本就是一个巨大的互文本，它将相互关联的众多文本置于一个庞大的文本网络之中，并通过纵横交错的路径保持各文本之间的链接，由此可见，最能够体现互文性本质的互联网本身就是一个典型的超文本系统，这也是前文所引述的德·布拉的著名论点。

在这个包罗万象的虚拟世界里，人们需要什么就能得到什么，即便还有些一时得不到的东西，只要读者能说出事物的名号来，网络超文本就能按照它对事物的理解，把读者"链接"到他／她应该或可能去的地方。"在这里，读者作为活动者（而不是简单的欣赏者）与超文本文学作品相互交融，彼此不可须臾分离，人融化在文中，人文合一。从某种角度来说，超文本文学的'人文合一'是中国传统的'天人合一'的思维方式在文学形式上的初步体现，是中国传统的'天人合一'的高远意境的简单回归。"①

我们知道，在网络文学中，超文本的链接让读者可以在无穷尽的阅读可能性之中肆意游荡，"写读者"如同乘坐洲际旅行的空中客车，它可以忽略时间的存在恣意逍遥地穿越天南海北。在网络的登录处，最初的文本或许会如机场的跑道一样清晰，但随着游览眼界的不断扩大，一条条道路渐渐变得模糊起来。作为网上逍遥客，我们究竟从何而来或向何处去，有时也变得不再十分明确，开始的目的地在缤纷多彩的旅途中已变得无足轻重了，那些曾经魂牵梦萦的城市因被尽收眼底而顿时丧失了神秘的魅力。一切变得如此轻而易举，果然"得来全不费功夫"。这种比腾云驾雾更为便捷的魔法竟然如此简便易行，它在挥手之间就把无数跋山涉水、背井离乡的线性故事不动声色地变成了远逝的神话，与此同时，它又不由分说地把人类带进了一个全新的"互文性"领域——一个超文本的非线性世界。

雨果说："比大地宽广的是海洋；比海洋宽广的是天空；比天空宽广的当是胸怀。"今天，我们发现，还有比胸怀更为宽广的地方，那就是超文本组成的网络世界——因为它不仅能以"互文性"的魔力集合全人类已有的一切知识和经验，而且还能以"超文本"的预言，召唤和引领人类向那无边的未知领域奋然前行，以比特之名，不断进取，不断开拓。

三、依托于网络的互文性革命

关于"互联网与文学艺术的互文性革新"这一论题，笔者曾经在《赛博空间中当代文学艺术的命运》《现代传媒及其对艺术生产的影响》等文章中进行过探讨。笔者曾经把电报作为电子化传播新时代的标志，因为，自从电报问世以后，新的电子传媒仿佛凭着一种魔力，跨越了时空的阻碍，使文化真正变成了一种异地同现的、唾手可得的、自由自在的赛博空间中美丽的桃花源。

---

① 罗香妹：《超文本文学与中国传统思维方式》，《中南大学学报》（社会科学版）2004 年第 10 卷第 2 期，第 239—242 页。

在电报之后，电影、无线电广播、电视等电子传媒先后登场。今天，当我们放眼向四面望去，大众传媒的影响无处不在。我们无法想象离开大众传媒以后，我们将会如何生活，我们也无法想象在没有大众传媒之前人类的生活。大众传媒创造或者说构造了一个新的世界，正如麦克卢汉所说的，"新的传播媒介不是人与自然之间的桥梁，它们就是自然"①。

从历史发展的角度来看，一般认为，传播媒介经历了口语文化、书面和印刷文化以及电子媒介三个阶段。由于口语文化易于失真和失传，受时间和地域的局限，所以麦克卢汉把口语文化称为部落文化。当文字系统出现后，人类文化就进入了书面文化的阶段。文字使文化传播和储存成为一种符号化的转换技术，"使语言脱离了口语传统，向世俗权力转变，结果对空间关系的强调超过了对时间关系的关注"②。这就是有文字记载以来的文化能较好地得以继承和发展的原因。

在电子媒介系统中，声音和图像不像在口语文化时期那样一闪即逝，它使文化的时间性与空间性完美地结合起来，清除了书面文化的文字符号对大众的限制。在电子文化系统中文学和艺术不再是有文化、有教养的少数人的专利，任何人都可以通过电子媒介的声音和图像分享艺术作品。由于无线电波能到达全球的任何一个角落，这就使得电子传媒成为有史以来影响最广泛的传播方式。

比特电视使得文化艺术的传播在赛博空间中变得更加逼真生动、更加纤毫毕现。有人预言未来的电视将等同于电脑，机顶盒将变得只有信用卡般大小，只要插入一个软件，就能把电脑变成有线电视、电话或卫星通信的电子通道。可见，赛博空间的出现实际就是现代媒体的一场新的革命。"媒体预言家"德克霍夫在《文化肌肤：真实社会的电子克隆》这一曾被誉为加拿大第一畅销书的著作中，就详细讨论了通信技术和电子媒体对现代社会的影响和

---

① 丹·切特罗姆：《传播媒介和美国人的思想》，中国广播电视出版社 1992 年版，第 192 页。
② 丹·切特罗姆：《传播媒介和美国人的思想》，第 169 页。

作用。作者认为：电子媒体和赛博空间将会改变我们的心理状态；虚拟现实技术将会填补观念与现实之间的鸿沟；人类正在创造一种超越任何个人智慧的集体心智。这本书中还专设了"赛博空间"一章，分析了赛博空间中的媒介革命对社会生活的影响。作者以艺术作品为例：《完全记忆力》是一部我们新近获得的关于虚拟现实和科幻小说技术的电影，阿诺德·施瓦辛格在片中一身冷汗地醒了过来，他不知道自己是正在进入还是走出一种彻头彻尾的幻觉——这是由一家以致幻剂为主要手段的旅行社为他制造的，由于他重生的记忆是如此真实，以至于他无法区分事实与小说（这让人想起庄周梦蝶的故事）。作者在虚拟现实后加上一个注释说，就像AI通常代表"人工智能"（Artificial Intelligence）一样，从今以后VR也会非常通用地指称"虚拟现实"（Virtual Reality）。但是，虚拟现实正好也被称为人工想象力或人造意识，正是由于现在我们能把人工视觉、听觉和触觉等感官信息包容于我们已被延伸的意识之中，所以我们可以真正地考虑人造意识的可能性。AI其实就是没有感官参与的人造意识（AC）。只有通过增加感官的相互作用，我们才能恢复外在于我们身体的那种内省（interiority），而这正是人类意识的特点。

作者相信，或早或晚，你也会遇到这种情形，当然除了不会一身冷汗地醒来，也不会一直做梦。为了停止这种体验，你只需摘下你的目视传音装置后关上计算机。虚拟现实机器使如下的天方夜谭似的幻想不费吹灰之力就能变成现实，即：对有些文化的操作者而言，漫步不是被视作穿越空间，而是被视为"把空间推至足下"。从理论上讲，这就意味着，任何人任何时候都能任意发表任何作品；任何人在任何时候都能任意欣赏任何国家任何时代的艺术品。将来某一天，你足不出户就可以用手去感触（更不用说观赏）卢浮宫里的任何珍贵艺术收藏品。用手感触？用手感触！

德克霍夫最为大胆的理论就是"集成即触摸"。他说，教育者和许多艺术家已经想到触觉可能是人们最重要的认知工具。婴儿通过触摸学习，而成人则通过"领会"某一情境（这显然是一个触觉隐喻）学习。我们为我们已经知道或需要知道的事情形成了一种内心感受。在共用主机还大行其道的早期岁月里，麦克卢汉就以他艺术家般的敏感得出了计算机化将引起触摸的预言。

德克霍夫说，直到最近，我们才有可能变魔术似的当场考虑某件事情并把它做完，改变一页写好的文字或一幅绘好的油画至少要几分钟，而现在，相互作用的速度已提高到转瞬即成的程度。不仅在 VR 模拟中有可能体验即时反应，而且借助更简单的眼睛追踪界面装置或生物反馈也有可能做到这一点。在技术上已被延伸的大脑，可以伸出其外部的智能感觉器官网络来"吞下"环境，其方式就像海参伸出其胃部捕获浮游生物那样。触觉延伸的作用在这里是极其重要的，因为它是基本的。触觉涉入了思维领域，不管是我们头脑中的还是机器中的，它成为思维过程中的一个参与者。模拟的触觉是首要的心理技术，其力量足以把我们从有读写能力的理论的直截了当的精神状态中拉出来。①可以肯定，这一发生在赛博空间中的技术革命，必将给未来的艺术生产带来不可估量的影响。事实上，它对传统文学艺术的深刻影响正在悄悄地改变着文学艺术的内在精神，正在"漫不经心"地以真正的"闪电"速度改写着有着悠久历史的文学艺术的"赛博时代史"。

例如，多少世纪以来，舞蹈一直是靠身体动作流传下来的，但是，舞蹈已逐渐进入电子时代，几十年来，电子技术已应用于记录并再现已有的舞蹈设计。近年来，技术手段及其成果正在以极快的速度走向尖端化。

今天的计算机技术可以对舞蹈这种天生的视觉艺术起到重要的作用，而舞蹈也对技术的发展有所帮助。资料表明，舞蹈家们可以用电脑软件编写舞蹈程序，这样就可以大大减少制订和研究舞谱所需的时间，电脑还能为舞蹈教师创建全面的、档案式的网址和数据库，并记录下那些不太知名的作品。如今，技术的高度发展终于带来了由计算机创造、为计算机所用的"虚拟舞蹈"。如美国，通过一个名为"精灵再现"的虚拟舞蹈装置，可以看到一个

---

① 德克霍夫：《文化肌肤：真实社会的电子克隆》，汪冰译，河北大学出版社 1998 年版，第 48、60 页。

姿态优雅的形象在看起来有些古怪的三维空间中重复比尔·琼斯的舞蹈动作。而一个所谓"镜与烟"光盘只读存储器使观众可以穿过一场舞蹈表演的各个"电子空间",从而获得多种体验。研究者说,这种形式是"现场表演的扩展",但不是模拟实际表演,舞蹈因此成了另外的某种东西;它不是为了替代真正的表演,而是要扩展表演的界限。

也许没有什么能代替真人在舞台上的表演,真人表演是一种美妙的艺术形式。但人们乐意看到从传统形式中衍生出来的其他艺术形式,这也是研究者们的兴趣所在。在现代舞台上,演员可以通过舞台上的动作感应系统和计算机控制的舞台媒体系统,以过去无法想象的方式创造出音响、灯光和电视图像,毫无疑问,这将极大地增强舞台艺术的表现力。而由光盘只读存储器在虚拟空间中创造出虚拟布景,可以帮助舞蹈团有效地节省人力和物力。从艺术经济学的角度看,赛博空间中的技术革命确实极大地解放了艺术生产力,并为未来的艺术生产开辟了辉煌的前景。

令人意外的是,长期以来,"野心勃勃"的科学家们一直在"阴谋策划"着如何从艺术家手中夺走他们觊觎已久的"金饭碗"。早在1999年,《中外科技》曾以整版篇幅登载了日、美、俄、德等国的25名科学家就未来100年内全球高科技发展情况及其对相关学科的冲击拟出的100个选题,其中第26个选题是:21世纪中叶,包括电影、绘画在内的各门艺术由机器人和电脑代替的可能性及其影响。我们相信,这种科学技术的革命带来的艺术生产的革命将真正成为古典艺术终结的标志:昔日艺术家特立独行的多少有些神秘的创造精神的万丈光芒将会变得更加黯淡,传统的以单个主体为创作核心的艺术生产劳动的低吟将会被创作群体特精细的分工合作的"大拼合"的"众声喧哗"彻底淹没。

现在,电脑已经杀入艺术领域,初露锋芒即剑气冲天咄咄逼人。例如,1998年以来,好莱坞生产了一批"非人"的电影,把世界影坛搅得沸沸扬扬。票房价值空前高涨,以中国传统故事《花木兰》为核心情节的同名卡通片在美国十分火爆,票房早已突破亿元大关,《蚁哥正传》《埃及王子》等亦大行其道。这批出手不凡的银幕佳作竟由电脑包揽全活，片中人物都是天生的"银幕英雄"、电脑世界的"优秀儿女"；这些电脑影星之间不再有没完没了的艺术上的争执，不再狮口大开漫天要价，动辄要求百万千万美元的巨额片酬，不再为头牌的位置钩心斗角甚至大打出手。因为这些将主宰 21 世纪影坛的明星，实际上只不过是一些服服帖帖的计算机程序。

电脑高科技在影视领域最为威风，其中一个显著的特色是令人目瞪口呆的特技场面的高科技制作。《玩具总动员》《勇敢者的游戏》《龙卷风》等大片之所以有不俗票房，其根本原因就在于奇妙的电脑设计所产生的逼真而神奇的画面效果，使观众领略到现实生活中无法实现更无法体会到的全新感觉。前几年的《烈火雄心》所呈现的火场世界，以及《烈火狂风》等片子中，那种让火山在人们的眼前爆开，并让观众目睹演员在龙卷风中被抛上半空的逼真场景，没有电脑特技是不可想象的。即便敢于赴汤蹈火，不怕粉身碎骨，面对惊心动魄的挑战，无论多么勇敢高超的演员也都无法与"电脑大师"匹敌。至于像《侏罗纪公园》《狮子王》《未来水世界》之类几乎完全依靠电脑撑腰的电影，已经把高科技创作艺术的绝活发挥得淋漓尽致。而震动 1998 年全球电影界的《泰坦尼克号》和《天地大冲撞》等已注定名垂青史的大片，其之所以能对观众的视听造成强烈审美冲击和艺术震撼，高科技制作更是功不可没。有的文章说，《泰坦尼克号》一片中的海水、烟雾、云、船乃至人，有 60% 都由电脑合成，在夜色中巨船逐渐下沉，成百上千的人从高空跌落沉入水中的场面，都由电脑完成。影片中计算机利用数字化技术模拟出海洋、海豚以及数以千计爱德华七世时代的人物，令人无法找出任何假造的破绽，增加了艺术感染力和审美动情力。影片中所看到的沉在海底的船骸和舱内景象，绝大多数是在 3800 公尺的海底实地拍摄的。导演说，他所采用的复杂技术，几乎可与登陆火星的摄像机媲美。因此，这部影片利用高科技创造出高度的艺术真实，歌颂人类最美好的爱情，使科技与审美联姻，获得了空前的成功。该片上演，万人空巷，好评如潮。它在全世界的票房价值已近 12 亿美元，为这个文化溃败的时代创造了又一个匪夷所思的艺术神话。

多年来，美国影视业如沃尔特·迪斯尼公司的电影人一直在努力，希望将来的某一天电影将由电脑包打天下。现在人们似乎已对这些或许多少有点夸大电脑神通的说法深信不疑。用电脑代替真人表演，眼下正在成为一种潮流或至少可以说是一种趋势。形成这种趋势的原因是多方面的。一个显而易见的原因是，好莱坞巨腕们的身价一涨再涨，让唯利是图的制片商们伤透脑筋。例如：有"美国甜心"之誉的梅格·瑞恩，在《电子情书》中身价高达1100万美元，令人惊讶；"漂亮女人"朱丽娅·罗伯茨出演《安娜与国王》的片酬是1700万美元，更是让人咋舌；而《泰坦尼克号》中的明星迪卡普里奥的身价已超过2000万美元！水涨船高的明星片酬令制片商们不堪重负，如有可能的话，他们真想炒掉所有明星。

事实上，21世纪演员失业不是没谱的事，我们已经在《狮子王》中看到了栩栩如生的狮子，在《勇敢者的游戏》里看到了难辨真假的犀牛和大象，在《侏罗纪公园》里看到的巨型恐龙更是活灵活现。至于《真实的谎言》、"007系列"中的有关飞机导弹之类的特技镜头则只能是电脑的杰作。随着电脑的日益精密化，"非人影星"的出现似乎也指日可待。

电脑的全面入侵可能也会危及书法艺术，书法界已有人士发出"救救书法"的惊呼，说如果当年西洋硬笔代替中国毛笔是对书法艺术的一次巨大的打击，那么，当今各种摇笔杆子的人普遍"弃笔操电"则几近是对书法艺术的一种毁灭？有文章写道："一个幽灵，叫作电脑的幽灵，已经在书法界附近徘徊。"但是，人们实际上并不真正清楚，幽灵到底会摧毁还是拯救这个香飘千年的笔锋墨影的世界。有人认为，书写方式的改变，无情地威胁着书法艺术的生存。尽管电脑中也输入了楷隶行等书体，然而，经过打印的这些书体，实际上已成为整齐划一的新型美术字。电脑由手敲击成字，这种新方法，是刺向艺术的一把利剑。因为以"敲"代写，改变了人们的审美情趣，退化了人们的审美能力。汉字的内在审美特质比较隐晦，只有通过经年累月的书法研习和体味方可进入知味识趣的审美境界。另一方面，电脑正在瓦解书法的群众基础，这一趋势也会加速书法艺术的萎缩。电脑将改变我们下一代的写字能力和对书法艺术的基本认识。电脑的多功能书写能力以便捷的方法占有市场，使一批用户忘掉书法，也使一大批职业书法家变为业余书法爱好者，而过去的书法爱好者则随时有可能移情新兴的艺术领域。

随着赛博空间的开发和革新，电子文化更是如虎添翼。英国学者汤林森在《文化帝国主义》一书中把电子文化的崛起看成是现代社会的主要特点之一，认为它将意味着支配社会现实的强大体系的诞生；福建学者南帆曾在海南的《天涯》杂志上发表了题为《电子时代的文学命运》的文章，从理论上分析了赛博文化对当代文学艺术的影响，认为电子系统正在剧烈地改变既有的形态，创立新的社会组织形式，重新配置一系列社会集团的经济地位及相互关系，解除种种文化封锁，同时派生新的无形桎梏。文学的命运也是如此。

南帆认为，"电影的诞生打乱了书写社会的固有状态，它同时代表着另一种符号的生成。电子媒介系统的复符合号，以影像、声音、及时性与现场感等形式全面诉诸人们的视听感官，造成强大的冲击"[1]。

书写文化依赖于文学符号系统。文字的能指与所指是疏离的，这种疏离本身即已包含人类思维对于外部世界的凝聚、压缩、强调或删除。电子媒介系统启用了复符合号体系，影像占据了复符合号体系的首席地位，与书写文化相比，影像与对象是合二而一的，在人们的意识中，影像就是现实本身，影像的真实外观遮盖了人为性的精心设计，让观众有意无意地在其呈现形式的引导下认可或服从影像背后某种价值体系的立场，这就是电子媒介系统的强大效果：让观众在独立自主的幻觉中接受种种意义的暗示。

崭新的符号体系形成了新型的艺术，新型的艺术产生了前所未有的文化和政治功能。电子媒介系统提供了消愁解闷的大剂量的迷幻药，使人们放弃了对历史的不依不饶的提问，而"虚拟生存"的数码技术更显示出不可估量的前景。"比特"可以随时制造一个令人向往的天堂，这意味着数码技术可能产生某种意想不到的作用：经济和社会地位的巨大差距将得到缓和，百万

---

[1] 南帆：《双重视域——当代电子文化分析》，江苏人民出版社 2001 年版。

富翁和穷小子在"虚拟生存"中可以得到同样的享受,这种"虚拟的平等"削弱甚至释除了反抗剥削的革命冲动。一个新的问题也就随之产生了:这种虚拟的享受是思想的自由或欲念的解放,还是无聊无益的幻想或纯粹的子虚乌有?

特别是电子媒介系统的迅猛更新和发展,更预示着一个即将改写艺术生产历史的强大体系的诞生,电子系统正在剧烈地改变传统的艺术生产形态,创立新的文化文艺形式,解除种种意识形态的封锁,神话传奇般地解放了艺术的生产力,开天辟地般地拓展了全新艺术消费市场。不少有识之士认为,作为一种更加感性的符号,影像的日臻完美将对书籍——书写文化的保存形式——造成巨大压力,也使文字阅读过程中包含的理性思考遭到剥夺。

在当代艺术生产过程中,赛博文化利用技术手段、技术材料、技术方式,从艺术生产的操作层面不可抗拒地渗透到艺术生产的观念层面,科学技术已成为一种"本体性"的存在,支配着当代艺术生产。当代大众传播活动不断助长技术力量向艺术生产的本体性渗透。由于当代艺术的生产对科学和技术的依赖,不知不觉间,传统的、手工艺性质的艺术生产活动和鉴赏型的艺术消费行为逐渐消失了;对艺术创造性的追求渐渐变成了对技术和工具革新的追求。在赛博文化不可拒绝的影响下,技术作为操纵艺术行为的幕后指挥正在渐渐走向艺术舞台的中心。说到底,科技对艺术生产产生影响的主要原因是,赛博文化已经悄悄地改变了人们的思维模式和审美习惯。

在网络对书面文化的种种冲击中,传统文学的互文性潜能得到了超乎想象的发挥。关于这一点,在后面"从'互文性'到'互视性'"以及在有关"互视性"和"互介性"的介绍中将有相对集中的分析与讨论,在此暂且将此话题搁置起来。

值得注意的是,互文性理论绝非十全十美,事实上它也存在不少局限性。我们知道,互文性观念虽然源于理论家们对"封闭的文本"(the bound text)的解读,但它强调的却是一种"开放的文本"理念。通常意义上的互文性研究,着重考察文学与文学自身的关系,即文学作品与文学遗产、文学史、文类传统的关系，以及作品自身所携带的文学记忆和读者的文学"阅"历之间的关系。因此，有研究者认为，互文性问题不仅完全可以兼容许多传统的研究领域，对它们进行重新切割或"分区"，而且也意味着文学范式本身的变迁，因为互文性概念的根本意义在于用多维的、可逆的空间范式代替一维的、不可逆的时间范式。越来越完善的互联网世界不仅令人惊叹地直观演示了"一切文本都是互文本"这个抽象命题和它所隐含的空间范式，使巴特等人关于文学网络和文化库存的比喻变得更加生动，而且也为真正的多元阅读和具体的互文性研究提供了切实有效的技术支持①。

但是，我们也应该注意到，近几十年来，文学研究从学科化封闭走向跨学科开放、从技术性"区隔"日益走向人文性融合的趋势已经形成了一种大的时代潮流。从一定意义上讲，互文性理论顺应了这种潮流，为文学研究开辟了新的路径。但是，互文性理论在关注符号学共时性的同时，"往往有意忽略作品的社会与历史维度。如果互文性可以理解为不同时代和地域的作品、作者之间的对话，那么它就不应该脱离具体的社会语境，对话者的主体特点也应受到重视"②。这一评论提醒并告诫我们，在互文性研究和批评应用中，不可不加区别地一味强调文本之间的联系与影响，当我们在文本的海洋乘风破浪之际，时刻都不要忘记社会的陆地与历史的天空，因为文学所关注的，理应是整个世界。

---

① 秦海鹰：《互文性问题研究》。
② 陆建德：《互文性、信仰及其他——读大江健三郎〈别了！我的书〉》，《外国文学研究》2007年第 6 期。

| 第三章 |

"临屏起舞"：网络文学的"阅读"与"批评"

众所周知，文学史是研究文学发展历史的科学。与文学理论、文学批评同属文艺学的范畴。文艺学之史、论、评都以文学活动为研究对象，是研究文学现象及其发展规律的科学。但有趣的是，古往今来的文学史，几乎都是以作家、作品为中心的，很少有人会把真正推动文学发展的"读者"放在一个应有的高度来讨论，尽管以"读者为中心"的接受美学和读者反应批评等理论曾盛极一时，但落实到具体的文学实践过程中，研究阅读、理解读者，却一直是当代文学史写作中的薄弱环节。由是之故，文学阅读在过去的大多数文学史著中往往是一个无人问津的区域。直到 20 世纪 90 年代，文学市场化观念渐渐被大多数人接受之后，作为"沉默的大多数"的读者，才开始受到理论家和批评家们的关注。随着文学产业化、网络化的风生水起，作为精神消费的文学阅读，对文学创作的影响越来越明显，在唯点击率马首是瞻的网络文学写手那里，读者就是衣食父母，粉丝拥有生杀大权。这大约也是这些年，粉丝经济、粉丝文化频繁地成为热点问题的一个重要原因。事实上，网络文学娱乐化、产业化、类型化等重要特征，均与其"阅读"及"批评"密切相关，因此研究网络文学现象及其发展规律，网络文学的"阅读"与"批评"理所当然应该在其相关著述中占有一席之地。

众所周知，网络时代，人们在阅读方式上，面临着更多的选择。仅就电子阅读器而言，层出不穷的款式简直令人眼花缭乱，例如 ONYXBOOX 电子书（广州文石信息科技有限公司）（2009）、Bambook 锦书（盛大网络集团）、OPPO Enjoy（欧珀电子工业有限公司）、EDO 小欧电子书（上海易狄欧电子科技有限公司）（2008）、翰林电子书（天津津科电子有限公司）、wefound 文房（北大方正集团）（2009）、foxiteslick 福昕电子书（福州福昕软件）（2009）、Readius（Polymer Vision）（2008）、Astak Mentor（Astak 公　司）（2008）、BeBook Reader（Endless Ideas 公司）（2008）、汉王电纸书（汉王科技股份有限公司）（2007）、易博士电子书（广州博朗）（2007）、STAR eBOOK（宜锐科技公司）（2007）、GeR2（Ganaxa 公司）（2007）、Kindle（亚马逊公司）（2007）、CybookGen3（Bookeen 公司）（2007）、FLEPia（富士公司）（2007）、Hanline Reader（Jinke 公司）（在乌克兰发行时称 Lbooke Reader）（2007）、Sony Reader（索尼公司）（2006）、爱国者百看网络电子书 EB800A、ILiad（iRex 公司）（2006）、Librié（索尼公司）（2004）……如今的电子产品开发商，真可谓神通广大，"只有你想不到的，没有他办不到的"。

有了这些阅读神器，读者免除了奔波图书馆、资料室的劳苦，随时随地，手指一动，所需要的相关资料立刻悉数呈现在眼前。当阅读器通过技术的努力最终跨越纸书这道槛之后，人们只需把所要看的图书（无论厚薄）下载到小巧的阅读器上，便可以随时随地享受数字阅读的方便和魅力。有专家指出，未来电子书发展将呈现四大趋势——多元并存、图书馆和大众市场互为促进、出版社成立专职机构推进网络出版机制、e 纸一体化。除纸书之外，电子书、移动电子书、多媒体电子书、按需印刷、按页打印等新兴图书形式已经并行发展。

网络时代之前的文学消费空间固然常常与书斋、书店、图书馆有关，但自由的想象却可以超越时空的局限。在传统文化背景下，读书如交友，白头如新，倾盖如故；知音激赏于同心相印，缘分多来自同气相求。然而，人际情缘，鬼神难测，李清照感叹说："山上石多真玉少，世间人稠知音稀。"读书的情形也是如此。深得我心的著作原本不多，更何况其中大多数还有可能在不经意间擦肩而过。有时，为了求证一句记忆模糊的话语，遍寻书斋与脑际，最后还是无果而终。网友南来风读刘宝昌《戴望舒传》后记，一句"千江有水千江月，万里无云万里天"似曾相识，他却怎么也想不起在什么时候什么地方读过，一阵无谓的翻箱倒柜之后，备感无知无助而心绪茫然。最终只好求助"万能的万维网"，果然是有问必答，有求必应。后来，诗句中的玄理禅机渐被忘却，但"千江月"与"万里天"作为网络博大精深的绝妙写照却给他留下了难忘的印象。

2008 年秋天的某个下午，笔者在商务印书馆的涵芬楼读到法国学者古勒莫的《图书馆之恋》[①]中的一段话："在常去的图书馆里，我们在他人的目光注视下阅读。阅读常常让我们置身于一种缺席的状态，一种精神上的别处，比周围的世界更加真实。阅读时我们忘记了投射在自己身上的或愉快或不以为然的目光，也逐渐忘却了身体的束缚。被书吸引的读者完全沉醉其中……长久以来，我都乐于相信黎塞留路的图书馆是一个理想之地，不会受到世间沧桑和偶然事件的影响，是一个安宁的避风港。能够被它接纳，我感到骄傲和幸福。我曾经半开玩笑地说，对我来说，这个图书馆就是天堂存在的证据。"若是几年前，我一定会当即买下这类"相见恨晚"的书籍。但从那时起，购书的冲动就被网络免费下载的诱惑遮蔽了，因为我要先到网上查一查相关信息。结果，我马上在好几个网站上找到了令自己怦然心动的那几段文字。

例如，古勒莫在书的扉页中所引用的《康熙教子庭训格言》中"敬惜文字，天下至宝"的一段文字：

> 字乃天地间之至宝，大而传古圣欲传之心法，小而记人心难记之琐事；能令古今人隔千百年观而共语，能使天下士隔千万里携手谈心；成人功名，佐人事业，开人识见，为人凭据，不思而得，不言而喻，岂非天地间之至宝？与以天地间之至宝而不惜之，糊窗粘

---

① 古勒莫：《图书馆之恋》，孙圣英译，华东师范大学出版社 2007 年版。

壁，裹物衬衣，甚至委弃沟渠，不知禁戒，岂不可叹！故凡读书者
一见字纸必当收而归于篚筒，异日投诸水火，使人不得作践可也。
尔等切记！

在康熙的时代，字纸几乎就是文字的代名词。字与纸的关系就如同灵与肉的关系一样互为一体，所以，康熙在家训中直接以字纸代替文字。

今天，网络成为我们生活中必不可缺的组成部分，阅读生活自然也随之发生了巨大的改变。对于大多数年轻人来说，现在看新闻，是在网上的各大门户网站看；读书，是在网络上的数字图书馆、网上书店读；听音乐，是在网上随手拈来；偶尔买几本书，那也只是为了精品收藏。这不是前卫，而是潮流如此，你无法抵挡。

有人甚至宣称，更多的读书人并不到书店买书了。真要买书，也得看看价钱。现在的书良莠不齐不说，价格也太高了，一般爱书的工薪阶层真难以承受。在网上，好书的电子版就便宜多了，不用说，还是在网上看要划算啊！有些书还可以免费阅读，何乐而不为呢！林林总总的网络书店、数字图书馆为我们提供了更多、更好的选择。对于实体书而言，这实在是一种严峻的挑战。

每天你给自己安排多少时间看书阅报？报载，现代人每天只有 15 分钟至 1 个小时的时间分配给读书看报了。但是每天上网的时间却日日飙升，工作在网上，游戏在网上，看书阅报也挪到网络上了。工作和生活衔接得越来越紧密，已经没有时间去放下一切，安安静静地看一会儿日渐泛黄的纸质书了。对此，我们是该高兴还是忧伤呢？其实，拿着墨香盈盈的纸本书，在黄昏、午夜灯下，在清静的一隅默默品味，像一个老人一样品味世事沧桑，或者独自领悟古往今来的爱情，思考最伟大的猜想，这是一件非常惬意的事情。即使是在 21 世纪的网络时代也一样惬意！只是现代人没有时间去享受而已。

尽管这个时代还有许多人像古勒莫先生那样深怀"图书馆之恋"，而难以告别心灵自由的"天堂"和"安宁的避风港"，但是，青山遮不住，毕竟东

流去。原子的冰川正纷纷融化为比特之流，人类智慧的万涓泉水，终将汇入数字化海洋，无纸化阅读已成不可逆转之势。如今，互联网确已成为一个藏书最丰富的超级图书馆，成了信息和知识最大的储存站和效率最高的集散地。早在 20 世纪就有人宣称，网络已经或即将成为世界上最大的精神生产和文化消费领地，无须多说，这是势必如此且不容怀疑的事情。事实上，与网络相比，即便是世界上最大的图书馆——美国哥伦比亚特区的国会图书馆又算得了什么，它不过如同一条流向网络汪洋大海的小溪而已。

公元前 30 年，当罗马大军开进埃及时，克娄巴特拉不得不把托勒密家族经营了 300 多年的埃及王国拱手献给恺撒，对此，有埃及艳后之称的女王似乎并没有深切地感受到亡国之痛（当然，这也可以说是她谋取王位所付出的代价）。但是，当她得知野蛮的罗马人放火销毁了她心爱的亚历山大图书馆时，这位风华绝代的女王却伤心欲绝。这个据说是当时世界上最大的图书馆，不仅珍藏有多种版本的《圣经·旧约》，而且据说还珍藏着《荷马史诗》和亚里士多德的许多著作的原稿，即便在 2000 多年前，这些著作也是价值连城的精神财宝。这位以貌美和博学见称的女王"不爱江山爱图书"的故事至今令人感动，但是，很少有人会认为美丽的女王如此钟情于书籍是件奇怪的事情。我们知道，喜欢读书几乎是人类的一种天性，在古代中国，一般人对书籍尊崇的程度仅从"敬惜字纸"这类习语中便可窥见一斑。如此说来，今天的人是多么幸运，我们读书的欲望可以最大限度地得到满足了，因为，互联网正在努力地把古今中外的图书馆合并在一起。凡是用过"谷歌""百度"的人都不难想象，未来的搜索引擎，将在什么样的程度上满足人类近乎贪婪的求知欲望。

与任何图书馆不可同日而语的是，互联网是一个由比特打造的虚拟图书大世界，它既无重量也无限量，无影无形，无边无际。只要读者的 PC 连线上网，无论何时何地，那无边的虚拟空间中的海量书籍、图像、声音、视频都将任人驱使、听凭召唤。而且，这些比特组成的书籍具有"火烧不热，水浇不湿"的品质。自从书籍问世以来，有多少珍贵的典籍毁于无情水火谁也无从知晓，但历史上许多大型图书馆在各种天灾人祸中灰飞烟灭的惨痛教训却令人刻骨铭心。在中华上下 5000 年的历史长河中，尽管老祖先为我们留下了大量金镂石刻的钟铭碑雕，但那些坚硬的书写材料信息储存容量毕竟太小。大多数光辉灿烂的文化瑰宝都难逃被粉碎、被焚烧、被掩埋、被毁灭的命运，即便有无数的藏经洞或储经阁，能够青史留名的书籍相对于沉沦忘川者，只能说是凤毛麟角。由于分子的布朗运动，一切原子组成的物质时刻处在不停的变化之中，历史上的"三坟五典"，即便是铸在青铜或铁器上，经年累月也总有模糊不清的时候，至于那些著于竹帛纸张上的文字，纵然侥幸躲过了火灾水患，也会随着岁月的流逝而逐渐衰朽与风化。从这个意义上说，对于任何具体的文献承载物而言，"经毁书亡"其实是一条不以人的意志为转移的自然规律。

相反的事例是，秦始皇焚书坑儒。据说《诗经》曾横遭烧毁，但它仍然得以传世。因为，这些美丽诗句已经被牢固地储存在读书人的脑海里，只要这些读书人没有被杀绝，它就有可能得以流传。读书人的生命也许是卑微柔弱的，对于秦皇来说，坑而杀之并无多少风险，但活着的儒生心中那些无形的经典却是不惧火烧土埋的。不幸的是，人活百年，终有一死，胸中纵有万卷书，难免尘归一捧土。即便是《诗经》那样适合于口耳相传的作品，最终也必须成为白纸黑字才得以流传千古。一个公认的常识是，《诗经》在汉代，曾出现过齐、鲁、韩、毛四大传人，但今天我们所看到的《诗经》，却是毛诗一派的传本，其他三家都已亡佚。天字第一号经典的命运尚且如此，其他文本的情况就可想而知了。

不难想见，历史上绝大多数作品在尚未广泛流传开来时就已化为岁月的尘埃，更不用说有多少作品胎死腹中或被扼杀在摇篮里，只要想一想鲁迅先生曾几度欲写长篇而终未如愿，想一想果戈理临死时焚烧《死魂灵》续作书稿，想一想拜伦的《哈罗德·阿恰尔德》最初的手稿险些被付之一炬……不难想见，即便是大师的作品，其问世也少有一帆风顺的时候，得以流行与传世就更不是容易的事情了。至于一般作家的作品如得以腾播与名世，其概率也许只能与买彩票之类的事情相比照了。唯其如此不易，极少数幸运地得以流布的作品才显得珍贵。

汶川地震之后，重震区的美好家园瞬时变成废墟瓦砾。不知有多少书斋和图书馆毁于一旦，书毁人亡的惨剧给死里逃生的读书人留下了极为沉痛的震撼。那个握着铅笔死去的孩子，还有那些和课本一起深埋地下的师生，从此永远失去了读书写字的机会，他们的魂魄集合在我们无法确定是否真的存在的"天堂"里。即便是那些从废墟中侥幸逃生的作者和读者，可能再也无法找回自己心爱的书籍与文稿，无论是印刷文本还是电子文档，它们都已成为地狱之火的毁灭对象。按照古勒莫的说法，他们的"天堂"在地震的那一刻彻底倾覆了。但是，那些已习惯于在网上阅读的"读屏人"，那些曾经在"博客"中留下的文字，却没有因为图书和电脑的毁坏而堕入黑暗的深渊，网络上那些图文并茂的页面，与地震发生之前没有区别。从这个意义上说，既然古勒莫把图书馆看作"天堂存在的证据"，那我们把互联网看作"天堂存在的证据"又有何不可？这个无处不在的"虚拟图书馆"，火烧不灭，水淹不没，地震不垮，如果古勒莫真想向世人证明天堂存在，相信他很难找到比互联网更有力的证据。

第一节 网络"悦读"的合理性及其局限

有些人把读书说成是心灵的狂欢、智慧的盛宴、梦想的放飞，说成是怡情快意的赏心乐事。如周敦颐说："人生至乐，莫如读书！"也有些人把读书看成是"修齐治平"的主要途径。如张载说，读书人的使命就是"为天地立心，为生民立命，为往圣继绝学，为万世开太平"。还有些人认为，读书就是和作者隔空对话，交流思想和情感，获取智慧与信息。如歌德说："读一本好书，就是在和许许多多高尚的人谈话。"总之，在传统读书人眼里，读书既是一件苦事，也是一件乐事；对于不同的书，有的要"死读"，有的则要"活读"。但对于乐读什么和苦读什么，网络时代的读者与传统读者会有颇为不同的取舍，对于死怎么读和活读什么，读书人与读屏者则各有各的招数。

众所周知，在传统阅读语境中，对于作者，讲究"知人论世，以意逆志"（孟子），对于作品，则注重"披文入情，沿波讨源"（刘勰），对于读者，自然要求更多，仅是读书方法就难以尽述。例如，孔子提倡"温故知新"，孟子讲究"博学详说"，诸葛亮注重"观其大略"，陶渊明标榜"不求甚解"，朱熹强调"熟读精思"，苏轼倡导"八面受敌"，如此等等，不一而足。可是，在这个弃书读屏的时代，虽不能说古人标榜的这些方法"信着全无是处"，但在这个"阅读"变为"听读""屏读""微读"的"悦读"时代，传统阅读过程中形形色色的理论与方法，是否仍然适用，是否通行无碍？对此，我们有必要结合具体情况做些具体分析。我们认为，从"阅读"走向"悦读"已成不可阻挡之势，其主要表现至少可以从以下几个方面略窥一斑：首先，从阅读的工具或载体看，从"读书"走向"读屏"已成大势。人们读书的时间越来越少，而读屏渐渐成为主流。其次，从阅读的对象和方式看，"阅读"走向"越读"适逢其时。读屏已不再只与文字相关，甚至已不再只与视觉相关，屏上文本是集诗（文）画（图）乐（声音）舞（视频）于一体的"网络超文本"，听觉功能的觉醒将会极大地超越和突破传统阅读的局限。最后，从阅读心理动机和实际效果看，"苦读"变为"酷读"已不再是梦想。在这个"一机在手、乾坤在握"的"人机共舞"时代，为加大信息"脑库存"而奋斗的"苦读"已失去了往昔神圣的道德光环，传统阅读所负担的记忆和理解等难题也大都可以凭借网络搜索功能加以解决，更为重要的是网络超文本不仅穿越了图像与文字的屏障，弥合了写作与阅读的鸿沟，时下盛行的移动阅读还能够把读者从书斋的囚困中解放出来。

一、从"读书"到"读屏"

传统阅读主要是——读书，网络阅读主要是——读屏。从阅读作为获取信息的方式看，读书与读屏似乎并没有本质上的分别。但在网络语境下，阅读行为正在悄悄发生变化。我们知道，互联网是个无边无际、无驻无定的赛博空间，是个"法无定法""唯变不变"的世界。网络文本这种云水般随物赋形的"完全灵活性"，给阅读行为带来了繁杂而奇妙的不确定性。相对于传统文本而言，网络对阅读的影响是革命性的，它给人类认知世界带来了全局性的变革，这种变革，横向辐射之深远，纵向震动之强烈，可以说都是史无前例的。

互联网吐纳天地、熔铸古今的博大胸怀，使方寸屏幕具有超乎想象的包容性。事实上，即便是一款小小的手机背后，也隐含着整个互联网组成的"文献宇宙"（Docuverse 一词，由 document 即"文献"和 universe 即"宇宙"，去尾截头拼合而成），这个"文献宇宙"使文本之间相互依存、彼此对释、意义共生的潜能得到最充分的呈现与迸发。因此，在"具备万物、横绝太空"的网络文本面前，任何辉煌灿烂的书面文本都将黯然失色。因为，即便是被誉为"恒久之至道，不刊之鸿教"的"三极彝训"，在"文献宇宙"中，充其量也不过是曾在历史长河中溅起过浪花的几滴水珠而已。

以《红楼梦》为例。我们知道，曹雪芹的这部名作，最初不过是一部没有结尾的残稿。但是，自这部"天缺一角"的奇书问世以来，它一直吸引着骚人墨客的"补天之作"，据一粟编著的《红楼梦书录》所列，颇有脸面的续作就有 30 部之多。它的残缺破损之处，反倒为雪片翻飞的续作留下了翩翩起舞的"互文性"空间。谁料这种"结构性缺憾"，反倒成全了"残书"的"无限开放的无憾"？如果说《红楼梦》是漂浮于海面的冰山，那么，它沉浸在水中的主体部分，理应隐含着一个有如"文献宇宙"的"幕后文本"。但是这个比文本本身丰富得多、精彩得多的"幕后文本"，对于一册在手的读者而言，只能靠想象去感受了。屏上"红楼"则不然，它不仅可观、可听、可唱、可玩，对于研究型的读者，它甚至还可以顺着鲁迅所说的"见淫见易"等种种命意，将阅读意义的潜在可能性无限地开掘下去。因为读屏可以充分调动多媒体功能，读屏者可以充分享受极尽视听之烂漫的红楼艺术链的每一个环节。如果读者像年轻的郭沫若一样钟情于林黛玉，想看看何为"似蹙非蹙笼烟眉"，何为"似喜非喜含情目"，则不妨百度一下，即可找到王文娟、汪明荃、陈晓旭等数十位扮演过黛玉的演员做参照。

尼葛洛庞帝说过，"印刷出来的书很难解决深度与广度的矛盾，因为要想使一本书既具有学术专著的深度又具有百科全书的广度，那么这本书就会有一英里厚。而电脑解决了这个矛盾。电脑不在乎一'本'书到底是一英寸厚还是一英里厚。如果有必要，一台网络化的电脑里可能具有 10 个国会图书馆的藏书量。……即使我把美国国会图书馆的所有书下载到我的电脑里，我的电脑也不会增加一微克的重量"[①]。实体书籍说到底是由"原子"（atom）组成的，页码再多，终有定数，所有传统阅读，如雅室独酌，酒器再大，杯数有限。网络信息则是无形的比特（bit）运行的结果，比特是不占空间、没有重量的幽灵，海阔天空，无挂无碍，所以网络阅读的情形是——"一方玉镜千江月，三寸荧屏万里天"。

网络空间的无限延展性赋予了"幕后文本"无中心、无构造、无主次的灵活多变的特点，显然，这是传统文本向往已久却永难企及的理想境界。当然，传统文本也并不总是重门紧锁的孤城，那些被阅读的文本，貌似一个自成一体的小世界，实际上那只是为对话提供一个相对静止的场景而已。法国学者罗兰·巴特在《S/Z》中所设想的理想的文本，就是众网络交错、相互作用的一种无中心、无主次、无边缘的开放空间。理想的文本有如一片闪烁不定的群星，它由许多平行或未必平行的互动因素组成。它不像线性文本那样层次分明，有固定的开头和明显的结尾，即便作者提笔时情思泉涌，搁笔时意犹未尽，被钉死于封面与封底之间的纸本也至少在形式上是一个相对独立的小世界，全须全尾，有始有终。

由于网络文本使用的是一种非线性的多项链接，所以读者可以随心所欲地在相互链接的节点之间轻快跳转，让形形色色的文本在聚合轴上任意驰骋。守着方寸荧屏里这个无限开放的文本世界，便足以"观古今于须臾，抚四海于一瞬"。简而言之，读书，是读者与作者之间"以字为媒"的隔空对话，读者聆听的是作者的独白。读屏，则是一种基于"文献宇宙"的人机互动和

---

① 参见吴伯凡：《孤独的狂欢》，网络版，"超星图书馆"。

信息交流，作者面对的是整个"喧嚣与骚动"的世界。然而，从读书到读屏的所有神话般的惊人变化，都源于这样一个秘密——"方寸荧屏"背后，隐藏着一个亦可被称为"大数据"的"文献宇宙"。正是凭着这个"思接千载，视通万里"的"文献宇宙"，读屏者才能施展魔法把阅读行为带到一种理想的艺术境界："刹那见终古，微尘显大千。"

二、从"阅读"到"越读"

"越读"是郝明义《越读者》[①]一书反复申述的一个有趣的概念。该著纵横捭阖，充满奇思妙想，其基本含义是网络阅读不再局限于书，甚至不再局限于视觉。郝明义标举的"越"字有 N 种含义："越过、越分、越轨、越障、越冬、越级、越界、越境、越礼、越权、越席、越野、越狱、越发、跨越、飞越、超越、优越、激越、卓越……"作者对这个"越"字的解释，可谓多姿多彩，令人目不暇接。究竟如何理解"越读"，我们不妨以人民教育出版社编审周正逵先生的阅读理论为例略做阐发。周先生认为，阅读能力的培养仅仅靠字词句的讲解和练习是远远不够的，还必须在理解的基础上进行训练。为此，他设计了一套行之有效的阅读方法，并将其概括为五个字——"参、美、比、议、写"。（1）"参"，即参读法：参阅资料，加深理解。（2）"美"，即美读法：有声有色，传神传情。（3）"比"，即比读法：同中求异，异中见同。（4）"议"，即议读法：发现问题，发表看法。（5）"写"，即写读法：边读边写，读写合一。[②]周先生的"阅读五法"显然是从传统阅读的视角来理解阅读的。但它们也完全适合于对网络阅读的阐释。尤其是对网络阅读的多媒体、跨学科、无缝连接的跳转式"越读"的理解具有重要的启示作用。

先说"参读法"。网络阅读最大的优点之一就是搜索引擎的应用，它能变"大海捞针"为"探囊取物"。因此，网络为"参读法"提供了无穷的便利。在参阅资料方面，网络的优越性是无可限量的。这里有一个有趣的对

---

① 郝明义：《越读者》，人民文学出版社 2009 年版。
② 周正逵：《语文教育改革纵横谈》，教育科学出版社 2013 年版，第 135—136 页。

比——季羡林的"想自杀"和何道宽的"幸福死了"——足以说明许多问题。博学多闻的季羡林教授，家藏万卷书，自称坐拥书城，睥睨天下，颇有王侯气象。但藏书太多，也常常给他带来烦恼，平时像老朋友一样熟悉的书籍，急用时偏偏玩起了"躲猫猫"，千呼万唤不出来，逼得季老"简直想自杀"。他以仿诗自嘲说："只在此室中，书深不知处。"与此完全相反的另一个例子是翻译《理解媒介》的何道宽先生，他在退休后的十年间，翻译了2000多万字的学术著作，记者问其高产秘诀时，他毫不犹豫地说，有了网络，如虎添翼。现在做学问的人，"真是幸福死了"。过去要查点资料，东奔西突，南征北战，而且还往往会劳而无功。现在完全不同了，无论想要什么资料，天文地理，古今中外，一键可得！

更值得欣喜的是，网络并不像书籍那样被动地等候读者查阅，许多网站还专为读者量身定制了"末页推荐"之类的"私塾先生"，它们以智能化的形式，为读者推荐最符合其喜好的同类书籍。例如，"安卓读书"通过对读者阅读书籍记录、平均阅读时长等客观条件的综合分析，可以有效地推算出读者的阅读喜好，并从服务器的反馈中，测算出读者最有可能喜欢的书籍目录——而后，这些书目便会出现在"末页推荐"栏位。比如，在你看完《美丽新世界》之后，"末页推荐"栏位就可能向你推荐《一九八四》《动物庄园》等；如果你喜欢的是西方奇幻类小说，在你看完《魔戒》之后，系统就会向你推荐《龙枪》和《冰与火之歌》等。

再说"美读法"。美读讲究"有声有色，传神传情"。何为"有声有色，传神传情"？我们只要想象一下手机视频上的方明朗诵《岳阳楼记》或乔榛演绎《蜀道难》，就能轻易找到美读的完美范本了；网络对"声"与"色"的开掘是多方面的，它甚至可以使阅读由"看书"变为"听书"。如"懒人听书"软件，可以使他人随时为我美读。这比晚年视力不济的李贽、毛泽东等人的"借目阅读"还要方便许多；至于说视频等诗、画、乐融为一体的艺术化呈现会给阅读带来什么样的享受就更不用说了。凡是看过电视散文《江南》或《荷塘月色》的人，一定会对"美读"之美有更深刻的理解。

网络上的"比较阅读"更是令人激动。比较的内容是如此丰富多彩，即便写本专著，也只能涉及其沧海一粟。在此聊举一隅，以期管窥其妙。请看这样一段英文：

You say that you love rain, but you open your umbrella when it rains. You say that you love the sun, but you find a shadow spot when the sun shines. You say that you love the wind, but you close your windows when wind blows. This is why I am afraid, you say that you love me too.

这段话的大意是说："你说你爱雨，但当细雨飘洒时你却撑开了伞；/ 你说你爱太阳，但当它当空时你却看见了阳光下的暗影；/ 你说你爱风，但当它轻拂时你却紧紧地关上了自己的窗子；/ 你说你也爱我，而我却为此烦忧。"这是众多译文中所谓（1）"普通版"。

再看看（2）"文艺版"：你说烟雨微茫，兰亭远望；后来轻揽婆娑，深遮霓裳。你说春光烂漫，绿袖红香；后来内掩西楼，静立卿旁。你说软风轻拂，醉卧思量；后来紧掩门窗，漫帐成殇。你说情丝柔肠，如何相忘；我却眼波微转，兀自成霜。

如果读者有比较丰富的文学知识，还不妨再对比一下（3）"诗经版"：子言慕雨，启伞避之。子言好阳，寻荫拒之。子言喜风，阖户离之。子言偕老，吾所畏之。

还可以比较一下（4）"离骚版"：君乐雨兮启伞枝，君乐昼兮林蔽日，君乐风兮栏帐起，君乐吾兮吾心噬。（5）"七言绝句版"：恋雨却怕绣衣湿，喜日偏向树下倚。欲风总把绮窗关，叫奴如何心付伊。（6）"七律压轴版"：江南三月雨微茫，罗伞叠烟湿幽香。夏日微醺正可人，却傍佳木趁荫凉。霜风清和更初霁，轻蹙蛾眉锁朱窗。怜卿一片相思意，尤恐流年拆鸳鸯。

这里不无幽默的六种"神译"，是微信上传"疯了"的一个具有文艺范的小"段子"。从传统阅读教学的眼光看，以此为"比读"的例子，或许不伦不类。但是，"不伦不类"，任性而为，正是网络阅读的主要特点之一。微信流传的"神翻译"，较好地体现了中国语言的魅力，这是"比读"显而易见的结论之一；只要细加分析，还可以得出许许多多有趣的结论，对于传统阅读来说，这是不言自明的道理。值得一提的是，网络阅读，还为"比读"提供了许多新的比较方式，如影视作品与原作的对比，网络诗作与画作的对比，网络游戏与原作的对比，等等。

顺带说说"议读法"。"议"者，"异"也。见解有异，方需一议。议读是最能体现网络阅读的民主精神和互动特性的。网络阅读有如一场盛大的"蒙面舞会"，在网上，"没人知道你是一条狗"，自然也没有什么神仙皇帝。姜昆和网上的朋友打招呼："嗨，朋友们好！我是姜昆。"他马上收到了网友的回复："呸！你是姜昆？我还是马季呐！"这种搁置身份的议论与批评，无疑是网络阅读发挥得最为充分的部分。"点赞""吐槽""跟帖""围观"，甚至"拍砖""人肉"，所有网上的写读互动，都是书面阅读无法想象的；相对于网络阅读来说，传统阅读几乎可以说是一个无声无影的寂静的世界。

最后也是最有趣的是"写读法"，周正逵先生的"写读"，让人联想到"不动笔墨不读书"的宝训，但他的主要意思是在写作实践中更深刻地去体悟作者的用心。在网络系统中，读者成为集阅读与写作于一身的"作者—读者"。为此，罗森伯格杜撰了一个新单词"写读者"（wreader），用以描述网络阅读过程中"读写界限消弭一空"的新角色。显然，这个新单词是将作者（writer）与读者（reader）两词去尾斩头后拼合而成的。虽然周先生的"写读"与罗森伯格的"写读"字面上完全一样，但两者的差异是一望而知的。网络上的"写读"所体现的那种天马行空、无拘无束的自由精神和互动意识，是传统写读过程中"描红"式练笔难以比拟的，传统"写读"或多或少地会夹杂着一些对经典文本学舌式的模仿。网络"写读"则更多的是读者与作者之间的平等对话和相互砥砺。

总之，网络阅读是一个在作者之间、古今之间、写读之间任意穿行跳转的诗意之舞，是心灵的狂欢，智慧的盛宴，梦想的放飞，是怡情快意的赏心乐事。传统阅读的极端情形是，有一千个读者就有一千个"哈姆雷特"，而网络阅读的情况则更加复杂：同一个读者也可以读出一千个"哈姆雷特"来。在网络语境中，古今中外所有"经学家""道学家""革命家""才子"和"流言家"的知识背景都是浑然一体的，没有孔孟老庄之别，也没有儒道骚禅之分，希腊罗马并驾齐驱，金人玉佛促膝而谈……一切学科界限，一切门户之见，在超文本世界里都已形同虚设。互联网像一个既没有此岸也没有彼岸的大海，承载着无数的舟船，虽然没有故土，却处处都是家园，无尽的连接、无尽的交错、无尽的跳转、无尽的历险……网上冲浪者，就像汪洋中的一条船，但他永远不用担心迷失方向。因为，网络备有包举宇内、吞吐八荒的引擎，它总能让人在文本的汪洋中随时准确地找到航道。

从阅读心理学的角度看，读者的联想往往也和作者的思路一样错综复杂，千回百转。读者则通过相应的视频、图像和声音以及可以任意跳转的超链接，将线性阅读变成一种多媒体"悦读"。《红楼梦》中描述林黛玉听《西厢记》时说：黛玉听到"原来姹紫嫣红开遍，似这般都付与断井颓垣"，十分感慨缠绵。听唱"良辰美景奈何天，赏心乐事谁家院"，不觉点头自叹。听了"则为你如花美眷，似水流年"这两句，不觉心动神摇。又听见"你在幽闺自怜"等句，亦发如醉如痴，站立不住，便一蹲身坐在一块山子石上，细嚼"如花美眷，似水流年"八个字的滋味。忽又想起前日见古人诗中有"水流花谢两无情"之句，再又有词中"流水落花春去也，天上人间"之句，又兼方才所见《西厢记》中"花落水流红，闲愁万种"之句，都一时想起来，凑聚在一处。仔细忖度，不觉心痛神痴，眼中落泪。

在林黛玉的脑海里，"姹紫嫣红""良辰美景""如花美眷""流水落花"等脆弱美丽、清雅虚幻的形象，以互文的形式构成了盘根错节的"超文本"——眼前耳边，戏里书外，往日今朝，千头万绪，凑聚一处。于是她点头自叹，与作者形成了同声相应、同气相求的忘情交流，并渐渐进入如醉如痴的共鸣境界。此时，读者与作者、语言与情感、戏文与诗文、心境与环境、黛玉与莺莺、《西厢记》与《红楼梦》……样样浑然一体，全然没有分别。至此，"心痛神痴，眼中落泪"的究竟是听《西厢记》的林黛玉，还是写《红楼梦》的曹雪芹？抑或是"神痴"于"林妹妹"的读书人？对于一个沉浸于《红楼梦》的读者而言，这一切不过是一团虚幻而杂乱的思绪与情感而已。如此复杂的审美体验，是很难给那些缺乏知识或缺少心境的读者带来应有的艺术想象的。相比之下，网络文本对经典作品的通俗化、快餐化、图像化、影视化、视频化等，为满足文学经典消费不同层次的需要，提供了多种渠道和途径。"旧时王谢堂前燕，飞入寻常百姓家。"网络文本把高雅艺术从贵族的深深庭院里带到了大庭广众中间。对于文学阅读来说，从"阅读"到"越读"的这种变化，是福是祸，是喜是忧，真可谓一言难尽。或许我们也只能拭目以待。

三、从"苦读"到"酷读"

2005 年初，笔者在微信圈看到了一幅幽默画，画上孩子指着墙上"孙敬头悬梁""苏秦锥刺股"的"苦读图"问家长："这俩这是干吗呢？"家长回答说："是古代行为艺术家吧？"这个玩笑，似乎并不幽默，但它所涉及的古今读书观念的差异及其原因却值得我们深长思之。

有人说读者不外乎两种：一种是苦读者，另一种是乐读者。说到苦读，历史上有很多妇孺皆知的动人故事，如悬梁刺股，雪案萤窗，燃荻夜读，闻鸡而起……一般说来，苦读者往往是为情势所逼或为名利所惑，有一种不得已而为之的紧迫感，因而读书的目的性十分明确。或为颜如玉、黄金屋，或为金榜题名、光耀门楣，抑或为高职高薪、豪车豪宅，甚至为救亡图存、民族崛起，无论动机如何，在目的明确的苦读者看来，读书只是一种手段。因此，对于功利的读者而言，读书二字不能不意味着勤苦。

苦读作为一种美德，其核心是一个"勤"字，所谓"天道酬勤""业精于勤"都可以说是"苦读"观念的应有之义，极而言之，"一勤天下无难事"。因此，苦读义近勤读，勤读是学有所成的不二法门。"勤快"的读者，会不会因"勤"至"快"，乐而忘忧，变成一个"乐读者"呢？这是必然的！事实上，不少痴迷的苦读者，经年累月地"学而时习之"，自然而然地会修炼出

"以苦为乐"的境界："富贵于我如浮云，诗书不知老将至"，"人生至乐，莫如读书"！孔子激赏的颜回，或许是 2500 多年前的"乐读标兵"："一箪食，一瓢饮，在陋巷，人不堪其忧，回也不改其乐。"所以，孔子一再感叹："贤哉回也！"就这一点而言，乐读者往往不受功利的束缚，把读书真正当成一种爱好，如此放开来读，孔孟老庄也罢，励志言情也罢，玄幻武侠也罢，乐意读什么就读什么，喜欢怎么读就怎么读。读书破万卷，下笔如有神。满腹经纶皆雅意，腹有诗书气自华。能达到这种境界的苦读客，也必然是些乐读人。

必须说明的是，这里的苦读也好，乐读也好，都可以理解为以传统阅读为描述对象的"看书学习"。传统阅读，以"苦读"为美德，以"勤读"为品格。网络阅读则不然。网络阅读，以"酷读"为时尚，以"悦读"为特色。感性、直观、愉悦等都是描述网络阅读特性时避不开的关键词。与传统阅读相比，网络阅读不仅是基于媒介革新的"读屏"，也不仅是基于阅读范式变革的"越读"，更重要的是阅读理念上的"悦读"与阅读心态上的"酷读"。

"苦读"与"勤读"何以能变成"悦读"与"酷读"呢？这要从网络文本的数据化革命说起。如前所述，网络阅读，尤其是移动阅读，已使单一的"视觉解码"变成了视听并作、奇观迭起的益智游戏。在网络语境中，每一作品都将"从符号载体上体现文本与文本之间的关系，或者某一文本通过存储、记忆、复制、修订、续写等方式，向其他文本产生扩散性影响。电子文本叙事预设了一种对话模式，这里面既有乔纳森·卡勒所说的逻辑预设、文学预设、修辞预设和语用预设，又有传统写作所没有的虚拟真实、赛博空间、交往互动和多媒体表达"[①]。正是这种集虚拟真实、交往互动于一身的多媒体表达功能，改变了传统文本的本质。不仅文学经典因此而平添了多重身份，获得了千变万化的本领，即便某些平庸的作品，在无休止的变形改造过程中，也有可能成为优秀艺术品。

例如，当读者偶尔读到李可的一则博文时，谁会想到这千余字的随笔竟

---

① 欧阳友权：《网络文学本体论》。

会成为催生"杜拉拉升职记"这一价值数十亿元的文化产业链之原创点？如今，由李可的网络小说到姚晨的话剧、徐静蕾的电影、王珞丹的电视剧，再到美国艺电有限公司开发的白领益智游戏，《杜拉拉升职记》完成了一次次华丽的转身，一步一个脚印地成就了网络经典的光荣与梦想。另一个例子是《亮剑》。曾被多家出版社拒绝出版的《亮剑》，一经网站发布，当即好评如潮。被拍成同名电视剧以后，竟然创造了5年重播3000多次的奇迹。"亮剑"一词也因此变成了所谓"共名"：部队演习称"亮剑"，公安扫黄打黑也叫"亮剑"，整顿市场秩序要"亮剑"，厨师比武也要"亮剑"，大学里举办了上百个"亮剑"研讨班，电台还专辟了"亮剑"讲坛，酒厂开发了"亮剑"系列，网络游戏商倾力打造"亮剑"游戏……作者都梁真后悔当初没有给"亮剑"二字申请一个专利！都梁作为一个从未写过任何作品的商人，在文学艺术的王国里竟然能一鸣惊人，一飞冲天！套用一句西人论歌德的话来说，不是都梁塑造了《亮剑》，而是《亮剑》塑造了都梁。那么究竟是谁塑造了《亮剑》呢？从网络"写读"的意义上说，是读者和观众！是诺依曼所谓"沉默的螺旋"[1]创造了网络时代的经典！很难想象，如果没有互联网的支撑，作为沉默的大多数的普通读者与观众，哪有机会把都梁的《亮剑》"读"成一部军旅文学的经典？

　　这种从大众"悦读"狂欢生成文学经典的现象，在以"苦读"为美德的语境中是不可想象的。"悦读"另一种不同于"苦读"的方式在于，便捷的剪贴手段使拼贴与仿写变成了游戏，"模仿如同魔方"，一篇篇风格迥异的"新作"，一"转"即得，一"挥"而就。如新学期开始了，一些微信圈内的调皮学生"戏仿"经典，写下了无数善意调侃老师的"段子"：

　　　　甄嬛版：今日提到成绩，小主倍感乏力，恐是昨夜梦魇，扰了
　　心神，都是最近差生众多烦闷了些。加上早起后，看了周测成绩，

---

① 诺依曼：《沉默的螺旋：舆论——我们的社会皮肤》，董璐译，北京大学出版社2013年版。

不想那数据难看极了，愈加心烦。若能取消成绩考核，那必是极好的！

鲁迅版：进了学校，办公桌上有两堆本子，一堆是作业，另一堆也是作业。初夏已经颇热，脊背上却一层又一层冷汗。班主任例会照例是不会少了，优秀班主任排名榜全然没有我的名字。责任似乎并不在我，譬如使惯了刀的，这回要我耍棍，能行吗？

仓央嘉措版：上与不上，课时都在那里，不多不少。批与不批，作业都在那里，不增不减。让我的努力走进你的四十五分钟里，或者你把四十五分钟，递进我的手心里，默然，焦虑，寂静，哭泣。

赵忠祥版：全校上下人人心里白茫茫一片，像冰雪笼罩着的阿拉斯加。成绩下滑不是谁能负责的，绝望之中，我们只好紧紧闭上眼睛，像一头濒死的海豹，坠入无边的冰冷与黑暗。

最炫民族风：静静的课堂是我的爱，一份份作业慢慢打开。什么样的老师是最呀最无奈，心里绞痛得无法释怀……

朱自清版：这几天心里颇不宁静，看着教室里越来越多睡觉的学生，像牛毛，像花针，像细丝，密密地斜织着，却无从做起。于是忆起《长歌行》里的句子：少壮不努力，老大徒伤悲…… 这样想着，猛一抬头，却见教室外炽热的眼神，校长要喷火了！

在手机移动阅读过程中，这类令人忍俊不禁的"段子"，还常常配有精美的图片或悦耳的音乐，传统书刊的阅读是难以望其项背的。如今，手机不仅是打电话、发短信的工具，而且是年轻男女"炫酷""吸睛"必备的贴身玩件与饰品。此外，智能手机还是能读书、听歌、照相、观影、记事、理财、网购等几乎无所不能的"生活管家"和"精神导师"。对于时下所谓"手机人""低头族""拇指族"来说，真可谓是"一机在手，乾坤在握"。更为令人欣喜的是，随着移动网络的日益完善，从前的"孤独狂欢族"正在微博、微信和更加人性化的新界面上，收获超越现实的情感慰藉，分享不拘时空的心灵自由。

从一定意义上说，手机的各种"福利"，都是拜"超文本"所赐。我们注意到，超文本不仅穿越了图像与文字的屏障，弥合了写作与阅读的鸿沟，而且还在文学、艺术和文化的诸种要素之间，建立了一种交响乐式的话语狂欢和文本互动机制，它将千百年来众生与万物之间既有的和可能的呼应关系，以及所有相关的动人景象，都——浓缩到赛博空间中，将文学家梦想的审美精神家园变成更为具体可感的数字化声像，变成比真实世界更为清晰逼真的"虚拟现实"。对文学而言，这是一场触及存在本质的革命，那种认为超文本写作不过是"换笔"的说法纯属肤浅的皮相之论，套用麦克卢汉的说法，数字化对文学的影响"不是发生在意见和观念的层面上，而是要坚定不移、不可抗拒地改变人的感觉比率和感知模式"[1]。从这个意义上说，超文本是文学存在本质的易位。作家首先得把数字符号转化为语言文字，其次，文本形态也由硬载体（书刊等）转向了软载体（网），在电脑中，数字书写和储存都已泯灭了物质的当量性。

这种转变说明，真正的"超文本文学"只能存活在网络上。如迈克尔·乔伊斯的《下午》、麦马特的《奢华》等就是如此。多媒体是网络文学可以利用的又一重要资源，它使我们不仅沉浸在纯文字的想象之中，还让我们直接感觉到与之相关的真实声音、人物的容貌身姿以及他生存的环境等，甚至我们还可以与人物一起生活，真正体验人物的内在情感和心理过程。因此，真正的网络文学在叙事方法上与传统文学存在巨大差异。如网络小说《火星之恋》在讲故事的过程中，不断有音乐、图片、视频相伴。在这里，体裁、主题、主角、线索、视角、开端、结局、边界这些传统文学的概念已统统失效。读者只需把鼠标轻轻一点，文本、图像、音乐、视频等数字化军团便呼啸而来，偶有感想，还可以率尔操觚，放开手脚风雅一把，互动一把。

我们只要登录某个文学网站就会看到，不少文学作品都有同名的"电影

---

[1] 麦克卢汉：《理解媒介》，第46页。

版"或"游戏版"。这些电影版与游戏版当然是极为不同的，但它们都能极为娴熟地利用先进的数码技术追求声光效果，强化感官刺激，使传统文学的艺术效果在互联网上得到魔幻般的展示和张扬。这种将"声""图""文"三个王国完美和谐地归为一统的新媒体技术，在网络问世以前就被影视艺术工作者捷足先登了。但影视艺术，对于接受者来说，在时间和空间上都有严格的要求和限制，而在网络世界里，艺术参与者在时间和空间上则拥有更大的"自由度"。此外，网络不仅是文字的理想载体，而且还是声音与画面的极佳载体。在网络上，我们常常可以读到"会说话""会跳舞"的文学名著。虽然，就目前的情况看，网络上配有音乐和图像的文学作品，在形式上与电视文学作品（如电视散文）没有多大差别，但网上众多相关评论和无数的相关链接，却隐藏着电视所无法比拟的精彩世界。在其他很多方面，网络文学和网络艺术的灵活性和综合性也是传统文学甚至传统影视艺术所无法比拟的。还有一点尤其值得我们重视，那就是网络技术在影视艺术领域得到了出神入化的运用，并取得了一系列辉煌的成就，这为网络时代文学的生存和发展提供了极为可贵的借鉴。

超文本与超媒体的结合，极大地促进了文学图形化与声像化的步伐。作为一种更加感性的符号，影像的日臻完美将对书籍——书写文化的保存形式——造成巨大压力，也使文字阅读过程中包含的理性思考遭到剥夺。尼葛洛庞帝也曾经指出："互动式多媒体留下的想象空间极为有限。像一部好莱坞电影一样，多媒体的表现方式太过具体，因此越来越难找到想象力挥洒的空间。相反地，文字能够激发意象和隐喻，使读者能够从想象和经验中衍生出丰富的意义。阅读小说的时候，是你赋予它声音、颜色和动感。我相信要真正感受和领会'数字化'对你生活的意义，也同样需要个人经验的延伸。"[1]其实，超文本不仅是我们"个人经验的延伸"，作为新兴媒介，它本质上也可以说是"人的延伸"。

---

[1] 尼葛洛庞帝：《数字化生存》，第17页。

超文本语境中的阅读，如此丰富多彩，一切有如神助。"阅读"因之成为"悦读"，"苦读"因之成为"酷读"。"网络游戏、手机动漫、数码摄影、PPT和Flash制作、微电影、QQ表情、E-mail皮肤、桌面图案、微相册、随手抓拍秀、博客图片珍藏，以及上网冲浪时满眼的E媒广告与新奇图片、迅速涌现并陆续上市的视频网站……数字技术便捷的粘贴复制和PS设计制作，使我们仿佛置身于声与色、图与形、光与影的无边海洋中。"[①]传统文学中固然也不乏所谓"图文并存"的作品，但那些图画与网络或微信上的艺术图像或高清视频相比，两者的差异完全不可以道里计。

但是，在为这种从读书到读屏的革命性变化欢呼点赞的同时，我们也应该看到，悦读与酷读也有令人忧虑的一面。例如，图像对文字的挤占与排斥已成不可阻挡之势。在这种背景下，读屏的"养眼悦意"与读书的"深思熟虑"，何时以及怎样达到深度交融互补，我们似乎也只能拭目以待。在恣情快意的悦读与酷读成为时尚的今天，如何防止图片遮蔽文字，如何避免悦目取代阅读，如何拒绝娱乐妨害思考，如此等等，都是我们不得不面对的难题，毕竟，"娱乐至死"的警钟正在当当作响，我们在尽享悦读之乐的同时，切不可忘记警钟为谁而鸣。

第二节　手机小说与移动阅读

手机普遍使用的Wiki（维客）系统，是一种多人协作式写作的超文本系统。Wiki可以让大家共同修改网页，以实现知识的完善和经验共享。资料表明，Wiki技术正式诞生于1995年，其代表应用是"无边界知识库"的合作编写。Wiki系统使用简便，内容开放，在这一点上，它与那些文章内容相对固定的网络应用形成了鲜明的对比。Wiki系统的纠错机制也具有无限的开放性，所谓"更多的眼睛发现更多的错误"。这种纠错机制使网站聚集内容速度更

---

① 欧阳友权：《新媒体的技术审美与视觉消费》，《中州学刊》2013年第2期。

快，消除错误更及时。众所周知，目前世界上最大的 Wiki 系统是维基百科全书，在其成立的 20 年间，它所积累的数百个语种的文章总数以亿计。

维基百科将自己定位为一个包含人类所有知识领域的百科全书，而不是一本词典、在线的论坛或其他任何东西。中文维基百科采用了 GFDL 自由文档许可证，在开放编辑的同时，允许免费复制、修改及再发布材料的任何部分或全部，充分实现了知识的有效共享。同时，包括中文维基百科在内的各语言版本对于非自由版权下的内容，或者版权、来源不明的文章和图片，则保有不同于当地网络氛围的极为严格的审查制度。任何不能用于自由传播或者禁止无经济补偿地应用于商业领域的文章、图片，原则上均不会被保留在这里。

关于"维基"的中文名的来源，同行的解释是：2003 年 10 月 21 日，Wikipedia 的中文名，经过 13 人的投票，命名为"维基百科"。"维"字意为系物的大绳，也作网解释，可以引申为因特网；"基"是事物的根本，或是建筑物的底部。"维基百科"合起来可引申为"因特网中装载人类基础知识的百科全书"。

中文维基百科的副题是"海纳百川，有容乃大"。据考证，这是林则徐为其书室所创作的对联的上联，下联原为"壁立千仞，无欲则刚"。"海纳百川"语出《管子·形势解》，意指海洋之所以广大，是因为它不挑拣地容纳了数以百计的河流。"有容乃大"则语出《尚书·周书·君陈》。对联的上联勉励待人接物应该仿效海洋，以宽大的胸襟和宽容的态度接纳不同的人和事。这配合了维基百科自由开放的原则。①

维基百科只是网络众多"百科"中的一个代表。各种既有文献的海量库存和新知识在类似于维基百科的领地爆炸式增长。随着大数据和云计算技术的日益完善，形形色色的"移动阅读、随身畅听"设备有了更为广阔的用武之地，其中，分分秒秒都在变化的手机，为网络阅读提供了超乎想象的便利。

---

① 有关维基百科的资料，参阅"塞班智能手机网"。

　　使用手机的人大都有这样的经历，一则短信不期而至："手机短信，随时随地，及时了解 xyz，发送 2003 到 1818 快速订阅。"这里的"**xyz**"可以是充值提示、天气预报、股市行情、美伊近况、空中鹊桥、治痔专线、避税精品、二手汽车、楼市新盘、红楼征秀、开心夜话、温馨告白、诗酒风流……手机天地，就是这样一个无所不有的掌上乾坤。我们这里所要讨论的手机小说，大约也只能算是这个正在茁壮成长的巨人身上的一个有代表性的细胞而已。

　　"手机小说"是手机短信小说的简称，也可以称为"短信小说"。在某些媒体文章中偶尔也有称为"在线手机电子小说"的。其基本含义一言以蔽之，即通过手机传播和阅读的小说。手机小说通常的经营方式是，由专业运营网站将作者创作的小说以连载的方式，每天传送 2000 字左右的章节给读者，供下载阅读。手机小说首先是在日本兴起的，据说它的前身是日本流行一时的手机诗。有人将手机小说的特点概括为如下几条：以手机为阅读载体，内容与手机有关，能够即时互动。笔者认为，手机小说最重要的特点可以说是最后四个字——"即时互动"。这也是整个网络文学最重要的特点之一。关于手机小说所代表的写作和阅读（尤其是阅读）的方式正在日益成为一种文学乃至文化生产与消费的新时尚。

　　单凭无与伦比的"即时互动"性，我们就不难想见，大有作为的小小手机将会给文学提供多么广阔的发展空间。一向与文学无关的《中国移动周刊》发表了一篇讨论"手机文学大赛"的文章，广泛地引用了各界人士对手机文学的看法。这篇综述文章虽然不是采用纯文学视角来描述这次赛事的，但是，作为我们认识手机文学现状的一个小窗口却能更客观地体现被考察对象自身的特点。从这篇文章透露的信息中不难看出，策划"手机文学大赛"并从中得到利益的首先是那些经营手机和围绕手机图谋商业发展的行业。从这几次手机文学赛事中，电信界人士兴奋地看到了手机这一新兴媒体的广阔前景，至少，它可以说是信息技术改变人类社会生活方式最直观、最有力的例证之一。用手机文学大赛组委会主任鲁向东（时任中国移动副总裁）的话来说，延续了千年的"洛阳纸贵"，到纸媒、网络和手机阅读鼎足而立，用了不过三五年的时间，而后者赶超前者已是大势所趋。就传播的广泛性、即时性、交互性而言，还没有任何一个平台能与手机相比。"中国移动秉持'正德厚生，臻于至善'的核心价值观，以'创无限通信世界，作信息社会栋梁'为己任。传播先进的文化，抵制不良的信息，倡导健康、高品位的精神享受，提升人们的生活品质，推动文学和社会进步，正是持续推动这项赛事的初衷，也是这项活动的意义所在。"①

尽管"正德厚生，臻于至善""推动文学和社会进步"等说法具有明显的广而告之的意味，但为了达到这样一些"崇高目标"，当然也为了使"中国移动"的商业品牌积淀更为丰厚的文化底蕴和竞争潜能，他们也的确为手机与文学的联姻办了一些实事，如，举办手机文学大赛，成立"e拇指手机文联"，开通e拇指文学艺术网，签约首批手机作家，出版《短信文学选粹》……按照媒体的说法，精心筹备的第三届大赛，参赛方式更灵活，作品体例更丰富，还增设了校园文学社团争霸，提出了打造手机文学"星工场"的口号，这将对手机文学的发展产生更加深远的影响。

毋庸讳言，手机文学暂时还没有得到主流文学理论与批评的认可，甚至也没有得到广大读者应有的关注。王安忆描述网络文学爱好者的那个所谓"发烧友"的妙喻，如果用来描述手机文学的情况似乎与真实情况相去不远。就目前的情况看，手机文学这个词语的中心词与其说是文学，还不如说是手机。鲁向东所谓手机作为新兴媒体所具有的"广阔前景"，也许他的心目中主要是针对IT业而言的，而我们所关心的显然是手机对文学前景的影响。一位手机文学大赛的获奖者宣称，没有任何一项文学赛事能够像手机文学大赛这样，在这么短的时间里调动这么多读书人的文学热情。这的确是一个不容怀疑的事实，已有许多统计数据可以做证。有人甚至认为，由于手机文学具有随时随地的随身性特点和精简精悍的精练品格，手机文学有可能创造出一个与唐诗宋词和元曲齐名的辉煌式样。

---

① 参见《我看手机文学》，http://book.sina.com.cn，引用日期：2015年10月26日。

　　来自政府主管文化方面的官员也对手机文学发表过肯定性意见，认为经过几届大赛的举办，短信能成为文学，得到了文坛和社会的基本认同。手机文学这项赛事符合先进文化的发展方向，对于引导健康清新文化的发展起到了很大的作用。从拇指文化到手机文学，是现代科技与时尚文化联姻共同促进文学纵深发展的新动向。在手机问世之初，谁能料到今日的短信、彩信、WAP 等平台竟然为文学爱好者搭建了一个如此自由地表述个人的智慧、才能和创造能力的平台？原先，作家给人的感觉是高高在上的，读者就是一个个单一的受众。现在，当你用手机使用短信时，你的身份不断发生变化。当你接收短信时身份是读者，当你转发短信时身份是传播者，当你自己创作一条新短信发给别人时，身份就是一个作者。手机文学其实也给大家提供了一个成为平民英雄的渠道，一个成为流行作家的渠道。它有效地缩短了作家从摇篮走向社会所必须经历的漫长的艰难奋斗历程。

　　所谓"手机文学"，有人说是以手机为载体并通过手机进行创作、传播、阅读的文学新样式。但也有作家认为手机文学只是"文学的零食"。尽管争议颇多，但手机文学这一草根文化正在全国日渐兴起。从近年来手机文学大赛的情况看，手机文学的发展势头是相当惊人的，不仅数量出现超乎想象的增加态势，参赛作品的创作和阅读也增加了许多新的方式：原来纯粹的 70 字的短信方式已经风光不再，使用彩信和手机上网的方式进行创作或阅读的参与者占总人数的一半以上。在中国移动主办的第三届大赛颁奖典礼现场，《故事会》《小小说选刊》《散文选刊》等人文期刊，天涯社区、榕树下、红袖添香等原创文学网站与 e 拇指签约，结成手机文学战略联盟，共同开发文学期刊的手机版，试水文学的手机传播市场。华谊兄弟影业公司也与中国移动签订了合作框架协议，今后，e 拇指平台的精品原创作品将会作为影视素材，由华谊兄弟公司制作成手机短剧，推向市场。双方的握手，预示着中国移动在手机平台的动作，还将向影视等其他艺术领域延伸。[1]

---

① 王晓樱、魏月蘅：《手机文学风生水起》，《光明日报》2006 年 12 月 30 日。

事实上，2006 年前后，媒体就已开始热炒手机电影，有关方面纷纷宣布将推出所谓手机电视剧、手机短片、手机电影等，但我们的关注对象只是文学。由于当时手机文学作品中数量最多影响最大的是手机短信小说，因此，我们试图以手机短信小说作为考察对象，以期更集中、更深入地探索手机文学的本质特征和发展规律。

一、手机与拇指族神话

手机小说被媒介炒得沸沸扬扬，有人甚至比发现了"文学新大陆"还要激动。但笔者认为，手机小说的勃兴，与其说是文学事件还不如说是 IT 事件。它的流行和轰动主要是电信业与媒体互动的结果。相比之下，作家、文学理论和文学批评工作者对手机文学至今还缺乏最起码的关注。一篇网络新闻宣称，2000 年 4 月 2 日是手机小说的生日，因为这是世界上最早的手机小说《深爱——少女阿雪的故事》（*Deep Love*，下文简称《深爱》）问世的日子。《深爱》的作者是一个颇为神秘的日本作家——石田衣良（Yoshi，直译成中文就是"好"的意思，此处采用媒体已习用的译名）。谈到手机小说，不可不提这位石田衣良先生。他在自己的网站（www.zavn.net）上，把《深爱》的第一部第一章作为"诱饵"免费让订阅户下载阅读，"欲知后事如何，敬请付款订阅"。小说描写 17 岁的女高中生阿雪（一说阿由）离家出走后，为得到零用钱，经常与成年人约会。渐渐地，她丧失了生活的目标，整天与毒品为伴。直到有一天，她遇到了一位患有严重心脏病的少年，终于懂得了什么才是人间的真爱。然而就在这个时候，艾滋病无情地夺去了她的生命。这部作品一问世就受到了众多年轻人的喜爱，尤其是日本女高中生。

资料表明，十多年前（2005 年），日本就已有数万个以上的手机小说运营网站。据 2005 年 4 月 4 日的《新京报》相关文章报道：日本手机小说第一人新作热卖，销量突破 120 万册。从新浪网推出的"日本著名影星伊东美咲出席石田衣良新作销量突破 100 万册的庆功宴会"的照片看，远比村上春树英俊的石田衣良似乎更像一个电影明星。他在回答记者"请用最简练的语言概括《努力生存》一书内容"时说："渴望爱情的女孩，请努力生存。"虽然石田衣良现在被业内人士讥讽为日本出版界的"异类"，但他刷新了网络时代日本出版业"最具震撼力的销量纪录"却是不争的事实。

1999 年，石田衣良自费成立"斯达茨"出版公司（工作室）时，没有人关心这种日本文坛最不起眼的小事，"斯达茨"在默默无闻中度过了第一年最艰苦的日子。新世纪开始，石田衣良通过手机短信的形式，将处女作《深爱》发给全日本高中少女观赏，仿佛不经意间，他创造了一个令人惊奇的"拇指族神话"：截至 2000 年末，《深爱》的点击率竟然突破 2000 万大关；2001 年，《深爱》第一卷结集面世，销量超过 100 万册；2004 年，《深爱》四卷完结本上市，三个月内创下销量 250 万册的"梦幻纪录"；同年根据同名小说改编的电影《阿雪的故事》在日本公开上映，两周内即突破自《大逃杀》以来的票房新纪录。2004 年初，石田衣良新作《努力生存》采取"两栖战术"，以手机、平面媒体两种形式同步上市。手机点击率很快突破 7000 万，"纸书" 3 个月内再版 5 次，累计总销量不低于 120 万册。石田衣良认为，对于现在日本的年轻人而言，不看书无关紧要，但没有手机，他们很可能失去生存的信心。所以他就下决心通过电子传媒的形式向传统平面媒体宣战。

从作者与影星合影、各大媒介争相炒作等表面现象看，石田衣良的成功似乎得益于媒介的广告宣传，但事实却恰恰相反。据说，石田衣良的作品面世前，他对所有广告、读前评论等传统宣传形式一概不予采用。石田衣良这种高视阔步一往无前的底气从何而来？从一定意义上说，石田衣良成功的秘诀全在于他的信心和眼光。信心来自实力，眼光来自实察，巨利来自实干，美誉来自实诚。如今《深爱》的纸本书籍已经接近 300 万本，同时，电影版《深爱》、自制短片版《深爱》、漫画版《深爱》，还有《深爱》主题曲，以及各种各样的《深爱》周边产品等已使手机小说成为一个财源滚滚的文学产业。

正如一些媒体文章所鼓吹的，浓缩现代科技精华的手机已经成为科技时尚界的风向标，仅以手机的功能花样翻新的速度，就足以见出电信科技几乎发展到了超乎想象的完美程度：彩铃、彩信、游戏、移动聊天、电视节目、电子邮件、电子小说……在日本这个痴迷技术的国度，经过一两年来的发展，手机小说开始蔚然成风。众多鼓吹手机文学的文章被搬上网络后还常常会配发大量精美手机图片和一些激情四射的广告词，让人不得不相信，新型手机已日益趋近于无所不能，显示器的品质和功能逐渐改善，手机发出的声音也日渐接近高端科技所保证的音效。这些高清实物图形和数字伴音以一种毋庸置疑的口气宣称：当手机阅读已经成为数码时代不可逆转的大趋势时，任何忽略移动阅读时尚的人，都将变成电子时代的新文盲。手机，已成为新世纪最难以抵挡的俨然超越于物质与精神的神性化诱惑。

进入新世纪以来，得风气之先的日本，已有无数家网站提供越来越多的手机小说，使用者可根据作者、书名和类别在网上搜索下载小说；读者也可写评论，寄电子邮件给喜爱的作者，登记他们喜欢看的小说，而所有一切皆通过移动电话进行。一机在握，万卷相随，三坟五典，何足道哉！当然，对于更多常年缠绵于白纸黑字的纸卷读者来说，习惯用手机阅读还需要一个适应过程，毕竟，名片似的小屏幕一次只能显示几行文字，没有手捧宝书的那种实实在在的书卷气或墨香味。不过液晶显示器的品质和功能正在以惊人的速度改进和完善，例如可根据光线的变化调节界面的明暗，可以根据阅读快慢自动翻页或滚屏，可以肯定地说，电子阅读正在朝着这样的方向阔步奋进：愈来愈科学，愈来愈经济，愈来愈简便，愈来愈快适，愈来愈健康，愈来愈文明，愈来愈艺术……

最新版的手机小说以短篇连载形式下载，用 Java 应用程序阅读。使用者可随时随地浏览书摘，不管是在家里，还是办公室，抑或乘车路上。24 岁的研究生松村太郎有时用手机阅读论文和连载小说。他说："这就像整个图书馆都被折叠进你的手机里去了，不管到哪儿我都可以随身携带这个小玩意儿，有空时就可以掏出来读，甚至都不需要用两只手。"

日本有些人已把手机当作不可或缺的阅读工具。日本 Bandai 网络公司发展部一位负责人说，用手机阅读恐怖小说有加倍惊悚的效果。这家总部设在东京的无线服务供应商从 2003 年起，在网站上提供 150 本小说，去年渐渐打响名气，现在订户约有 5 万。他说："除非亲自试过，否则很难体会个中滋味。"他还指出，因为手机有背景灯，即便处于黑暗环境也可照常阅读，这点对喜欢一边陪伴熟睡幼儿一边阅读的父母来说是一大便利。Bandai 网络公司前不久的市场调查表明，一半以上的读者是女性，令人惊奇的是，许多人并不是在等车或者排队的时候看手机小说，而是在家里看。人们还经常用手机"恶补"以前自己不曾读完的古典文学作品，有些人则会下载不便到书店购买的书籍。而大多数人都选择保留在手机里以备不时之需的电子字典。

　　总的说来，比起铃声、音乐和游戏等服务内容，手机小说还是一块未经雕琢的璞玉，会有很大发展潜力。另外，日本的手机文学大有成为新文化形式的架势。许多手机小说写手相继涌现，还得到众多手机文学迷的支持。①

当年的日本在移动阅读方面走在世界的前列，但短短几年之后，中国的网络阅读就后发超越，中国很快成了世界第一手机大国。如今，手机阅读俨然成了举国"第一读"。

二、《城外》的故事之外

令人疑惑的是，中国的手机小说似乎与日本的发明创造无关。有人认为中国的手机小说的前身不过是一些俏皮话或幽默小段子，例如："老虎至死也不明白，自己怎么就成了猫科动物。那个其貌不扬的侏儒，除了会抓抓小老鼠外，还有什么本事，竟提拔它当'科长'？"由于这些招人喜爱的文字方便互动、流布广泛且深入人心，便自然而然地让精明的写手和更精明的商人看到了商机。写手和商人都知道这样一个秘密，尽管我们生活在这个所谓网

---

① 洪漫：《日本：阅读愈来愈舒适，手机小说开始风行》，《国际先驱导报》2005 年 4 月 29 日。

络时代，但不管是谁，想要发大财，就离不开报纸广播和电视台。

于是，手机小说在中国开始以概念的形式在各种媒体之间竞相炒作开来。2004年，广东作家千夫长创作的手机小说《城外》，被北京一家公司以18万元的高价独家买断，并于同年9月10日在全国上市。《城外》引起媒体的广泛关注之后，短信小说很快风行起来。"忽如一夜春风来，千树万树梨花开"，短信小说如春风吹拂绿地一般，迅速占领了无数的网站。紧接着便有出版社以书本的形式推出了国内第一本以手机短信形式创作的短篇小说集《又寂寞又幸福》。知名短信写手戴鹏飞那部号称"中国首部短信长篇小说"的《谁让你爱上洋葱的》，也被新浪网购得两年无线版权。第二年春夏之交，一向以先锋姿态立世的《天涯》杂志和网上"天涯社区"等单位联合举办的全国首届短信文学大赛也拉开了帷幕。①

被誉为中国手机短信小说第一人的千夫长在接受新浪网站的网友提问时说："我是手机短信的爱好者，我说过一句话，手机短信每天和我相伴相依，成了我身体一个不可分割的电子器官……我现在有几本长篇小说，像《红马》和《中年英雄》这样的，20多万字。在这个时代，无论出版社用什么样的宣传方法以及我们用什么样的讲法，让一个读者坐下来读20多万字的长篇小说我都觉得是一件很残酷的事。多年来我在广东做文化商人，经商，在商业上不一定有很大成就，但是养成了商人比较良好的品德，就是为客户着想，当作家我就要为读者着想，怎么样用一种非常简单的方式，用简单的阅读获得文学上的享受。通过长期发短信，有一天我想到了。小说出来之后，可以在传统的出版社出版，可以在报纸上连载，最主要是《红马》出来那一年在新浪连载给了我非常大的启示，我觉得网上连载是非常精彩的事情，而且能跟读者互动。我觉得手机比网络更接近读者。"于是，千夫长就产生了创作手机小说的想法。

---

① 中国第一部手机短信小说到底是《城外》还是《谁让你爱上洋葱的》，抑或是号称"中国第一部真正意义上的手机小说"的《距离》，网络上有不同说法。但更多的人认为千夫长的《城外》实至名归。

　　具有讽刺意味的是，手机小说成为大众媒体的热门话题似乎与文学没有太大关系。记者和读者所关注的是这样一个事实：小说《城外》，4200字，18万元。按照千夫长的说法，大家的目光包括海外的媒体的目光全部聚焦在钱数上这是令人遗憾的，实际上是诞生了一个新的小说模式，新的文学样式。千夫长十分赞赏美国《纽约时报》的记者，因为他们有眼光，他们提到每一次技术的革命，包括造纸术和报纸的出现，都会出现新的样式。在与追捧手机小说的网友聊天时，千夫长有意无意地将自己的"发明创造"向造纸或创办报纸这样具有伟大历史意义的事件上靠。以文化商人自居的千夫长声称在短信小说中发现了商机，他要为它做严格的商业规划，并正准备对《城外》来一个"一鱼八吃"："出书，马上还有一个影画书，找著名的演员来拍，拍完了之后出这样一本书，就是图片，再拍手机电影，我最后可能还要把它写成传统的钱锺书的《围城》这么厚的小说，还要拍成传统的电影和电视，这么运作到最后就不是一个字一百块，真是一字千金了。"不难看出，千夫长津津乐道的"一鱼八吃"并无新意，它即便不是"石田衣良吃法"的完全拷贝，至少也难以让人看到什么新一点的东西。

　　"当国内的敏感人士在为手机短信小说是否会成为国人的阅读方式而发出疑问，当欧美人士对手机短信小说甚至手机短信按兵不动的时候，我国第一部手机短信连载小说已经以十多万元的高价出售。……手机短信小说在中国必将大有市场。"[①]

　　这类"大有市场"的结论源于这样几个理由：首先，手机已经如此深入地渗透我们的生活，几乎无处不在，我们在路上，在车站，在地铁车厢……随处可见打手机电话的人，收发短信几乎成为仅次于说话的重要交流方式。手机在我们的生活中，早已不是一个简单的通信工具，而成为一种大众娱乐方式，成为传播大众文化的一个不可缺少的工具。笑话，带点暧昧色彩的无伤大雅的小段子，颇有文学意味的节假日的祝福语，热门新闻，等等，都成

---

①《手机短信小说在中国将大有市场》，http://www.sina.com.cn，引用日期：2004年08月12日。

为人们竞相传播的内容。其次，手机的随时随地的随身性正好与大众文化无孔不入的特点契合，它以丰富人们的生活为名，巧妙地占据人们的"业余时段"，这个"业余时段"，可以是你不"必须"工作的任何时间。而手机，正是可以承载大众文化传播的绝好工具！此外，技术的发展为我们的生活提供了无数的可能性，令我们的生活更加丰富多彩。手机短信小说，也将会像广播、电视、报纸乃至互联网一样，成为构成我们这个时代丰富多彩的生活的一部分。因此，专家认为，从手机短信的风行可以窥见短信小说的未来之路。不久，微信出现了，当学者们津津乐道于微信如何在140个字中曲尽其妙地展现文学的语言艺术风采时，直上"云端"的手机，不仅可以将《荷马史诗》和《红楼梦》这样的鸿篇巨制及其影像制品轻松收入囊中，而且还向世人宣布："天下奇书皆入吾彀中矣！"中外绘画、音乐、影视等作品，一样来者不拒！可以毫不夸张地说，微信，正在开辟一个全新的阅读时代。

三、手机小说与移动阅读

有趣的是，任何一个以新闻形式出现的文学事件，都必将引发一系列争议。关于手机短信文学的争议自然是少不了的，而且该争议还相当尖锐激烈。例如，"短信"如何能称为"文学"、"短信小说"是文学平民化还是文学垃圾等问题被搅和得一塌糊涂，网上的帖子简直像一锅热气腾腾的稀粥。有人说，短信是对汉语的一种魔方式的拼贴，其中运用很多隐喻、双关语、藏头诗、回文诗等写作方式，表现了现代反讽精神、狂欢气质、幽默感等，一个作家要让自己的语言丰富，就不应忽视短信小说的话语方式。这种说法当然有其合理之处，但是，在"小荷才露尖尖角"的时候，挑剔怀疑的眼光似乎更为普遍。当《城外》的名字还只是以一种广告式的新闻面世时，就有人发出嘲笑的声音表示其不屑。一篇发表于《人民日报》的文章说：

> 商品经济、信息时代，无奇不有。一种被当作文坛"黑马"的
> 手机短信小说正在行销，据说，每篇70字，共4000多字，已开出
> 18万元的天价，有了买主。不知何故，眼下买卖双方还不便将其公

开。看了这则新闻，令人好笑，也颇生疑窦。

一是寥寥几十字的信息，硬要往小说上说，似乎有些牵强。诚然，小说以寥寥数语状物写人、刻画情节，虽古已有之，也曾留下文坛佳话，但那是以文言删繁就简，炼意煅句，凝练出之，也不过只是谈资而已，而现在区区几十字就想成为有故事、造情境、写人物的小说，令人怀疑。

二是有人寻机开辟新的炒作市场。文化人在商品经济面前经受考验，面对市场冲击，有些人不能自持，容易被浮躁的市场所鼓噪，变着法子寻找卖点，进行炒作。手机短信是人们交往中受宠的方式，有人就利用这种快捷、普及的新交往方式，借各种名目，把什么东西都往艺术上说、文化上靠，这是近来一些新的炒作动向。艺术这东西，不是由叫卖所能达到的，也与自我鼓噪和标榜绝缘。

三是用一些模棱两可、以偏概全的话来证明自己的正确。现在，有人老爱说生活节奏加快，没几个人能静心读长篇小说。于是，快餐的、流行的、时尚的，应运而生。这个说法看似正确实则以偏概全。读小说、读文学的人在减少是事实，但也不能就得出文学和艺术让位于快餐文化，逊于流行文化了。更不能就得出那非驴非马的黑马，横空出世了，大为流行了。[①]

这篇文章的作者，"看了这则新闻"就断言手机短信文学是"非驴非马"的"黑马"，这显然有失厚道与公允，也许作者保卫文学艺术神圣性的态度与其行文姿态一样"正宗无邪"，但事实证明作者的疑虑是阻止不了手机短信小说"大为流行"的。意味深长的是，报纸的编者在叶于的这篇短文的题后加上的这个"有此一说"，是否表明叶于的"质疑短信小说"观点必将受到大多数人的质疑？

---

① 叶于：《可疑的短信小说（有此一说）》，《人民日报》（海外版）2004年10月8日。

在众多讨论短信小说的评论中，担忧手机文学造成信息污染的观点引起了笔者的注意。关于这方面的情况，笔者在分析网络造成的文化垃圾的著述中已有比较详细的分析，兹不赘述。当然，对短信小说的担忧远不只是"有此一说"，相关批评几乎可以说是"甚嚣尘上"。例如有人说，《城外》讲述了一个有关现代都市人婚外恋的故事，可是，小说的作者和这家电信增值服务商在忙于市场宣传的同时，并没有考虑到未成年人保护的问题。即便一篇《城外》不足为虑，但信息污染的担忧对于如火如荼的短信文学甚至整个网络文学来说却是绝不可小觑的。项建新先生在历数《手机小说的潜在危险》时也注意到未成年人保护的问题。的确，《城外》讲述的婚外恋故事，一旦可以在手机上自由订阅，对未成年人来说可能就是一种危险行为。对于现在的许多中学生，甚至是小学生，家长为了方便联系，都给配备了手机。但是从手机小说出现后，他们就能在自己尚缺判断能力的情况下，对许多敏感话题进行大量阅读，而学生家长对此又很难实现严格管理，那么，类似《城外》这样的手机小说的出现，就很有可能会引发一个严峻的社会问题。许多孩子家长已经对可以通过手机这样的隐蔽方式订阅敏感话题的社会现象表达了强烈的不满。此外，单纯地从经营的角度来看，手机小说也是一个危险的产品。因为这是一个在营销模式上存在大量漏洞的产品。比如版权保护等问题。像手机小说这样的品种，极其容易造成版权的严重失控。随着手机小说的订阅的展开，很可能会出现一些失控局面，例如，好事之徒将短信整理完毕在网上肆意粘贴，一些电信增值厂商乘机借势扰乱市场，等等。

在涉猎手机小说之初，有人想当然地以为，手机小说的流行不过是媒体霸权和商业诡道的又一次成功合谋而已，从一定意义上说，它只是文学的寄生性在网络时代发生电子化变异的结果。以《城外》的作者为例，充满草原英雄情结的千夫长作为一个破落的文化商人，他血液中那点稀薄的文学冲动原本只是沉睡于内心的一种疗伤本能。但当其生意惨遭失败以致他几欲轻生的时候，文学的疗伤功能便开始发挥作用了。焦头烂额的千夫长绝望之际，念起了靠写字"翻本"的生意经。其实，他这样的文化商人多如牛毛，只不过他是第一个被 IT 业的生意人相中了的"信托"而已。正如青藤必然要依附大树方能茂盛生长一样，文学的青藤也必然要有大树作为依靠。例如，封建社会，诗人寄生于王侯权贵附庸风雅的闲情逸兴，资本主义时期作家寄生于老板的钱袋，革命年代文学寄生于启蒙救世的一腔热血，数字化生存背景下，文学写手寄生于网络商家推销软件和硬件的利润。这些言论也许太过悲观太过偏激，但它也许比"经国大业"之类的高调更接近文学现实。当然，我们也应该看到，文学之所以成为文学并不是由其寄生性决定的，除寄生性外，它毕竟具有一定的自由性、自主性和独立性。否则，我们就无法解释，为何千百年来那些文学"宗主"领地纷纷荒芜或变异，但文学花红草绿的园地却能始终保持勃勃生机。

通过对短信小说的调查分析和研究，笔者也相信了"大有市场"的观点。对那些认为短信小说并没有对文学的本质产生影响，认为手机键盘和阅读界面无论对创作还是阅读都无进步性可言，认为短信小说绝不可能成为一种新的文学形式的说法，笔者再也不会信以为真了。现在笔者倒是有些相信短信使中国小说大家庭"喜添贵子"的说法了。当然，不少人对手机小说的认同仍然是比较保守的。例如，有人将《城外》诞生的意义与当年《第一次亲密接触》惊现文坛的情形相提并论就遭到了不少人吐槽。

如前所述，手机短信小说是否是一种新颖的文学样式尚有争议。有人说它是"文学的零食"（韩少功），有人说它是"文学的点心"（李少君），也有人说它是"文学的轻骑兵"（马绍基），它会像网络文学一样形成一种潮流而快速普及（唐飚）。它是文化追求休闲有趣的趋势和证明，是科学技术带给人类的福音，前途不可估量（杨万霖）。至少，短信小说不会增加额外的投入成本，风险较低，不需纸张油墨，没有库存压力，只要有好作者、好编辑，手机小说的兴旺不成问题……以上这些说法到底在多大程度上接近手机小说的真实情况，还有待进一步的观察和研究。不过，在"正名"和"定性"之前，我们还是先看看与传统写作甚至网络写作相比，短信小说究竟有些什么样的独特品质与个性特征。

第一，短信小说拓展了网络化写读及时互动的新空间，第一次把文学从沙龙和书斋中真正地解放了出来。文学已不再只是象牙塔中的章句雅业，它不再只依赖于斗室之内的寒灯枯卷。手机随身，短信随意，不拘于车上船上，更无须映雪偷光，它不仅能将天涯化为比邻，而且还能将凝视转化为倾听。除了网络文学以外，在数千年的文学史上大约还没有出现过如此彻底的时空大解放。这种解放的意义是多方面的，甚至在日常生活中，我们已经能够感受到这种解放带来的好处。例如，当你穿越人潮人海，带着一身疲惫，下班回到家里，仍然心绪烦乱，鞋帽面具可以轻松摘下，却摘不下心中纠缠不清的牵挂。你突然收到这样一条短信："送你一座后花园，在疲倦与迷惘中，推开后门，去看看清风明月，行云流水，园子栽的是智慧树，流的是忘忧泉，开的是自在花，搭的是逍遥桥，祝你天天快乐。"它来自你的爱人或一位亲密的朋友，"天天快乐"固然是宽心的客套话，但如能收获会心一笑，便于无意间省却许多烦恼。

再看一则短信：

深夜，布什看到拉登站立在自己床前披头散发，布什大惊："你好大胆，竟敢夜闯白宫！"拉登甩甩齐胸的胡子，阴森地笑了："飘柔就是这样自信！"

短短 55 个字，分明是一则洗发水广告，是一则餐桌上的笑话，但它几乎直接和间接地包含了小说的所有要素，什么时间、地点、人物、事件、描写、对话等等，可谓一应俱全，而且人物形象鲜活，情节生动离奇，对"典型环境中的典型人物"的戏拟则更是令人拍案叫绝。把这种幽默搞笑的短信称为短信小说，似乎还不至于辱没小说艺术的声誉吧。布什和拉登，这两位曾被全球媒体长期高度关注的风云人物，咳嗽一声便有可能制造出惊天动地的大事件。想一想"9·11"和"伊拉克"，"布什大惊"，"拉登笑了"……多么耐人寻味。

值得注意的是，微信问世之前，有论者说："短信终归是短信，谁要是将其与《荷马史诗》或《三国演义》之类的鸿篇巨制相提并论，那显然是信口开河。"①但这种信口开河的事情，转眼之间不是变成了现实吗？与当下手机小说动辄千万字的体量相比，如果仅从字数上说，即便《荷马史诗》或《三国演义》或许也只能算作小菜一碟吧？

当然，作品之优劣与字数之多寡并无直接关系。从文学创作的角度看，一则优秀短信小说，也需要传统文学创作所具有的众多条件。职业短信写手戴鹏飞说过，写好短信必须具备以下八大素质：（1）大量积累、记录生活中真实的素材；（2）掌握丰富全面的百科知识，不断学习新的知识；（3）扎实的文字语言能力；（4）各种文体、文学手法的运用；（5）认真观察生活的点点滴滴；（6）善于听取他人的建议；（7）忍耐创作时的孤独和时间的煎熬；（8）独具匠心，另类思维。随便翻开一本讨论文学理论的书籍，我们都不难发现，这八条其实都可以用于包括长篇小说在内的任何形式的文学创作。由此不难看出，优秀短信文学的写作一点也不比传统创作容易。当然，许多短信未必是诗，未必是小说，但日益精粹化的短信必然会朝艺术化的方向发展，当短信具有足够的艺术水准时，它与诗或小说的雅俗之分或文野之别就会渐渐变得模糊不清了。事实上，就连《诗刊》这样的老牌文学刊物，也没有小觑短信文学，它甚至还热心发起过"春天送你一首诗"的活动，号召全国诗人、作家投身短信写作行列，创作出高品位的短信文学作品。

第二，新颖别致的表达方式使国民潜在的乐观幽默等品格获得了尽情展露的平台。手机短信带来了文学的传播方式和阅读习惯的改变，也改变了文学的文体形式，这是有目共睹的事实，比如篇幅精短、句式急促、排列形态特别，还有节奏快、符号化、日常化和生活经验的细致模拟体验等，当然还有以娱乐为主的欣赏趣味。这些都不能不对文学特别是微型文学或超短文学的艺术手法和形式元素，产生一定的微妙影响。专家认为，小说、诗歌、散文、剧本等体裁和其他文体，都可以是短信文学角逐的赛场。应该鼓励原创的，想象超群的，充满先锋性、流行性、娱乐性和互动性的作品脱颖而出。

---

① 陈定家：《手机小说的现状与未来》，《紫光阁》2009 年第 2 期。

应该利用和张扬短信文学的幽默特点，既寓教于乐，又有助于增强国民的幽默气质。诸如情趣、理趣、讽喻、交流、交友、文才、发表、表达、抒情、议论、想象和夸张等元素和功能，都是短信文学的生命力和原动力之所在。①

短信写手就像戴着"镣铐"的舞者，他要善于在铁链的拘束中寻找表达的自由。谁都知道，任何艺术都要受载体的制约，"短信小说"当然也不能例外。一则短信短小，顶多只能有七十来字，所以通常要给小说瘦身，减缩小说中的一些要素。按黄开发的说法，情节必须单纯，人物不能多，用第一人称的叙述方式比较合适。不能有过多的情景对话和描写。因此，"短信小说"应该是一种微型小说。"要不断地制造亮点，抓人的地方自然会慢下来，吊足读者的胃口。每篇要有相对的完整性，因为短信不会自动排列成故事的自然序列，并且达到一定的条目后就会满容量。应该像朱德庸的《涩女郎》那些连环漫画一样，彼此联络，又可以单独成篇。表达要高度陌生化，新鲜有趣，锤炼字句，力争字字珠玑。它可以突出运用一些适合于自己的手法，运用一些特殊的形式。"②一个署名老猎头的网友在短信文学的论坛里提出了一个口号："让短信成为文学，让文学成为时尚，让时尚成为经典。"他坚信精彩的短信作品在经受时间的考验后，一定会成为经典。唐诗、宋词和元曲就是戴着镣铐跳舞的成功例证。

有论者将手机文学称为文学殿堂里的"微雕艺术"，这的确是一个极为恰当的比喻。"一条不足 140 字的短信，凝聚着智慧和灵感的火花，以及对生活对人生的独到的见解。在有限的文本空间里，智慧和灵感已化为充满灵气的精致语言链环，充满了幽默或'黑色幽默'的机智与豁达。篇幅短小使它们不分章节，节奏快捷令它们只能'一气呵成'。而要造成阅读快感，却又要求它们必须峰回路转、跌宕起伏。或者如单口相声一样引人入胜，或者如对口相声一般'抖包袱、解扣子'。……它的写作，也正是峰回路转中见艺术

---

① 马相武：《短信文学的文化意义》，《光明日报》2005 年 2 月 5 日。

② 黄开发：《中国小说喜添贵子——看"短信小说"的里里外外》，http://www.sina.com.cn，引用日期：2005 年 4 月 3 日。

功力，跌宕起伏中见艺术匠心，韵律修辞中见语言才气。阅读这样的'微雕'般的文学作品，可迅速产生阅读快感，引发情感的共鸣，并进而产生将感受传递给他人的倾诉冲动。手机文学之所以能不胫而走，迅即占领文学市场的'半壁江山'，这是一个十分主要的原因。"①

　　第三，短信文学在获得技术馈赠的表达自由的同时也必然要受到 IT 行业的制约。关于文学与短信的关系，深谙业界行情的杨柳先生一语道破天机："移动 SP 寻求新突破口，短信小说要扛收费大旗。"眼下移动 SP 厂商们的日子并不好过，一场整顿让一些人赖以生存的看家本事顿时不灵光起来。于是已经挤了 4000 个厂商的 SP 圈子似乎惊恐起来，年内将有 60% 的 SP 倒闭的预言不知道最终会降临在谁的头上。而在这之前，2004 年第一季度国内 SP 行业唯一的"杀手级"业务——短信增值业务的增势放缓已让人惴惴不安。不甘坐以待毙的人自会奋起。一部 4000 多字的短信小说《城外》卖出 18 万元的"一字千金"之价，让人惊呼 SP 的勇气和决心，然而这究竟是放手一搏还是垂死挣扎，两种理解似乎在一念之差。"一字千金"究竟值不值？事实上，没有人会傻到用文学价值去衡量《城外》到底值不值 18 万元，毕竟这是个用商业效益衡量价值存在的年代。

　　传统文学批评家也许不明白，《城外》的 SMS（短信）、WAP（手机上网）和 IVR（语音业务）3 个版本究竟有什么不一样。但业内人士所说的小说短信比普通短信费略贵一点的道理还是比较直白的，因为小说短信包含了运营商通道费和版权费。手机小说写手的收入靠的就是转发量和下载量，一条比较经典的短信收入一般在 1000 元到 2000 元左右。专职写手的薪金主要靠短信和手机小说的提成，一些手机小说写手月收入可达 5000 元以上。手机小说蕴藏着丰厚商机。"珠海的一个手机小说栏目已有 2 万多订户，包月定制的费用为 8 元，每星期可收到 8 条至 10 条手机小说。珠海通过联通发送的手机小说和短信大概有几千万条，平均每月发送 400 多万条信息。在广州、深圳

---

① 段大明：《文学殿堂里的"微雕艺术"》，《学语文》2005 年第 3 期。

等城市，很多手机小说的写手出自大学校园。据统计，珠海移动的'手机书屋'拥有专业作者1000多位，收藏的授权作品众多，仅按中长篇计算，已经超过1500部，其中不少已经出版发行。"[1]

第四，手机小说毕竟是一个突如其来的文学新贵，它如风骤至，似雪飞旋，在极端化的"短平快"写读过程中频繁"变脸"，无形中增加了网络文学世界变化无定捉摸不透的惶惑、繁杂与焦灼，尽管它在文学大家族中到底会扮演什么样的角色尚未可知，但是，对这个"大有市场"的文学新贵，我们必须保持足够的警惕，谁也不知道未来的手机文学究竟潜伏着什么样的危险。况且，手机小说的成功到底是文学的成功，还是商业模式的成功至今仍有不同说法。手机小说的热卖绝不仅仅是小说的热卖，它更带起了营运商、网站、出版社、作者、读者，乃至于音乐、电影等相关产品，是数之不尽的商机。但从文学立场来说，这种"共赢"局面却未必是好事。有些学者甚至认为，手机小说的崛起，其实对文学来说是一种伤害。手机小说必须走通俗路线，甚至内含情色内容，以迎合大众的阅读水平和口味，而商业化的发展趋向，也势必伤害手机小说的文学性和人文性。

这种担忧并非杞人忧天。例如，在《深爱》中，17岁的少女阿雪靠"援助交际"赚取零用钱。所谓"援助交际"，其实不过是对少女阿雪卖淫行为的委婉说法而已。因此有读者指责作者在为中学生卖淫行为唱赞歌，认为这是性质极为恶劣的文学犯罪。还有读者说，这是"一本幼稚的读物，究竟哪里感人？为何我没有流泪？作者很无聊，我不想再读到他的作品了"。"我怀疑本书的作者连日语都没有学好，这种东西只能去骗那些愚蠢的高中生，称《深爱》为文学作品，对日本文学无疑是一种侮辱。"[2]

值得注意的是，性爱描写失度等不良倾向不仅仅是《深爱》的问题，它可以说是整个网络文学一开始就难以消除的"胎记"。有学者甚至得出了

---

[1] 欣华：《手机小说写手月收入5千元，短信成文学新体裁》，《北京娱乐信报》2004年12月27日。

[2]《手机小说靠情色起家》，Cww.net.cn，引用日期：2006年3月25日。

"手机小说靠情色起家"的论断。姑且不论这个论断是否正确，有一点却是可以肯定的，那就是"短信文学的大众文化特征使它有时难免流于粗俗、下流，乃至有人将其与课桌文学、厕所文学相提并论"①。如此看来，部分专家呼吁"加强短信的人文关切和法制监管"是颇有现实针对性的。当然，我们不应该因手机小说存在着这样或那样的不足而将脏水和孩子一起泼掉，当我们看到，"连买菜的大婶大妈都会掏出手机看看小说"②时，我们似乎没有理由过多怀疑手机小说所具有的恢宏前景和超强活力。

第五，也是最重要的一点，短信小说受字数限制等种种局限早已被手机技术的革新消弭一空。新一代手机在向海量储存的完美音像与视频进军途中，一路高奏凯歌，未来的手机文学将不再只是短信文学了，因为，新一代手机将是一个可以随身携带的因特网。在这种情况下，手机小说实际上与网络小说没有什么区别了。

必须指出的是，我们这里主要是站在作者的视角看阅读的，在传统文论中，这是一种绝不能容忍的"立场错位"，但在网络文学这个"写读者"的王国里，作者与读者早已像一家人一样难分彼此了。

第三节　网络批评的文化表征

网络时代，人们的日常生活和文化环境都在经受着大河改道式的巨变。这些巨大变化，大多拜互联网技术所赐。众所周知，随着以网络技术为支撑的大数据与云计算的快速升级更新，昨天是"数字化的"地球村，今天便是"数据化"的云天下，"数字"与"数据"之间，虽然只有一字之差，但二者境界之不同，却不可以道里计；昨天，麦克卢汉的"媒介即讯息"被奉为圭臬，今天，波兹曼的"媒介即隐喻"俨然占尽风头；尤为令人大开眼界的是，

---

① 叶从容：《论短信文学的基本特征》，《广州大学学报》（社会科学版）2004年第4期。
② 曾衡林、刘星：《手机小说：拓开一片文学新领地》，《湖南日报》2004年12月13日。

雄霸哲学王座数千余年的"因果关系",在大数据时代居然被迫禅位给了"相关关系"! 在举头"云端"抬手"终端"的数据化生存语境下,"事实早已不再是事实",以事实为基础的知识大厦在虚拟世界非线性"相关"条件下轰然倒下。知识爆炸,信息冗余,资讯超载,实用主义专家随处可见,在这个大数据时代,我们每个人都已变成深不可测的知识海洋中一条不知何去何从的小鱼! 当代人在日常生活的道路上,时时刻刻都有可能被数据化的斯芬克斯之谜困住前进的脚步。

在这个大而无外的知识海洋里,数据就是一切,或者说一切都只是数据,事实已不再是事实,即所谓"网络事实",已不再是印刷时代那种"被视为社会基石的事实":"我们看到事实被人捡起来,摔到墙上,它们自相矛盾,分崩离析,被夸大被模仿。我们正在见证牛顿第三定律的事实版本:在网络上,每个事实都有一个大小相等、方向相反的反作用力(On the net, every fact has an equal and opposite reaction)。这些反作用的事实可能错得彻头彻尾。的确如此,当事实的真相自相矛盾时,至少有一个事实是错误的。但是,这种持续的、支持多方的,每个事实相互链接的目的性,改变了事实的性质以及事实对于我们文化的作用。"①那么事实是如何实现"数据化生存"的呢? 温伯格的解释是"网络化"。因为我们新的信息技术设施恰好是一个超链接的出版系统,它将我们"眼见的事实"链接到一个不受控制的网络之中。当我们要了解一个事实,最简单的办法就是让事实与事实的来源链接起来,但是,网络数据不只是统一了信息和出版系统,它实际上可以说是一个全世界无产者 / 有产者的大联盟,一个以"网络事实"为基石的"伊托邦"(E-topia)。

在这个数据化生存的"伊托邦"里,任何事实都不再"确切地"拥有人们"各是其是"的"真相",人们遭遇的大量信息都是已经被数据化处理过的碎微化"网络事实"。至于我们所关注的作家、作品以及与此相关的文论与批评,也都毫无例外地相应启动了脱胎换骨的"数据化"程序。在这个"相

---

① 戴维·温伯格:《知识的边界》,胡泳、高美译,山西人民出版社 2014 年版,第 62 页。

关关系"替代了"因果关系"的大数据语境中，那些以文学史实或事实为根基的传统文学观念，也都相应地发生了不同程度的变化。在一系列变化中，首推文学批评。在这里，笔者作为数据海洋中一条盲目无知的小鱼，姑且以微博微信中的"莫言批评"为例，谈谈对所谓"大数据时代""微批评"的一点粗浅认识，以就教于关注微文化与微批评的同行与同好。

一、"网络事实"："网评"准的无依的症结所在

如前所述，"网络事实"源于此在现实却不等于此在现实。在传统批评语境中，一向是"事实胜于雄辩"，观点可以不同，但事实只有一个！所谓真理，无非就是与事实相符的认识。尽管人们常常误以为假象就是事实，但"事实"作为判别真伪的准绳，一直是不可置疑的公则。大数据语境中的"网络事实"则不然，它往往为"沉默的螺旋"所左右，像"意见气候"一样变化莫测。毫无疑问，当评判标准变得飘忽不定时，我们对事物评价的可靠性就必然要大打折扣。尤其是对文学艺术这样复杂的精神现象做出评判时，其评判标准是否可靠，更是至关重要的。如果评判者"随其嗜欲""准的无依"，其结果必然是美丑不分、褒贬失据。就这一点而言，大数据语境下的微批评，"准的无依""褒贬失据"的情况，尤为突出。

当然，网络微批评的具体情况是纷繁复杂的，即便我们把网络批评只限定在所谓"微批评"方面，也很难"化万千头绪为二三要事"以说清个子丑寅卯。司马迁引用过孔子的名言："我欲载之空言，不如见之行事之深切著明也。"①我们也不妨学学司马迁"见诸行事"，姑且以网评莫言为例，谈谈我们对微批评文化表征的一孔之见。窃以为，有关莫言获得诺贝尔文学奖（下文简称"诺奖"）的网络微批评，还真是一个意味深长的经典个案。

不言而喻，莫言获诺奖，这是中国当代文学界的一件大事，甚至也可以说是中国文化界的一件大事。由诺奖引发的"莫言热"必将对当代文学理论与批评产生深远影响。百度"莫言吧"、新浪读书频道、天涯社区，以及各种

---

① 司马迁：《史记·太史公自序》。

移动终端上形形色色的相关评论，形成了一道"网评莫言"的大数据文化风景线。

博客、微博，尤其是微信上，它们一再被夸大，反复被模仿，这使五光十色的"网评莫言"，构成了一系列"自相矛盾"且"分崩离析"的"网络事实"。至于莫言本人，由于深受媒介轰炸之累，几经"生死疲劳"，所以迫切希望"莫言热"尽快降温，但莫言的这一愿望或许和期望获奖的愿望一样难以由个人意志成全。毕竟，国人的诺奖心病自鲁迅时代起就已珠胎暗结，莫言成为第一个官方认可的打破"诺奖神话"的中国人，媒体的高强"追光灯"一时难以移情他顾，这也可以说是理所当然的。更为重要的是，诺奖向来就是内涵丰富、情节曲折的"媒战"大戏，当它与莫言这样一个充满矛盾与戏剧性的作家相遇，于是，一座潜力无限的时闻金矿瞬间生成。在这种情况下，要责备媒体人为何蜂拥而至且纠缠不休，那就显得有些不近情理了。当然，任何热点都是有时限的，天下没有不散的筵席。既有蜂拥而至的景观，就必有一哄而散的景象。

这种蜂拥而至然后一哄而散的现象，无疑是媒体文化的常态，微博微信等自媒体则更是如此。必须指出的是，当时的微信尚未取得优先于微博的话语权。相比之下，"网评莫言"在社会化的微博上，铺天盖地而来，而在圈子化的微信上，则要沉寂得多。从井喷式的"网评莫言"的众多说法看，莫言本人就是一个如同"诺奖神话"一样颇具传奇色彩的作家。"曹公子"的微博称："他（莫言）常年在国家意志与民间视野的夹缝中自由起舞，且游刃有余，这种应变能力与处世智慧，绝非等闲之辈所能做到。在他身上，兼具农民的淳朴和学者的谦恭、军人的雷厉风行和职员的因循隐忍。"（由于微博微信上多为浮萍飘絮式的无根话语，且无法找到确切出处，恕不加注，下同。）微友"山东小志"说："听说'莫言能将儒家的进取意识，佛家的悲悯情怀，道家的超然淡定，恰到好处结合在一起'，我看这种溢美之词未必可信。但'茅奖'喜宴尚未散场，'诺奖'的桂冠便'砸到他的头上'，一个人能创造出这样的神话，有如此强大的综合平衡能力，可谓超乎常人的想象。更为令人惊叹的是，他的获奖之作，是在'讲话'精神的光辉照耀下反思'计生'的《蛙》，其选材眼光之独到，叙事技法之精妙，如果古希腊之《蛙》的作者阿里斯托芬在天有灵，也不知他是否会请辞喜剧之王的称号？"这一类不无夸张的评论，虽多少有些反讽嫌疑，但其含糖量之高、含金量之低，与当下微信圈子内微友们之间盛行的点赞，以及文坛盛行的"红包批评/表扬"已相去无几。

微博网评中含糖量甚高的还有什么"文坛奥运首金"说、"文学大国崛起"论等，总之，莫言获奖的意义远远超越了作品与文学本身，也绝不局限于中西文化的相互认同，他那一系列"震古烁今"之作，经由韦斯特伯格的点金手这么一推，不仅让备受冷落的中国作家骤然走到了世界文坛的前沿，也使得折磨中国文学近百年的诺奖心病霍然而愈！这就怨不得媒体惊呼"空前绝后"了，这或许真是中国文学空前绝后的大事件！但是，在这一重大事件背后究竟隐含着什么样的文学意义和文化意义，已无人问津，而在蜂拥而来、一哄而散的热闹过后，毕竟还留下了一组空洞的数据，相信不久的将来总会有研究者赋予它们应有的意义。

古人说，"有不虞之誉，有求全之毁"。这说明毁誉失实的事情古已有之。但在以自相矛盾、分崩离析的"网络事实"为背景的大数据语境下，网络批评的毁誉失实是其准的无依的必然结果。"挺莫派"微友说，莫言获诺奖是"实至名归""早该如此"。"倒莫派"微友则认为，莫言获奖是又一件"皇帝的新装"。至于"莫言获奖是诺贝尔奖的耻辱""莫言是中国文学的耻辱"这类极端言论，则是瑞典颁奖那几天一再刷屏的"雷人热帖"。当然，不少网评实际上是平面媒体或网络文章的摘抄或节录，譬如，李建军《说诺奖，可藐之》中的不少观点就成了"倒莫派"津津乐道的话题，而王蒙有关诺奖本身就是一件"皇帝的新装"的说法更是网评莫言者的一大杀器。言及莫言的作品，有微友因其"汪洋恣肆"拍案叫绝，也有网评称其"泥沙俱下"吐槽拍砖。在作家李洱看来，莫言写得比曹雪芹还要好；但王安忆则认为，莫言往往写得非常糟糕……这一类评论通常出自"标题党"和"口号派"的炒作，看上去熠熠生辉，实则严重缺乏其应有的含金量。但令人疑惑的是，在网评莫言的喧嚣声中，出现了这样一种违背批评常识的情形：偏离实情越远，收获点赞越多。这大约就是电视赛事中去掉"最高与最低"分的理由吧。

在诺奖揭晓后的那几天，有关莫言"执茅承诺"是当之无愧还是浪得虚名，各色网评大有鼎沸之势，微博微信自然也不甘寂寞。实际上，早在诺奖揭晓之前数月，互联网上就出现了由博彩竞猜引发的隔空大战，微友们甚至会围绕一些细枝末节的问题展开一轮又一轮的虚拟群殴。当莫言获奖成为既定事实之后，意料之中的喧哗与骚动自然如期而至，各大网站的互动平台，突然出现春运式的拥堵，喝彩的，骂街的，装疯的，撒泼的，玩深沉的，说风凉话的……世相百态，应有尽有。百度搜索指数显示，一夜之间，"莫言"已高居搜索风云榜"七日关注"的榜首，百度百科"莫言"词条的浏览量，井喷式增长到220万次，全然一派突发的文化狂欢景象，互联网上翻滚着一波又一波文学狂欢的浪潮。如何理性理解这股非理性的"网评"浪潮，如何对其有效施加价值导向方面的引导，传统理论思维，显然难以奏效。我们认为，若能以大数据思维探索"网络事实"的内在规律，因势利导，倡导新理性批评，与时俱进地重建批评新标准，或许有望使"微批评"逐渐从"准的无依"的混乱状态中摆脱出来。

二、"合法冒犯"：比"致敬"境界更高的"网评"

当然，我们也应该看到，网络虚拟的微批评浪潮，往往如梦幻泡影，悄然云聚，随风而散。仍以网评莫言为例，在屏屏相叠的标语口号式的粉丝赞誉之外，很少见到真正深入探究作品本身的言论，以作家作品为核心的言论所占比例极低，即便以"万不及一"形容，也一点都不算夸张。放眼看去，触目皆是标题党和口号派的那一套："莫言比一般诺奖获得者优秀得多""莫言在中国作家排行榜上问鼎第一"……诺贝尔文学奖评委会主席佩尔·韦斯特伯格说："莫言不仅是中国最伟大的作家，也是世界上最伟大的作家。"这句话，几乎变成了"挺莫派"微友的"尚方宝剑"。由于村上春树曾被认为是莫言的竞争者，所以本次诺奖也被愤青们顺理成章地捆绑到"保钓爱国号战舰"之上。在某些几乎从未读过莫言作品的"福尔莫丝"面前，谁敢对莫言稍有微词，必将当即惨死于剑下。网络"网评"在热点问题上的非理性特征和"软暴力"倾向，由此可见一斑。

相比之下，韦斯特伯格说莫言"最伟大"，尽管多少有点标榜诺奖公正性和权威性的嫌疑，但他至少从文学的视角对自己的断言给出了理由："莫言的创作视野宽阔，几乎涵盖了所有领域。尽管他的作品中描写的是自己故乡的小村庄，但让读者感受到的却是人类共有的情感体验。莫言作品的水平都很高，难分高下，但《丰乳肥臀》更让我着迷，跟我以前读的所有小说都不同。在我作为文学院院士的 16 年里，没有人能像他那样打动我，他充满想象力的描写令我印象深刻。"①我们可以相信，资深院士说的完全是真心话，但这也只能证明，莫言的《丰乳肥臀》成功地征服了诺奖评委会主席。可是，我们却不能因此完全相信：莫言不仅是中国最好的作家，也是世界上最好的作家。这一点连莫言本人也未必同意，事实上莫言曾明确表示自己是"浪得虚名"，这类自谦之词就如同他人的溢美之语一样，究竟是出自真心还是纯属客套，往往虚虚实实，不可不信，亦不可全信。

虽然笔者对学院派动辄以西人之狂欢理论责备网络文学颇不以为然，但对于有抱负无节操的狂欢化微批评，笔者似乎相信了"狂欢论"的必然性与合理性。众所周知，文化狂欢虽然广遭诟病，但也不乏有趣的理论为之辩护。例如帕特里奇的《狂欢史》开门见山地指出："狂欢是一种勃发直泄的洪流，是因为节欲与克制而造成的疯狂冲动，它具有一种歇斯底里和无法抑制的特点……狂欢的功能很有价值，对那些由必要和不必要的克制而引起的紧张而言，它是一种释放；不仅如此，它还能激发起人们对淡然的自我克制的重新追求，这种克制在人们的日常生活中是必不可少的。"②对文学批评而言，这种精神的狂欢之必要性与合理性更是不言而喻的。巴赫金认为："狂欢节的特征

---

① 转引自姜妍：《"众声喧哗"见莫言》，《祖国》2012 年第 20 期。
② 帕特里奇：《狂欢史：从古希腊到二十世纪》，刘心勇、杨东霞译，上海人民出版社 2014 年版，第 1 页。

是……冒犯，也是堕落。"① 这种"冒犯"和"堕落"在文学批评中实则屡见不鲜。

有趣的是，"冒犯"和"堕落"在当代文学批判语境中似乎恰好对应着"棒杀"与"捧杀"两种极端情形。"冒犯至死，棒杀之谓也；无耻吹捧，非堕落而何？"② 在传统批评语境中，批评无妨冒犯，重在合情合理，故有"合理冒犯"之说；但网络批评往往以"不近情理"为特色，"雷人雷语"大行其道。但网评也未必没有底线，这个底线已从"情理"下移至"法律"。于是，传统批评的"合理冒犯"被网评改写成"合法冒犯"。值得注意的是，对于批评而言，"冒犯"往往比"致敬"更接近其本义。这些年，批评家最爱说的一句话就是"致敬"，作品有品位，为品位致敬，作品无品位，为参与精神致敬。对批评对象而言，致敬往往是捧场的别称。既然是捧场，说些大而无当的话自然最为妥当，正如微信点赞一样。只要微友发的不是讣告，点赞是不需要理由的。

与泡沫横溢的标语体形成鲜明对照的是，某些真正具有思想深度和学术意义的批评，倒往往是一些探讨细节问题的文章。譬如 hallucinatory 一词的翻译问题。按照诺奖评委的说法，莫言获奖，是因为他"将魔幻现实主义与民间故事、历史与当代社会融合在一起"。"魔幻现实主义"是新华社电讯稿对 hallucinatory realism 一词的中译。这一译法，引起了诸多质疑和不满。譬如，《巴山旧事》的作者曹宗国指出，2010 年，莫言获茅奖时，众人大谈现实主义的胜利，连"魔幻"的影子都没有提及，更不用说往世界文学艺术风格创新的高度考虑了。当新闻人员急将急就地翻译出"魔幻现实主义"之后，一些理论与批评家当即攀龙附凤，甚至搬出了莫言的同乡蒲松龄以证莫言魔幻之不虚。"现在又听说莫言不是魔幻，他是更独特的'幻法'，我们的理论家们就傻眼了。你看，我们大声嚷嚷着文化自信，可文艺理论界的老爷们的自信

---

① 约翰·费斯克：《理解大众文化》，王晓珏、宋伟杰译，中央编译出版社 2001 年版，第 99 页。
② http://blog.sina.com.cn/chendingjia1122，引用日期：2005 年 2 月 6 日。

心到哪里去了呢？"①

　　诺贝尔文学奖五人评选委员会成员埃斯普马克似乎对"魔幻现实主义"的译法也颇有微词，他说："我们用的词是'hallucinatory realism'，而避免使用'magic realism'这个词，因为这个词已经过时了。莫言获奖最重要的一点就是他对现实的描写，他是现实主义描写的魔法师——他观察整个中国社会的传统和现代，这是他的特色和创新。用'魔幻现实主义'来概括莫言，这会让人很容易联想到马尔克斯或者福克纳，好像莫言只是在模仿别人，这会贬低他的价值。我们的颁奖词更有幻觉、幻想的意味，他的想象力丰富，扎根于中国传统的说书艺术，这是他超过马尔克斯和福克纳的地方。"诺奖评委这样概括莫言小说的艺术风格，这至少说明，莫言小说所代表的中国风格或中国流派，足以在世界文学之林占有一席之地。有人据此推断，中国莫言独创了一种创作方法——"幻觉现实主义"。这无疑是一种提振中国作家自信心的说法，但奇怪的是，这一说法既没有得到作家们的回应，也没有得到网民们的回应。

　　或许，汉语的"幻觉"一词太过平淡，它既不如拉美的"魔幻"那样具有深广的冥想空间，也不如网际"玄幻"那样具有强烈的感官冲击力，西文hallucinatory中颇有劲道的"邪性"意味，传神地描述了莫言作品中亦庄亦谐、亦正亦邪的品性，但汉语"幻觉"一词却把原文中五味杂陈的"邪性"奥义过滤净尽。有鉴于此，笔者会更偏向于跳出咬文嚼字的圈子，将错就错地接受新华社的译法。与语义学正确的"幻觉现实主义"相比，新华电讯的"误译"反倒更好地体现了中国读者对莫言作品的理解。虽然我们不能断言埃斯普马克的说法纯属文字游戏，但西方人出于修辞的必要，避免重复使用"magic realism"这个至今光芒四射的"大词"实属情有可原。

　　对大多数中国读者而言，"幻觉现实主义"与"魔幻现实主义"似无本质区别。幻觉这个标签，不论对莫言还是读者来说，并不比"魔幻现实主义"

_____

① http://blog.sina.com.cn/s/blog_4e481e6101018t81.html，引用日期：2005 年 2 月 6 日。

更切合实际，众多媒体文章至今仍固执地坚持"魔幻现实主义"的说法或许就是这个道理。这就如同埃斯普马克说莫言超过了马尔克斯和福克纳一样，不可跟字面意义死磕，他说莫言在"扎根于中国传统的说书艺术"等方面超过了马尔克斯和福克纳，如果无视上下文和时代背景，就此断言"莫言超过了马尔克斯和福克纳"，就未免有断章取义的嫌疑了。事实上，莫言曾多次坦言马尔克斯和福克纳对他的影响，在这些大师面前，莫言似乎一向是甘执弟子礼的，或许也正因为如此，莫言才有青出于蓝的可能。此外，说"魔幻现实主义"过时了，也未必尽然。在"魔戒"和"魔法学校"迷倒众生的今天，到底是"魔幻"过时了，还是"现实主义"过时了？既然明确宣称莫言是"现实主义描写的魔法师"，又何必刻意回避"魔幻现实主义"的说法？即便"魔幻"让人联想到拉美文学大师，于莫言的声誉又何损之有？诸如此类的问题，若细论起来，恐怕也和《生死疲劳》中的轮回转世一样，容易让人产生"嗑药般的幻觉"（hallucinatory）。

微友"但以理"的微博短论认为，莫言小说构造出了独特的主观感觉世界，他那天马行空的叙述，魔法式的陌生化想象，神秘超验的对象化呈现，凡此种种，无不带有明显的"幻觉/魔幻"色彩。诺奖评委们以"幻觉/魔幻"相标，确乎有画龙点睛之妙。更为有趣的是，鱼龙混杂的网络媒体在轰炸莫言和大众的过程中，尽管含糖量高，含金量少，但它制造了大量令人晕眩、令人产生"幻觉"的文本狂潮，这也从另一个方面让我们见识了"幻觉/魔幻现实主义"的厉害，见识了莫言的厉害，见识了网评的厉害。必须指出的是，莫言获奖前后，有关莫言与诺奖的研究出现了"井喷"现象，仅知网收录的报刊研究文章就有数千篇之多。我们有理由相信，网评莫言还会作为热点问题持续一些时日。

2015年，屠呦呦获诺奖引发了又一轮网评莫言，有微友感叹："一年一度诺奖篇，岁岁莫言，今又莫言！"这一次，莫言在微信上无端变成了"心灵肮脏、形象猥琐"的陪衬人。例如，去伪存真的《屠呦呦和莫言获奖感言显示了人品的高尚和卑劣》是2015年度诺奖网评中的当红热帖："从两位诺奖获得者的两篇演讲的结束语不难发现，屠呦呦用毛主席的教导作为自己的行动指南，以自己的专业服务人类作为自己的理想追求，鼓励大家对工作精益求精、更上一层楼，让中华中医药宝藏为人类再立新功，充满了昂扬向上的正气。……莫言所讲的最后一个故事，则暗喻了人类大多数不是好人，该遭恶报，给人以众人皆醉我独醒的误导，充满了血腥恐怖的邪气。（屠呦呦）整篇演讲既体现了中国科学工作者不避艰辛、百折不挠、精益求精、不辱使命的敬业精神和风貌，又体现了社会主义科技队伍团结合作、信息共享、优势互补、协调攻关的举国科研体制的无比优越性，书写了一段中华科技创新的传奇。在他（莫言）笔下的家人、乡亲都是异化的，不是荒诞无稽就是淫乱杀戮或是鬼魅横行，反映出的是对社会的报复心态。因此，莫言的整篇演讲只见禾苗不见土壤，只有乌云不见阳光，除了个人奋斗就是对社会人生的反叛，把个人好恶强加给整个社会，完全颠覆了真善美和假恶丑，表现出另类人生观。"

　　网评的尖酸刻薄是有目共睹的，但更多的还是些抖机灵的"小品帖"。如"向你一笑"在微博中比较了屠呦呦与莫言的八大不同："（1）一个是科学家，一个是文学家。（2）名字相反，一个不说话（莫言），一个说真话（呦呦），想到他们的职业，感觉是幽了一默。（3）莫言描写病态社会、病态人、病态故事，而屠老师却在寻找治常规病的药方。（4）莫言是中国作家最高机构——中国作协的会员；而屠呦呦不是中国科学家最高机构——中国科学院的院士。（5）莫言曾获得中国文学最高奖茅盾奖，而屠老师没有。（6）从诺奖史看，获文学奖者大多年纪较大，偏偏莫言年纪不大；获科学奖的人大多年轻，可偏偏屠老师年事已高（令人唏嘘啊）。（7）屠老师的成果，来源于中医药；莫言小说的叙事方式，却是西方的。多数中国人认为，我们的科学应该全盘西化，而我们的文学应该有中国气派。可现在的事实，却恰恰相反。诺奖咋这么喜欢与中国人的思维开玩笑呢！（8）最后一个不同，是我的预测（个人观点）：在国内，今后，屠呦呦同志，不仅将在业内、科学界获得殊荣，政治上也将获得殊荣；相反，莫言，就莫言了。那些曾经指望靠出版莫言著作赚钱的书商，将来看到靠屠呦呦药品发财的药商们，一定会眼红得滴血噢！"

更有戏剧性的是莫言结缘网络前后对网文网事心态的巨大反差。十多年前，莫言曾经一语惊人："人一上网就变得厚颜无耻，马上就变得胆大包天，我之所以答应在网上开专栏，就是要借助网络厚颜无耻地吹捧自己，胆大包天地批评别人。……一个爱好嫖娼的男人，偏偏喜欢写一些赞美妻子的文章。一个在海外混得很惨的人，可以大写自己在美国的辉煌经历，可以写自家的游泳池和后花园，可以写自己被克林顿请到白宫里去喝葡萄酒，希拉里还送给他一件花边内衣。一个连邓小平骑的那匹骡子都没见过的人，在邓小平去世之后，就可以堂而皇之地写回忆文章，回忆在大别山的一条河沟里，自己与敬爱的邓政委在一起洗澡的情景。一个自己的爹明明只是一个团副的人，在散文、随笔里，就可以把自己的爹不断地提升，一直提升到兵团副司令的高位。吹吧，反正不会有人去查你爹的档案。"[①]"上网就无耻"这句话就像吴伯凡的"孤独的狂欢"一样精辟，它抓住了网络文化某些根本性的特征。"无耻"显然是激愤之词，但表达了网络这一面具舞会上人们无拘无束的狂欢心态。在网络空间里，作家的权力被敲击键盘的网虫们以一种游戏的心态所分享。在个体个性获得极大解放的网络空间，现实中坚不可摧的话语霸权烟消云散了。于是，真实世界中的权威、经典、秩序、制度等处于强势地位的东西，在这里几乎被无限度地降格再降格，剩下的只有在平等和自由精神感召下诞生的一切形式的狂欢。就这样，网络给网评者提供了一个"合法冒犯"的平台，在此，"冒犯者"获得了两大法器，即莫言所说的"无耻"和"胆大"。莫言在评自己的《人一上网就变得厚颜无耻》一文时指出："'歪船野马，偏激文章'，如果此文伤害了谁，就请放开喉咙骂一声：呸，这算什么狗屁文章！"有趣的是，莫言"厚颜无耻"地"落网"不久，其"网态"出现

---

① 莫言：《人一上网就变得厚颜无耻》，《晚报文萃》2015 年第 3 期，第 27 页。

了180度的逆转：他不仅由衷盛赞"网络文学是个好现象"①，而且还欣然出任"中国网络大学"首任校长。

三、"回归常识"："微批评"的价值颠覆与重建

在莫言微博评论中，笔者写下了这样几句评论："如果我们把莫言当作一位通晓世事且学究天人的哲学家，并试图探讨他的价值观，那么我们一定会大失所望。关于这一点，我们只要看看莫言的几篇演讲，就不难发现，莫言的所思所想和所论所言，几乎都是些一望而知的老生常谈，有时甚至不免怨其情趣低俗，恨其殊无新意。"很快有位名为"莫丝"的微友对笔者的言论做出了回应。他的跟帖对笔者"不无微词"的"网评""颇有微词"："与其说莫言是哲学家，还不如说他是试金石与照妖镜。情趣之雅俗，新意之有无，全看读者自己。要是自家脸丑，就莫怪镜子无情！如果换一个角度，把莫言当作一个敢于直面现实、阅尽世态炎凉的小说家看，情形或许大为不同，莫言近乎偏执的深刻常常令人肃然起敬。深刻的真实才是莫言获得诺奖的真正原因。"不难看出，这个"莫丝"算得上是莫言的铁杆粉丝。

必须承认，"莫丝"的批评不无道理。不过，在这一方面，众多"莫丝"对莫言之于中国文学和世界文化价值的过度阐释，往往不足为据。有些人甚至借诺奖之名，把莫言装扮成世界文学"诸神"中的"主神"就是例证，当然，如果这类言论只出现在祝贺莫言荣膺诺奖的文化狂欢化庆典场合，其必要性与合理性就另当别论了。

读了微信上盛传的莫言《悠着点，慢着点——"贫富与欲望"漫谈》②（下文简称《悠着点，慢着点》）之后，笔者改变了对莫言演讲的看法，反倒觉得自己批评莫言"老生常谈""殊无新意"等说法，是更为肤浅世故的陈词滥调。《悠着点，慢着点》是2010年12月4日莫言在日本举办的"东亚文学论坛"上发表的演讲。莫言开门见山地提出了这样一个观点："人类社会闹闹哄

---

① 莫言：《网络文学是好现象》，《人民日报》2008年12月1日。

② 莫言：《悠着点，慢着点》，http://blog.sina.com.cn/s/blog_63acd9f50100nfxo.html。下文复引此文不再注明出处。

哄，乱七八糟，灯红酒绿，声色犬马，看上去无比的复杂，但认真一想，也不过是贫困者追求富贵，富贵者追求享乐和刺激——基本上就是这么一点事儿。"这句俗套中的俗套话，或许可以看作是我们理解莫言小说的一把钥匙。

莫言认为，无论凡人圣人，不管愚夫智者，对待贫富关系，都有清醒认识。"为什么人们厌恶贫困？因为贫困者不能尽情地满足自己的欲望。无论是食欲还是性欲，无论是虚荣心还是爱美之心，无论是去医院看病不排队，还是坐飞机头等舱，都必须用金钱来满足，用金钱来实现，当然，如果出生在皇室，或者担任了高官，要满足上述欲望，大概也不需要金钱。富是因为有钱，贵是因为出身、门第和权力。当然，有了钱，也就不愁贵，而有了权力似乎也不愁没钱。因为富与贵是密不可分的，可以合并为一个范畴。"此论之后，有"跟帖"援毛泽东评《明人百家小说·记仕》的批语——"有理"，并附录其原文："魏公子牟东行，穰侯送之曰：'先生将去冉之山东矣，独无一言以教冉乎？'魏公子牟曰：'微君言之，牟几忘语君。君知夫官不与势期而势自至乎？势不与富期而富自至乎？富不与贵期而贵自至乎？贵不与骄期而骄自至乎？骄不与罪期而罪自至乎？罪不与死期而死自至乎？'穰侯曰：'善，敬受明教。'"[①]这种权钱害人、富贵致死的言论，看似陈词滥调，实则并未过时。

在列举了颜回、管宁、庄子等或清心寡欲，或安贫乐道的训诫故事之后，莫言开始感叹人心之不古、世风之日下，人们生活在赤裸裸的利害关系之中，古人的道德示范作用在今人面前完全失去了效力。"人们追名逐利、如蚊嗜血、如蝇逐臭，从古至今，酿成了无量悲剧，当然也演出了无数喜剧。"莫言"把这个问题作为自己研究和描写的最重要的素材"，在作品中进行了不厌其烦的反复把玩。此外，像许多作家一样，莫言还常常把富贵当成"试金石"，对人物进行考验，经得起富贵诱惑的通常被认为是真君子，反之则"堕落成小人、奴才、叛徒或是帮凶"。莫言这番尽人皆知的"常识"，赢得了无数的

①《毛泽东读文史古籍批语集》，中央文献出版社 1993 年版，第 49 页。

"顶""赞"。

我们注意到，这篇不足 5000 字的演讲稿，在莫言博客中拥有 30 多万阅读量和 2000 多条"网评"，这些评论，与前面所讨论的"网评莫言"同样具有价值取向方面的矛盾，于兹不赘。在这里，莫言不仅为日本听众讲述了许多中国人耳熟能详的道德训诫故事，而且还讲述了不少中国以外的道德预言，如"印度人捕捉猴子"的故事。在阿尔及尔地区的长拜尔有一种猴子，非常喜欢偷食农民的粮食。当地农民发明了一种捕捉猴子的巧妙方法：把一只葫芦形的细颈瓶子固定好，系在大树上，再在瓶子中放入猴子们最爱吃的花生，然后就静候佳音。到了晚上，猴子来到树下，见到花生，心花怒放，毫不犹豫地把爪子伸进瓶子。猴子会尽可能地抓一大把花生米，结果，它的爪子被牢牢地卡在瓶子里。可怜的猴子无法战胜自己的贪心，宁可被人捉住也不肯放下到手的食物。故事未必真实，但意义相当深刻。莫言总结其训诫意义时说："猴子没有放下的智慧。人有放下的智慧吗？"

尽管中国哲人在抵御诱惑方面富有理性和智慧，但遗憾的是，人们总是"身后多余忘缩手，眼前无路想回头"。莫言相信，"贪婪是人的本性"，文学的道德价值在于其道德劝诫（或曰其"教育功能"）能使人清醒一些。当然，莫言也清醒地认识到"文学说教""不能从根本上解决（贪欲）问题"。况且，真正的文学艺术往往也未必要以承担道德训诫为己任，因此，将扭转人欲横流、世风日下的重任强加于文学，显然是不切实际的幻想。至于那些蔑视道德劝诫或以反叛姿态站在道德对立面的作品，在刺激人类欲望的恶性增长方面，充当什么样的角色就不言而喻了，这个看似老生常谈的问题实则隐含着极为复杂的未解之谜，在网络时代，相关情况更为复杂。

莫言在演讲中像一位布道牧师一样说，我们应该用文学作品向人们传达最基本的道理。这些看似令人生厌的心灵鸡汤，实际上正是这个时代迫切需要理解并为之行动的"自救宣言"。莫言说，在资本、贪欲、权势刺激下的科学的病态发展，已经使人类生活丧失了许多情趣且充满了危机，因此，他要通过文学作品告诉人们："悠着点，慢着点，十分聪明用五分，留下五分给子孙。"莫言的本意或许是要劝诫急功近利、唯利是图的人们，放弃剩余欲望，减缓盲目发展。但莫言的话能够引起人们的警觉吗？莫言的文学作品真能使人类的贪欲，尤其是芸芸众生的贪欲有所收敛吗？莫言坦言，这些问题的结论是悲观的。但莫言强调说，尽管结论是悲观的，我们也不能放弃努力，因为，"这不仅仅是救他人，同时也是救自己"。

行文至此，笔者想起了元旦那天一位朋友传来的一条帮我查阅"网评莫言"资料的微信：李乃清为《南方人物周刊》所写的专访——《莫言："他人有罪，我也有罪"》。虽是旧文，却激发了不少新的想法。譬如说，莫言对自己创作阶段的划分："创作第一阶段，把坏人当好人写；第二阶段，把好人当坏人写。这两个阶段可以合并在一起，像我写的《丰乳肥臀》。……堂上的拷问者，就是要拷问出罪恶背后的善良，也要拷问出善良背后隐藏的罪恶。"有人认为这是莫言小说叙事之"人性美学"的精彩表述，是文学大师的"写作秘诀"。但也有人认为，这是"历史虚无主义"的自我暴露，是"调扭颠丑"的"反面教材"。所谓"调扭颠丑"，即"调侃崇高，扭曲经典，颠覆历史，丑化人民群众和英雄人物"的缩略语。网评针锋相对，究竟谁是谁非，不能一言以蔽之。

莫言只有一个，网评千差万别，我们究竟应该相信谁呢？观点可以不同，事实只有一个。尽管莫言的网络言论，在网评语境中具有极大的争议空间，但从整体上看，即便是他那些调侃与反讽之语，也没有打破常识底线。与"语不惊人死不休"的"雷人雷语"相比，莫言的散文随笔，尤其是他获奖后的一些言论，明显具有一种回归常识的趋向。或许，我们应该向莫言学习，回到常识，从重建大数据时代"微批评"的价值观开始。

| 延 | 伸 | 阅 | 读 |

付费阅读 ①

付费阅读通常被认为是 B2C（Business To Customer）模式在网络小说产业中的延伸。它泛指通过线上或线下（通常是在线支付）的支付途径来阅读一些通常被运营商加密或隐藏的文字图像内容。2002 年，"读写网"和"明杨·全球中文品书网"率先开始了付费阅读的尝试。随后，起点中文网、幻剑书盟、天鹰等玄幻小说文学网站也纷纷推出了自己的付费阅读模式。2008年 7 月成立的盛大中文网整合晋江原创、起点、红袖添香三个网站，实行付费阅读，作品前半部分免费，后半部分按 1000 字 2—3 分钱收费，写手与网站五五分成。付费阅读一般分为三种。第一种就是将整本书买下来。买下以后你可以选择在线阅读或者下载到电脑上阅读。价格大概是纸质书的 1/3。第二种就是租书看。有些书提供了租阅服务，把一本书租下来，到期了就收回权限了，默认租期是一周时间，价格是标价的 1/4，也就是纸质书的 1/12 啦。最后一种就是包月馆。打包了一些题材的图书，每个包月馆有几百本书呢，包月以后随便看，平均下来三四分钱一本书。②

网络付费阅读机制的形成对于网络文学的发展有着重要的意义。首先，付费阅读有利于一种新的写作价值观的建构。在免费阅读时代，网络文学更多的是写手们一种情绪的发泄，表达的只是纯粹个人的价值观点，这种观点不需要对任何人负责。付费阅读的产生就使得网络文学的创作者和阅读者在中介的作用下连接起来，要想作品能够得到中介和读者的认可，写手们所传达的就应该是中介、读者和自己都能够接受的价值体系，不再是一个人的自

---

① 节选自欧阳友权主编：《网络文学五年普查（2009—2013）》，中央编译出版社 2014 年版，第63—64 页。

② 付费阅读，http://baike.baidu.com/view/1634293.html，引用日期：2014 年 1 月 22 日。

我欣赏。其次，付费阅读对于网络原创文学的产生有重要的促进作用。在网络文学的市场上，一直呈现着一种鱼龙混杂的情况，网络付费阅读机制的出现在一定程度上刺激了那些优秀的网络文学写手将更多自身精力投入到网络文学的创作中去，这样势必促使更多更优秀的网络文学作品的产生。从 2006 年开始每年发布的中国作家富豪榜当中，我们总是可以看到一些网络文学写手的身影。2012 年 11 月首次发布中国网络作家富豪排行榜，从中我们看到的作家收入为中国网络作家 2007 年至 2012 年 5 年间，其作品产生的版税及相关授权总收入。著名网络作家唐家三少、我吃西红柿、天蚕土豆，分别以 3300 万元、2100 万元、1800 万元的版税收入，荣登第七届中国作家富豪榜子榜单"网络作家富豪榜"前三名。榜单中的 20 名网络作家，在文学网站的行情是以 1000 字 1.4 分钱起步，但凭借自身的坚持不懈，在短短 5 年内敲出 1.77 亿元的个人财富。[①] 2013 年 12 月，中国网络作家排行榜发布新榜单，此榜主要根据的是 2013 年网络作家作品产生的版税及相关授权总收入，从榜单的名单来说与 2012 年相比并无太多变化，唐家三少依然位居榜首。[②] 最后，网络付费阅读对于读者来说也具有十分重要的意义。由于付费阅读，读者与写手之间的关系不再同于免费阅读时代，读者的主体地位得到确立，读者分享与评价的权利得到认可，避免了在免费阅读时代，作家为了获得经济上的收益，在小说中不断插入广告的可能性。总之，网络付费阅读无论是对于网络作家还是读者来说都有着重要的意义，使得网络文学的发展步入一个更加成熟、自主的机制当中，这是网络文学发展的必经之路。[③]

2014 年 1 月易观网发布的《2013 年中国网络文学产业年度研究报告》显示，2013 年中国网络文学产业处于高速发展期。此时，以用户付费为基础的商业模式逐渐形成，网络文学付费市场处于稳定增长阶段，而且经过大浪淘

---

① 中国网络作家富豪榜，http://baike.baidu.com/view/9667240.html，引用日期：2014 年 1 月 22 日。

② 中国网络作家富豪榜，引用日期：2014 年 1 月 22 日。

③ 傅其林：《网络文学的付费阅读现象》，《学习与探索》2010 年第 2 期。

沙式的洗涤，市场准入门槛得到提升，进入市场内的网站或企业掌握着核心资源，但大规模的盈利尚未形成，尽管如此，市场前景仍然可观。①

①《2013 年中国网络文学产业年度研究报告》，https://www.analysys.cn/article/detail/49，引用日期：2014 年 1 月 22 日。

| 第四章 |

"自说自话"：博客／微博写作与网络文学

20世纪80年代，德国研究协会主席迈尔·莱布尼茨（Heinz Maier-Leibnitz，1911—）主编过一本《人·科学·技术》的文集。书中收录了"国际电信联盟"主要负责人伍尔夫先生的一篇文章《信息服务、电信及"整体传播"今日观》。伍尔夫说："在我们这座行星上，且不提政治、社会及意识形态上的差异，单看饥馑与过剩的现象并存、石器时代与电子时代兼而有之、人口爆炸与人口过稀互见；在这充满矛盾对立的状况中，试问'整体传播'对人类的心理、政治和社会将会有什么样的影响呢？社会学家认为，现代传播工具有助于消除国与国之间的差异。现代人对于当代发生的事情将以更积极、更了然的态度来参与，而且更感觉得到自己是人类大家庭的一分子。"[1]

第一节 "博客：E 时代的盗火者"

在这个所谓全球化时代，伍尔夫所说的物质形态的差异仍然比较普遍地存在着。物质形态的差异，大约主要是由历史因素和地理条件之间的差异造

---

[1] 迈尔·莱布尼茨：《人·科学·技术》，胡功泽等译，生活·读书·新知三联书店1992年版，第95页。

成的，在此基础上，形成了情况更加复杂的"政治、社会及意识形态的差异"。纵观人类历史纷纭万状的发展轨迹，我们不难发现，无论是部落、国家的战争与和平，还是民族或利益团体之间的分化与重组，其根本原因都可归结为物质与意识之间的"差异"在强化与消弭之间的矛盾运动。

网络作为冷战时期的备战技术工程的副产品，意在强化敌我之间军事实力的差异，但在其现实意义上，却为消弭两个超级大国之间的政治隔阂和文化差异悄然搭建了一个超越时空局限的对话平台。事实上，以网络为代表的传播工具对消除国际"政治、社会及意识形态的差异"起到了至关重要的作用。互联网上有一句不堪入耳却意味深长的口号："没有人知道你是一条狗。"这句话较好地体现了网络消弭个体文化身份差异的鲜明特征。就网络传播的当下现状和发展趋势而言，近年来风生水起的博客，大约是最能体现思想自由和身份平等的新兴媒介吧。博客也有一句流行的口号："我的空间我做主。"不过，博客是否真的会使我们"对于当代发生的事情将以更积极、更了然的态度参与其中，而且更感觉得到自己是人类大家庭的一分子"呢？在目前尚不能确切地知道它究竟是天使还是魔鬼的情况下，博客这个不期而至的幽灵，对于网络时代的文学生产与消费来说，究竟会扮演一个什么角色呢？就我们研究的对象而言，后者显然是我们更应该密切关注的问题。

2006 年 8 月，杨竹山和潘浩翻译了美国学者休·休伊特（Hugh Hewitt）的《博客》一书。作者休伊特是查普曼大学教授，著名的美国公共广播公司（PBS）主持人，曾 3 次获艾美奖，著名的《时代》周刊畅销书作者，《旗帜周刊》及其网络版周刊专栏作家，《每日网讯》专栏作家。据说他是世界上最早也是最有影响的"博客专家"和"博客作家"之一，至少某些中国博客研究者是这样看的。《博客》中文版的封面上写有"作者博客点击率已超过 1740万"的字样。当然，现在看来，这并不是一个值得炫耀的数字，因为博客发展的速度实在太快，传统的量化分析法在瞬息万变的博客世界已经失效了。譬如说，2007 年 7 月 18 日，中国演员徐静蕾的"博客点击率"已超过 1 亿，为此，"蕾丝"们还专为"老徐的博客"举行过盛大的欢庆仪式，而且还是在著名的工人体育馆。不过，人们并不认为徐静蕾必定比《博客》作者休伊特更了解博客。

被追捧为"中国博客之父"的互联网实验室董事长方兴东在为《博客》所写的序言"引领我们向博客世界的深度挺进"中指出："虽然美国的博客早在 20 世纪 90 年代后期就萌芽，但是，可以说 4 年来，博客在中国的发展势头超过了世界上其他任何一个国家。根据互联网实验室的调查研究，今年中文博客的注册数量将超越 6000 万，2007 年必将突破 1 亿大关。博客深入中国社会，博客影响主流大众，已经是当今社会最重大的事件之一。但是，在热闹和喧嚣的同时，名人博客的'生活垃圾'全面泛滥，传统媒体对于博客的'猎奇式窥探'，以及大众博客对于生活隐私和道德界限的屡屡突破，使得中国博客发展状况明显呈现'虚热'现象，博客应用的肤浅化和庸俗化正在给博客的健康带来极大的'回火'。这种局面很大程度上也体现在国内对于博客的研究方面。尽管博客的社会影响已经完全达到像休伊特在《博客》一书封面所言的程度'为什么你必须知道博客世界正在如何摧毁旧媒体的垄断，在思想的大集市中如何赋予个人强大的力量'。"[1]只要对下面罗列的几起曾经由博客引爆的轰动世界的新闻事件稍加关注，我们就再也不能忽视博客的存在了：

> 1998 年 1 月 17 日，美国总统克林顿被德拉吉"博客"了，差点丢掉总统宝座；
>
> 2001 年 9 月 11 日，美国遭遇恐怖袭击，博客第一次成为主流媒体新闻的来源；
>
> 2002 年 12 月 5 日，多数党领袖洛特被 Marshall "博客"了，丢

---

[1] 休·休伊特：《博客》，杨竹山、潘浩译，中国铁道出版社 2006 年版，第 1 页。《博客》一书的副标题为"Understanding the Information reformation that's changing your world"，可以直译为"理解改变世界的信息革命"，翻译者将其译为"信息革命最前沿的定位"，似乎不够准确，但就其大意而言，应该说是抓住了全书主旨。

掉了共和党领袖一职；

　　2003 年 3 月，在 Salam 的"博客"下，伊拉克战争 500 多名随军记者却成了新闻史上的反面教材；

…………

　　这些发生在大洋彼岸的事件除了作为我们茶余饭后的谈资外，不会对我们产生什么直接的影响。但发生在我们身边的"博客事件"却有可能正在高效率地影响着我们的生活。以所谓"民权元年"的 2003 年为例，这一年，风头正健的网络媒体在民生、民权等公共事件的参与中，对主流媒体的话语霸权发起了挑战。在海湾战争白热化的过程中，互联网成了民众自由参与国际大事件的主要平台；突如其来的"非典"使国家如何应对公共危机成了每个公民共同参与的热门议题；"孙志刚收容案""刘涌涉黑案"等的"网评"成为舆论监督的主要力量；特别是同年发生的"宝马撞人案"①，使成千上万热血沸腾、正义凛然的网民形成了一种骤然崛起的民主力量。那些曾被鲁迅称为"看客"的国民之后代觉醒了，那些被朱大可称为"哄客"的网民之精英愤怒了，谁说中国老百姓只有"冷漠的面孔，麻木的心灵"？谁说中国"沉默的大多数"全无公民意识和公共精神？在短短的几天时间内，什么"事不关己，高高挂起"的保身哲学，什么"自扫门前雪"宅门风习，什么"专己所欲，勿视他人"的自私品性，什么"逆来顺受，听天由命"的顺民意识……总之，所有"民族劣根性"的阴霾，在飓风骤起的网络舆论面前即刻烟消云散。

　　冷面孔的"印刷体"一旦变成热心肠的"赛博客"，大众舆论必如火山爆发。岩浆奔突于人心，民声鼎沸于网络。令人遗憾的是，直到今天，中国与博客相关的书籍还是凤毛麟角。相关理论研究更是十分薄弱，深究其文化内

---

① 2003 年 10 月 16 日，黑龙江省哈尔滨市的苏秀文驾驶宝马车连撞 13 人，致 1 人死亡 12 人受伤。同年 12 月 20 日，法庭以苏秀文犯交通肇事罪一审判处其有期徒刑 2 年，缓刑 3 年。消息一出，群情激奋，互联网上质疑审理公正性的帖子如雪崩海啸，迅速覆盖了各大网站新闻评论的头版，新浪网的网友几乎一夜之间贴出了 6 位数的相关评论。

涵与潜在魅力的力作迄今罕见，至于说研究博客与文学的著述何等贫乏，自是不言而喻。方兴东曾说过，自他和王俊秀合写的《博客：E时代的盗火者》（2003年8月）一书出版之后，只有顺风的《顺风新博客论》一书出版。而风靡一时的丹·吉尔摩的《我们即媒介》（*We the Media*）迄今只有繁体版，没有引入国内。笔者以此为憾，并非因为潜意识中挥之不去的"书写文化情结"作怪，实则是因为没有想到印刷媒介对汹涌而至的比特洪流竟然如此视而不见或不知所措。在这种背景下，休伊特的《博客》一书就显得尤为珍贵了，它仍然代表着"当下博客最新的前沿研究"（2007）。

值得一提的是，《博客》以轰动一时的新闻事件开头，从博客所引发的特伦特·洛特的下台、《纽约时报》的丑闻、约翰·克里的谎言、"拉瑟门"事件以及2004年美国总统竞选等重大社会事件入手，突出描绘了博客世界的真实力量。特别是作者以宗教改革比喻博客信息革命为开场白，这与《博客：E时代的盗火者》的情形居然如出一辙，这可谓是一个出人意料却又在情理之中的巧合，即方兴东所说的"不谋而合"。这种雷同也许已被某些"学术打假专家"发现，但目前尚未见有美国作家剽窃中国博客的报道。毕竟，博客在中国还只是一个降生不久的婴儿。在具有数千年辉煌历史的中华传统文化面前，"何为博客"和"博客何为"都是颇为令人困惑的问题。

一、究竟什么是"博客"？

世界上有许多事情原本就是无法命名的。譬如，著名的象征主义运动曾长期无法获得恰当的命名，这个持续了半个世纪的问题令瓦莱里十分头痛。于是，"他讲述了著名天文学家阿拉戈的一件趣闻，他是巴黎天文台台长，1840年接待了皇家成员的一次访问。阿拉戈请来客透过巨大的望远镜观看'天空最美妙的星辰'，告诉他：'先生，那就是天狼星。'王公凝视星辰片时，然后说道：'私下之间，台长先生，你能十分肯定这颗宏伟的星辰的自称为天狼星吗？'瓦莱里认识到，在1860年至1900年期间，涌现了蔚为大观的作品和作者，如今大家称为象征主义运动，但是，如同阿拉戈接待的王公，他

'不能十分肯定这场运动就是它的真名'"①。"博客"写作的情形也正是如此。在所谓 blog 写作出现很久以后，人们一直不能肯定 blog 就是这种悄然博兴的网络日志的"真名"；至于其中文译名似乎至今还难以获得合法化的身份。无以名状的"博客"只是姑且以"博客"名之。

　　一般人认为，博客的出现不过是新媒介体系"群发事件"中的一件小事而已，它还远远未能构成对主流媒体的挑战力量，但是，这件小事可能造成的"蝴蝶效应"却已从前文所述事件中微露端倪，因此，休伊特和方兴东以宗教改革来比喻博客即将带来的社会变革是相当贴切的。休伊特在《博客》前言中指出："如今，全世界已经燃起了熊熊的博客之火……更大的博客浪潮正向我们涌来。在下一次美国高等法院大法官提名，或者美国再次遭受恐怖袭击的时候，博客肯定会爆发出来。在下一拨浪潮到来之前，你必须了解博客所爆发出来的难以想象的力量。"②对于当代政治、经济和文化而言，"博客蜂群"引发的"舆论风暴"有时无异于颠覆乾坤的海啸。

　　不言而喻，"了解博客、研究博客"并不是 IT 业精英们的专利，人文学者也有这方面的需求和责任。我国学者孙坚华很早就开始关注博客现象了，自 1998 年以来发表了不少相关文章，并产生了比较广泛的影响。2000 年 1 月中国台湾的阿坚发表文章《网录：一种新内容形式的崛起》。2001 年 11 月 20 日硅谷著名 IT 博客 Dan Gillmor 在"清华阳光传媒论坛"上宣讲博客。2002 年 3 月，中国台湾"资策会"顾问邹景平连续发文介绍 blog 在教育中的应用，并且把 blog 翻译成"网志"。还有翻译成"型录"或"网络簿录阁"的。2002 年 7 月 blog 的中文"博客"由方兴东、王俊秀正式命名，他们还同时起草了《博客宣言》。

　　一种业已公认的说法是，"博客"的中文名字是王俊秀灵机一动的产物，这种"妙译"不仅将音译（b）和意译（log）巧妙结合在一起，同时还照顾

---

① 雷纳·韦勒克：《近代文学批评史》第 8 卷，杨自伍译，上海译文出版社 2006 年版，第 290 页。

② 休·休伊特：《博客》，杨竹山、潘浩译，中国铁道出版社 2006 年版，第 2—3 页。

了习惯说法（"客系列"）。有趣的是，当许多观点激进的人把"博客"看成书籍（book）的"终极杀手"且满口"博客""博客"地谈论"博客"时，听上去好像是在为被害者 book 招魂似的，王俊秀也许没有注意到，"博客"与 book 的读音，对中国人来说太容易混淆了。这种巧合让人想起了也速该给儿子取名铁木真的故事，"终结者"之名，成了"被终结者"不朽的纪念碑。另一个巧合也许是这样一个几近明朗的事实，那就是"博客"这个新生儿注定要像一代天骄成吉思汗那样征服世界，而且一定会比挥舞马刀的蒙古族人来得更干净、更彻底。

当然，这只是一个蹩脚的比喻，其不恰当处，显而易见。譬如说，蒙古族人的征服依靠破坏性的冲击，博客的征服则依靠建设性的吸引。方兴东在《博客：E 时代的盗火者》中提出了颇有影响的"四零"说，即"零技术、零成本、零编辑、零形式"。可以说，这四个"零"就是"博客"无坚不摧的秘密武器。在一个无所不有无所不能的比特王国里，帝位虚席以待，随时恭候大驾光临，这该是一种什么样的诱惑？不要想当然地认为虚拟必然就是虚幻，业界前沿成果已经证明这样一种可能：未来的虚拟，注定要比幻想更加理想，并且比现实更加真实。

对博客这样一种"零进入壁垒"的网上个人出版方式，孙坚华有更深刻的理解。在《博客——个人出版 2.0 》（即《博客》一书序）中，他将方兴东的"四零"说变成更加具体的"五零"说，即"零成本、零技术、零时差、零许可、零编辑的个人意见平台，无论它叫个人网站，叫博客，还是叫其他什么名字，肯定会以这样那样的方式影响、干预、骚扰、破坏社会。它可以是一种全方位的积极的建设性力量，也可以是一种毁灭性的破坏力量。而新技术提供的种种前所未有的可能，正在不断强化这样一种力量"[1]。

上述种种说法都有其合理性，只是侧重点略有不同而已。但笔者注意到，博客最突出的特点似乎没有得到应有的重视，那就是"写的功能"。有一种

---

[1] 孙坚华：《博客——个人出版 2.0 》，《博客：E 时代的盗火者》，中国方正出版社 2003 年版。

观点认为，博客的最大贡献是使互联网"可写"。"拥有博客，就拥有了可写的互联网；持续的书写，就会获得同类者的关注；博客使人的灵魂穿越时空而最大可能地物以类聚，博客使庶民的声音最大可能地被传播。每个人都可以拥有自己的博客，量力而行，不同境界有不同乐趣。只有自己一位访问者的时候，你的博客是个人的网上日记本；有几位到几十位访问者的时候，你的博客是与亲朋借着文字交流的咖啡屋；有数百到数千位访问者的时候，你的博客是一份不错的媒体了，你开始拥有力量；如果你的博客有数万访问者，那就已经成为有商业价值的独立业务了。"①

博客的特点虽然显而易见，似乎每个博客都可以总结出十条八条来，但要深究一下"到底什么是博客"，它就立刻变成了一个谁也说不清楚的难题。事实上，关于博客的定义与解说，网络上一开始就呈现出百花齐放的开放态势，真可谓"仁者见仁，智者见智"。从 Weblog 到 Blog，标志着一种特定网络英文写作方式的诞生；从"网录""网志"到"博客"，标志着中文"博客"的问世。就现有资料看，网上广为流传的"博客（Blog）最普通的名词解释"大体如下：

博客（Blog），指网上写作的一种特定形式和格式，是由按时间倒序排列的文档组成的栏目，两侧通常还可以有补充材料，频繁更新，一般大量使用链接。一般有战争博客（Warblog，Matt Welch 发明）、日记博客（Journal blog 和 Diary blog）、知识博客（Knowledge Log、Klog、K-Blog）、新闻博客（News blogs）、专家博客（Pundit blog）、技术博客（Tech blog）、群体博客（Group blog）、移动博客（Moblog）、视频博客（Video blog）、音频博客（Audio blog）、图片博客（Fotolog）、法律博客（Blawg）、文摘博客（Digest blog）……由此还衍生出大量新词语，如：博客世界（Blogosphere）、博客精英（Blogerati）、博客链接（Blogroll）、法语博客（Froglogs）、语言博客

---

① 梁宁：《博客：庶民的网络书写》，http://www.blogchina.com/new/display/12366.html，引用日期：2004 年 6 月 8 日。

（Linguablog）和小猫博客（Kittyblogger，指写些日常琐碎内容的博客）等。①

博客作动词用时，意即在 blog 上写文章。例如："她是一位博客，她天天在博客。"在这句话中，前一个"博客"是名词，后一个"博客"是动词。"百度百科"有一个例句说："博客博什么客？"在中文语法与逻辑上都是正确的。北京大学张颐武教授的博客上有这样一个题目："今天你博了吗？"

2007 年的春节晚会上，东北农民白云（宋丹丹饰）和黑土（赵本山饰）有两句关于博客的台词大有深意，白云在介绍自己的近况时对观众说："详细情况，请看我的博客。"黑土说："名人嘛，一般都刻薄。"名人都"博客"，"博客"都"刻薄"。此语虽为小品中的俏皮话，却并非毫无现实生活依据。以"刻薄"二字评论"名人博客"，虽然刻薄了些，却在一定程度上抓住了博客写作的突出特点。我们常常看到这样的现象，无论多么厚道的一个人，只要他／她一上博客，就有可能立刻变得刻薄起来，可见"刻薄"不失为赵本山式的精辟独拔之论。其实，在一团和气的文艺评论因过分甜蜜的相互吹捧而致使批判精神丧失殆尽的今天，理性的"刻薄"比起无原则的"宽容"更有益于文艺的健康发展。

由于博客的内容包罗万象，形式千变万化，加之三教九流对博客的理解各不相同，所以，"什么是博客"的答案必然众说纷纭，其中更多是些关于博客的形象比喻。关于这一点，方兴东的著作中所援引过的许多知名人士对博客所下的定义就是最好的例子。事实上，当下讨论博客的论文或论著，大都得益于方兴东等人提供的资料，尽管相关"网文"如恒河沙数，但给笔者印象较深的是华尔街记者佩姬·努南的定义："博客是每周 7 天，每天 24 时运转的言论网站，这种网站以其率真、野性、无保留、富于思想而奇怪的方式提供无拘无束的言论。"②最大博客网站创始人兼 CEO 伊万·威廉姆斯则说："博客概念主要体现在三个方面：频繁更新（Frequency）、简洁明了

---

① 网上流行的定义大多来源于方兴东等人的著述。

② 方兴东、王俊秀：《博客——E 时代的盗火者》，中国方正出版社 2003 年版。

（Brevity）和个性化（Personality）。"

最后也是最重要的一点，那就是草根博客的七嘴八舌绝对不可视而不见。什么情况下我们都不可忘记，博客毕竟是博客们的世界，况且，三个臭皮匠的三言两语往往比一个诸葛亮的高头讲章更富有启发性。有人说博客是新型的"协同媒体"，是"不停息的网上旅程"，是"个人网上出版物（社区）"，是"网络中的信息雷达系统"，是"人工搜索引擎"，是"专家过滤器"。也有人说博客是"自组织网络生态"，是"草根记者"，是网络时代的个人《读者文摘》，是以超级链接为武器的最个人化的网络日记，是信息时代的麦哲伦，它可能是下一代印刷杂志的发展方向，是未来的网上随笔。还有人说博客是信息奶牛，吃的是"信息草"，挤出来的是"信息奶"。①

总之，博客代表着新的生活方式和新的工作方式，更代表着新的学习方式。即便是那些根本不知道博客为何物的人，也早已被博客安排到了博客之上，用方兴东的话来说："有多少人就有多少种博客，人是什么，博客就是什么。"②值得注意的是，这种貌似高深的说法其实一点也不新鲜。有网友调侃方兴东说，如果我们把"研究博客的学问"简称为"博学"，那么我们就可以像文艺理论家们宣称"文学是人学"一样骄傲地说："博学就是人学！"这种浅薄俗滥类比固然不能作为"博客与文学有一种天然联系"的依据，但从上述博客的众多特性看，博客之于文学生产与消费的意义，绝不只停留在工具或手段层面，它将深入文学更为本质的内核之中，从思维方式和审美习惯等形而上的维度，颠覆和重建网络时代文学生产与消费的价值观念和运行模式。

二、"简明博客编年史"

对"博客"的描述，《网络翻译家》中有一种甚为流行的说法："在网络上发表 Blog 的构想始于 1998 年，但到了 2000 年才真正开始流行。起初，Bloggers 将其每天浏览网站的心得和意见记录下来，并予以公开，以供他人

---

① 方兴东、王俊秀：《博客——E 时代的盗火者》。
② 转引自洪治纲：《博客：庶民的话语狂欢？》，见蒋原伦、张柠主编《媒介批评》第 2 辑。

参考和遵循。但随着 Blogging 快速扩张，它的目的与最初已相去甚远。目前网络上数以千计的 Bloggers 发表和张贴 Blog 的目的有很大的差异。不过，由于沟通方式比电子邮件、讨论群组更简单和容易，Blog 已成为家庭、公司、部门和团队之间越来越盛行的沟通工具，因此它也逐渐被应用在企业内部网络（Intranet）。目前有很多网站可以让网友设立账号及发表 Blogs。"[①] 对此，《博客——E 时代的盗火者》一书中有极为详细的考证资料。

发明 blog 一词的彼得·莫赫尔（Peter Merholz）回忆，大约在 1999 年 4—5 月间，他在自己的主页上贴出一个帖子，决定把 weblog 缩写为 blog，并把这个词写在他的帖子中。后来大家发邮件也开始使用，几个月后，K. 道森（Keith Dawson）把 blog 收进了"行话查询"中。由于莫赫尔的帖子将 blog 用成动词，于是就衍生出 blogging、blogger 或者 I blog、Blogsphere（博客世界）等说法。简而言之，博客让任何人都可以像免费电子邮件的注册、写作和发送一样，完成个人网页的创建、发布和更新。如果把论坛（BBS）比喻为开放的广场，那么博客就是你的开放的私人房间，具有可以充分利用超文本链接、网络互动、动态更新的特点，在你"不停息的网上航行"中，精选并链接全球互联网中最有价值的信息、知识与资源，也可以将你个人工作过程、生活故事、思想历程、闪现的灵感等及时记录和发布，发挥你个人无限的表达力，更可以以文会友，结识和汇聚朋友，进行深度交流与沟通。

根据"博客网"提供的资料，最古老的博客原型——NCSA 的"What's New Page"网页，主要是罗列 Web 上新兴的网站索引，这个页面从 1993 年 6 月开始，一直更新到 1996 年 6 月为止。1994 年 1 月，贾斯丁·赫尔（Justin Hall）开办"贾斯丁个人网页"（Justin's Home Page），不久里面开始收集各种地下秘密的链接，这个重要的个人网站可以算是最早的博客网站之一。1997 年 12 月拔戈尔（Jorn Barger）最早用 weblog 这个术语来描述那些有评论和

---

① 参见方兴东：《2004 年最热门的互联网词汇之一——博客及其发展简史》，http：//www.wm23. com/resource/R01/Internet_1004.htm，引用日期：2005 年 2 月 6 日。

链接，而且持续更新的个人网站。后经莫赫尔缩写，这才有 blog 之名的流行，在随后的一年多时间里，拔戈尔和温纳（Dave Winer，他主办的 Scripting News 是创办最早且在互联网上持续运行时间最长的博客网站之一）及其追随者开始了"谁是博客鼻祖"的论战。尽管温纳在互联网上持续运行时间最长的博客网站开始于 1997 年 4 月 1 日，但他并未稳拿论战赢家头衔（Winer 这个名字的含义为"赢家"，读音为"稳拿"）。他将这"博客鼻祖"的殊荣归于他很尊重的前辈——万维网（WWW）的发明人蒂姆·博纳斯 - 李（Tim Berners-Lee）。

按照这种观点，博纳斯 - 李开设的第一个网站 *http：//info.cern.ch* 可以说就是最早的博客。随后的 NCSA 和网景的"What's New"栏目，也有了博客网站的雏形。但真正意义上的博客（即"网络日志"）一般认为是从贾斯丁·霍尔臭名昭著的"网上日记"开始的。由于霍尔的"博客"主要用于发布他对吸毒、做爱的赤裸裸体验，因此许多正派人士嗤之以鼻。也有人说，1998 年 J. J. 贾雷特（Jesse James Garrett）发表在"看世界"（Camworld）的网络旅行日记，是引爆博客社区的导火索，从此博客成为一种新的潮流。但重视技术因素的人大多认为博客最正宗的源头还是佩拉（Pyra，即 *Blogger.com* 的前身）。这是一家小小的软件公司，三个创始人为了开发一个复杂的"群件"产品，编写了一个小软件，以博客方式保持彼此的沟通与协同。后来，他们觉得这个简单的小工具对别人也很有用处，于是，1999 年 8 月，就在网上免费发布了 Blogger 软件。结果，博客队伍开始迅速繁衍开来。这个阶段主要是一批 IT 技术迷、网站设计者和新闻爱好者的不自觉、无理论体系的个人自发行为，还没有形成一定的群体，也没有具备一种现象的社会影响力。在悄悄地演变过程中，也有一些事件和人物起到了非常关键的启蒙与带头作用，为博客革命准备条件。

然而，博客真正成为重要信息之源而正式步入主流社会的视野却得益于轰动全球的惊天大事件——"9·11"——美国纽约世贸大楼遭遇的恐怖袭击。正是这场恐怖袭击，使人们对生命的脆弱、人与人沟通的重要性、最即时最有效的信息传递方式有了全新的认识，一个重要的博客门类——战争博客（WarBlog）因此繁荣起来。可以说，对"9·11"事件最真实最生动的描述不在《纽约时报》，而在那些幸存者的博客日志中；对事情最深刻的反思与讨论，也不是出自哪一个著名记者手中，而是在诸多的普通博客当中。

据不完全统计，到 2007 年初，全世界自觉实践的博客数量，已经达到 50 万到 100 万之众。虽然与 3 亿以上的网民相比，还显得微不足道，但是这些博客的影响力，却早已超出了他们作为个人，甚至作为自己所在行业的原有范围。博客开始引起主流媒体的强烈关注，并让人明显感受到博客崛起对传统媒体的冲击。同时，各个专业领域的博客如"雨后春笋"，纷纷浮出水面，越来越成为该专业关注的焦点。除了美国，英国、匈牙利、德国等欧洲国家的博客也形成声势，包括中国在内的亚洲国家也开始感受到博客的脉动。

到 2006 年左右，作为一种新的媒体现象，博客的影响力有可能超越传统媒体；作为专业领域的知识传播模式，博客的影响力和冲击力不容小觑；作为一种社会交流工具，博客将超越 E-mail、BBS、ICQ（IM），成为人们之间更重要的沟通和交流方式。显然，以上主要是对全球博客发展阶段的一个粗略划分。在中国，其与所有的网络革命一样，继续保持着一定的"滞后性"。中国博客的发展基本上差了一个阶段。也就是说，现在中国的博客发展仅仅进入启蒙期、萌芽期，可能需要 2—3 年，才能进入真正的初级阶段，也就是崛起期。

但是，一向对网络发展保持最密切关注的"数字论坛"成员，从 2000 年左右就已经开始觉察，并予以极大的关注。2002 年，其开始义不容辞地充当"博客思想"在中国推广和倡导的先锋。"博客中国"网站就是这样的一个产物。虽然给"博客"正式冠以中文名字，还是 2002 年刚刚完成的事情。但是在中国，最早关注、追踪并系统阐述"博客"想象的，是一直研究新媒体的孙坚华。他在 1998 年、1999 年的不少文章里已经开始涉及许多博客现象，其于 2002 年 8 月完成的《博客论》，是国内第一篇系统、全面阐述博客革命的文章。文章开头说：

　　2002 年美国独立日，也就是 2002 年 7 月 4 日，华尔街日报记者佩姬·努南（Peggy Noonan）在一篇激情洋溢的文章中写道：经历了 911 的美利坚，依然阳光明媚；阳光依然照耀着所有美国人，无论他是警察、消防队员还是果农或者癌症研究者，无论他是地方牧师、电视喜剧演员或是"博客"。[①]

　　该文提及的许多信息，如今都已成为博客研究的"经典文献"，如 2002 年 5 月 13 日新闻周刊的特稿《博客将杀死传统媒体？》，2002 年 5 月 9 日 CNN 的报道《博客让网络日记更上台阶》，2002 年 5 月 14 日 CNN 的另一个专题报道《博客观察：与博客对话》，与 CNN 齐名的默多克的福克斯新闻网 4 月 16 日发表的《博客的销魂时刻（BIG TIME）》等。在大多数中国网民还不知道博客为何物的时候，欧美博客早已风生水起，几乎每一家英文主流媒体都在追捧博客。

　　孙坚华认为，中国早就有了自己的博客（Blog），只不过，他们当时不叫博客，甚至他们本身并没有意识到自己是博客。例如经济学人薛兆丰有一个名为"制度主义时代"（*stevenxue.com*）的个人网站，就是典型的例证。"……我不知道薛在推出自己的'制度主义时代'时，是否受到了 BLOG 的影响。我更愿意相信这是一种自发的选择。因为，博客及博客文化本身，就是一种自主的选择，只不过英雄所见略同，他们在互联网上几乎同时选择了大致相同的方式来自我表现。实在没有比这更好的张扬个性的方式了。"

　　尽管孙坚华断言博客不可能成为杀死大众媒体的大众媒体，但他同时也承认博客"显然是大众的媒体，是大众自己的媒体，是自产自销自己意见的媒体。没有或者没有显性商业动机的博客们赋予了博客强大的人文力量"[②]。

---

① 孙坚华：《博客论》，http：//www.docin.com，引用日期：2003 年 11 月 26 日。

② 孙坚华：《博客论》。

三、博客写作的基本特征

研究博客文化现象的第一本中文著作是方兴东、王俊秀的《博客——E时代的盗火者》。该书试图解答"博客"作为媒体开放源代码运动的缘起、理论、机制等问题，尝试理清这股互联网上新兴的最重要的，却依然未被人们充分认知的革命浪潮。作者写道：

> 作为内容的开放源代码，博客将使互联网真正完成网络社会化；
> 作为媒体的开放源代码，博客将使媒体业发生历史性的大转折；
> 作为知识的开放源代码，博客将为商界带来观念和模式的变革；
> 作为思想的开放源代码，博客将使我们未来世界从此大为不同。[①]

这部具有启蒙意义的著作涉及的问题十分广泛。"博客是什么？""博客为什么？""博客的力量来自哪里？""博客将颠覆什么？""博客将走向何方？""博客将为中国带来什么？""博客对我们每一个人将意味着什么？"……作者针对大多数问题给出了许多具有独到见解的答案。

方兴东等中国博客文化浪潮的弄潮儿，一开始就站在科技人文交汇的视点，试图更深刻地理解博客的内涵，更切实地抓住博客浪潮的本质。作者宣称："博客是技术促成的一次革命，是一次真正发自草根力量的浪潮。因此，自由、个性、创新等是它的特点，但是芜杂、无序、混乱，也是现有阶段的必然特点。但是，作为一场深刻的革命，那么在一切趋于成熟，内在规律浮出水面之前，我们还是需要对其中决定未来走向的价值取向、内在机制做出分析和判断，在没有任何系统理论体系作为参考的情况下，试图构架一定的理论框架，对博客未来的趋势和方向，做出富有创新的判断。把博客作为'媒体的开放源代码'这一基本判断的理论分析，应该是目前为止，在全世界

---

① 方兴东、王俊秀：《博客——E时代的盗火者》。

博客领域也是最系统、最大胆的。"不过，这个论断是否经受得起时间的检验，我们只能拭目以待。尽管"博客简史"或"博客编年史"之类的文章越来越多，但我相信，博客文化现象还仅仅是一个开头，我们甚至可以说，到目前为止，博客大戏的帷幕其实还只是刚刚拉开了一条缝隙，因为博客这一全新媒介搭建的大舞台，原本就是一个无边的新世界。现在还只不过是博客之蝴蝶翅膀开始扇动的时刻，全球性网络文化的疾风骤雨将以何种面貌呈现在我们面前，没有人知道确切的答案。

不过，就近几年博客写作的基本情况看，博客的一些基本特征还是相当清晰的。除了方兴东所说的自由、个性、创新之外，还有许多颇有见识的描述。例如，有人认为，博客写作最显著的特征是公开面向大众，能够及时得到阅读者反馈。这个特征使博客成为一个交流的平台。在这个意义上，博客写作已经不是传统写作那样的个人创作行为，而是由一定圈子的一群人共同完成的大众开放式写作。博客以公开性、交互性和可追溯性为其最基本特征。在更广泛的意义上，博客写作对传统传媒产生了颠覆性的影响。它的出现使受到时空、传播速度、传播范围、言论实际权益等方面限制的传媒向大众敞开大门。它是民众共享信息资源的有效形式。除此之外，博客写作还具备这样一些特性——开放性和民主性，简洁化和系列化，时效性和真实性，游戏性和文学性，情感化和个人化，跨文体性和立体化，通常局限性和粗鄙性，等等。①

欧阳文风、王晓生等合著的《博客文学论》是国内第一部研究"博客文学"的专著，该著作对博客的兴起、博客文学的美学特征及其对文学发展的影响、博客写手的创作心态、博客与文学批评等问题进行了深入而系统的探究，为博客文学研究铺下了第一块基石。作者认为，和传统传播方式乃至早期网络传播相比较，博客写作表现出以下几点鲜明的特色：第一，操作简易便捷；第二，个人性与公共性的统一；第三，开放互动性；第四，游戏娱乐

---

① 马季：《读屏时代的写作：网络文学 10 年史》，中国工人出版社 2008 年版，第 88—89 页。

性。①这样的总结可以说比较准确地抓住了博客写作的一些基本特点，但博客写作作为一种野草式狂放生长的民间表意方式，还有许多值得我们认真总结的其他特点，即便欧阳文风等人所总结的四点，也有侧重点不同的表述。譬如，在读到《博客文学论》之前，笔者认为，博客写作具有这样几个方面的特点：

（一）自发、自主、自为

从对"博客"之名的讨论中我们已反复强调过博客写作的自发、自主和自为特征。开不开博客？什么时候开？在什么网站上开？这些纯粹都是"潜在博客"个人的事情，即所谓"个人性"。从理论上讲，每个人都是"潜在的博客"。即便已经在一家或多家网站开设了自己的 Blog 的博客，对于成千上万的其他网站来说，他／她依然还是一个"潜在的博客"。开博都是自觉自愿的事情。只有开博以后被迫关闭博客的"博客"，如白烨、池莉等曾经的"博客"，少有不愿开博而被迫开博的博客。金庸被粉丝们"绑架入博"可能只是一个特例，但他很快发表声明宣称"金庸博客"上的一切图文皆与自己无关。即便如此，金庸的"宣言"首先还是出现在"金庸的博客"上。至于成千上万的"草根博客"，其自发、自主、自为的特征就更突出了。"我的'博客'就是我的报纸。""我的'博客'我做主！"这是"博客"界人所共知的流行语。

休伊特在 2005 年出版的《博客》一书中说："从 1999 年初的约 24 个博客到 5 年之后 412 万的博客'冰山'，在人类历史上，这是最大的一次文本爆炸……大众受众的文本创作者从古时候的一小撮牧师、古腾堡及其同僚、莫尔斯和帕雷、成千上万名编辑一直演变到任何一位使用电脑的人。……从这一大批博客中，诞生了 6 万家新的虚拟报纸。这就是'每天都更新的'博客：由一名编辑及其需要链接的资源组成的报纸。精英们通过牢牢控制信息传播系统以掌握新闻权的传统，就这样被彻底摧毁了。传播文本的能力和权力现

---

① 欧阳文风等：《博客文学论》，中国文史出版社 2007 年版，第 8—12 页。

在已经被真正地民主化了。"①毫无疑问，民主化是博客最突出的特点之一。可以说，民主化与"博客的自发、自主、自为"是互为因果或互为表里的。

（二）随时、随地、随意

如前所述，博客的"零进入"和"傻瓜化"使得所有时间所有地点的所有人都可以成为博客，只要他具备上网条件。随着越来越多"草根"进入博客这条马季所说的"以自身为航标的河流"，博客群体所体现的流质多变、随物赋形的特点日益凸显出来，从一定意义上说，博客的崛起已将网络"随时、随地、随意"的特点发挥到了极致。

2008 年 5 月 12 日，四川汶川发生了一场撼动整个世界的特大地震。地震发生不久，博客便成了关注和报道这场灾难的重要消息通道。博客的民主化特性，使得每一个关注地震的博客都能"随时、随地、随意"地参与到这场众志成城的抗震救灾活动中。有人在博客上为前线官兵提供重要的搜救信息，有人在博客上放上灾区的图片和视频，有人在博客上寻找自己的亲人，有人在博客上发表诗歌，有人在博客上呼吁到汶川去、到献血站去、到捐赠处去……随时随地随意的便捷性、灵活性和自主性，是博客成为大众参与公共事件最重要、最有效的工具和武器。

地震中那些遇难"博客"，他们的房子、书籍、电脑、U 盘等能够被地震毁坏的东西，都连同他们宝贵的生命一同离开了这个世界，但是，他们的"博客"却因为进入了数字化虚拟世界的不朽"灵境"，躲过了天崩地裂的灭顶之灾。尽管我们这些灾难中的幸存者再也没有机会见到那些进入了天堂的兄弟姐妹，但那些曾经在网络上留下音容笑貌的"博客"，却可以随时随地地出现在我们面前。

地震后的第二天，有位网友郑重地向世人诉说了这样一个教训：他的电脑和移动硬盘在地震中损毁了，他半辈子的心血瞬时便付诸致命一劫，他认为这比房子倒塌还要令人痛心疾首，他十分后悔没有听朋友的话开一个震不

---

① 休·休伊特：《博客》，第 64 页。

垮的"博客"。

如今，许多商界精英、业内人士，还有越来越多的记者、作家、学者、学生都已习惯于把博客看作一个在世界各地开设了无数分号的个人"无边书斋"。无论他身在何处，无论是夜晚还是白天，他都是这个"无边书斋"随心随意、自在自为的斋主。

（三）互补、互动、互娱

在"博客"这个"无边书斋"里，主人的同好可以不请自来，"加为好友"，天南地北的人，无论是敌人还是朋友，都可以随心所欲地跟帖评论。对于那些心仪的特色博客，无论其愿意与否，都可以在自己的"博客"上建立"友情链接"，并随时都可以和那些不拒绝友好往来的人互通"彩料"。总之，所有"博客"都既是独立自主的个体，同时也是整个博客世界的有机组成部分。就像大卫·温伯格所说的："我们既能够成为一个庞大公共群体的一部分，还能够保持我们的个性面孔。但是这又需要我们花更多时间在公共场所生活。在互联网上，日记的概念已经被外化了：会有公共的日记出现，今后可能的情况是，在真实世界中曾经有的公众和私人自我之间的那条本来明显的界限会逐步被腐蚀掉，一点一滴地。"①

"博客"既是"小楼一统"中的"自说自话"，同时也在向"全球村"亿万公民发表演说。有了博客，多愁善感的王维不再有"独在异乡为异客"的孤独；双袖龙钟的岑参不再有"故园东望路漫漫"的感伤。今天的"博客"，也许再也写不出李商隐的《夜雨寄北》那样令人黯然销魂的诗句，但也不会再有张籍那种"行人临发又开封"的犹豫和迟疑。博客的随时随地与随意，固然使"抵万金"的"家书"大为贬值，但不经意间却让传统书信平添了许多怀旧与考古的意义。

还是以汶川地震为例，读者从任何一个关注地震的博客那里，都能链接到全世界关注地震的所有其他博客。通过博客之间的互链、互补、互动，每

---

① 参见《博客里一般写什么内容？》，转引自欧阳文风等：《博客文学论》，第 10 页。

一个博客都能通向其他所有博客。博客的博大精深并不在于单个博客本身，而在于博客与博客之间以及博客与非博客之间无所不在的联系。譬如，央视记者张泉灵的博客，我们任选一篇文章都可以顺着相关页面的热链接，寻找到所有值得自己关注的信息。那些与地震有关和无关的信息，都可以听凭我们自由选择。大量图片、视频和说明文字，组成了"一个人的报纸"和"一个人的电视台"。

张泉灵博客中一篇《疲惫却顽强，从容而镇定》的文章说："5月9日，张泉灵还在海拔5150米的珠峰大本营做圣火耀珠峰的直播。在听到地震发生后，她一天都没有休息，申请从拉萨赶到成都，并立即赶往北川县进行报道。她于下午三点半左右从成都出发，一路往北，历经三个多小时，抵达重灾区之一的北川县。在北川县入口前的山脊公路转弯处，发回了第一段为期四分钟左右的现场报道。22点左右，张泉灵转移到了绵阳的避难体育馆附近，发回第二段现场报道，也约四分钟。"这显然是一篇博友报道记者行踪的文章。以报道新闻为职业的报道者在这篇博客中被作为"报道报道者"的特别报道的报道对象了。

在"余秋雨的博客"中，有无数"转帖"。转帖也是博客互补互动的一种有效方式。这些花样百出的转帖和奔流不息的跟帖一样，足以让名人博客变成一个千百万网友长聚不散的虚拟文化广场。抗震救灾期间，我们在"余秋雨的博客"中看到了这样的"好消息！"："我所工作的四川电视台在'5·12'满月祭的时候，希望能把这一个月来抗震救灾的种种感人事迹进行具有文化高度的概括和提炼，因此邀请了余秋雨先生前来主持连续数天的《大爱无疆》讲述栏目，余秋雨先生将会在6月12日那天到达成都。"像余秋雨这样依靠媒体走红的学术明星，通常会与媒体保持一种亲密的互动关系，在博客界，这种亲密关系也有比较充分的体现。

那些对媒介持批评态度的学者，往往在博客中写些与主流文化意识形态有所不同的文字。如"孔庆东的博客"里，有一张地震后"完好无损的北川县刘汉希望小学"的照片。博主在端午节写的一篇博文中说："失去意义的端午节，板块分裂的高考，弱智矫情的作文题，灾后暴露出的腐败之海，人民悲痛之后的愤怒，错综复杂的阶级斗争和民族斗争……昨晚朋友告诉我，他女儿所在的都江堰地区，毛主席时代盖的许多房子居然都未倒塌。而近年才盖的辉煌漂亮的医院，却塌得一塌糊涂，从废墟里看见，不但水泥是假冒的'水'和'泥'，而且里面的'钢筋'，是折下来就可以当牙签的。这，就是我们的'工程师和技术员'的'实干'成绩。"

不过，博主通过链接或引用他人的材料注意到了这样一些事实：中国人的家园、邻里是共同体，一方有难、八方支援也是共同体。中国人有很多自己的资源，一震把这些我们原以为消失的东西都震出来了。地震不仅把不同地方的中国人联系在一起了，也把不同时间、记忆、历史震在一起了。这些东西一旦出来，你马上认出来这些是我们以前有的东西，但其中也有新的含义，这两方面都需要肯定。用手去救人值得赞扬，但不能说西方式烛光寄哀思就是做作，就是小资。

不难看出，博客的表达方式的确要比大多数传统表达方式更加方便，更加快捷，更加富有个性特征。就发表作品而言，博客与BBS方式十分类似，但二者的区别也是显而易见的："以往的网络文学都是以单篇作品为流传单位，以至于很多BBS原创文章竟然不知道作者是谁。而在博客世界里，作品只是个人的一种表现形式。博客赋予个人以能量，博客世界是个人在网络里全面最大化的世界，文学只是它的一部分，博客里的文学是一种'个人化'写作，它以展示、释放、推介自己为目的，文学反而被放在了最次要的位置。"①

不过，文学在博客中依然保持着强劲有力的势头。相关调查资料表明，方兴未艾的网络文学，正得到越来越多职业作家的关注，有作家甚至参与网络文学创作。这场突如其来的地震，让许多知名作家的博客变得异常活跃起来。例如，在"梁晓声的博客"里，我们依旧看到了催人泪下的文字：

---

① 马季：《文学网站和博客现象》，《红豆》2006年第7期。

我从不是什么宗教徒，现在却变得如宗教徒一般虔诚！我一遍遍祈祷我从未信仰过的神，让遇难者的灵魂皆升入天堂。

我眼前总是出现这样的情形——在宗教徒叫作"天堂之路"的路上，相互搀扶地走着男人、女人和老人，那是我们数万同胞的身影啊！他们背上，或怀里，是比花骨朵还可爱的儿童。还有，那些被视为花朵的学生——小学的，初中的，高中的。有的，边走边背着唐诗或者宋词："墙头雨细垂纤草，水面风回聚落花""芳菲歇去何须恨，夏木阴阴正可人"……那种轻轻的声音，从"天堂之路"传下来，分明的，我是听到了的。

而有的，却蹲下来整理自己的书包，忽然抬起头说："老师，我少了一册课本！""别急，天堂里会补发课本！快跟上，不要掉队。哪位同学，起头唱一首歌。"于是我听到了少男少女们用方言所唱的四川民歌。是的，我确实听到了，不是仿佛。歌声是足以使孩子们暂时忘忧的，他们在"天堂之路"上匆匆前行，脸上充满坚卓毅忍的精神。如同是在跟随大人们，进行临时决定的迁徙。我看到在歌声中，几乎所有的老师都驻足了，向下界投注眷恋的目光——他们还能望得到那一处处震后可怕的废墟吗？

废墟底下，埋着他们的丈夫、妻子、父母或儿女。我看到一位教师抹去了眼角的泪花，对他的学生们大声说："不要往下看，要朝前看，天堂有震不塌的学校！"

…………

他们原本只不过是些普普通通的乡村老师，县城老师……

但他们却以几乎一致的姿势，本能地选择了死亡！

那姿势就是，伸展开他们的手臂，将尽量多的学生护在身下！

那只不过是一种母禽保护雏禽的姿势啊！

他们的背，并不是神的背，也不是巨人之背啊！

但是血肉之躯对于血肉之躯，居然也能起到神盾般的作用！

在这篇题为《老师千秋》的博文后面有无数留言，其中一位没有留下姓名的老师说："今天当我下班回来打开电视，恰好听到您朗诵此文，几句之后，我已是满眼模糊。我也是一位教师，不承想过做什么英雄，只想平平凡凡地度过一生，从您的文章里我读到了教师的神圣，教师的伟大，教师的无私，教师的责任，我想，我会更加喜爱我的工作，更加热爱我的学生。谢谢梁老师对'教师'的礼赞！从此，我一定会更加珍惜我的称呼。"同样动情的跟帖，在一些文艺明星的博客中表现得尤为突出。在那些大众化的娱乐性话题中，互补、互动、互娱的特点表现得更加充分。在这个以抗震救灾为例的小节里讨论"娱乐"似乎有些不近情理，我们暂且将讨论博客"互娱"特征的文字"新建一个空白文档"，有了成形的文字后再酌情安插到其他章节之中。

第二节 "博客"的大众化大趋势

随着新浪鼓吹的 web2.0 概念的粉墨登场，随着众多名人纷纷冲到虚拟的空间里跑马圈地，博客的影响力开始深入人心。在名人效应带动下，更多的人加入了浩浩荡荡的博客大军，2005 年被媒体惊呼为全民博客年。博客究竟能为我们带来什么？在中国的现实语境下探讨博客的盈利模式似乎为时尚早，但不可否认的是，博客在某种程度上成为一种个性化的表达方式，在不直接触碰禁忌的前提下你可以在自己的领地里为所欲为，畅所欲言，你就是领地的国王。秀出自己是博客精神里不可或缺的一环。这是一个博客的时代，博客既是一种生活方式也是一种生活态度。对于文学而言，博客则代表着一种全新的生产机制和消费模式。

一、中国博客的发展与趋势

的确，博客正以燎原之势发展为普遍的社会现象与社会行为。从出现第一批中文博客的 2002 年到被称为"博客大众化元年"的 2005 年，中国可谓经历了一场让人眼花缭乱的博客旋风。这股旋风目前正把更多的人卷入其中，博客的写作者与被写者的人群日以万计地增加，以致"因为写作内容产生的名誉侵权渐露端倪；'个人秀'日益成为主体意识越来越强的'个人形象广告'；越来越多的法人团体尝到了利用博客进行整合营销的甜头，正日益把目光投向博客传播领域；博客作为名人们进行辩解或文艺批评之类的观念交锋的方便平台正有演变为互相攻讦的阵地的趋势……博客正极大地改变着人们的交流方式、聚散方式、情感体验和表达形态，它无限放大着人们对于未来信息世界的预想"①。

中国博客研究中心互联网实验室发布的《2005—2006 中国博客发展与趋势分析研究报告》（以下简称《报告》）显示，全球博客已从以业内精英和舆论领袖为主的成长阶段进入成为一种网络生活方式的成熟阶段。博客应用在全球的迅猛发展已成不可阻挡之势。就 2005 年的数据看，美国有 1100 万人创建博客，5000 万用户访问博客，约占美国互联网用户的 30%，总人口的 1/6。法国有 227 万人创建博客，占法国互联网用户的 9.3%，600 万—700 万用户访问博客，占互联网用户的 28%。德国有 428 万人创建博客，714 万用户访问了博客，14 岁以上的德国人中有近 2700 万知道博客。全球博客数量突破 1 亿，而在中国，该数字已达 1600 万。单从国内博客数量相对中国网民总数就可知，博客用户已完全渗透在全体大众中。不仅博客规模、博客服务商数量出现了急剧飙升，而且时有井喷现象推动博客单位时间内的注册人数屡创新高，网民对博客的认知和博客网站自身都获得飞跃性发展，这标志着博客正式从精英走向大众，开启了互联网发展到真正个人化时代的帷幕。互联网也从商业化进入社会化阶段，既实现了从"小众"向"大众"的过渡，也实现了博客从"日志"到"新生活方式"的理念转变。《报告》认为，2005 年被公认为是博客大众化的转折点，是在全球互联网及博客发展史上具有里程碑意义的一年。

---

① 胡春阳：《欧美博客研究评述》，《现代传播》2006 年第 3 期。

（一）"博客年"的到来及其影响

在拙著《隐形手与无弦琴》中，笔者曾反复论证过这样一种观点，即经济与科技作为当代社会的两大主要宰制力量，对包括文学在内的一切精神生产与消费活动具有决定性影响，近年来文艺理论与批评的所有热门话题，如全球化、现代性、审美生活日常化、消费文化等，可以说无一例外地都能在经济与科技（或曰市场与网络）的演进中看清其潜藏幕后的运行规则。著名酷评家朱大可的博客里有一篇题为《博客、短信改写了 2005 年中国文化格局》的文章，同样把经济和科技作为社会变革的"犀利元素"，它们以"制度—经济—文化—科技"的多边互动，重构了社会营造的各种要素。看不到这点，就难以对中国文化现状做出准确的判断。朱大可说：

> 基于互联网技术（论坛、博客、动漫、声频和视频等）的发育成熟，网民群体迅速繁殖，他们用超大数字的点击率，勾勒出芙蓉姐姐们的"丑角"形象；另一方面，电视技术和手机短信，也塑造了"超级女声"的青春偶像。这两项电子技术的辉煌后果，题写了现代文化史上诡异的一页。……她用呼啦圈道具所做的蝶化表演，是一个精妙的象征，隐喻着下列坚硬的事实：大众从历史的坚硬茧子里脱颖而出，成为数码乌托邦的主宰。①

上引短文中的一些专有名词，在某种意义上几乎都已成为博客世界里的"经典文化符号"。如今，它们不仅在形形色色的"论坛""沙龙""讲座"中频频出现，并总能招致草根博客们会心的微笑，即便以严肃面孔著称的印刷体书报文章和政论体电视节目，也不得不给这些"丑角""宝贝"增列"嘉宾"的位置。至于手机和互联网，虽不能说是它们一统天下，但它们在已成燎原之势的草根博客界的声誉或名号，已经足以任其纵横江湖，并成为日益

---

① 朱大可：《博客、短信改写了 2005 年中国文化格局》，《世纪桥》2006 年第 1 期。

多元化的文化世界中令人刮目相看的新生力量。

从一定意义上说，大众对历史的超越主要体现为网民群体的科技意识的觉醒，在朱大可所说的"制度—经济—文化—科技"四边形中，相比之下，博客成为这个时代极为流行的文化关键词，主要还是科技因素在发挥主导作用。单就 2005 年互联网及博客的整体发展状况而言，得益于科技推动的"博客年"的确出现了许多令人心动的信息。例如，该年度互联网掀起 2.0 浪潮，网民需求变化引发互联网应用升级，互联网 2.0 引发全球投资热，博客是互联网 2.0 核心元素，互联网 2.0 催生基于博客的第二代门户，"以人为本"是第二代门户核心理念，全球博客规模突破 1 亿，全球博客发展进入大众化阶段，博客应用在国外发展迅猛，等等。其中"博客观念更新"和"网络技术升级"可以说是对博客之崛起具有决定意义的因素，而最引人注目的关键词则是"以人为本"和"大众化"，正是在这诸多因素的综合作用下，才顺理成章地催生出媒介所津津乐道的"博客年"。

对网络相关资料稍做检索，我们不难发现，关于 2005 年是中国"博客年"的说法，诸如"博客报告"之类的文本提供了足以编成一套丛书的丰富论据。大体说来，这些论据主要包括以下几个方面的内容：（1）中国博客发展驶入快车道；（2）博客规模持续高增长；（3）博客服务提供商数量创新高；（4）网民对博客的认知大幅度提升；（5）博客网站访问量持续攀升；（6）市场竞争激烈，"圈地"成博客 2005 年关键词；（7）国内博客服务商阵营区隔形成；（8）博客服务日趋丰富；（9）博客群体蕴藏巨大消费潜力；（10）博客发展进入新阶段——博客 2.0；（11）博客大众化激发网民社会化需求；（12）社会化需求促使博客自身的升级。如果对这些"论据"进一步"打包压缩"，我倾向于把它们装入毛泽东创建的"多快好省"的"文件夹"中。

不过，专家们对"博客理念发展状况与趋势分析"仍在不断走向深入。就人们目前的认知而言，博客从"日志"到"新生活方式"的演化历程，已经且必将改写文学生产与消费的内容和方式，因此，我们有必要"新建文档"对其略加规整。一般说来，博客发展至今，就其宏观走势而言，大约可以划分为这样四个阶段：（1）个人网络出版阶段；（2）网民网上安家阶段；（3）建构交流平台阶段；（4）革新生活方式阶段。当然，这四个阶段并没有严格的分界线，它们之间是一种交叉互渗的共生关系，如做深入研究，定性尚可，量化则难。不过，有些趋势是可以进行量化分析的，譬如说，越来越多的人正在加入"博客新生活"运动中，相关统计数据时刻都在更新。

尽管我们生活在一个靠数据说话的时代，但量化分析却并非解决问题的唯一途径。在这里，博客何以成为引人注目的新生活方式是我们更应该关注的问题。对此，我们似乎不必过分在意那些精确的统计数据。按照业内人士的说法，博客"新生活方式"的出现，在很大程度上是与"社会转型""个性觉醒""价值召唤"等时代大趋势分不开的，它们可以说是推动博客崛起的社会驱动力。不过，直接推动博客成为新生活方式的则另有内因——网络驱动力，它们主要包括这样一些内容："个性化需求得到释放""关系构建促进机会产生和价值提升""需求匹配带来价值实现机会和生活方式的改变"。

值得一提的是，率先提出博客服务"新生活方式门户"理念的，是迄今已拥有近千万注册用户的——中国博客网。这个所谓"新生活方式门户"理念，大抵包括以下几个方面的内容：一是"记录分享"（share），即分享人生经历和心灵历程、生活的点滴、生命的痕迹；二是"沟通之家"（home），沟通亲朋好友，全天候全息的深度交流新方式；三是"交友平台"（friend），汇聚新朋网友，24小时可信赖的网络交友新方式；四是"机会中心"（opportunities），即"需求匹配中心"，它使超越时空的生活、学习、工作、娱乐成为可能。①

我们注意到，博客网提出的"记录""沟通""交友"和"需求匹配"等观念，虽然烙上了鲜明的技术中心主义的印记，但这些"理念"所蕴含的人文主义情愫与当下某些自诩前沿或先锋的文学社团之"门户宣言"相比，却毫无逊色之处。事实上，自从文学艺术诞生以来，它就具备上述四个方面的

---

① 以上数据主要来源于《2005—2006中国博客发展与趋势分析研究报告》。

潜在特质。直到今天，记录——描摹大千世界纷繁复杂的人情世相，追寻心灵求索和历险的踪迹，仍是文学的天职；沟通——与天地精神相交接，与古圣今贤相往来，这依然是作家必修的功课；交友——独坐屏幕前，知己遍天下，跨越时空，寻求知己，这正是文学的专长；至于需求匹配——无论是睁眼黄粱梦，还是随意信天游，只需将鼠标一晃，顿觉地阔天宽，博客可以无限度地满足"白日梦"者的各种虚拟的甚至非虚拟的需求。

（二）"人人博客"与"庶民狂欢"

这个"新生活方式门户"将给当代文学生产与消费带来哪些机遇与挑战？它究竟是一个让文学迁移"新大陆"的通行证，还是一个类似柏拉图的"理想国"中那种遣散诗人的驱逐令？有人说，文学及其相关领域介入博客文化的深度、广度和力度均已超出传统文学理论所能解释的限度。但顺势而为的文学理论工作者也在调整自己的认知视野和研究方法。事实上，博客勃兴的强劲势头早就引起学术界的高度关注。在一些互联网起步较早的欧美国家，博客得到了学术界特别是传播学界多视角、多方向、多价值取向的研究，并已取得相当可观的研究成果。相比之下，我国现有的研究捉襟见肘——要么停留于现象描述，要么研究的议题过于单一，如：如何利用博客盈利、吸引眼球，博客的市场扩展与盈利模式应该怎样，等等。中国传播学界的研究者认为，这种状况出现的原因主要是中国的博客实践正在开展，博客的传播特征及其产生的重大社会、经济、政治、文化、新闻以及伦理影响刚刚进入人们的视野，问题域还不够清晰，相应于"博客实践"蓬勃兴起的初级阶段，理论总结和梳理亦步亦趋的现象在所难免。但我们也应该看到，"博客远非仅仅是一种网络传播新功能，其意义也远不仅是一种盈利工具，而且欧美博客实践已然展开的问题域给我们提供了中国未来博客实践与问题研究的参照系和方向指示，为什么我们只能等着所有问题接踵而至才来研究问题呢？"①就其对文学生产与消费的影响与冲击而言，博客的"写读"已成为推动文学数

---

① 胡春阳：《欧美博客研究评述》，《现代传播》2006 年第 3 期。

字化浪潮的主力军和生力军，关于这一点，我们在讨论博客概念的章节里已有相当详细的论述与辨析。

著名评论家洪治纲曾经断言："2005 年注定是一个庶民的狂欢之年。因为有两个相当重要的文化事件，几乎撼动了整个中国的平民阶层：一是由湖南卫视精心打造的'超女活动'；一是由新浪发起的'首届中国博客大赛'和由搜狐发起的'首届全球中文博客大奖赛'几乎同时开赛。这两件事情本身没有任何关联，但是，它们都无一例外地掀起了一场场极为盛大的草根文化运动。"①

既然造成"庶民狂欢"的草根文化同时现身于同一土壤，那么，这两件"本身没有任何关联"的事情迟早会因其"草根性"而不可避免地纠缠在一起。事实上，"超女"张靓颖几乎在成为大牌"超女"的同时就已开始到新浪博客上圈占自己的地盘了。"借助'超女'的巨大人气，她的一篇《致全体北京凉粉的信》，一度占领了新浪 Blog 人气排行第一的位置，排在后面的是著名作家郭敬明、张海迪和余华的博客。在新浪火热启动国内首届博客大赛之际，诸多知名人士纷纷进驻新浪，掀起了一股热烈的博客潮流。博客，这个一向只是少数人写给少数人看的领域，正在从'寡众'走向大众。"②

在博客上占山为王的当然不只是一个张靓颖，事实上在博客大赛启动之初，余秋雨、余华、刘震云、陆天明、张海迪等重量级作家就已纷纷在网上注册了自己的博客，并开始开放式地和网友们"博"开了。由于这些"名博"一开始就得到了新浪等网站的大力推介，所以大都一"博"即火：跟帖似雪崩，好评如潮涌。不用说，比赛的推动和作家的加盟对中国博客的起步和发展具有极为重要的意义，至少它使中文博客的写作水平和互动热情得到了一次飞跃式的提升。博客的公信力在竞赛宣传和作家示范等具有仪式化色彩的亮相过程中逐渐得到了大众的认可，关注博客的普通读者纷纷建起了自家的

---

① 洪治纲：《博客：庶民的话语狂欢？》。
② 周文林：《中国互联网迎来博客元年》，新华网，2005 年 10 月 28 日。

博客小院，"博客之家"的"无门槛"与"零投入"，使得大规模殖民网络世界的神话，轻而易举地变成了看得见的现实。"人人博客"的趋势，正在悄然形成。

由于博客提供了一种迄今为止最为轻松自如的交往方式，它能够最大限度地满足人类与生俱来的言说欲望和交往需求，特别是其对传统媒介兼容及妙用所能达到的出神入化的境界，使"前博客时代"引领过潮流的众多旧媒介无法望其项背。单就人际交往而言，博客堪称是网络时代的墨丘利（Mercury）。口信、书信、电报自不待言，即便是电话和 E-mail 似乎也难以和博客相提并论。保罗·莱文森曾经指出，媒介技术的每一次进步都给人类带来了一次全新的交流模式的构型。从印刷术到报纸、广播、电视和互联网，每一次技术进步都浸透着人类关于交流的渴望。从某种意义上说，一切新媒介都是"补救性媒介"，补救过去媒介之不足，让媒介更加人性化。博客作为一种新兴的网络交流方式，被人们称为继 BBS、即时通信工具和电子邮件后的第四种网络交流方式。有学者从媒介技术演进的角度，运用"补救性媒介"的理论分析了博客与传统媒体和其他三种网络交流方式的区别，认为这种新兴的媒介形式弥补了以前媒介的许多不足，又满足了人的诸多交流愿望。[1]我们认为，莱文森所谓"补救"，实际上也可以说是综合创新精神在网络时代的媒介革命过程中的具体体现。

二、学界对博客潮流的回应

关于中国学界对博客的关注，曹丹的《博客传播研究（2003—2005）述评》一文有过比较详细的梳理和分析。大体说来，学界比较关注"博客传播的特性"研究。研究者多立足博客传播（如前文所说的"四零"或"五零"现象）展开分析，将博客传播的特性归纳为自主性、即时性、开放性、共享性、互动性。也有研究者专门对博客传播过程中某一个传播要素的特性展开探讨，例如分析博客传播主体的特性，认为任何博主作为单个主体，同时兼

---

① 钟晶晶：《从媒介技术演进看博客》，人民网，2005 年 12 月 16 日。

有传播者与受众的二重身份。在网络时代，博主的传播动机主要表现为社会外部环境的挤压、人的内心需求及经济利益的驱动三个方面。这是因为现代社会生活中人们普遍需要一个畅通交流的通道以缓解内心压力，需要自我认识与社会认可尊重，需要寻找自我价值与社会文化消费，"零进入门槛"的博客能够满足这些需求，为个体间的互动交流大开方便之门。①

此外，"博客的传播学意义与局限性研究"也取得了不可小觑的实绩。有不少研究者将博客传播与传统媒体传播做对比，指出博客传播的优势在于其成本低、速度快、范围广、影响面大、博采众长（精英与大众共同参与），进而指出其传播学意义主要体现在其拓展了信息共享的渠道，使个人对媒体施加影响的权力逐步增强，改变了传统单一线性的传播格局，打破了传统媒体的话语权，颠覆了把关人理论。一般说来，一个完整的博客门户包括三个层面：一是以内容筛选为主的内容传播；二是深度沟通，让博客群体形成社区；三是让博客在企业里成为主流的应用。这三个层面带来"个人传播、深度沟通和全息商务"的全新体验，这既能弥补精英媒体缺少受众的不足，又能弥补大众媒体缺少交流的不足。②

一位署名杰雯的记者在博客上回忆起自己进军博客的经历："如果不是频频收到朋友发来的他们自己的博客链接，如果不是各种博客大赛、博客专题充斥了各个类型的媒体，我还会继续游离于这个'新兴民族'之外。当我发现，网络博客已经毋庸置疑地成为当今社会时尚，或者说'不落伍'的交流方式，我也无法忍受自己的'孤独'，终于成为博客一族，而且大有'反客为主'的决心。我所在的这个记者群落，以一个集体博客的'POSE'亮相，来触摸未来的各条商业脉搏。如果不是交通台的 DJ 提醒的话，我没有意识到 2005 的大幕即将落下，一年来在台上轰轰烈烈上演的一幕幕'娱乐大戏'并没有结束，而是在完成华丽的开场序幕后，等待着更加惊心动魄的演出。当

---

① 赵高辉：《博客传播中传者浅析》，《当代传播》2005 年第 3 期。
② 肖容：《新媒体时代即将到来》，《青年记者》2005 年第 2 期。

一个叫李宇春的女孩让自己的名字在一个夏天响彻中国的时候，当博客从一个概念变成全球6200万注册用户的时候，当大长今带着她的精神和美食走进中国人民生活的时候，当花费2.5亿人民币的《无极》接受着来自大江南北褒扬针砭的时候，一个全民娱乐的时代就这样到来了。这场娱乐化大潮汹涌的来势恐怕史无前例，它席卷了中国，让不计其数的人改变了生活轨迹。"①

然而，我们却不可据此认为博客只属于娱乐的范畴，千万不要小觑网络博客的力量，它可能会在不经意间将某些负面信息像病毒一样迅速复制、传播。关于"博客何为"或"为何博客"的问题，很多人是这样理解的：工作累了，或者闲得发慌，又没有合适的倾诉对象，于是就化个名爬上博客，搭建一间自己的院子，在里面来一番精神上的自我撒野，让灵魂透透气，出点汗，舒展一下。这种精神自慰，同样也直接映现了现代社会的竞争本质，以及由这种竞争关系所造成的人与人之间内心的阻隔。

> 孤独是心灵的猎手，对现代人来说，心灵的自闭如都市间挺拔的高楼一样，看起来连成一片，紧密相连，其实在其内部各自封闭，互不相通。为此，几乎所有的现代心理学家和社会学家都在积极地介入这一现象，希望能找到良好的沟通渠道，但这类渠道看来还是十分遥远。于是，被孤独牢牢控制着内心的人们，不得不时时寻找着有效的突围方式，酒吧、舞厅、各种形式的派对……以其朦胧的灯光以及如真似幻的言辞，为现代孤独的群类提供了一种公众交流的场所。但是，它们的自由度和轻松度都无疑受到了一定的限制。也就是说，要随时随地而又轻松自如地获得自我的精神抚慰，所有公众性的物质场所都难如其愿。博客在这一点上，恰恰弥补了上述这些缺陷，几乎成为现代人精神自慰的一种理想方式。②

---

① 杰雯：《博客不只是属于娱乐的范畴》，《中国经营报》2006年1月4日。
② 洪治纲：《博客：庶民的话语狂欢？》。

当然，成为博客的理由还远远不止这些。所以，周星驰式的诘问是最耐人寻味的："博客，需要理由吗？"已经有两年"博龄"的李甲在一家网络游戏公司工作，因近水楼台，他对博客很是着迷，他的博客里也常常是高朋满座。刚开博客时，也有过一段"门前冷落车马稀"的寂寞时光，但随着熟人的捧场，渐渐也有一些网友自己找上门来了，慢慢地就形成了门庭若市的局面。如今，博客已成为他生活的重要组成部分，就像每天要吃饭、喝水一样自然，不可或缺，要是哪一天忙着没去逛博客，还觉得少了点什么。有调查显示，像李甲这样的博客，还真是大有人在。再如，一直赋闲在家的60多岁的退休干部唐君在新浪注册了博客之后，一下子找到了自己的"工作重点"与情感寄托。他认为，博客实际上就是利用互联网开设的一个比个人网站更简单的出版系统，博客就是自己办一份报纸。他利用这个空间抒情言志，不仅写下了人生经历中难忘的记忆，还以小说的形式营造诗意的精神家园。不到10天，他的博客就有上千网友光顾，大量来信和来电使这个参加博客的老年人获得了极大的心灵慰藉，从博客们的留言中，他收获了一股热气腾腾的支持和理解。①

自博客这个"E时代的盗火者"问世以来，博客文化的火种就向四海八荒快速蔓延开来。眼下，越来越多的人正在"以博客的名义文化着"。从2003年少数名人的博客爆款，到2004年博客文化的风潮骤起，再到2005年的"博客年"，不论是作为新生网络事物，还是作为新的网络群体，博客始终保持着一种蒸腾鼎沸的态势。各大网站举办的博客大赛，更是一次又一次地把"博客"推到网络文化的前台。以2005年为例，9月25日，搜狐宣布"首届全球中文博客大奖赛"开赛。一天后，新浪的"首届中国博客大赛"登场。博客网的"第二届全球中文博客大赛"也在10月12日拉开帷幕。此番鏖战给"博客"这个概念带来的不仅仅是商业利益，更是一拨关乎博客发展的新浪潮。

人们为何要"以博客的名义文化着"？这个问题有显而易见的答案：作

---

① 未署名：《博客：我的地盘我做主》，《黑龙江日报》2005年11月25日。

为新媒介的博客，汇集了传统媒介的种种长处，将文字、声音、图像、视频等因素随心所欲地调动起来。博客们能随意建立个人图书馆，建立自己的博客影院，举办诗歌朗诵会、个影展或个唱专场，博客这个心灵栖息的空间，具有超乎想象的多样性和自由性。现在，更为神奇的移动博客也已呱呱坠地，它为博客进一步深入生活提供了另一种可能。写博客、读博客不再需要电脑，边走边写、边走边看成了一种新的博客时尚。[①]只要自己愿意就几乎没有实现不了的心愿！当有人以万物灵长的口吻说出这样一句疑似亵渎神灵的大话时，我们的内心深处是否感受到了震惊与疑惑的涌动？

三、博客写作与博客文学

从本质上讲，博客写作仍然只是一种超文本写作，其文本特征和人文品格，在讨论"超文本"的论述中已有详细的解析与阐释。这里仅就"博客与文学"论题中经常被提到的一些问题发表一些心得式的意见。正如不能把写作等同于文学一样，我们自然不能将博客写作等同于博客文学。例如，风头正健的余华是最早入驻新浪博客的文坛宿将。余华开博的时候，正赶上《兄弟》上部轰轰烈烈上市，一时间，"余华《兄弟》"成了博客世界点击率最高的关键词之一。与《兄弟》相关的博客文字固然多数与文学交流有直接关系，但其中许多与文学精神完全背离的文字大约无法装入"博客文学"的筐子里。

余华在新浪网博客的"新鲜出炉"，无疑为广大"余华迷"提供了一个更为便捷地与作者交流的平台。开始，作家的粉丝们以为作家与读者互动的"神话"就要出现了。甚至余华本人也不无欣喜地对媒体说："我有了自己的地盘"，可以"学习与陌生人交谈"。他在回复网友的评论时写道："我写了20多年小说了，今天看了你的留言，才知道自己是围坐在篝火旁能讲故事的那个人。这是我得到的最高评价，读者和作者的友谊是最长久的，为什么？因为他们的友谊最单纯。在生活中，我和一些熟悉的人打交道；在博客上，我开始学会和陌生人交往。网络让我们坐在了一起，虽然我们互不相识，可

---

① 张昊华：《以博客的名义文化着》，《中国青年报》2005 年 10 月 31 日。

是我们中间有篝火，大家互相尊重，这是前提，这样我们才能坐到天亮，否则日出前就不欢而散。"①

然而，粉丝们很快发现，明显"身不由己"的余华在博客中只给他们"留下了单凭对他的喜爱难以消除的疑问和困惑"：

> 在一个消费主义日益横行的时代，过多过频的"身不由己"，是否会不自觉地磨蚀作家对现实世界的把握？是否会削弱对存在困境的敏感？是否会影响对复杂经验的书写？作为对余华始终抱有信心的读者，我宁愿对余华的博客是"在给新浪做'托'"等各种说法和传闻置之不理，而选择相信余华开博客只是出于在文学上与读者交流互动的单纯目的。然而不能否认的是，一个职业作家与读者互动交流的最好方式依然是作品，在博客上谦逊有礼也罢，语出惊人也罢，都不能真正体现出作为一名作家的特殊价值。②

从传统文论与批判观念看，读者对作家博客类似的"疑问和困惑"的确难以消除。无论我们是以作家、作品还是以读者为中心，只要我们认为文学的本质与其生产工具无关，我们就难以从博客的视角看到文学生产与文学消费在网络时代所发生的一系列本质的变化。余华的粉丝认为，"作家与读者互动交流的最好方式是作品"，博客似乎并不能给既定作品添加新的价值。姑且不说"……方式是作品"这句话是否存在语法问题，单就互动交流来说，传统作家只能与想象中的读者进行意念中的对话，对作者来说，读者始终是群幽灵般的幻影，除了少数关注作品的同人或亲友，那些潜在的读者实际上远远不及虚构人物那样真切／亲切；至于读者与作者的"互动"，那也可能只是更为虚妄渺茫的幻想。即便到了机械复制时代的鼎盛时期，"致读者"或"读

---

① 罗四鸽：《作家博客，你点击了吗？》，《文学报》2005 年 11 月 24 日。

② 冰漪：《当"神话"突然降临》，《文学自由谈》2005 年第 6 期。

者来信"之类的文字也通常只是些象征性的点缀，在书写文化时代，作者与普通读者之间，交流凭借神会，互动多为幻想，真正意义上的互答互应则十分罕见！"都云作者痴，谁解其中味？"这是作者的感叹；"可恨同时不相识，几回掩卷哭曹侯！"这是读者的遗憾。

博客写作的情形就完全不同了，某些著名博主，只要一有文章贴出，当即就有雪片似的相关评论纷至沓来，热心的博主常常只是择要作答。许多名人博客后面的跟帖评论，恰如一个人声鼎沸的自由广场，嬉笑怒骂，无所不有。一位名为"紫檀林"的博主，在自己的博客中摘录了几句"名人谈博客"的心得：

叶永烈：我曾经想利用我的博客，辅导文学旁观者们学习写作。

K 老师：博到哪天算哪天吧。

李　幸（著名批评家）：现在网络已经到了无孔不入的地步，不仅不局限于传照片、发发言，而且作者写什么发什么，完全由自己掌控，别人根本无法删除。明星博客，从另一角度来看，其实就是明星秀场……

然后，紫檀林忽悠说：把您的留言也写出，也许会成脍炙人口的名言！博客"流燕飞语"很快在跟帖栏发表了自己的高见："叶大作家的说法俺比较赞同，起码是一种良性交流。孔老师似乎对博客的发展没有信心，但其做法毕竟还是顺应了历史潮流！希望 K 老师不要让俺失望，俺可是'DB 书院'的粉丝哟！批评家唯一突出的特征就是懂得鸡蛋里挑骨头，明星偶尔在自己博客里的小隐私没有错，因为那些没长脑子的粉丝们就好这一口。"

著名作家叶永烈是作家博客中的中坚人物。在作家圈里，当"博客热"开始掀起的时候，反响强烈，开博之潮，风起云涌。但是，在开头的热情消退之后，不少作家关闭了博客，或者长期不更新，使之成了"网络废墟"，而坚持者也还有。他算是坚持者之一，虽说他也曾一度打算放弃博客，一度以为博客是个累赘，是个负担，因为作家的阵地毕竟是报刊和图书而不是网络。

对于为什么要开博客，叶永烈在《加盟博客的感想》的修订稿中说，他自己非常喜欢"玩"电脑，他"玩"过 QQ、泡泡，用过 Skype，当博客热席卷网络的时候，他几乎毫不犹豫地加入其中。他在网上读到了这样一段文字："博客，数字生活新时尚，通过文字、图片、声音、视频、无线等，尽情展示自我、分享感受、参与交流，美好你我生活。Show you, share me. 人人都可以博客，人人都需要博客。博客网，全球第一中文博客门户，为千万级用户提供专业的博客服务。只需一分钟，立即创建你的博客，开始令人兴奋的博客之旅！一切完全免费。"这也可以说是他对博客的理解。

其实，在开博之前，叶永烈就已经拥有个人网站和个人专栏。他的个人网站，是上海《解放日报》社为他办的，而且还是"豪华"版式，刊登了作者几百幅照片以及许多文章，甚至还有一部部几十万字的作品。他在美国曼宁网上开设的个人专栏，一次就可以张贴十几万字。比起个人网站来说，博客当然要显得简陋得多。在博客网页上，通常只能发表几千字的文章，刊登200KB以下的照片。但是，叶永烈宣称自己还是很喜欢博客的，因为在博客上发表作品非常方便，非常自由，而在个人网站上要修改、补充作品，必须把文稿用电子邮件发到《解放日报》社，并且要过些日子才会出现在个人网站上。

他说："加盟博客，使我有机会浏览网友们各式各样的博客。博客是大众化的网络世界。不论是天真烂漫的小学生，还是皓首银发的长者，你只消在博客网上注册，就能获得一块属于你的网络天地。只要你喜欢写作，你就可以在博客上找到一个自由发表的园地。据统计，博客的作者百分之九十九以上是普通的写作爱好者，而非专业作家。我不由得记起，我正是在十一岁的时候，投寄一首小诗并得以在报上发表的，从此培养了我对文学的浓厚兴趣，以至把写作作为终身的职业。如今的青少年有了博客，可以把自己的作品随时随刻贴在网络上，比我小时候的条件要优越得多。博客已经成为宣泄写作情绪的广阔园地，也成为培养千千万万网络写手的大学校。"

尽管他常常出差，且主要精力倾注于长篇写作，作为名人还要应付诸多报刊的约稿以及这样和那样的事务。但他认为，博客不是报纸，并不是天天要出，也不是杂志，并不是到哪一天非出不可，所以，他可以根据自己的情况自由安排自己的博客。在一年时间内，他在博客上发表了 100 多篇文章，而且差不多都配了照片。因此他认为自己的博客更新率还是对得起粉丝们的关注和关心的。

如今，中国知名网站都有叶永烈的博客。在人气颇旺的新浪博客里，他的博客是从《网络畅想曲》（2005 年 11 月 2 日）开始的，对这个曾以科普作家之名风行大江南北的矸轮老手来说，畅想网络自然有些驾轻就熟的意思。他首先感叹说网络竟如此深刻地改变他的生活！

> 已经养成了习惯，每天清早打开电脑之后，第一件事就是查看电子信箱中有没有"E-mail"。"E-mail"大大缩短了我和朋友们之间的距离，特别是跟外国朋友之间的距离。在 2000 年即将到来的一天，我一下子用"E-mail"发出 21 封"电子贺卡"，其中的半数是发往国外的。不到 10 分钟，这么多贺卡发送完毕。当天我就收到许多回赠的电子贺卡。我的两个儿子在美国。过去一封信往返要 20 多天。然而，如今一天之内就可以往返几回，便捷多了。

> 画家设计了我的新著的封面，从广州用"E-mail"发给我，我不仅在电脑中打开，而且当即用案头的彩色打印机打印出来。我用电话把意见告诉他。过一会儿，他在电脑上修改了封面设计，再用"E-mail"给我发来。

> 最有意思的是，作家出版社出版我的一部 50 万字的新著，排校毕马上要付印。他们要我审看一下最后的清样。当时，由于要赶在北京书市之前印出，清样即便用特快专递寄来，都嫌太慢。他们给我打电话，说是托北京到上海的特快列车上的朋友带到上海，要我派人到火车站去取。我在电话中对他们说："用 E-mail 发过来就行了呗！"他们一拍脑袋说："怎么把最现代化的电脑给忘了！"于是，当天中午给我把付印前的书稿用"E-mail"发过来。我收到之后，当即着手校看，并在当天夜里把改好的书稿给他们发回去。第

2 天，这部书稿就付印了……

电脑已经成了我的"密友"。在我的书房里，放着五部电脑，从最初的"286"，到后来的"386""486""586"，直到我的小儿子送给我的最新式的"686"。电脑不断升级换代，我家的电脑也不断升级换代。尽管如此，我仍舍不得扔掉那台功勋显赫的"286"，因为我的许多长篇最初就是用这台单色屏幕的"286"敲出来的。至今，这台"286"还保持良好的运行状态，可以随时投入工作。

我的家也成了"电脑之家""网上家庭"。我的妻子也能够飞快地打电脑。两个儿子在美国都拥有电脑。我的全家都成了"网虫"。每天，我们从网上"捕获"大量信息。不论世界哪个角落发生的新闻事件，都通过这张巨大无比的网，迅速传到我的电脑屏幕上。

在介绍了"无线掌上电脑"和家用大屏幕电脑、未来的"挂壁式屏幕"之后，作者还畅想了 21 世纪坐在沙发上通过大屏幕电脑阅读国内外各种报纸、杂志的情景。"网上电视"当然非常受欢迎。在网上可以看到各国的电视。网上还有"影视资料库"。网络电影电视如同自家书架上的图书一样可以随时"查阅"。至于说从网上查阅各国各地的图书资料，那就更不用说该有多么方便了。借助网络，可以做到"天下图书为我所用"。叶永烈还在博客中罗列了网络的许多其他好处。例如，"网上看病"给你带来莫大方便。尤其对于疑难病症，患者把自己的病历输入电脑，发往医学专家的网页上，来个"专家网上会诊"。"网上换房""网上炒股""网上订票（机票、火车票、电影票、音乐会票、足球赛票等）""网上交易"……非常便捷。最方便的莫过于"网上会议""网上办公"，从此人们实现"办公家庭化"，不必去公司上班。这么一来，大大缓解了城市交通。总之，在 21 世纪，家家户户都有"网虫"。那张硕大无比的网络，把千家万户紧紧连在一起。尽管网络会存在黑客、病毒、数字鸿沟等问题，但网络化生存已成不可阻挡之势，用叶永烈的话来说就是——谁都离不了这张网，谁都生活在网上！

从一开始，叶永烈就在博客上发表《博客不以点击率论英雄》，声言要以一颗平常心开设博客，主要是借此与广大网友交流、学习。在叶永烈开博的头一年里，其点击率为 75 万，他感叹说，比起"老徐博客"只是一个零头，比起他的发行量达 1 亿多册的《十万个为什么》、比起取名于他的《小灵通漫游未来》的"小灵通"手机的上亿用户，也只是一个零头。不过，他还是为这个点击率感到欣慰，因为，在作家博客中，这个点击率还算是不错的。

极为难能可贵的是，博客叶永烈始终能坚持严肃的写作态度，不迎合当今网络写作中越来越厉害的低俗化倾向，不以"裸""色""脱""性"吸引眼球。他关注国家的命运、时代的风云、人民的诉求、世界的变幻。他的许多政论性、纪实性文章被众多网站所转载，诸如《博客不以点击率论英雄》《30 年前他奉命逮捕江青》《目击核阴影下的朝鲜》等文，都被几十家网站以至上百家网站所转载。其中，《目击核阴影下的朝鲜》一文被美国多维网、加拿大北美华人网、德国波鸿网、日本"在日生活"网、澳大利亚与新西兰的"纽澳华程网"以及中国新浪网、网易、和讯等众多网站所转载。上海东方网转载时，读者对这篇文章的评论达 780 多条。《她拍摄了 911 惊魂》一文的点击率则超过 10 万。

有趣的是"想利用我的博客辅导文学旁观者们学习写作"的叶永烈先生倒是从文学旁观者那里学到了不少东西。在一篇题为《博客一年的甜酸苦辣》的博文中叶永烈坦率地写道：

　　我开设博客，最看重的是与网友的交流。网络是最平等也最民主的，你我对等交谈。我曾说过，发表在博客上的文章与发表在报刊上的文章的最大不同，是在于博客能够与读者互动，及时听到读者的声音。我感谢网友的指正。

　　2006 年 6 月，作家出版社推出我的长篇纪实文学新书《追寻彭加木》。其实，这本书原名《追踪彭加木》。是一位署名"不爽"的读者在我的博客上留言，使我决定修改书名。我把书名最初定为

《追踪彭加木》，是因为彭加木在罗布泊失"踪"了，所以我们要在罗布泊"追踪"他。2006年4月15日，正在忙于写作《追踪彭加木》一书的我，在博客上贴出《深入罗布泊追踪彭加木》一文。我注意到，翌日，有一位"［匿名］不爽"的朋友，在我的文章下留言：

这个标题很过分，不知道的还以为彭加木是罪犯，简直侮辱先贤。

我觉得"不爽"先生的不爽之言，颇有道理。于是，决定把《追踪彭加木》一书的书名改为《追寻彭加木》。追寻的"寻"字，还包含关切之意，比"追踪"更加贴切。书名是全书的点睛之笔。这是一字之易，使书名更加准确反映内容。

在此，我对"不爽"先生（也许是小姐）表示感谢。

作为一种纯粹个人化的表达平台，博客的内容一开始就呈现出百花齐放的多元化局面，其话语生态如同斑驳芜杂的亚马逊热带雨林，乱花迷眼，生机盎然，险象环生，变化莫测。如果以传统的尺度衡量，博客中的绝大多数文字也许根本就称不上文学，但即使以传统的眼光看，我们也很容易发现博客文字的文学性或文学因子绝不可小觑。譬如，新浪网托管的博客笼络了一大批知名作家，称他们的文字为文学应该不会有太多的争议。尽管这些名作家也会在博客上写些随感，但更多是已经或准备在传统媒体上发表的文字。至于那些以"文学原创"相标榜的形形色色的博客"作品"，虽未必符合传统文论的文学标准，但在作为文学爱好者的博客心目中，那些文学自留地中直抒胸臆的文字理所当然属于"我的文学"。

当然，对于更广大的草根博客而言，博客写作的情况却完全不同。他们中的一些人，写到后来也出了书，这些书成为被文学界认可的文学作品。但他们在写作之初，并没有这样的想法，只是在博客中把自己的经历，把自己知道的一些有趣的、有意义的故事写下来，满足自己表达的需要。比如大文太犬的博客，以《狗日的钢琴》为题，写了一系列与钢琴相关的故事，把一个农村青年，一步步奋斗，终于成为琴行老板的历程，以及钢琴销售的一些门道，写得生动有趣，很有可读性，也很能给人以启示。《东方今报》的编辑看到了，觉得很有可读性，文学性也很强，开始以《狗日的钢琴》为题进行连载，于是有更多的人看到，更多的人认可，有朋友开始建议作者出书，于是就出了，书名叫《土色狗·黑钢琴》。作者大文太犬，本名席文太，是爱乐琴行的老板，他在博客中写的，大多是他的亲身经历，或亲耳所闻的故事。

其实不管是《东方今报》连载的《狗日的钢琴》，还是中国国际广播音像出版社出版的《土色狗·黑钢琴》，与大文太犬的博客相比，不相干的内容被去掉了，各个故事的顺序也有了变化，网友的留言尽管在书中被保留但也有了取舍。应该说，经过编辑的加工，《土色狗·黑钢琴》从头至尾有了明显的逻辑顺序，一个个故事经连缀构成了有头有尾的完整情节，真正成了传统意义上的文学作品。但是，书已经定型，而大文太犬还在继续他的博客写作，网友也还在继续评论，继续与作者互动。而《土色狗·黑钢琴》已经永远是那个样子了。①

不难看出，要深入讨论博客文学的特点，我们不得不从文论视角重新审视"博客特点"。如前所述，有人说博客的最大特点是媒介共生、杂体纷呈，也有人说是自由随意、赤诚真实，还有人说是直观直接、无限开放，还有什么灵活互动、草根民主、游戏反讽等，可谓众说纷纭，不一而足。但万变不离其宗，博客的优势最终总归与网络优势有关。齐美尔说过，现代社会的一个重要问题，就是物质生活的异常发达导致了个体空间的不断衰败。一方面，生活中从各方面提供给个体的刺激、利益和时间与意识的利用，非常有利于个体，它们仿佛将人置于一条溪流里，而人几乎不需要自己游泳就能浮动；另一方面，生活是由越来越多非个人的以及取代了真正个性色彩和独一无二性的东西所构成。因此，人们为了保存他个人的精髓而强烈地呼唤特性。只要博客的主人愿意，他完全可以在自己的地盘上掀起一场场文字上的"锐舞

---

① 何弘：《博客如何文学》，《文学自由谈》2006 年第 6 期。

派对"；如果主人不愿意，他便可以随时随地将任何不速之客驱逐出自己的院门。因此，从功能上看，博客明显超越了电子邮件或 QQ 之类点对点的交流模式，拥有个人自由选择的链接，又显示出群体共享的巨大潜能。同时，它又摆脱了 BBS 非个人化的集群弊端，以及迅速沉降的不足，可以永久性地保留自己的文字信息。显然，博客的这一功能，在最大限度上满足了个人化的表达需求。而个人化，正是这个时代最为醒目的标签——它不仅是现代性孜孜以求的理想目标，也是审美现代性在反抗现代性过程中所不断彰显出来的伦理姿态。

评论家洪治纲把博客说成是私家小院落，一般情况下，人们对自己的居住环境还是比较在意的。相比之下，BBS 就像一个酒吧，每人提着一瓶小酒在那里兴奋地胡吹海侃，信口雌黄，有点理性的人不会将那些消息当回事。而博客在传播某些突发性新闻事件时，一般是博客的主人亲眼所见或亲耳所闻，因此，博客比 BBS 更真实、更可靠。不过，从目前的情形来看，在博客中成功推销自己的庶民群体，主要集中在一些年轻的女性中。其自我推销的基本手段，是通过一种反智主义的形式，在各种暧昧性的话语表达中，获得一种特殊的"可爱"形象。这当中，最典型的应该是芙蓉姐姐。就中国的互联网而言，芙蓉姐姐在 2005 年几乎成为一道绕不过的风景，她不仅搅动了整个博客界和各种 BBS 论坛，使自己成功地进入了千万网民的视野之中，而且也成为网民们自觉议论的中心，甚至自然而然地打入了文化娱乐圈。[1]

费瑟斯通在《消费文化与后现代主义》一书中，对消费文化对人的某些被压抑的本能和潜在欲望的激发与操纵过程进行过精彩的描述：

> 资本主义也生产出了各种消费的影像与场所，从而导致了纵欲的快感。这些影像与场所，还混淆着艺术与日常生活的界限。……受文化理性化、文化商业化、文化现代化等观念的鼓舞，这些理论

---

[1] 洪治纲：《博客：庶民的话语狂欢？》。

都强调了大众文化中的越轨、反抗、狂欢和有节制地挥霍的传统。狂欢节、商品交易会和节日盛会等大众传统，是对官方"文明"文化的象征性颠覆和僭越，是对激情、情感宣泄以及膏腴的食物、烈性酒、淫乱的性生活等等，所表现出的直接而粗俗荒诞的肉体快感。在其中日常生活世界被颠倒了，禁忌和幻想有了实现的可能，不可能的梦想也可以得到表达。[①]

费瑟斯通在论述"消费文化"时，还对所谓"声望经济"（prestige economies）进行了创造性的阐释。他认为，"声望经济"意味着拥有短缺商品，花相当多的时间进行投资、恰当地获取、有效地运用金钱和知识。通过解读这样的商品，可以将它们的持有者的身份予以等级分类。可见，这个所谓"声望"，就主要含义来说，就是我们常说的某种"特权"。但与此同时，消费文化使用的是影像、记号和符号商品，它们体现了梦想、欲望与离奇幻想；它暗示着，在自恋式地让自我而不是他人感到满足时，表现的是那份罗曼蒂克式的纯真和情感实现。……今天的消费文化既不表明某种控制出现了失控，也不表明它就是某种更为严厉的控制，而是既掌握了正式的控制又把握着解除控制，并在这两者之间轻易地转换交切的一种弹性的、潜在的生成结构。[②]

与"声望经济"对应的一个概念是"地位性商品"（positional goods），"地位"与"声望"在汉语中常常是可以替换使用的同义词。不过，二者的差异也是显而易见的。"地位"的意思是人在社会关系中的位置，"声望"可以理解为一种令人景仰的"地位／名声"。表面上，"地位""声望"似乎与博客没有太大关系，实际上，博客正是对现实社会中地位与声望在一定意义上的"颠覆与重建"。

---

① 费瑟斯通：《消费文化与后现代主义》，刘精明译，译林出版社 2000 年版，第 31—33 页。
② 费瑟斯通：《消费文化与后现代主义》，第 39—40 页。

费瑟斯通写这本书的时候，并不知道博客为何物，但他对消费文化的各种论述却十分切合博客文化的特点。我们看到，在以博客为代表的网络世界里，形形色色的影像、记号和符号商品都是文化，这种记号与形象的溶解和渗透，逐渐消解了现实与幻想、高雅与通俗、审美与功利、原型与象征、原创与模仿、戏拟与抄袭等之间的区别。它带来的结果是，在消费过程中，对于物质消费而言，从以前对使用价值的重视转向对商品象征性消费的看重；对于艺术消费而言，从以前对审美价值的重视转向对娱乐性消费的看重。计算机技术的虚拟特性决定了网络文化生产与消费的非物质特征，因此，网络文化消费实际上也可以说是一种典型的象征性符号化消费。关于这一点，许多讨论点击数过亿的博客，如"老徐的博客"和"韩寒的博客"，已有无数博客和评论家发表过意见，于兹不做赘述。

在今天的文学地图中，博客文学是最值得关注的，"因它彻底解放了文学的创作与接受，终结印刷时代有些异化的文学体制，使文学真正回归到人类的心灵深处。与传统印刷文学相比：首先，博客文学具有无与伦比的自由性、自主性。博客是自营媒体，发表作品时无须任何的等待与审查，你可以在自己的博客网页随时随地、不受任何限制地刊登自己的文学作品。其次，博客文学表现手段丰富。在博客网页，只要你掌握了制作技术，你就可以为你的文字配上声音、音乐、图片、动画和音像。用你所能想到、做到的手段表现自己的情感。给读者带来多方面的美感享受。现在，已经有许多人在自己的博客里制作相当于电视散文之类的作品，让读者沉浸在如诗如画的美妙意境之中"①。

博客不仅进一步强化了网络文学的读写互动模式，极大地拓展了文学生产与消费的社会化空间，同时也极大地提升了个性化写作的自由度与灵活性。单就语言的个性化而言，博客也可以说是网络写作语言创新的集大成者。"由于自由无羁和个性十足，博客文学也孕育出了属于自己的语言风尚。妙趣横

---

① 聂庆璞：《Web2.0时代的文学地图》，《文艺争鸣》2006年第4期。

生、率性直陈是它的普遍特色；同时，使用大量自造词汇、心情符号，并对传统语言结构与技巧进行大胆的翻新改造，也成为它的突出特点。尽管博客们的风格各有侧重，但却无一不是在生动而充满活力的行文中凸显了有感而发、自然质朴的风范，这在今天矫揉造作之风大盛的文学空气中，给人带来了格外清新而鲜活的感受。"①

第三节　"越名任心"的博客文学

博客是一个以自我为中心的世界。在这个永不谢幕的假面舞会上，人们可以随心所欲地扮演任何角色。但是，他们的快乐建立在幻觉上。每个博客就像弗洛伊德笔下"戏剧中的变态人物"一样，"首先，是另一个人而不是他自己在舞台上行动和受苦，其次这毕竟只是一个游戏，这个游戏对他个人的安全不会造成什么危害。在这些情形中，他可以放心地享受做'一个伟大人物'的快乐，毫不犹豫地释放那些被压抑的冲动，纵情向往在宗教、政治、社会和性事件中的自由，在各种辉煌场面中的每一方面'发泄强烈的感情'，这些场面正是表现在舞台上的生活的各个部分"②。

一、信马由缰的"名人博客"

在博客营造的越名任心的虚拟语境里，"纵情游戏、娱乐至死"的庸常之辈当然在数量上占有绝对压倒性优势，熙熙攘攘的草根博客犹如喷薄而出的岩浆，"毫不犹豫地释放那些被压抑的冲动"，人类被文明驯服了的自然本性在博客中恢复了其与生俱来的活力，草根博客虽然野性十足，却有望生成一个自由和谐的绿色世界。当然，我们也应该看到，博客纵然是无边舞台，通常也只能由少数人唱主角。一向不甘寂寞的风云人物，在万众狂欢的场合自然不会袖手旁观。即便像孔庆东这样的知名教授的博客，在"好为人师""为

① 春天等：《"博客"打造文学表达新空间》，《布老虎青春文学》2006年第1期。
② 弗洛伊德：《戏剧中的变态人物》，见陆扬编：《20世纪西方美学经典文本》，复旦大学出版社2000年版，第7页。

好人师"与"文人好师"的高头讲章和游戏笔墨之间，也时见一些放浪无状的文字，一会孤家，一会鄙人，时而老衲，时而老道，嬉笑怒骂，装疯卖傻，哭之笑之，乐不可支。

例如，一篇《养生六诀》，才华横溢，气贯古今，可谓字字珠玑，读后余香满口：

> 吾于养生之道，涉之甚浅。窃以为有六字，庶几近之矣。六字曰：护，疗，补，养，炼，用。试分述之。
>
> 护：卫也，保也，避伤害也。人之心至伟至壮，而人之身至嫩至柔。禽兽可伤之，舟舆可毁之，冻饿焚溺，莫不可以害之。故养生以避害为第一。俗云，千金之子，坐不垂堂。无他，患堕瓦也。古云，危邦不居，乱邦不入。无他，远杀伐也。老子出关，庄子拒相，皆出于护身也。帝王将相，莫不置贴身护卫，大小邦国，莫不立守关三军。不知护者，犹如任群羊入虎穴，而散百金于通衢也。如花少女，毙命于市虎，矫健青年，葬身于急流。贪美味而鱼刺破喉，抄近路而花盆贯顶。凡此意外之灾，日月不绝。究其所以，大率失于防护。而失于防护者，自大傲物，不敬天也。君子处世，敬天为上，天有不测风云，故人需旦夕防护。护字之诀，岂可不慎哉！
>
> ....

然而，在这个所谓"东博书院——人民网强国博客"中，我们也能读到一些诸如《听我唱段十三亲》这类醉汉骂街式的文字：

> 朋友们，要听真，听我唱段十三亲。句句都是那大实话，听在耳里记、在、心哪嗳咳哟……
>
> 可是真够呛啊，哪有时间把歌唱啊？小孩儿他妈让开水烫啦，

> 小孩儿昨天又尿了床啦，我们全家就靠着我啦，我可千万别让车给撞啦！现在这人撞了人他哪个能救人？现在的光阴流逝就像跳大神。我强打起精神，从睡梦中醒来，醒来才知这个世界变得真无赖。无情无义恩将仇报遍地白眼狼，旷世奇闻新年杀父疯狗真疯狂，告诉他是肮脏龌龊韩国下水道，他非当作温柔甜蜜爪哇大肥肠。呼儿嘿呀，呼儿嘿，三杯两杯我不会醉。我的心上人，她不爱我，因为我是个大酒鬼。美酒飘香歌声飞，朋友啊请你干一杯，请你干一杯……哎？怎么又唱回来了？算啦，装疯卖傻文艺演出到此结束，明天请继续欣赏筷子笛奏——《扬鞭催马送流氓》。

　　这场堪称"媒体奇观"的骂战，在博客中自然不是开头，也更不会是结尾，看来，某些博客把"博客"写成"搏客"并非没有道理。尽管在上述事件中，博客使几位教授的内心失去了平静，而且在不少媒介事件中，我们甚至可以说"都是博客惹的祸"，但就大多数不甘沉默的草根博客而言，在大多数情况下，博客恰恰是心灵的避风港。博客使人得以回归真实的自我，平静地抚摸劳顿的心灵，自由地观照疲惫的身体，按照汪民安的说法："身体的标志是动物性，它是感官体，是一个活的敏锐的感官机器，也是一个奔突不息的欲望机器，它是一个巨大的一体化和有机的能量源泉，它的内部舞蹈着力量和疯狂，这种力量和疯狂为快感而生，也为快感而灭。疯狂、快感和力量对身体是一种完全的吞噬。它们是身体的标志性建筑，是身体的唯一叙事，是身体的终极性的政治无意识。"[①]有时候，博客可以使众多"奔突不息的欲望机器"渐渐处于一种相对节能的和谐状态。

　　2007年初，王朔重出江湖的时候，为了推销《我的千岁寒》（有媒体称其为"唾沫横飞口水四溅的大杂烩"），王朔的"媒介同谋"可谓费尽心机。此前，他们先安排一个英雄救美人的序幕，让王朔在法庭上为19岁的女演员解

---

① 汪民安：《身体的文化政治学》，河南大学出版社2004年版，第246—247页。

除"不平等条约"两肋插刀，接着在媒体上胡话一通。此间，他接受了数以百计的书刊、电视、网络媒体的巡回采访，口若悬河，滔滔不绝，"该骂的不该骂的都一勺烩了，私密的公共的一起上了娱乐版"。

在"严酷自我解剖"的过程中，王朔冷嘲热讽地骂遍了"妖魔小丑和时令宠儿"。他甚至让人产生了这样的感觉："此人在父亲和兄长先后作古后已然勘破生死的终极命题，以佛家典籍《坛经》和《金刚经》为出发点勇猛地扑向了大智慧，不但写出了革新中文语感语法的皇皇新作，而且要开辟网上点击付费的划时代阅读方式，一劳永逸地为作家们打下万年的基业。"但是，即便是他的铁杆粉丝们也清楚地看到"他不再是二十年前那个快言快语地解构主流话语的先锋作家了，也不再是八年前那个单挑大众文化的新锐评论家了，他年华老去、面相颓废、意念交杂、五内俱焚、覆水难收了，他仍在撒娇却一点都不可爱了，他仍在发飙却没什么杀伤力了，他仍闪现灵光却更多是兜售马脚了"[1]。

王朔捧着威名"千岁寒"的"无底托盘"，时而嬉皮笑脸，时而义愤填膺，时而发狠撒泼，时而故作风雅，口吐莲花，妙语连珠，句句言不由衷，字字莫辨真假。不过，有一句最为要紧的潜台词人人心照不宣，那就是"各位老少爷们，有钱的帮个钱场……"作为王朔的忠实读者，笔者又一次被王朔"忽悠"了，就像当年被赠送光盘的《看上去很美》一样，虽然不免有些上当的懊恼，但对王朔敢于"作秀"的"大无畏精神"竟然还是不由自主地产生了几分敬意，这大约是王朔常说的"心甘情愿上一当"的又一注解吧。如今，与王朔有关的主要文字显然已不在纸面上，大凡书上报纸上出现过有关王朔的只言片语，网上都会有几十倍甚至成百上千倍的衍生文字结伴而来，尤其是那些博客文字，尽管多数并不在"王朔的博客"里。

与此相关的另一个值得一提的事件是，在"07大秀"的同时，各大媒体爆出"王朔欲成博客收费第一人"的消息。王朔将在徐静蕾的"鲜花村"网

---

[1] 李星文：《王朔：金身一破，性命成忧》，中国文联网，2007年4月24日。

站开一个收费博客。不过，当时的中国国家信产部曾明确告诉新民网，王朔的计划还只是一种"假设"，具体怎么监管，要等假设变成事实之后，信产部才会有比较确切的说法。2007 年 3 月份，王朔在鲜花村网站的收费博客就开始坐地收款了，网友点击一次收费一毛。有网友给王朔算了一笔账：保守计算，如果每天有 10 万人看王朔写在博客上的小说，那王朔每天就可以收入 1 万元。等一部作品连载完了，王朔起码可以进账几百万，这显然比出书有赚头，如果成功，王朔重进"作家富豪排行榜"大约是不成问题了。

　　谁都知道，就点击量而言，徐静蕾的博客堪称世界第一，2007 年 7 月就突破了 1 亿大关。早在点击量达到 3000 万的时候，中央电视台就曾采访徐静蕾的博客粉丝，这大约是博客"粉丝"所享受到的最高规格的待遇吧。粉丝们的说法十分真切朴实，他们对博客的认识至少在感性层面要比书斋的学者更丰富、更真切、更有现实意义。当徐静蕾携带她的《老徐的博客》这本网络书籍在中央电视台和广大粉丝见面之前，众粉丝对记者发表了自己对"老徐博客"的看法：

　　"我每天都得看她的博客，这已经成了我生活中的一部分，如果今天不看，可能就觉得缺了点什么。"（Fans A）"你能感受到她每天的一些小情绪，觉得她也是一个跟大家一样正常的、情感很丰富的人。"（Fans B）"说白了，她就是通过博客把她这个人最真实的，或者生活中实实在在的一些东西展现在大家面前，让大家觉得，虽然说好像有距离，她毕竟是明星，但是又隐隐约约觉得好像没有距离。"（Fans C）

　　在天涯网站从事 Blog 相关工作的麦田甚至著文说："徐静蕾的出现，拯救了新浪 Blog。"据说，在徐静蕾博客成气候之前，新浪曾经煞有介事地举办了一次"博客大赛"，与此同时，搜狐博客也举办过类似的赛事。但这类平庸的大赛只能短时期内促进博客用户数的增长，比赛一结束，博客每天的发文量等活跃性指标也会慢慢下落。"所以看，现在有几个人知道搜狐博客？几个人知道和讯博客？还有更早的 tom 博客？但只有新浪博客脱颖而出——因为新浪出了个徐静蕾！徐静蕾拯救新浪的前提，是她本人明星和文青的双栖身份。换了单纯是明星，比如张靓颖，她的博客会火，但是除了'凉粉'，普通大众不会长期关注，因为内容乏味；单纯是文青，比如按摩乳，他的博客会火，但是除了圈子周围的人，普通大众迄今还不知道他是谁——而徐静蕾既有明星的广泛人气基础，又有文青的创作能力，这使得她的博客能广泛传播并被持久关注。"这是"老徐博客"点击数刚破千万时业内人士的评论，现在，"老徐博客"点击数超过了1亿，这是一个什么概念？头脑精明的王朔，自然知道，"老徐博客"正在变成一座有待开采的数字化"金矿"。

但是不久，王朔的"采金"计划遭受了严重的挫折。据《半岛都市报》姜妍的文章，2007年7月2日一早，王朔就在自己的鲜花村博客里宣布，"因腾讯无钱支付知识产权税，明起收回对腾讯博客的授权"。对于自己博客的撤离，王朔说，作为网站平台就是要按照知识产权给作者稿费，现在的网站都习惯于在技术上投资，但是很少肯在内容上花钱。"你和律师谈话不付费吗？去医院挂号不付费吗？凭什么我们的东西就不付费？"

王朔认为，所有博客作者都应该得到所在平台支付的稿费，只是钱多少的问题。他还透露，搜狐博客曾经给徐静蕾开出了每月7万元的稿费，只是老徐没有搬过去。2006年10月，博客网成为在国内率先推出个人博客享受广告收益的博客平台，共有2000余名博主享受了最多500余元的广告提成。此次，王朔宣布收回在腾讯博客的授权，使得博客平台是否应该向作者支付稿费的话题再次被提起。

博客网董事长方兴东说，分成是根据点击率来进行的，但是其实这样的分配方式也并不完善。在博客平台，那些在某一方面非常在行的人的博客是最容易受到关注的，但目前没有可能向所有博客写手支付稿费，"中国现在每天的博客更新量是500万以上，每篇1块钱的话，就是500万元，这个费用谁来承担？"律师认为，博客平台通常不需要给博主支付稿费，关键看价值大小。"'价格'不仅是钱，还有其他社会资源。搜狐认为老徐不可替代，就愿意出钱。腾讯认为王朔不是那么重要，就不肯出钱，大家都有选择，本身就是公平的。"

不难看出，在王朔眼里，博客仍然只是他"码字"的一个媒介而已。像他这样"看透"博客的作家，可能还大有人在，但明明白白向网站讨价还价的人却并不多见。从某种意义上说，在博客问世之前，王朔的创作和传播，已然具有了当下所谓"博客文学"的许多特点。博客所呈现的个人化写作特点、后现代审美倾向等，无一不与王朔的自炒自骂、自产自销不谋而合。

众所周知，博客文学的出现极大促进了文学的"日常化"和"平民化"。博客使写作获得了真正意义上的自由，随时随地，即兴随意。题材体裁没有任何限制，发表没有任何门槛，修改也不成为问题，读者也或多或少总会有，写作也似乎真的成为人人可以参与的大众狂欢，于是有些人宣称，"人人都可能成为作家的博客时代已经到来"。笔者认为，博客文学现象绝非如此简单，人人可以参与的说法实在过于乐观，"人人成为作家"则只是一种乌托邦式的愿景。就像不能因为会写字就以书法家自居一样，能在博客上写点感想就称为作家显然是不切实际的。不过，我们也有看到，相对于门禁森严、关卡重重的出版机制而言，博客写作的随写随发，的确有点"私人出版"和"江湖刊发"的意味，在行管、协会、帮派等形形色色的"防护栏"和"潜规则"织就的天罗地网之外，博客为那些"意有郁结不得其通"或"意无郁结乐得其通"的人提供了随心所欲地涂抹想象的空间，在这个以昵称面世的虚拟世界里，体制内的清规戒律荡然无存，遏制人性的天罗地网灰飞烟灭，俨然一个"大碗喝酒和大口吃肉"的"草寇狂欢的梁山泊"。

博客江湖的迅猛发展，不可避免地引起了传统出版业的妒忌与恐慌，等级森严的书刊帝国进入了一个"强梁辈出"的混乱时期。诚如一位年轻论者所说的，文学博客创建了一个虚拟团体，为读者、作家、图书馆员、出版商、评论家们提供了一个广阔、灵活、展示思维才智和放飞思想火花的硕大空间。某些"名博"，人气蒸腾，每有文出，必有轰动，使那些门可罗雀的文学期刊编辑部顿时眼红心绿，那些吃惯了文学饭的出版社更是垂涎欲滴。同时，由于博客江湖中有不少宋江式的人物，他们虽然寄身于博客，却时刻准备接受书面帝国的招安。于是，大宋皇帝招安反贼的那一套，便很快成了文学出版界应对"博客"崛起的有效方法。先是网上流行起了"博客文学成为出版新宠"的新闻，接着就是大批大批网络作品接受各种书刊的改造和整编。

《燕赵都市报》（2005年10月4日）的一则新闻说：拥有百万网民支持的博客作品开始"脱网而出"，被称为"中国内地最受关注的女博"的"北京女病人"将个人博客汇集成《病忘书》出版且图书销量可观；"梅子"将自己每天的下厨心得结集成书《恋人食谱》，并成为生活类的畅销书。中国创意产业峰会专家曾经预言，"2005年将掀起博客出版热"。不久之后，出版热的说法果然逐步得到了证实。例如，号称"中文第一博客小说"的《乔乔相亲记》由北方文艺出版社出版，根据周轶君战地博客结集成书的《上帝最近——女记者的中东故事》由文汇出版社出版，也成了当年图书市场上的一大热门。再如，一本由博客写、博客编，以博客为刊名的杂志——《博客》（哈尔滨报业集团）也出版了试刊号，而"博客中国系列丛书"第二辑也正在酝酿出版，包括方兴东的《中关村失落》《挑战英特尔》，马帅的《我的联想岁月》，以及王育琨的《失去联想》。

类似的信息在《中国青年报》《中华读书报》《新闻周刊》等颇有影响的报刊中不断出现，各种网站克隆与衍生的相关文章数以万计。披尽黄沙，拂去泡沫，我们不难发现，有价值的言论实际上只有那么几条。就博客何以成为出版界的新宠而言，一种比较有代表性的观点认为，人气固然能吸引出版商的眼球，然而出版商更看重的是作品本身所具有的魅力。大体上说，"博客文学"具有三个方面的"魅力"。

一是"私人气质"。"北京病人"泼辣激进，唠唠叨叨，却不乏诙谐幽默的情趣，这是一种私人气质。徐静蕾心态平和地写平平常常的吃喝玩乐，清新自然，充满质朴的生活气息，这也是一种私人气质。与传统文学、网络文学相比，博客文学在传播模式和写作上具有明显的"自我性"。①所谓"我的空间我做主"，随写随贴，随贴随改，多数人多数时候写博客无非是自娱自乐、自言自语。

二是"语言活泼"。妙趣横生、率性直陈，"博客语言"的文字魅力是博客广受青睐的一个重要原因。在"读图时代""影像文化"的冲击下，从事纯文字信息采集与传播工作的出版社无疑乐于看到这种天马行空、无所顾忌、自然却充满魅力的文字，也无怪乎一些博客成了出版商的新宠。

三是"全民参与"。博客作者一般是写完一段就贴一段，对作品的发展、好坏，网友也是看一段评一段，而这些评论又或多或少地会影响作者下一步的创作，以及与网友的互动。可以说博客小说是一种集体创作，由全民参与。糅入网友元素的作品要网友掏腰包也就容易多了。徐静蕾曾直言不讳地说，自己写博客的一个重要目的就是和 fans 联络感情，以便使自己的电影公映时能够取得更好的票房实绩。她认为，一个电影人希望自己的作品得到更多人的喜欢，这种想法并不阴暗，其实这是一个很阳光的想法。

当然，博客文学的魅力远远不只存在于上述三个方面，它们甚至还不一定就是博客文学最主要的特点。毕竟，仍然处于摸索阶段的博客文学还是一个极不成熟的概念，任何不容置疑的观点都是值得怀疑的。譬如说博客的"私人气质"和"语言活泼"等特点，就只是相对而言的"魅力"，绝对不可绝对化。严格地说，博客同样是一个公共文化空间，某些私人气质可能是一种魅力，但并非所有"私人气质"都适合展现于公共场所。同样，"语言活

---

① 有媒体说，"自我性"是葛红兵总结出来的，理由有二：其一，传统纸面文学追求刊物发表、出版社出版，先前的"网络文学"寻求论坛张贴、电子刊物、网站发表，博客文学只是张贴在自己的博客里，并不主动寻求读者的认同，绝大多数博客都是封闭的，并不对外围读者开放，即使是开放的博客，也不追求读者的数量。其二，大多数博客并不追求表达上的"文学性"，如我们一般所看重的文学性特征，概括性、虚构性、典型性、教益性等，博客文学并不在意这些，其在文字表现上更加随意自我。因此，"博客文学"这个词对"文学"的传统定义是一个挑战。它的生活化特征、写实性品格、非教益性倾向、自我记录和抒发的意味对传统的文学观念造成了巨大的冲击。

泼"是一种魅力，但这种活泼也是有一定的道德底线的，活泼到毫无顾忌、信口开河的程度，就很难说有什么魅力了。关于这一点，著名童话作家郑渊洁在新浪首届中国博客大赛颁奖会上的发言及其相关评论给我们提供了发人深省的个案。

在对有关名人博客的研究中，聂茂的《名作家博客100》是一部最值得关注的著作。该著首先推出的是新浪名人博客排名前4位的作家，即韩寒、郭敬明、郑渊洁、叶永烈。聂茂以"牛气冲天"来描述这4位博主的总体特征。作者对其获得高点击量的原因以及各自的特点进行了深入剖析。该著作还花了大量的篇幅对"风光无限、令人敬佩"的全国文学大奖得主博客分别进行了大写意式的勾勒与评介，这些博主是：茅盾文学奖得主莫言、阿来、麦家、刘醒龙；鲁迅文学奖得主徐坤、熊育群、田耳、衣向东、葛水平；全国少数民族文学创作骏马奖得主郭雪波、格致、李进祥；全国优秀儿童文学奖得主曹文轩、汤素兰、杨红樱等。接着，聂茂对"与时俱进"的老作家周国平、张贤亮、梁晓声、冯骥才、柯云路等的博客进行了梳理与分析，给传统作家的网络家园留下了一幅幅生动的素描。这些65岁以上的老博客均为"英雄不减当年"的文学大家，难能可贵的是他们能够与时俱进，对于网络博客表现出很大的兴趣，这一部分内容，无疑也是该著作令人耳目一新的一大亮点；至于中年作家博客，无论是小说家、散文家、诗人，还是报告文学作家，他们都是当代文坛的实力派人物，在博客的书写上，他们也不甘人后，各领风骚，如北村、毕淑敏、残雪、方方、陈应松、谈歌、王朔、王跃文、陆天明、刘慈欣、邱华栋等，聂茂在描述每位博主的特点时，都兼顾到了其代表作的影响，生动简洁地勾勒出这些博客名家富有个性的画像。

"名家博客"所关注的传统文学大家还有散文家洪烛、苏北、彭学明、郭文斌、谢宗玉、刘亮程，诗人于坚、荣荣、翟永明、聂沛、李少君、傅天虹，报告文学家杨黎光、何建明、李春雷、陈启文，等等，这些作家的博客生动活泼，保持了类似期刊所特有的诗性韵味和严谨风格。"精彩纷呈"的青年作家，大都是网络文学世界的"知名大侠"，如安妮宝贝、冯唐、李师江、饶雪漫、卫慧、棉棉、蔡骏、徐则臣等，其中好几位都是"名震江湖"的超级写手，他们大多是"70后"实力派作家，作者对其精彩纷呈的文学世界及其千变万化的审美样态逐一进行了点评，让人看到了这些"纸网两栖文学明星"的别样风采。至于"青春无敌""80/90后"作家张悦然、笛安、孙睿、春树、郑小琼、莫小邪、安意如、蒋方舟、李军洋、林卓宇等，这一拨人完全可以说是"为网而生的一代"，他们的博客彰显了他们的不同个性，可谓青春无敌，前途无量。聂茂著作中特别突出其思想意义的一章是"文学评论家博客"。在这一章里，他挑选了六位重量级的评论家，他们是朱大可、李敬泽、雷达、张颐武、谢有顺、陶东风。这些批评家在网络上的影响与其在传统文学批评领域的威望相比，如果不能说是有过之而无不及，那么至少也可以说是平分秋色，互有短长。聂茂认为，这些批评家在话语世界里抢占了网络的制高点，腹有诗书气自华，不急不躁，从容淡定，是网络文学与文化天幕上闪烁着理性与良知的代表性星座。

在"众声喧哗：网络作家博客"一章里，当年明月、天下霸唱、流潋紫、南派三叔、慕容雪村成了无以数计的网络写手的代表，和大多数网络写手一样，他们原本就是成名于博客或贴吧的写手，他们的博客，堪称是网络写作的典型案例。在众声喧哗的时代，他们是宠儿，是网络文学的佼佼者，有些甚至是从博客中走出来的名家。值得一提的是，聂茂的著作，没有忘记那些境外华文作家的博客，书中提及的都是境外华文名作家，如香港作家李碧华、温瑞安、梁凤仪、蔡澜，台湾作家琼瑶、刘墉、胡因梦、张大春、骆以军，澳门作家姚风以及海外华人作家、评论家徐贲、唐师曾、房晓辉、毛丹青、严歌苓、蒋丰、洪晃、桐华、虹影，等等。他们都是中华儿女，都忠诚于中文母语，都把博客作为表达自己心声的最佳窗口。他们为网络时代的文学新秩序树立了新的坐标。从一定意义上说，聂茂的这部著作，就是一部内容厚实、形式别致、格调清新的"中华网络文学史"。

尤其值得注意的是，这本书的写作风格。按照作者自己的说法，他特意要求自己不拘泥于常规的学术范式，尽可能活泼轻松，生动有趣，做到"散文中的学术化，学术中的散文化"的行文特色，以实现对名作家博客的广泛性（作家的地域覆盖）、代表性（作家及其博客的影响力和典型性）和权威性（本书所企望达到的深度和广度）的全方位的书写。[①]

二、"韩白之争"与"博客批评"

毋庸讳言，博客当中文学爱好者的比例实际上远低于书面文字读者中文学爱好者的比例。毕竟，现在是一个文化消费日趋多样化的"读图时代"，现实生活中文学的空间日趋逼仄的趋势在网络上必然会有所反映。虽然许多人都在博客上张贴日记、随笔、散文甚至小说等，但文学在博客中的分量或地位并不乐观。麻省理工学院的一份关于美国博客应用的研究表明，博客日志的内容在美国倾向于一种个人无目的的网络漫步，创造性的写作只占了很小的一部分。中国最大的两个博客网站的情况也是如此。例如，2006 年底 CNBlog 目录集中 3022 个登记的日志中总共只有 117 个文学日志，即便在那些与文学相关的"日记、情感、个人、生活类的网络日志"中，纯文学所占的比例也同样很低。博客中国还常常出现这样的情况，某一天中最热门的 100 篇文章中，竟然没有一篇原创作品，与文艺相关的并非严格意义上来讲的文艺评论也不到 10 篇。有部分网友认为"博客文学"只是商家炒作的一个概念，博客文学实质属于网络文学，就如博客是网络工具的一种，博客文学也只是网络文学的一支，和其他网络文学形式并没有太大的区别。

批评界的否定意见一向是干脆利落的，譬如说，某位批评家在讨论"博客与文学相距多远"的问题时，以一种决绝的口气宣称："文学与博客根本就没有本质上的关联。"这样的观点，虽失之偏激，却也并非负气使性的一派胡言。在"边缘化""终结论""垃圾说"大行其道的语境下，新兴博客世界里，文学的地位受排挤或被忽略并不是什么奇怪的事情。事实上，文学在博客的内容中不占主流的情形是有目共睹的。在一些著名的"博客"网站中，文学通常只是作为陪衬或点缀，有些网站根本就没有文学的位置。如前所述，既

---

① 聂茂：《名作家博客 100》，中央编译出版社 2014 年版，第 13—14 页。

然文学生态的大环境在日渐恶化，在网络或博客上就必然会出现相应的表现，这原本也是凭常识与简单推理就可以弄清楚的问题。

即便是那些以文学为主题的博客，譬如"某某文学博客网"之类，常常也只是些日记类的个人情感、生活等无序的记录，哪怕是诗歌与小说创作，也常常是些粗糙不堪的文字，与文学还相距甚远。有人甚至认为："如果说，传统文学作品注重内涵、网络文学以可读性取胜，那么，目前的博客文学则可以说是文学垃圾的代名词。"①

张清明教授是国内最早关注博客文学现象的学者之一，他在《博客文学现象批判》（下文简称《批判》）一文中对博客文学进行了学理化透视与剖析，并提出了许多富有启示性的独到见解，在网络文学理论与批评领域产生了较大影响，特别是他那富于激情和正义感的分析与论证颇有些警世意味，在一定程度上，可以说代表了大部分人文学者对博客文学的焦虑与隐忧。

当然，仅仅了解博客写手们写了些什么显然是不够的，更为重要的是要分析他们/她们怎样写和为什么要这样写。关于这一点，博客写手的"创作谈"为批评家们提供了驾轻就熟的用武之地，例如，竹影青瞳说："我的创作主要是在个人体验基础上，对女性情感、欲望毫不掩饰地进行观照和反思，毫不掩饰本身其实就是对禁忌的反叛和突破。我的文字有大量前卫、赤裸裸的性描写（这一点受纸媒出版限制），但是对性的反思又是沉重和严肃的（这一点受读者思考水平限制），如此就导致了我的文字的尴尬和争议：一方面不能被传统媒体坦然接受，一方面被肤浅表面地接受为色情文字和下半身写作。"这段网上颇为流行的自白，体现出博客写手关注当下、关注自我、关注内心、关注身体、关注人性等"率性而文"的特征。

博客"率性而文"，以性展示博取大众的关注，并因此"被肤浅表面地接受为色情文字和下半身写作"，在许多情况下，这也确是毋庸讳言的事实。从表面现象看，博客的勃兴，几乎就是阐释弗洛伊德学说的网络升级版。不过，

---

① 罗四等：《走向公众的博客文学》，《燕赵都市报》2005 年 10 月 14 日。

就像我们不能够同意"博客文学是文学垃圾的代名词"一样，我们也不同意博客文学就是性文学的说法。

当然，我们并不否认博客写作中的确存在着某些倾向性问题。在部分人的博客写作中也确实存在以"性"为招牌炫人眼目的嫌疑，特别是对早期的博客写作来说，这种倾向更为明显。但如果以全局的眼光和发展的眼光看问题，我们就不难发现，"性"字招牌未必像看上去那么适合于博客写作。就文学生产与消费的总体情况看，"性招牌"不仅仅适合于博客写作，因为整个文坛都存在着比较严重的性泛滥问题，单单把"性文学"标签贴在博客写作身上显然有欠公允。从博客普及与提高的发展态势看，"性招牌"更不适合于整个博客写作，事实上，传统纸媒介文学中性描写的主导地位是相当牢固的，摇篮中的博客，想要超越之，目前似乎还缺乏实力。"古今中外都不乏性文学，《金瓶梅》《肉蒲团》是中国的性文学，《查泰莱夫人的情人》等是国外的性文学。并且博客文学并不就只有这些文学，这些文学的数量与博客的总体数量相比，少之又少，其比例不比印刷文学中的性文学比例大。"①

白文评价韩寒的作品"和文学没有什么关系"，并认为："'80后'作家这样一种姿态坚持下去，成为主流文学的后备作家是完全可能的……从文学的角度来看，'80后'写作从整体上说还不是文学写作，充其量只能算是文学的'票友'写作。所谓'票友'是个借用词，用来说明'80后'这批写手实际上不能看作真正的作家，而主要是文学创作的爱好者……我以前说过'80后'作者和他们的作品，进入了市场，尚未进入文坛；这是有感于他们中的'明星作者'很少在文学杂志亮相，文坛对他们只知其名，而不知其人与其文；而他们也似乎满足于已有的成功，并未有走出市场、走向文坛的意向。"

因为韩寒的点名文章，大批网民拥进白烨的博客一睹究竟，白烨博客点击率急升。两人的文章被网友们转贴到各大论坛，成为许多人关注的焦点。

白烨声明："不喜欢我的文章，但不可以用粗暴又粗鄙的字眼骂人……他

---

① 聂庆璞：《Web2.0 时代的文学地图》，《文艺争鸣》2006 年第 4 期。

和他们至少要接受道德法则的自审与公审。我希望这样一个事件，能为如何为网络立法和建设网络道德提供一个反面的例证。"（白烨：《我的声明——回应韩寒》）两个小时后，韩寒回应说："有些人，话糙理不糙；有些人，话不糙人糙。"认为白烨"作为中国的文学评论家，特点和长项就是：（1）不知别人所云。（2）自己不知所云。（3）不知所云还特能云。这事都提升到互联网立法了。"（韩寒：《有些人，话糙理不糙；有些人，话不糙人糙》）

2006年3月5日，白烨采用"哀兵战法"（戴燕语），又一次发表声明，宣布将关闭博客。他表示：自己不了解也不适应博客，对在网上"被人骂，还非得要骂人"颇不以为然，他认为"靠这种（骂人的）方式去交流文学或学术，也往往是一厢情愿"。3月8日，白烨接受记者访问，表示"'80后'现在最大的问题不在文学的造诣上，而是在做人的道德水准上"。

2006年3月9日，韩寒连发《辞旧迎新》（上中下）三篇博客，表示"既然说到道德，那咱们就说道德"。他追问："一、白烨曾经策划过一个叫贝拉的女生写的《9·11生死婚礼》的书，该书很不文学，却被白烨表扬了一番；二、去年春天文学奖白烨担任终审评委，却将自己策划出版书的作者最后评为获奖者；三、白烨曾经在媒体上公开发表过对于蔡小飞的看法，'这个人我知道，写过一两本书，拿过一两次奖'，而后来证实，蔡小飞这个人物根本就不存在于真实世界。"事件的焦点转向"文学批评的操守"。

3月10日，白烨在博客上贴出《白烨关闭博客告别辞》，表示自己不适合博客，"韩寒对我的骂式批评和他的拥戴者对我的跟踪谩骂，只是事情的一个诱因……这样一个一明一暗、一实一虚的交流平台，他们可以随便骂你，而你只能正面应对。这种先天的不平等性，无形中就使得恶毒占了上风。即使你不招惹人骂，靠这种方式去交流文学或学术，也往往是一厢情愿"。白烨称，事情发生的这几天，他觉得很受伤，以后虽然还会继续关注这个群体，但可能不会像以前那么热心了。有人说，白烨成为新浪Blog第一个关闭博客的名人。①

一时间，各类相关文章充斥各大媒体，如《车手遇书商，韩寒赛前一脚踢飞白烨》《"韩寒白烨之战"升级》《第一焦点——白烨与韩寒的伪争论》《白烨 PK 韩寒：论战"80 后"》《韩寒"网骂"白烨涉嫌人格侮辱惹纠纷》等。

3 月 11 日，白烨在"最后回应"中指出："他（韩寒）用这种语言本身，说明了他的学养、修养的亏欠"，"实在不能作为就是'纯文学'的证明"。与此同时，白烨呼吁尽快"建立网络道德规范"。

3 月 7 日，作家韩东在网上发帖支持韩寒："没有纯文学，也没有严肃文学，更没有劳什子的主流文学，有的只是'正统文学'。'正统文学'是个什么鸟？看一看'正统批评家'连篇累牍的唠叨你就知道了，当今'正统文学'的'实体'又是什么？同样见'正统批评家'那些个叨唠，无非那几个作家名人以及他们家里的那档子事儿——包括他们的焦虑和希望。"

3 月 9 日，评论家解玺璋在新浪 Blog 上贴出《白烨：文学的保姆》一文，认为："白烨是有长者之风的，换了鲁迅，很可能就'以眼还眼，以牙还牙'了……'80 后'写作渐成气候，和白烨的支持、推广是分不开的。不感恩戴德也就罢了，居然有人以怨报德……"

3 月 13 日，作家陆天明在自己的博客上转载了自己接受采访的《"韩白之争"背后的若干问题》，文中表示："白烨是社会公认的文学批评家——我们现在的文学界，缺少的正是肯站出来说真话的批评家。这件事出来之后，不是有很多小孩子跑到白烨的 Blog 上去谩骂么？一直骂到白烨不得不关闭自己的博客。他们的这种做法，总让我想起当年的'红卫兵'。"作家王晓玉在接受采访时认为："怎么像'文化大革命'时候的'红小兵'？这种做法非常恶劣！白烨不过批评你韩寒文章写得不怎么样，你就这样恶狠狠搜罗证据，一二三四列出来……"评论家李敬泽说："说实话，写得不好。曾经有一个记

---

① 夏榆、张英：《白烨首度开口 双方清点"韩白之争"》，《南方周末》2006 年 4 月 7 日。

者问我，郭敬明、张悦然、韩寒作为一个文学现象，给文坛注入了什么？我说，他们不是文学现象，只能算作文化现象，他们没有给文坛注入什么。"

3月14日，韩寒贴出《对世界说，什么是光明磊落》，对陆天明和解玺璋进行回应："这是关于文学评论家是否干净和所谓主流文学的文坛有多迂腐观点的争论，不是长辈教训晚辈。别把中国文学搞得跟敬老院似的。"3月15日，韩寒贴出《文学群殴学术造假大结局，主要代表讲话》，对陆天明、王晓玉、解玺璋、李敬泽集体回应，并抨击"文坛"和"圈子"。

3月17日，韩寒接受采访时表示，这次论战是"杀一儆百"，他"早就看这些文学评论家不顺眼"，"他们把握了部分话语权，徇私作假，严重阻碍了文学的发展，我没那么多精力，只好挑一个最傻的先来"。

3月21日，作家石康发帖表示："韩寒太有意思啦，一帮大人在例行公事般地把他妖魔化的同时，没想到反被他给妖魔化了……当评论家把他推上秀场时，他反手也把评论家拉上了秀场，悲惨的是，评论家们完全没有走秀的经验，因此，表演相当拘谨，是不太合格的戏搭子……"评论家吴亮在"小众菜园"里发表评论，"白烨摆不摆谱无所谓，他的要害是，他基本上不懂文学……白烨批评韩寒在形式上是在讲道理，其实没有道理，韩寒反驳白烨在形式上很不讲道理，其实很有道理"。作家何立伟发帖认为，"小韩同志骂得好"。

3月25日，作家古清生网上发表长文《从韩寒白烨之争到叩问白烨身份》，认为："韩寒与白烨之争，引发公众另一方面的思考，即像白烨这样把握着重要批评资源的教职、公职学者，长期以来又从事着书商的策划和推广活动，这是不是一种灾难性的学术腐败？"3月27日，作家叶开在博客里表示："韩寒一方面可以撰文大骂文坛是个屁，纯文学期刊是个屁，另一方面，也可以通过《萌芽》的执行副主编桂未明要到李小林的电话，然后打电话给李小林，恳求在《收获》增刊上发一下自己的小说……白烨是个书商，有时候为了策划一本书，其不顾底线的勇气达到了匪夷所思的境界……可见，白烨和韩寒，都不是我站队的选择……"

3 月 29 日, 韩寒在博客上宣布, "热闹完了, 打个哈欠, 各回各家, 各找各妈"。

白烨坦言, 他说的 "80 后" 的 "写作还不具有文学性, 不能看成真正的作家", 是指 "80 后" 作者的作品都采用图书运作的方式直接进入了市场流通, 而没有走进事实上存在的当下主流文坛——以文学期刊、文学批评、文学评选、文学组织和文学活动联袂构成的文学领域。他们主要以网络的渠道、图书的形式, 与学生读者构成了前所少有的互动, 并适应了他们的需要。白烨既有提醒 "80 后" 作者不要被自己的作品一时的行销所迷惑的意思, 也有提醒主流文坛要关注他们的悄然崛起的意思。白烨认为, "80 后" 对 "文坛"不以为然或不甚了了, "文坛" 对 "80 后" 也不以为然或不甚了了。他说自己并不是在画线、定性, 而是在描述一种事实。

当《南方周末》记者说: "有人对你的身份表示质疑, 认为你这样把握着重要批评资源的教职、公职的学者, 文坛与市场通赢通吃, 击穿了学人的道德底线。"白烨回答说: "这位作家文章内容我大致知道, 他把我描述成一个文坛霸主的狰狞形象。我觉得他把严肃的批评当成了随意的想象。如果说韩寒是以所谓的道德问题把我 '妖魔化', 那这位作家则是以所谓霸权问题把我'玄幻化'。他提到的我的职称、职务与兼职, 除了 '博导' 不是事实外, 别的都属实。在当下文坛, 具有这种职称、职务的还有许多人, 我算不上是突出的, 更谈不上有什么霸权。我唯一的权力是文学批评, 而这样的权力持有者大有人在, 我怎么能霸得住, 又怎么能霸得了呢? 我又依仗什么呢? 我实在不明白他的这个匪夷所思的看法是怎么得出来的。"白烨说: "现在评论家尴尬的地方在哪儿? 有时候你的批评会被市场化的炒作或者运作所利用。你在会上讲了很多话, 可他只挑对他有用的东西报道出来, 或者印在书上。他是有选择地在利用你。你说了很完整的话, 很一分为二的意思, 在那里就看不到。这是一个悲哀。还有一个悲哀, 就是一个作家在他不知名的时候需要评论家, 当他知名了以后, 他就不再需要评论家。他不再看重评论家。因为他的名气足以让读者知道他，不需要评论家再做什么。"①

4月2日，韩寒书面答复了《南方文坛》记者的问题，就"文坛"之争，陈述了自己的看法。在芸芸众博客中，他不小心看到了白烨。看了文章，觉得观点很迂腐可笑，就反驳了，恰逢那几天心情不好。至于有人说是策划，完全没那事情，因为在很长的一段时间里，他看走眼了，他以为那是老诗人白桦，文章里甚至用的就是白桦这个名字。他想得没那么多。他的观点是：

（1）如果事情不能够严肃，就要够娱乐；

（2）别弄什么文坛，别觉得要在主流文学期刊上发表过文章，跟上头某些老前辈拜过，他们指点你一下才算是踏入了文学的殿堂；

（3）某些前辈别老想指点别人，好的作者势必是不接受任何人指引的；

（4）作者都是独立的有个性的个体，不要十年一分，作者不像评论家，很多评论家倒是可以百年一分的，那就是百年如一日的假大空；

（5）如果要弄下坛子，请别借着扶植年轻人的名义同化打压年轻作者；

（6）评论家要历史干净，现在的很多评论家居然是出版商；

（7）名人们要坚强，别一朝被强奸，十年不坚强，什么关博客鼻涕眼泪、帮爹帮友骂娘卖老的，要改正；

（8）时代进步了，要甘愿被淘汰，作为车手和作者，我也迟早要被淘汰。被淘汰了，就别老上台表演了。

韩寒说，一开始，这是严肃的文学讨论，没人承认，觉得这只是娱乐事件，一个个滑稽可笑；到后来，变成娱乐事件，他们又不够娱乐，一个个道貌岸然。所以，是他们自己的愚蠢和心态不好埋葬了他们。而他们的这些避重就轻的指责和其他地方的一些不分事实的报道对他来说并不影响心情。

他还说："我唯一不能理解的是，他们这些名人怎么一个个这么脆弱，经不起骂啊，我看过他们博客中的留言，的确有一些支持我的人在骂他们。要知道，这是很正常的事情，别说网络上了，竞选总统的时候也是如此，他们

---

① 夏榆、张英：《白烨首度开口 双方清点"韩白之争"》，《南方周末》2006 年 4 月 6 日。

居然就此质疑一代人的素质出了问题，这才是'红卫兵'的乱扣帽子行为。我最烦他们老拿这个说事，表现得非常不男人，我的博客里也有很多他们的支持者骂，我一条不删，也从不拿这个说事。现在的名人怎么搞的，一点都不强悍，跟没见过世面的小屁孩似的，被骂了就哭娘，乱告状。"

说到文学批评时，韩寒说："我从不让出版社花钱组织文学评论。我也不需要这些忽悠人的东西来忽悠读者。现在的读者也不是能被这些一看就知道收了钱的评论忽悠的。这年头哪有文学批评啊，全是文学广告。要不就是看你不顺眼了，书都不看就骂你。"说到什么是"纯文学"时，韩寒认为："文学是文字的学问，思想是一个只有肤浅没有深刻的东西。你觉得反映战争，写写变态关系，时常'文革'一下，经常自杀几回算是深刻吗？好看是最重要的。文学是一个很低的门槛。什么是纯文学，什么是不纯文学，文学又不是姑娘，但是，很多老一辈就觉得文学是姑娘，调戏来调戏去。其实，他们调戏的不是文学，文学永远存在于平民中，他们调戏的是他们自己弄出来的文坛。文坛和文学完全不搭界，文学是雅典娜，高尚亲民，文坛是站街女，在大城市某个地方自成一圈，给钱就上，幕后有组织，还带到站街女自己屋里上。……我觉得，迂腐的他们只能看到网络怎么没人管啊，这一代人道德怎么这样啊。我们是老人，要尊敬啊。老人的确要尊敬，但不能被同化。观点不一样的时候，有事说事，和岁数没关系。谁都别装出一副高高在上，指点江山的腔调。"①

三、"暴露癖"与"自恋狂"

如前所述，博客是一个自娱自乐的自媒体平台，不少博主自由自在地自说自话本无可厚非。只要遵纪守法且不违反公序良俗，在博文的字里行间，适度展示一下个人爱好或个性特征，这自然也合情合理。即便某些性情文字多少显得有些另类，只要无伤大雅就能被网站接纳。总的说来，一切健康合理的自然情感的自然流露，养成了博客自由生长的自然生态。但是，在广大

---

① 夏榆、张英：《白烨首度开口 双方清点"韩白之争"》。

博主放飞自我的博客园地中，也有不少大煞风景的丑陋现象有碍观瞻，例如，"暴露癖"和"自恋狂"就是博客园地屡禁不绝的顽疾。

关于这一点，郭震旦解读某位泼辣女性博主的一些说法，对我们认识此类现象颇有启发。他以黑格尔和马克思关于"恶的历史作用"的理论为依据指出，性和暴力一样，一直是和平时期大众最为关注的文化／亚文化／反文化的热点，这是人类自身不完美的一种本能化表现，网络博客解放了各种束缚因素同时放大了这种本能。"性、性、性、性、性、性——又是性——还是性……假如你想扩大你的杂志、书籍、电视节目等的销售量的话，那么，最明显的一个促销策略，就在你所要出售的东西的最显眼的位置标上'性'字。"① 在这里，性刺激或性暗示，成了文化产业中商战必备的常规武器。

不过，"在性方面美国人要比中国人开放许多，我想这一点很多人都会同意。对社会没有压力的事情也就没有了对其进行突破的动力，所以最近美国也出了一个'木子美'，不过只成为社会的一条花絮。不像我们这里，把网站当成炒作的商机，卫道人士声嘶力竭地进行讨伐。长期以来，中国社会对性的认识存在一种扭曲心态，我想这是不能够否认的。在这个世界上，没有哪里像我们这里这样强调男女授受不亲，强调要'存天理灭人欲'，但是据茅盾先生说，在古代，没有任何一个地方写的淫秽作品有我们多。上半截反对下半截，这是我们常常看到的文化景观。所以，对于木子美和竹影青瞳来说，表达自己，也就确立了对传统社会规制一种反叛的姿态"② 。这些话虽有过激之嫌，但国人性心态之复杂，往圣时贤们确有许多精辟精彩的论述。中国传统文人对性的虚无与虚妄态度、虚饰与虚伪伎俩可能曾领先于世界，具有反讽意味的是，这个"谈性色变"的国度，偏偏是世界上第一人口大国。相比之下，西方人倾向于把性与金钱联系起来，中国人倾向于把性与道德联系起来。在我们看来，博客其实是难以对当下性文化沉渣泛起承担责任的，真正的根

---

① 苏珊·布莱克莫尔：《谜米机器——文化之社会传递过程中的"基因学"》，高申春等译，吉林人民出版社 2001 年版，第 215 页。

② 郭震旦：《从木子美和竹影青瞳透视博客的社会学意义》，参见"ChinaByte, b26560c"。

源还是要到传统文化心理中去寻找。

说到底，博客只是网络发展到一定阶段才出现的一种文化现象，就像莫言断言"人一上网就变得无耻"过于偏激一样，那些断言博客已"'拯救'了整整一代人"的说法未免言过其实。不过，把博客看作广大网友内心文化追求的某种表征应该是说得通的。一个没有精神追求的人无论多么无聊，都能够找到比开博更有意思的方式消磨时光，毕竟，管理好博客需要一定的文化素养。

作为网络初期的大众文学，尽管博客文学明显带有艳情、猎奇、暴力和调侃起哄的特征，以及强烈的反文化、反道德的叛逆色彩，但是，"博客文学则在人格上更接近成熟，在语言上更趋向严肃文学或纯文学，甚至成为纯文学的电子仓库。但是与传统的、纸媒的经典文学相比，博客文学又以其即兴性、鲜活性、亲切性和互动性自成一格。曾经风靡出版界的一种做法是，从网上寻找点击领先的作品，简单地印刷成书便可以大发其财，各大书店也纷纷设专区与之呼应。与此同时，则是那些力图讲求文化品位的出版公司和书店的相继倒闭，各大出版社仅靠卖书号维持生存。然而，才不到两年，书店里那些专区就萧条下来，终端的坏死令回收受阻的出版商们不得不另谋生路"。

周新京在博客中发表了一篇题为《浅谈博客文学与网络文学》的"博文"，作者的"独白"自然不无精彩之处，但文章之后，粘贴了许多"访客"的留言，五花八门，令人目不暇接。如："对于我们，如今博客已融入我的生活，已经成为我生活的一部分。每天在夜深人静时，我都独守着一方荧屏，思绪随指尖在键盘上飞舞，默默地在这里耕耘着，在博客的天地里从容行走。用真诚构筑友谊的桥梁，用笔墨画出最美的风景，热爱文学的我诗意地栖居在博客天地里。"（于莉）"博客很像一个茶社，博主是茶人，阅览者是客人，对客人如何，就看你的博做得如何了。"（杏）"博客像是一个小屋，与现实联系紧密……论坛是信手涂鸦的地方，众多蒙面心灵的聚散地，更容易诱发人的灵性！"（杨琇评）"排版有问题，需要重新整理一下，另外，底下重复粘贴了第一段文字。呵呵……"（孟繁佳）"敏锐，极有见地。"（刘咏秋）"相信博联社已在为挖掘这样的精神力量蓄能。"（马芝蓓）"咱们搞一次传统文学、论坛文学和博客文学的小型研讨会比较一下如何？"（马晓霖）

这种互动方式，清楚地展示了博客与一般的网站文学的差异。如果要认真比较一下博客与一般网络文学有什么不同，下面的看法比较有代表性："一是博客文学具有改进性。过去有的网站对文章审查严格……发了，你不能再去改动。而博客可以进入自己网页的控制页面随时随地地改动。在博客网友互动性的学习、评论、讨论过程中，博客作者不断受到启发，可以随时去改动，而提高文学作品的思想和艺术质量，这也减少了网络糟粕。二是博客文学具有选择性。……博客就有自我选择的权利，是保留还是删除，自己可以决定。"① 这前两个特点其实就是我们反复强调过的"自主性"。

自主意味着自由与随意，它的进步意义是不言而喻的。但是，正是在这种自由与随意的写作中，隐藏着博客文学的缺陷不足。有人批评说，博客文学缺少宽阔的生活视野与深刻的生活体验，所写的完全是一种琐碎的个人生活经验，根本看不到对社会生活的理性思考与对时代氛围的整体呈现。某些博客文章，正如鲁迅所批评的，"将一点琐屑的没有意思的事故，便填成一篇，以创作丰富自乐"。还有人认为，博客文学缺乏对现实生存的精神超越与人类境遇的整体把握。要么陷于对欲望的描写而不能自拔，要么沉溺于渲染自我的日常琐事而毫无自省，变成了平庸的无任何思想深度的个人唠叨，完全丧失了作家所应有的审视能力与文学所具有的精神追求。② 就单个人的博客写作来说，这样的批评应该说是颇有见地的。但是，就整个博客写作来说，情况似乎恰好反过来了。

博客文学既然是众人自由表达思想情感、随意表述所见所闻的新兴媒介，它就不可能具有比传统文学语境下少数人的精英文学更"宽阔的生活视野与

---

① 郭谦：《博客文学与报刊文学、网站文学》，www.MediaUndo.com，引用日期：2007 年 3 月 28 日。
② 郭国昌：《"博客"的文学空间有多大？》，人民网，2006 年 9 月 7 日。

深刻的生活体验"。说到底，任何精英都不过是大众的一分子，在网络时代，传统文学背景下的那种精英与大众之间的对立情势与紧张关系得到了有效的缓解。因此，站在精英主义立场上指责博客文学缺乏对现实生存的精神超越与人类境遇的整体把握实际上是没有现实根据的。

| 第五章 |

"线上线下"：网络文学的产业化进程①

　　我国的网络文学诞生于 20 世纪末的最后那几年，短短十几年间，已渗透到大众日常生活的方方面面。浏览在线连载的网络作品，阅读线下出版的网络著作，欣赏由网络作品改编的影视剧集，在网络作品改编的游戏中获得消遣乐趣，等等，已成为大众休闲娱乐的重要方式，成为当前我国大众文化的重要组成部分。在网络文学兴起的最初两年里，网络文学并没有立即开始商业化、市场化的探索：写手们多是出于个人兴趣进行创作，文学网站主要以转载为主，此时人们的网络版权意识还十分淡薄，一些网站甚至直接复制实体书中的内容来充实网站内容②，网络文学的商业化、市场化、产业化尚没有纳入网站管理者的议事日程。1999 年是我国网络文学商业化、市场化、产业化探索的起始之年。这一年，网络文学界发生了两件大事：一是王蒙、张洁、毕淑敏、张抗抗、刘震云、张承志等六位作家以世纪互联通信技术有限公司在其网站"小说一族"栏目中发表的内容侵犯著作权为由，向北京市海

---

① 这一章由笔者和好友李昕揆博士共同完成，原稿为 2016 年完稿的《中华网络文学史》中的一部分，因该书属于系列丛书中的一部，至今尚在编校过程之中，经昕揆同意，先收录于此。
② 比如，1998 年 4 月，世纪互联通信技术有限公司在其网站开设"小说一族"栏目，并在该栏目中刊载了王蒙、张洁、毕淑敏、张抗抗、刘震云、张承志等六位作家的《坚硬的稀粥》《漫长的路》《白罂粟》《预约死亡》《一地鸡毛》《黑骏马》《北方的河》等作品。

淀区人民法院提起诉讼，最终以世纪互联通信技术有限公司停止使用案件所涉原告作品、在网站主页刊登声明致歉、赔偿经济损失等而告终；二是中国台湾作者蔡智恒（痞子蔡）创作的热门网络作品《第一次的亲密接触》由知识出版社（北京）出版并热销。在网络公司侵权纠纷案败诉和网络作品线下出版热销的双重刺激下，文学网站开始了对网络文学商业化、市场化和产业化的探索。下面，就我国网络文学产业化的发展历程及未来走势做简要梳理和述评。

第一节　中国网络文学产业化进程路线图

网络文学的发展过程本身就是一个市场与资本的介入不断加深，网络文学功利化、商业化、市场化、产业化水平不断提高的过程。我国网络文学自诞生至今，虽然仅仅走过了不到二十年的发展历程，但其已成为当前互联网产业中增长最快、潜力巨大的细分产业之一，成为在移动互联网业务中能够与手机游戏分庭抗礼的具备较强盈利能力的产业。《第一次的亲密接触》的出版，标志着我国网络文学商业化、市场化、产业化探索的开始。自此，我国网络文学产业化进程逐步加快，所涉领域逐步拓宽，到今天已形成全平台、多媒体、全版权的产业化运营态势。也就是说，网络文学的产业化过程，就是一个商业化领域不断拓展、市场化水平不断提升、产业化模式不断推进的发展历程。

一、"线下出版"模式的初创（始于 1999 年）

"线下出版"是我国网络文学市场化、产业化早期探索的主要模式，即通过与实体出版社进行合作，将网络文学作品转换为实体书的形式出版。这种模式的兴起以 1999 年 11 月知识出版社出版蔡智恒的《第一次的亲密接触》为标志。我国的网络文学是随着 1994 年我国获准接入国际互联网以及 1995 年 "网吧" 在中国的兴起而出现的。自 1995 年上海出现首家网吧起，网吧数量短短几年内迅速膨胀、遍地开花，"去网吧上网" 很快成为大众日常生活中一种重要的休闲娱乐方式。对于"80后"一代而言，"网吧"绝对称得上是青春回忆中最为重要的关键词之一。在最初接入国际互联网以及"网吧"刚刚兴起的那几年，不菲的上网价格（10—20元/小时）使得初露头角的网络文学尚无法为大众所普遍接受。面对高额的服务器和网络使用费用，网站要生存下去就不得不探索能够盈利的方式。《第一次的亲密接触》的出版，不仅促成了网络文学与出版社的首次合作，使得"线下出版"成为早期网络文学市场化的主要方式；其出版以后所引发的上网热潮和盈利神话，反过来又极大地刺激并巩固了这种产业化模式的推进。我国网络文学兴起之初出现的几个大型原创文学网站——"榕树下""龙的天空""天下书盟""幻剑书盟"等，都以"线下出版"作为网络文学产业化最主要的途径。"榕树下"于2000年即已开始同实体出版社合作，短短数年就出版了《告别薇安》（安妮宝贝，2000）、《沙僧日记》（林长治，2002）、《成都，今夜请将我遗忘》（慕容雪村，2003）、《洛神红茶》（蔡智恒，2003）、《若星汉天空》（今何在，2004）等多部深受读者欢迎的图书；通过深入开发传统出版资源，"榕树下"于2004年实现了全面赢利。作为2001年中国规模最大、访问量最多的原创文学网站，"龙的天空"[①]于当年12月同中国台湾狮鹫文化有限公司合作出版了网络小说《神魔纪事》的繁体版，开了大陆网络写手在中国台湾地区出版繁体著作的先河。此后4年间，"龙的天空"先后与中国台湾8家出版公司合作出版各类长篇小说140余部；2002年，"龙的天空"开启在大陆本土的出版策划工作，先后与天津古籍出版社、天津人民出版社、广西人民出版社等合作出版了短篇小说合集"龙的天空幻想文丛"、长篇奇幻小说套系"奇幻之旅"、长篇玄幻小说套系"腾龙奇幻书系"等，其所有稿件均来自"龙的天空"原创文学社区。初尝"线下出版"产业模式甜头的"龙的天空"，在网站访问量暴增、服务器资源不足的情况下，选择了放弃网站发展而全力开拓实体书出版市场的

---

① 2000年8月，自娱自乐、一意孤行、红尘阁和五月天空乱弹等四个文学论坛宣布退出西陆，改组为"龙的天空"原创联盟网站。到2001年，成为当时中国规模最大、访问量最多的原创文学网站。

经营路线。尽管这一策略在事后看来很不明智，但这足以表明当时"线下出版"所赚取的巨额利润对于文学网站的诱惑程度。创办于 2003 年 3 月的"天下书盟"①，在 2004 年就与恒嘉（香港）、维霖（台湾）、信昌（台湾）等出版机构建立战略合作关系，策划出版网络作品上千部，《龙人作品集》《无极作品集》《中国人的炼金术》《打好工才能创好业》《温州商道》及"天下奇幻书系"等图书更是走出国内市场，在韩国、泰国、越南等地发行并热销。当时另一大型原创文学网站——"幻剑书盟"，也于 2003 年 6 月开始了其商业化、市场化的探索与转型，并先后与鲜鲜文化（台湾）、信昌（台湾）、说频（台湾）、春风文艺、朝华等多家出版机构建立合作关系。仅 2005 年，"幻剑书盟"就与出版社合作出版了《诛仙》《和空姐同居的日子》《新宋》《搜神记》《狂神》《炽天使传说》《我的播音系女友》等多部颇具影响力的实体著作。自 2005 年起，"起点中文网"也开始与国内大型出版机构进行合作，不仅先后与国内近百家出版机构建立合作关系，而且同韩国、越南、美国等地的出版商建立合作关系，出版简繁体中文、英文、韩文、越南语等多种文字版本，版权输出地辐射到亚洲、欧美各地。一系列热销书籍的出版，极大地刺激了"线下出版"的产业化模式。以网络文学的"版权贸易、出版策略"为主题的"网络文学发展与出版峰会"（2006 年 4 月 15 日召开）之盛况——上海人民出版社、作家出版社、春风文艺出版社、贝塔斯曼亚洲出版公司等 10 多家著名出版机构，新浪、搜狐、《经济日报》等 40 多家知名媒体，唐家三少、步非烟等 100 余名知名网络写手参加——可以从侧面反映出"线下出版"在当时网络文学产业化布局中所占的比重。随后，网络作品出版更是高潮不断，2006 年底，"天下霸唱"创作的网络小说"鬼吹灯"系列由安徽文艺出版社出版后，不仅风靡于华语世界，更是登上图书销售排行榜榜首，一度引起此后"盗墓"小说的畅销和盛行。《明朝那些事儿》《后宫·甄嬛传》等网络小说在

---

① 2003 年 1 月，网站筹备组邀 1365 名网络作家组成"中华写手同盟"，开启社区网站进行试运营。2003 年 3 月，"中华写手同盟网"更名为"天下书盟网"，正式开通原创文学主站"天下书盟"。

获得极高点击量后，均引起出版社的注意，并推出了纸版图书。可以说，从《第一次的亲密接触》创造的出版神话开始至今，网络文学作品线下出版的热度就始终没有停息过。直到今天，"线下出版"依然是网络文学产业化的重要途径。近年来，随着 3G 牌照（2009 年 1 月 7 日正式发放）、4G 牌照（2013年 12 月 4 日正式发放）的陆续发放和智能手机的迅速普及，通过移动互联网终端进行"在线阅读"大有取代阅读线下出版作品之势，但不可否认，"线下出版"仍是当前网络文学产业化的重要组成部分。

二、向"在线付费阅读"模式的拓展（始于 2002 年，成于 2003 年）

"在线付费阅读"是与"在线免费阅读"相对而言的。在我国网络文学产生的最初阶段，免费阅读符合读者（可以获得免费的网络文学资源）、作者（可以获得写作的乐趣和被认可的成就感）和网站（可以增加网站浏览量，获得较高的点击率）三方的利益，加之当时人们有关网络文学的版权意识还比较淡薄，网络文学的免费阅读得到了蓬勃发展。当然，免费阅读也为随后的付费阅读创造了条件："免费阅读模式使文学数字版影响力扩大了，不仅可以吸引广告主来买单，还可以把用户吸纳到身边，形成潜在的效益。这种潜在效益也包括今天的免费阅读为明天的付费阅读打下基础。"[①] "在线付费阅读"模式是文学网站自身发展与外部压力合围的结果：第一，自 1999 年起，一系列网络侵权诉讼案件的发生，使得文学网站对"在线免费阅读"变得谨慎起来。第二，随着 1999 年之后"网吧"数量在全国的暴增、"网吧"上网价格的大幅下跌和家庭电脑的逐渐普及，文学网站的浏览人数大幅增加，如何将巨额的点击量转换为实际收益，成为文学网站"在线付费阅读"模式产生的另一重要推力。第三，当时许多网站线下出版的作品在订单和销售上并不十分理想，仅通过线下出版难以获得高额回报，这进一步刺激了文学网站对新盈利模式的探索。在这种情况下，"在线付费阅读"模式应运而生。所谓在线付费阅读，"通常被认为是 B2C（Business To Customer）模式在网络小说产

---

① 李宇西：《报纸电子版付费阅读暂行不通的三个因由》，《中国报业》2010 年第 5 期。

业中的延伸。它泛指通过线上或线下的支付途径来阅读一些通常被运营商加密或隐藏的文字图像内容。网络文学网站付费阅读模式一般与虚拟货币制度、VIP制度相嵌套"①。创办于2002年9月的"读写网"，是我国网络文学产业化过程中最早尝试"在线付费阅读"的网站。由于"读写网"将"在线付费阅读"模式一刀切地运用于全部作品，加之"低稿酬"制度（0.06元/人·月）对网络作者创作积极性的严重挫伤，该网站始终难以吸引到非常优秀的网络作者加盟，全盘推行"在线付费阅读"模式变得举步维艰。2002年底，"明杨·全球中文品书网"首次提出"VIP阅读"概念，这是一种免费阅读与付费阅读相结合的模式。这种模式在产生初期采取的是"仅对少量优秀作品实行付费阅读"的策略。后来"VIP阅读"又发展出另外两种模式：第一，在作品推广阶段实行免费阅读，当点击数达到一定量时再改为付费阅读；第二，作品少量章节实行免费阅读，后面多数内容以"VIP会员制"的形式付费阅读。由于"明杨·全球中文品书网"过分依赖《中华再起》等少数几部热门作品，加之始终没有解决作者稿酬过低、读者重复付费等问题，仅对少量优秀作品实行付费阅读的"VIP付费"模式难以继续推行。今天，"读写网"和"明杨·全球中文品书网"已很少有人提起，但它们在当时的确为网络文学的产业化提供了一种新的思路。2003年6月，被称为网络文学界首次盛会的"大然传奇中国首届奇幻文学笔会"在广州召开，宝剑锋（林庭锋，起点中文网创始人之一）等人在会上提出的"VIP付费阅读"方案，依然没有获得其他文学网站的赞同和响应。大型文学网站此时仍主要将目光聚焦在"线下出版"方面，对"付费阅读"的前景并不看好。2003年9月，中国网络文学迎来了自1999年之后的第二个发展高峰，网站流量和用户数量大幅增长，这为"VIP付费制度"的实施创造了条件。在"读写网"和"明杨·全球中文品书网"推行付费阅读模式失败之后，最早将这一模式成功付诸实施的是"起点中文网"（成立于2002年5月）。2003年10月，"起点中文网"启动"VIP

---

① 禹建湘：《网络文学关键词100》，中央编译出版社2014年版，第302页。

会员计划"，推出首批 VIP 在线付费阅读作品，正式开启了"VIP 付费阅读"的产业化新模式。一时之间，"天鹰文学网""翠微居""爬爬书库""天下书盟""幻剑书盟"等纷纷推出"VIP 付费阅读"模式，一场轰轰烈烈的"VIP 在线付费阅读"运动席卷了当时几乎所有文学网站。"可以说，正是起点中文网开创了电子出版市场的新篇章，逐渐探索出文学网站的生存之道，此后，这种 VIP 会员制阅读模式也被各家文学网站所借鉴和模仿。""在线付费阅读"使得文学网站的浏览"量"转换成了实实在在的收益，实现了网络文学盈利模式的一次"质"的转变。"升龙一出，谁与争锋"是这一模式成功实施的形象比喻和典型案例：超过千万点击量、200 万推荐量的"网络文学第一书"《升龙道》（血红创作）自 2004 年 3 月 11 日在"起点中文网"发布起，长达数月稳居点击榜首位，最高 VIP 订阅数单月内从 3000 涨到 5000 以上，网络作者依靠稿酬获得的月收入首次突破五位数。2004 年 4 月 1 日，随着新版 VIP 阅读器的推出，"起点中文网"VIP 作品总数达到 100 部，无论作品数量、作品质量，还是网站流量、VIP 会员人数，均远远拉开了同其他文学网站的差距；到 2004 年 6 月 1 日，alexa 数据显示，"起点中文网"排名上升至世界第 100 位，成为国内首家跻身于世界百强的原创文学网站。资本的介入，更使得"起点中文网"一家独大。2004 年 10 月 8 日，上海盛大网络发展有限公司以 200 万美元的价格全资收购"起点中文网"。此后，仅仅三个月时间，"起点中文网"就凭借盛大网络公司的雄厚资本和覆盖全国近 70% 二级城市的营销渠道，拥有了业内 90% 的作者和读者资源。[①] 读者和作者资源的过度集中，使得众多文学网站的"在线付费阅读"业务几无盈利可言。开辟新的产业化发展模式，拓展更大的赢利空间，成为众多文学网站产业化进程的必然选择。

---

① 盛大文学旗下的各文学网站（红袖添香网、小说阅读网、榕树下、言情小说吧、潇湘书院、悦读网、晋江文学城等）基本上效仿的都是起点中文网的这一经营模式。目前，"在线付费阅读"仍然是这些文学网站"线上业务"的主要赢利方式。

三、向"影视、游戏、动漫改编"模式的拓展

网站的生存和成长需要以巨额浏览量为基础，文学网站的"VIP 在线付费阅读"模式更需要以一定的会员数量做支撑，当文学网站的 VIP 会员数达至一定量时，会员数量就难以继续大幅增加。为争夺更多的读者资源，许多文学网站一度借助情色、淫秽、低俗等的内容来吸引读者。随着全国加强和改进未成年人思想道德建设工作会议的召开（2004 年 5 月），2004 年 7 月 16 日，全国扫黄打非工作小组发起"打击淫秽色情网站专项行动"，一场横扫全网的扫黄打非活动首次落到文学网站的头上："中国成人文学城""成人文学俱乐部"等所谓成人文学网站被取缔，"天鹰文学网""读写网""翠微居"等网站因存在色情内容被要求关闭整顿，"起点中文网""幻剑书盟"等网站的大量作品被删除或屏蔽，从不乱、罗森、泥人、半只青蛙、秦守等当时知名的情色文学写手从网络销声匿迹。①"净网行动"引发的文学网站读者资源的

---

① 自 2004 年"扫黄打非"首次落到网络文学头上起，十年来，网络文学网站始终是"扫黄打非"工作重点检查的对象：2007 年 8 月 14 日，新闻出版总署、全国"扫黄打非"工作小组办公室联合发布《关于严厉查处网络淫秽色情小说的紧急通知》，348 家刊载淫秽色情小说的网站被查，或关闭网站，或删除作品交纳罚款。同年，新闻出版总署公布《四十部淫秽色情网络小说名单》，要求各地按照"谁主管，谁负责"的原则，责令辖区内有关网站立即删除。2009 年，国新办、工信部、公安部等多部门联合开展"整治互联网低俗之风专项行动"。10 月 19 日，全国"扫黄打非"办公室下发通知，要求进一步查禁互联网上淫秽色情小说及相关内容。中国扫黄打非网显示："包括网络小说、手机小说在内的 1414 种淫秽色情和低俗网络文学作品被查处，20 家传播淫秽色情文学的网站被关闭，累计删除各类淫秽色情文学网页链接 3 万余个。"2010 年 1 月 6 日，新闻出版总署再次公布 197 家登载、传播淫秽色情及低俗内容出版网站名单，查处淫秽色情及低俗内容作品 195 种，删除违规网页链接两万余条，对 74 家登载淫秽色情网络小说网站进行了查处。2012 年 7 月，全国"扫黄打非"办公室再次开展打击互联网和手机媒体传播淫秽色情信息专项行动，渲染暴力色情的黑道文学作品成为新打击对象。此后，大部分文学网站不再有新的黑道、帮派小说出现。以《东北往事：黑道风云 20 年》出名的孔二狗，在写完前传《黑道悲情》后，转向商战小说写作。同年，郑州警方以"传播色情小说"的名义逮捕"耽美小说网"创办人王明，法院判刑 1 年 6 个月，罚金 1 万元，没收相关电脑及硬盘。盛大文学先取消军事小说，接着取消黑道、帮派小说，后又取消同人和耽美小说，宫斗和虐黑小说没有了，官场小说也撤了，发展至今，基本不再刊载现实题材的小说。2014 年 4 月 13 日，全国"扫黄打非"工作小组办公室、国家互联网信息办公室、工业和信息化部、公安部联合下发《关于开展打击网上淫秽色情信息专项行动的公告》，决定自 2014 年 4 月中旬至 11 月，在全国范围内统一开展打击网上淫秽色情信息"扫黄打非·净网 2014"专项行动。

流失，资本注入导致的会员资源过度集中，使得开辟新的产业化模式变得势在必行。许多文学网站开始将目光从"会员资源"转移到"版权资源"上来。于是，通过"改编"的方式将网络文学作品推到文学网站之外，使其进入影视、游戏、动漫等产业链，充分发挥网络文学版权资源对娱乐性产业的支持作用，这一模式进入了文学网站管理者们的视野。当然，将网络文学作品改编成影片、电视剧集、网络游戏、动漫（漫动画）等，经历了一个逐步拓展的过程。

（一）电影改编（始于 2001 年，兴于 2010 年）

在将网络文学改编成电影、电视剧、游戏、漫画等作品的过程中，电影改编出现得最早。蔡智恒的《第一次的亲密接触》是最早改编为电影的网络作品，影片（金国钊导演，舒淇、陈小春等主演）于 2001 年首次在北京与观众见面，但放映效果和票房收入并不理想。在 2010 年之前，即使是那些在线上阅读、线下出版、电视剧改编方面均已取得不错成绩的作品，电影改编的效果也难以令人满意。上映于 2007 年的影片《成都，今夜请将我遗忘》（谢鸣晓导演，刘牧、国歌等主演）就是极好的例证。由慕容雪村创作的网络同名小说早在 2002 年即已取得当年网络小说最高点击量的佳绩；2003 年由百花洲文艺出版社出版后热度不减，图书不仅被出版社多次重印，版权也相继售往港台和海外地区；DVD 版电视剧一经上市，就成为碟片市场最热销的电视剧集。然而，在改编为电影之后，票房收入却与预期相差甚远。改编自网络文学作品的同期其他影片，效果也不理想，这与当时国内电影市场尚不成熟以及网络文学与电影作品之间存在隔阂有密切关系。可以说，通过"电影改编"以探索实现网络文学产业化这种方式，尽管起步最早，但却一直停滞不前。直到 2010 年政府出台电影产业扶持政策之后，这种情况才得以改观。2010 年 1 月 21 日，国务院办公厅发布《关于促进电影产业繁荣发展的指导意见》，提出"鼓励社会资本投资"，"对非公有制电影企业在投资核准、土地使用、财税政策、融资服务、对外贸易等方面给予国有电影企业同等待遇"，"深化院线制改革，大力发展跨区域规模院线、特色院线和数字院线"等一系列产业刺激政策，给中国电影产业带来了一拨最大的利好拉动。①随后，万达集团、中影星美、广东大地等社会民营资本纷纷进入电影市场，各具特色的盈利模式成为电影院线发展的强大助力，影院与银幕数迅速增长。2011 年，我国电影院已达 2800 座，银幕数达 9200 多块，位居世界第二；全国电影市场影院票房超过 130 亿元，在正式挂牌运营的 39 条院线中，23 条院线年度票房收入过亿元，4 条院线年度票房超过 10 亿元，中国成为仅次于北美和日本的世界第三大电影市场；陆续出现的票房黑马昭示着中国电影观众的成熟和市场的分化。2012 年，国家电影事业发展专项资金管理委员会又发布 4 项通知②，主要涉及对高新技术格式（3D、IMAX）国产影片制作、国产影片回放以及影院安装数字放映设备进行补贴等，进一步加大了对电影产业的资金支持力度。在国家大力推进文化产业发展和陆续出台电影产业扶持政策的刺激下，"电影改编"终于成为网络文学产业化的重要之维。改编自辛夷坞同名网络小说的影片《致我们终将逝去的青春》（韩庚、赵又廷、杨子姗等主演，2013 年 4 月 26 日上映），以"怀旧"唤起"70 后""80 后"对于"青春"的眷恋，上映首日即以 4620 万元刷新了先前由《人在囧途之泰囧》（徐峥导演，徐峥、王宝强、黄渤等主演，2012 年 12 月 12 日全国公映）创造的 2D 华语影片首日 3650 万元的票房纪录，此后更以 4 天 2 亿元、6 天 3 亿元、16 天 6 亿元保持着强劲的票房持久力。影片不仅以坚挺的排片、几近过半的上座率、最终 7.26 亿元的票房纪录，创出多项华语电影奇迹，更产生出"怀旧经济"的长尾效应：《中国合伙人》《青春派》《幸福在哪里》等多部打着"青春"名义的影视剧集相继问世，《大闹天宫》等多年前的经典动画片重新上映，海魂

---

① 国务院办公厅：《关于促进电影产业繁荣发展的指导意见》（国办发〔2010〕9 号），2010 年 1 月 21 日公布。

② 国家电影事业发展专项资金管理委员会于 2012 年 11 月 19 日下发 4 项通知：《关于对国产高新技术格式影片创作生产进行补贴的通知》（电专字〔2012〕1 号）、《关于"对新建影院实行先征后返政策"的补充通知》（电专字〔2012〕2 号）、《关于返还放映国产影片上缴电影专项资金的通知》（电专字〔2012〕3 号）和《关于对安装数字放映设备补贴的补充通知》（电专字〔2012〕4 号）。

衫、回力鞋、国民床单、导弹笔、玻璃弹珠、跳跳糖等能够"唤起回忆"的商品纷纷热销，《"70 后"的碎梦》《谁的青春不迷茫》《最好的时光在路上》《不畏将来不念过去》等怀旧图书相继出版，老狼、叶蓓、水木年华等歌手以怀旧为主题的"青春怒放"巡演开唱，同学小聚、重返校园成为一时时尚。可以说，无论在观众反应、票房收入，还是在经济刺激、商业拉动方面，电影对网络文学作品改编的成功，已充分显示出"电影改编"这条网络文学产业化之路的广阔发展前景。

（二）电视改编（始于 2004 年）

尽管网络作品的电影改编早于电视改编，但直到最近几年才随着电影产业的高速发展走上了成功的产业化之路。事实上，最早对网络作品进行成功改编并获得观众好评的是电视改编作品。2004 年，《第一次的亲密接触》被改编为 22 集电视连续剧（崔钟执导，佟大为、孙锂华主演），给观众留下了深刻印象，获得优酷网 8.6 分、爱奇艺视频网 9.3 分的网友好评。2006 年，改编自慕容雪村同名网络小说的电视剧作品《成都，今夜请将我遗忘》（刘惠宁执导，秦海璐、高虎等主演），成为电视剧榜单上一周销量飙升最快的电视剧，剧集 DVD 版一度脱销加版，使电视工作者们再次看到了网络小说巨大的改编价值。此后，一系列由网络作品改编的电视连续剧作品，比如湖南卫视首播的《步步惊心》《倾世皇妃》《千山暮雪》，江苏卫视首播的《裸婚时代》，上海电视台首播的《美人心计》，中央电视台首播的《我是特种兵》，安徽卫视首播的《后宫·甄嬛传》，等等，不断创造出荧幕神话，掀起一个又一个收视热潮。2010 年 3 月 15 日，改编自瞬间倾城网络原创小说《未央·沉浮》的电视剧作品《美人心计》（吴锦源等执导，林心如、杨幂等主演）在上海电视台电视剧频道首播，首播当日即创下收视率 6.1% 的佳绩，大结局收视率超过 10%，位列上海各电视频道当周收视率之首。随后，该剧不仅在安徽卫视、山东卫视、河南卫视、东南卫视黄金时段播出时收视率捷报频传，而且引爆了网络视频的收视狂潮，取得了近 30 万人在互联网同步观看的成绩。改编自匪我思存原创小说《碧甃沉》的电视剧作品《来不及说我爱你》（曾丽珍执导，钟汉良、李小冉、齐芳等主演）2010 年 8 月 30 日在湖北经视首播，创出超高收视率；在浙江卫视重播时再现收视热潮，收视率一度破 1%，成为同时段上星电视台播出电视剧中排名第一的剧集。改编自刘猛网络小说《最后一颗子弹留给我》的电视剧《我是特种兵》（刘猛执导，谷智鑫、徐佳、侯勇等主演）在央视一套播出（2011 年 1 月 14 日首播）后，平均收视率维持在 4% 左右，创下数月以来央视一套黄金档电视剧收视率的新高，并最终获得中国电视剧最高政府奖——"飞天奖"一等奖殊荣，获爱奇艺网友评分 8.4 分、土豆网 / 优酷网网友评分 8.7 分的好成绩。改编自网络小说《裸婚——"80后"的新结婚时代》的电视剧《裸婚时代》（滕华涛执导，文章等主演，2011年 6 月 1 日首播）以 1.98% 的收视率成功收官，成为江苏卫视 2011 年度电视剧收视率排名第一的作品；该剧在视频网站优酷网播出后仅 11 天，播放量就达到 1 亿 1 千万次，开创了优酷电视剧播放量破亿的最快纪录（之前的纪录由《回家的诱惑》保持，即开播 21 天播放量破亿）。2011 年 9 月 10 日，改编自网络同名穿越小说的电视剧作品《步步惊心》在湖南卫视开播，首播当晚收视率就达 1.73%，创造出非黄金时段收视第一的佳绩；在百度搜索方面，当晚搜索量就达到 36 万人次，第二天搜索量近 150 万人次，第四天搜索量突破 500 万人次；在网络视频方面，土豆网点击量两天达到 1734 万人次。① 《步步惊心》凭借原创网络小说的"人气"和不一样的"穿越"剧情，很快攀升至百度风云榜电视剧榜首，成为 2011 年度最热的电视连续剧作品之一。在海外，在"2012 年韩国国内人气电影与电视剧"评选活动中，《步步惊心》位居"BEST 海外电视剧"首位；在日本 BS JAPAN 电视台播出后，也很快成为该电视台访问量最多的节目。继《步步惊心》之后，湖南卫视于当年国庆期间再次推出由热门网络小说《倾世皇妃》改编的同名电视剧，首播当日即现收视开门红，毫无意外地夺取收视第一，并连续三天稳坐榜首；网络方面更

---

① 杨旭、王适文：《揭〈步步惊心〉成功秘诀 版权经纪人让作品"无处不在"》，《人民日报》2011 年 9 月 19 日。

是创出史上新高，掀起一股强大的"倾世狂潮"。2011 年 10 月 22 日，改编自同名网络小说的电视剧《千山暮雪》（杨玄执导，刘恺威等主演）在湖南卫视金鹰独播剧场首播。该剧以虐心的剧情再掀收视狂潮，周末两天即获 5.19% 的收视份额，稳居全国同时段电视剧收视率之首，成为继《步步惊心》《倾世皇妃》之后又一部收视扛鼎之作。改编自流潋紫同名网络小说的电视剧《后宫·甄嬛传》（郑晓龙执导，孙俪、陈建斌等主演），自 2012 年 3 月 26 日在安徽卫视首播后，连续 23 天保持同时段收视率排名第一，大结局当天收视率高达 2.11%，占全国收视份额的 5.75%。该剧当年连续斩获"最佳电视剧"（MSN、第二届搜狐视频电视剧盛典、第 1 届影视金牛奖、第 3 届澳门国际电视节）、"最受欢迎剧集"（第 1 届亚洲偶像盛典）、"最佳剧集"（《南都娱乐周刊》金榕树电视剧奖）、"最受台湾观众欢迎大陆电视剧"（第 5 届海峡影视季）、"年度十佳电视剧第一名"等多个奖项和荣誉称号，之后更是出口日本并于 2013 年在日本 BS 富士台播出。近几年来，网络文学作品的影视改编展现出更大的商业价值，仅"盛大文学"一家，2010 年以来由小说售出的影视剧版权就超过 130 部（截至 2014 年 9 月 30 日）。① 网络原创文学作品电视改编的成功，标志着电视改编已经成为网络文学产业化重要的增值领域之一。

（三）游戏改编（始于 2004 年，成于 2007 年）

近年来，热门网络小说向网络游戏的改编呈井喷式发展，在近几届中国国际数码互动娱乐展览会上，各大网络游戏巨头的展台上几乎均可看到改编自网络小说的游戏作品。网络文学作为创意产业的上游环节，吸引了不少游戏公司的关注和投资。据不完全统计，17173.com（中国游戏门户第一网站）、腾讯游戏（国内最大的网络游戏社区）、5617 网游网等国内知名网络游戏门户网站中改编自网络小说的游戏已分别占游戏总量的 23%、17% 和 25%，网络小说已成为网络游戏重要的素材来源。网络游戏和网络小说均是借助于互

---

① 《网络文学竞争白热，女频作品市场潜力巨大》，http://www.enfodesk.com /SMinisite /newinfo/ articledetail-id-417970.html，引用日期：2015 年 1 月 16 日。

联网技术发展起来的新兴产业，二者之间存在一定的互通性：第一，网络小说多具类型化、模式化倾向，特别是其中的武侠、科幻和修真小说，一般都有系统的情节设定，这与网络游戏惯常的升级模式大致类似，这是网络小说能够实现游戏改编的先天优势。第二，网络小说的读者群与网络游戏的玩家群均以年轻人为主，用户重叠性高，网络小说改编为网络游戏，可以直接打通二者的用户群，让小说和游戏能共享用户增加带来的收益。从历史的角度看，将原创网络文学作品改编为网络游戏是随着国家对网络游戏产业的政策扶持而出现的。2003 年是我国网络游戏发展的关键之年。在 2003 年以前，国内网络游戏市场基本上以代理国外游戏为主，核心技术的 80% 被外商（特别是韩国）所掌控。2003 年，我国网络游戏产业界发生了两件大事：一是上海盛大、新浪、中国电信等 12 家企业获得文化部颁发的全国首批"网络文化经营许可证"，获准从事网络游戏业务，网络游戏产业的合法性首次得到肯定；二是"网络游戏通用引擎研究及示范产品开发"项目被正式纳入国家 863 计划，这是我国首次将网络游戏技术纳入国家科技发展计划，这标志着提升网络游戏原创能力开始得到国家的重视。游戏改编这一网络文学产业化之路就是在这种大背景下开始出现的。2004 年初，"起点中文网"推出了由玄雨创作被称作"网络三大奇书"之一的长篇科幻小说《小兵传奇》的游戏改编作品《星际迷航之小兵传奇》。游戏借助小说的超高人气，曾吸引大批小说读者热心参与；然而，受文学网站游戏制作水平限制，游戏存在太多漏洞，测试期结束就永久关闭了。"游戏改编"的首次尝试失败，使得"起点中文网"在接下来的几年里一度放弃了对这一模式的探索，即使是那次本应为网络游戏与网络文学联姻创造无限激情的并购（即 2004 年 5 月当时主营在线游戏运营业务的企业——上海盛大网络发展有限公司对"起点中文网"的收购），也没有激起"起点中文网"再次尝试"游戏改编"的热情。时隔五年，直到 2009 年7 月上海盛大网络发展有限公司旗下两家企业——盛大游戏有限公司与盛大文学有限公司（以"起点中文网"为核心）共同宣布将网络小说《盘龙》同时改编为三大类型游戏（客户端、web、手机）的消息，才使得网络游戏携手网络文学所产生的魅力再次得到验证。尽管如此，"起点中文网"于 2004 年对网络文学改编游戏的首次尝试，的确为网络文学的产业化指明了一条新的路径。改编自网络同名小说的网络游戏《诛仙》于 2007 年的成功运营，既是网络游戏产业寻找原创题材的一次有益尝试，也是网络文学以"游戏改编"方式实现产业化的一次成功探索。2007 年，北京完美时空网络技术有限公司将"幻剑书盟"签约作品、被新浪网誉为"后金庸武侠圣经"的仙侠小说《诛仙》改编成 3D MMORPG 网络游戏，开启了我国网络小说"游戏改编"的新时代。游戏一经公测上线，就受到众多游戏玩家和《诛仙》小说粉丝的热捧，游戏的下载量在 2009 年仍位居全国第五，直至今日，《诛仙》依然是中国最热门的网络游戏之一。随后，完美时空又陆续推出《诛仙 2》（2009）、《诛仙 3》（2013），目前依然有数百万人畅游其中。在某种意义上，可以说正是在《诛仙》这一游戏作品的带动下，才出现了一个延续至今的以网络原创小说为题材进行游戏改编的热潮。近年来，上海游趣改编的《鬼吹灯》（2009）、百游研发的《凡人修仙传》（2011）、成都页游出品的《仙逆》（2011）、4399 平台制作的《将夜遮天》（2013）、橡皮泥科技创作的《杀神》（2014）、搜狐畅游研发的《斗破苍穹》（2013）、灵石游戏开发的《吞噬苍穹》（2014）等改编自网络原创小说的游戏作品，推出后均受到多方关注和玩家追捧。比如，2008 年全球中文小说搜索榜排名第一的修真小说《星辰变》，改编成同名网络游戏后不仅受到众多玩家的喜爱，而且还吸引了 70% 小说读者的热情参与。游戏公开测试当天，网上讨论区用户就达到 350 多万人。该游戏作品不仅被列入 2009 年"上海市重大文艺创作项目"，而且连续两届获得"最受玩家期待的十大网游"冠军。目前，该游戏不仅热销国内，而且远销韩国、越南等地。网络小说渐成网络游戏内容的新金矿，游戏改编已成为各大文学网站实施产业化战略的重要组成部分：网络游戏研发及运营企业——北京完美时空网络技术有限公司自 2007 年成功改编《诛仙》起，于 2008 年投资成立"纵横中文网"（现已被百度收购），将游戏改编纳入其文化战略发展方向；盛大文学于 2009 年开始探索包括"游戏改编"在内的"中国作家全版权运营机制"，并于 2010 年公布了首批网络小说改编网页游戏的计划（共计 21 款，包括《九鼎记》《猎国》等数款日均浏览量达 10 万人次以上的作品）；"17K 小说网"于 2010 年推出"17K 网络游戏改编平台"，旨在为网络游戏产业提供小说改编游戏服务；"腾讯游戏"于 2013 年推出网络小说改编的手机游戏《遮天》，标志着网络小说向手机游戏市场的进军。在网络游戏制造商获得高额利润的同时，网络文学运营商也可通过版权转让竞价机制获得高额的版权销售收入，确保优秀网络小说版权运营增值的最大化。比如，盛大游戏通过竞价方式以 315 万元的价格购得网络小说《盘龙》的游戏改编权，创造了网络小说游戏改编权转让的价格纪录。可以预见，在未来数年网络文学仍将继续以优质作品为国产网络游戏发展提供核心动力。

（四）动漫改编（始于 2006 年，盛于 2012 年）

动漫是动画和漫画的合称。如果说电影发展带动了美国动漫产业的发展，电视发展带动了日本动漫产业的发展，电子游戏带动了韩国动漫产业的发展，那么，网络文学和智能手机则可能给中国的动漫产业带来最大的发展机遇。2012 年 10 月 26 日，中国移动手机动漫基地合作项目"网络文学漫画"新品上线发布会在第五届海峡两岸文博会举办地厦门国际会展中心举行，这是作为动漫产业之新名词——"网络文学漫画"的首次正式公开亮相。然而，我国网络文学最早涉足漫画领域，却已是 6 年之前的事。2006 年 11 月，"起点中文网"正式设立"动漫频道"。2007 年 2 月，据网站公告，动漫频道的页面浏览量超过 200 万人次；同年初，"起点中文网"又与上海城市动漫公司合作，推出了起点中文网版权作品的动漫改编。当年，我国著名漫画家林莹即根据热门网络小说《鬼吹灯》进行黑白漫画编绘，《鬼吹灯·精绝古城》漫画版首批销售就超过 10 万册，成为 2007 年度十大最受欢迎的动漫图书；漫画版的网上点击量超过 100 万人次，开启了网络连载漫画收费阅读的先例；2008 年，《鬼吹灯》漫画版成功挺进日本、韩国等动漫发达国家的市场。《鬼吹灯》的漫画彩色版由我国另一位漫画家姚非拉于 2009 年开始绘制，后由天津人民出版社出版实体书，并在 App Store 上以互动有声漫画的形式发行。

"起点中文网"白金作家唐家三少创作的网络玄幻小说《斗罗大陆》于2010年售出漫画改编权，由著名漫画家穆逢春主笔创作，同年6月由《知音漫客》开始连载；仅经过8次连载，作品就位居《知音漫客》人气作品首位；随后出版的漫画单行本，发行量接近1000万册。2012年之前，我国网络文学的动漫改编作品只是零星出现，并没有形成规模化生产。2012年，网络文学网站与动漫产业建立深度合作关系，动漫改编成长为网络文学产业化的重要领域。这一年，国内出现了一大批改编自网络原创小说的漫画作品：作为国内原创漫画杂志《特别优漫》B版第一期主打作品的《仙逆》，于2012年3月25日开始独家连载；畅销小说《斗破苍穹》漫画版于2012年7月起连续刊载于《知音漫客》一月三刊的"幻""燃""锐"之上，首印多达100万册，单行本发行量达350万册；由瑞思集团策划完成的全彩漫画《九鼎记》，于2012年8月在中国移动动漫基地首发；《吞噬星空》由银都文化旗下国内知名杂志《淘漫画》于2012年10月刊独家首发连载；《盘龙》由"漫友文化"旗下的周刊漫画杂志《漫画世界》于2012年第42期正式刊登，并先后在中国移动手机动漫"和动漫"①，新浪微博"微漫画"②，腾讯动漫频道、中国电信"爱动漫"③平台上连载。不仅如此，多家网络文学网站当年也同国内知名动漫企业建立了动漫改编战略合作关系：作为国内重要的网络文学网站漫画制作及运营合作方，北京中天创视文化传播有限公司于2012年11月前同包括起点中

---

① "和动漫"是中国移动手机动漫基地推出的一款android平台上使用的动漫软件，安卓手机通过下载、安装"和动漫"，即可实现漫画电子书、动画视频的在线观看，或下载离线观看。"和动漫"目前拥有漫画、动画、主题、彩漫、绘本等频道。

② "微漫画"是新浪微博官方漫画平台，由炫果壳（北京）信息技术有限公司研发并运营，旨在为用户提供漫画及相关娱乐内容的创作发布、分享及营销等一站式服务。功能上实现与新浪微博的无缝融合，用户可分享漫画至微博并直接在微博里观看。微漫画自上线以来，用户数已突破数百万，并持续高速增长。

③ "爱动漫"是指中国电信动漫运营中心基于中国电信3G移动互联网技术打造、运营的数字动漫新媒体。注册用户可通过"爱动漫"客户端、WAP门户、WEB门户等实现访问，不仅可在线欣赏国内外海量优秀的动漫画作品，还可享受动漫彩信、手机报、手机主题等数字衍生品服务。目前注册用户已突破7000万人。

文网、红袖添香网、纵横中文网在内的五大文学网站签订了漫画改编战略合作协议，所涉网络小说改编漫画作品 4 万余部，占国内网络文学改编漫画市场 80% 的份额。同年，国内最大的动画制作企业——北京万豪天际文化传播有限公司与北京中天创视文化传播有限公司建立战略合作关系，旨在通过在漫画画稿基础上增加声音、声效、动作等环节，借助手机动漫这一新型平台，将中天创视改编的所有网络文学漫画作品全部改编为"漫动画"①作品。这两年，网络小说向漫画、动画、漫动画的改编工作稳步推进，新作频出，热度不减：2013 年 4 月，"起点中文网"超人气都市小说《超级电鳗分身》漫画版在广州文道文化发展有限公司旗下《漫品》杂志连载；2014 年 6 月，天津动漫堂艺术发展有限公司根据作家唐家三少原著《冰火魔厨》创编的同名漫画作品在《星漫》连载，深受漫画和网络小说读者的欢迎。网络文学漫画、动画乃至漫动画的规模化生产，不仅拓宽了网络文学产业化的渠道，而且实现了动漫出版与手机动漫的联合，有利于中国动漫产业的整体发展。

第二节　网文产业的结构调整与网游开发

作为当代中国最具市场价值和发展潜力的文化产业之一，网络文学在商业化推进过程中始终与市场、资本相纠缠，遵循着"市场的规律"和"资本的逻辑"。从 20 世纪末网络文学诞生到 2014 年底，如果要对过去十多年来我国网络文学产业化进程做出历史划分的话，可以形象地将之分为"战国争霸"（2004 年 10 月以前）、"盛大一统"（2004 年 10 月至 2013 年 3 月）、"三国分立"（2013 年 3 月以来）三个时期。在网络文学产业化发展的这十多年间，2004

---

① "漫动画"概念由中国出版集团数字传媒有限公司旗下中华动漫资源库提出，它与传统形式的动画、漫画不同，主要指由数字媒体承载的交互动画（animation）、漫画（comic）。"漫动画"融合文字、图片、音频、视频、动画图像、互动动画等多种元素，具有互动和多触控特征，是适合数字媒介使用的新媒体艺术形式。用户可以通过智能手机、平板电脑等移动终端获得互动阅读体验。

年和 2013 年是两个特别值得关注的节点。在这两个关键的节点，"资本"的介入促使了网络文学市场重新布局，引发了中国网络文学产业的两次大的结构调整。

一、上海盛大与网络文学产业的第一次结构调整

在 2004 年 10 月之前的"战国争霸"时期，各大原创网络文学网站——"天鹰文学网""读写网""翠微居""明杨·全球中文品书网""榕树下""龙的天空""天下书盟""幻剑书盟""起点中文网"等纷纷出世，并竞相角逐于网络文学市场。2004 年 10 月 8 日，上海盛大网络有限公司以 200 万美元的价格对"起点中文网"全资收购，迎来了网络文学市场的第一次结构调整。"起点中文网"借助于上海盛大的雄厚资本和销售渠道，短时间内就获得了网络文学市场 90% 的读者和作者资源。可以说，正是由于免费、互动性强、更有黏着性等不同于传统出版物的独有特征，以及因此所获得的可观的网站流量，网络文学获得了资本市场的青睐，成为其商业增值的手段之一。[1]随后，上海盛大又收购"红袖添香网"[2]和"晋江原创网"[3]两大文学网站，并以此三家网站为基础于 2008 年 7 月成立盛大文学有限公司（简称"盛大文学"），同盛大旗下的"盛大网络""盛大在线"一起，走上了集团化发展的道路。随后，"盛大文学"继续推进在线文学市场的圈地运动，先后将"榕树下"（2009 年 12 月）、"小说阅读网"（2010 年 2 月）、"言情小说吧"（2010 年 3 月）、"潇湘书院"（2010 年 3 月）等国内大型原创文学网站，有声读物网站——"天方听书网"（2010 年 8 月）和数字期刊阅读网站——"悦读网"（2010 年 9 月）等收入麾下。2013 年 3 月 1 日，盛大文学旗下的数字图书馆"云中书城"

---

① 仅仅在一年半之后（即 2006 年 3 月 13 日），TOM 在线也注资千万收购"幻剑书盟"80% 的股权，宣告"幻剑书盟"被正式纳入 TOM 在线麾下。

② "红袖添香网"始创于 1999 年 8 月，当时名为"荆棘鸟创作组"，后为办出女性特色，改为现名。

③ "晋江原创网"创立于 2003 年 8 月 1 日，2010 年 2 月更名为"晋江文学城"，是一个主攻女性文学的原创网络文学网站，曾被中国网络文学节组委会认定为"2006 年度最具成长性文学网站"，获得中国当代文学研究会颁发的"十大最具影响力文学网站奖"（2008 年 3 月）；2008 年 7 月 4 日，被盛大收购。

又与上海图书馆建立合作关系，共同打造移动端借阅平台"云中上图"。从2004年到2013年这十年间，上海盛大导演了一幕幕网络文学"圈地"大戏，位居国内网络文学市场领导者之位，占据着我国78.2%的网络文学市场份额，"盛大一统"的网络文学市场格局几近形成。

二、腾讯、百度与网络文学产业的第二次结构调整

2013年3月，随着以吴文辉（"起点中文网"创始人之一、原盛大文学总裁、"起点中文网"CEO）、罗立（"起点中文网"创始人之一、原"起点中文网"副总）为首的"起点中文网"创始团队向盛大文学的集体请辞以及以杨晨（原"起点中文网"总编）为代表的一大半核心编辑、诸多"大神级"作家的追随而去，"网络文学界的铁桶江山绽开巨大裂痕"。"起点震动，诸多有意涉猎网络文学者嗅到了机会的气味，除阿里集团外，几乎所有的互联网巨头都向起点创始团队抛出了橄榄枝"，因为"他们深知原创IP源和移动阅读作为移动互联网门票的珍贵价值"[1]。也正是在这一年，随着腾讯和百度对网络文学的相继深度介入，我国网络文学市场开始了新一轮的结构调整。2013年5月30日，腾讯与"起点中文网"出走团队联手上线"创世中文网"。随后，腾讯在网络文学产业发展上的脚步逐步加快。2013年9月10日，"腾讯文学"品牌正式亮相，并发布其"全文学"的发展战略，这标志着中国网络文学领域正式迎来了腾讯这支不容忽视的新势力。2014年4月16日，"腾讯文学"宣布以子公司形式独立运营，作为"腾讯互娱"旗下重要的"泛娱乐"业务之一，"腾讯文学"旗下品牌有：主打男性阅读市场的"创世中文网"和主打女性阅读市场的"云起书院"，移动端应用（App）"QQ阅读"和触屏网站"QQ书城"两大移动阅读产品，以及以手机QQ阅读中心（基于"腾讯文学"移动客户端"QQ阅读"打造的阅读平台，主打"社交轻阅读"，是目前腾讯文学移动阅读战略的核心）为代表的综合内容拓展渠道。目前，

---

[1]《起点团队吴文辉出走始末：经典"盛大式问题"》，http://tech.sina.com.cn/i/2013-04-16/08488244507.shtml，引用日期：2014年4月16日。

"腾讯文学"不仅基本完成了内容、产品、版权等三大专业团队的组建工作，而且与腾讯视频、华谊兄弟、新丽传媒以及华人文化产业投资基金（CMC）共同成立"优质剧本影视扶持联盟"。可以说，"腾讯文学"现已打通网络文学产业链的各个环节。凭借其海量的用户资源以及"创世中文网"强大的编辑资源、作者资源和产业影响力，"腾讯文学"必将成为未来我国网络文学市场上一支极为重要的力量。同年进军网络文学市场的另外一个互联网巨鳄是百度。2013 年 6 月 8 日，百度"多酷文学网"上线；同年 7 月，百度以 1.915 亿元购入"纵横中文网"；2014 年 11 月 27 日，百度在北京召开以"跨界破局"为主题的新闻发布会，宣布成立"百度文学"，并发布了包括"纵横中文网""熊猫看书""百度书城"等品牌在内的完整架构，标志着百度正式进军网络文学市场。据称，百度文学目前已获得百度贴吧、百度游戏、百度音乐、百度视频等资源的支持，将对原创网络文学进行推广、版权授权以及作品改编成影视、游戏后的推广与运营等。百度文学的最大特色是对能改编成游戏和影视剧的文学作品进行联合运营与开发，而不是单纯的版权授权和出售。可以说，经过 2013 年"盛大文学"旗下"起点中文网"创始团队的集体出走腾讯，以及百度对"纵横中文网"的收购之后，我国网络文学市场正在形成"百度文学""腾讯文学""盛大文学"三足鼎立的格局。在这三大网络文学势力当中，"百度文学"在 PC 端流量资源方面有着巨大优势，"盛大文学"在原创内容方面具有明显优势，而背靠腾讯游戏的"腾讯文学"则被认为整体实力最强，不仅有着吴文辉、罗立等一批从业达十年之久的业内精英，而且有着强大的社交平台（QQ、微信）优势和庞大的用户资源。各互联网巨头（而非文学网站）之间的博弈与对抗，将直接影响未来一个时期内国内网络文学产业的结构布局和基本走势。

三、作为文化创意产业的网文游戏开发

如前所述，近年来，热门网络小说向网络游戏的改编呈井喷式发展，网络文学作为创意产业的上游环节，吸引了不少游戏公司的关注和投资。因此，产业结构调整过程中，网络文学的游戏开发被大多数相关公司看成一个大有

可为的领域。这里姑且以《诛仙》为例，对网络文学的游戏开发情况做一个简要分析与评介。

有研究者指出，在网络文学改编成游戏方面，"起点中文网"最成功的作品是《诛仙》。《诛仙》最早由 2004 年开始连载，获得了无数拥趸之后，2007年，《诛仙》的网络游戏开始公测，一上市就受到了众多游戏爱好者以及《诛仙》小说粉丝的追捧，在一瞬间掀起了一股无法遏制的"诛仙"浪潮，至今《诛仙》网游的人气仍然居高不下，成为中国最热门的网游之一。根据 2009年 10 月的数据，诛仙下载量仍旧排在全国第五，并且反响良好，《诛仙 2》开始公测后，很快又掀起新一轮诛仙的热潮。①

《诛仙》是仙侠、玄幻小说的代表作。仙侠和玄幻类小说是能够较好体现比特王国各种特色的文学式样。仙侠与玄幻小说最突出的特点之一就是人物生活在一个子虚乌有的所谓"第二世界"。在这个世界里，万物色彩迷离，诸事神秘莫测，自然界的物理规律、人类社会的理性法则和日常生活习惯等，在玄幻世界纷纷失效。以《诛仙》为例，"在这个架空世界中，创作者和阅读者一起做着'白日梦'，摆脱世俗日常生活的刻板束缚、心灵自由翱翔，直接宣泄欲望和理想，以得到巨大的审美快感"②。

资料表明，《诛仙》于 2003 年 7 月 4 日首发于幻剑书盟网站，当年度就被台湾小说频道转载，2005 年大陆已有多个版本的书面作品问世。2009 年花山文艺出版社出版了完整版修订本，共 8 册，在相应读者群落中产生了巨大影响，被粉丝们誉为"后金庸时代武侠圣典"。有趣的是，大多数读者和网评人习惯把《诛仙》视为修真小说，也有些人把它视作玄幻小说。书中反复探究的"何为正道"是纵贯全书的重要议题之一。"天地不仁，以万物为刍狗"更被评家说成是这部小说的主题思想，值得一提的是，还有一个流行的说法，那就是《诛仙》与《飘邈之旅》《小兵传奇》为"网络三大奇书"。

---

① 禹建湘：《网络文学产业论》，中国社会科学出版社 2011 年版，第 5 页。
② 朱玉兰、肖伟胜：《无可抗拒第二世界的魅惑——以网络玄幻小说〈诛仙〉为例》，《重庆三峡学院学报》2007 年第 6 期。

《诛仙》篇幅巨大，情节跌宕，任何故事概述，都难免挂一漏万。"方今之世，正道大昌，邪魔退避。中原大地山灵水秀，人气鼎盛，物产丰富，为正派诸家牢牢占据。其中尤以'青云门''天音寺''焚香谷'为三大支柱，被视为领袖。这个故事，便是从'青云门'开始的。"大体说来，和通常的武侠小说一样，《诛仙》的主线也是少男少女的多角恋情，在世态浇漓的社会和人心险恶的江湖上，演绎了一幕幕缠绵悱恻却又超凡绝俗的恩爱情仇。主人公张小凡原本是草庙村的一个普通小男孩，偏因"机缘巧合"，获得了天音寺无上真法——"大梵般若功"。原来天音寺高僧普智和尚希望与青云门道家合作，进行佛道双修，试图参透生死。但这只是普智的美好梦想，青云门的道士们根本就没有给他机会，不仅如此，普智最后竟被青云门神秘高手打成重伤。普智神志恍惚之际，设下毒计，疯狂杀害了青云门山下草庙村二百多村民，只留下了张小凡、林惊羽这两个少年和一个疯子。临死之前，普智将神功和法宝"嗜血珠"传给了小凡，并嘱其一定要为此事保守秘密。普智死后，两位少年果如高僧所愿，被青云门收容：天资聪颖的林惊羽被"龙首峰"首座苍松道人收为徒弟，资质平平的张小凡则被安排在"大竹峰"首座田不易门下。机缘巧合的是，张小凡将嗜血珠与摄魂棒融合为自己得心应手的"烧火棍"，关键时刻以此脱颖而出；机缘不巧的是，他悄悄地爱上了田不易的女儿田灵儿，而田灵儿师姐却偏偏芳心他属，张小凡因此痛苦不堪，几欲发狂……

小说以张小凡为主线，另外两个与之鼎足而立的重要人物是陆雪琪和碧瑶。张小凡之于陆雪琪与碧瑶，有如令狐冲之于岳灵珊和任盈盈。陆雪琪本是青云门小竹峰水月大师座下得意弟子，拥有绝世容颜和修真天赋，且天资聪慧，清冷如霜，有异宝天琊神剑，身世神秘。由于当年张小凡的舍身相救，共患难而对他念念不忘。十年之后相见，互生情愫，更在一次次生死患难中理解彼此，深深相爱。陆雪琪面对爱情忠贞不渝，拒绝焚香谷主得意弟子李洵的求婚。千里之外的鬼厉心有灵犀，欲带雪琪远走高飞，但由于碧瑶未醒而作罢。正魔大战之后，陆雪琪帮助鬼厉摆脱心魔，重新做回张小凡。数日后与张小凡在草庙村相遇，两人相视一笑。

主人公心中的圣女碧瑶，原本是魔教鬼王宗宗主之女。心地纯洁，容貌惊人，艺高胆大，却无奈因幼年往事而蒙受了巨大阴影，后在死灵渊下与张小凡一起误入滴血洞中，见证魔教前辈往事并偶然获得至宝合欢铃，绝境之中，与张小凡患难与共，生死相契，并由此化解了与其父多年的隔阂羁绊。受其父影响，碧瑶不受常理束缚，恣意洒脱。后为了张小凡，用痴情咒挡住了诛仙古剑，虽救下张小凡，却魂归离恨天。幸因一魂被合欢铃扣下，得以肉身不灭。后来在狐岐山崩塌时失踪，生死未卜。

有读者评论说："读第一册就有点隐忧，作者把开头铺得太猛，迫不及待地要吸引关注，大放不收，后来果然续不上力。说起来这也是网络小说的通病，开篇大鸣大放，写到后来则常是心有余而力不足，马虎了事。从张小凡堕入魔道起，故事就越来越水，说起来是'重人情'，其实无非是堆砌华丽辞藻，反反复复地渲染，张小凡与碧瑶、陆雪琪等人的纠葛，都止步不前。""前面写得引人入胜，越读到后面越不是味儿，后来一回味，感觉书中有太多的情节和笑傲江湖有相似的地方，非常赞同永道人所言，就是一'笑傲'的玄幻版本。"①

当某些学院派学者还在讨论网络文学究竟是黄金还是垃圾的时候，网络写手极其庞大的粉丝队伍，已经打造出一批又一批网络文学自己的经典之作。在一种狂欢化的造神过程中，大神萧鼎和神品《诛仙》，有如朝阳初月一般，受到了仙侠文学爱好者几乎膜拜的注目。

中国社会科学院文学所研究员王绯认为，作为一部被阅读群体视为"神品"的仙侠类代表作，《诛仙》已成为网络文学世界的一种类型标志，一个LOGO 或母品牌，以及无限衍生的母本。仅"起点中文网"以"诛仙"命名的仙侠 / 玄幻 / 科幻类作品的洋洋大观，对传统文学界来说就是不可想象

---

① 《我对天狂怒你要我孤独，就放下一切跟你孤独》，http://book.douban.com/review/5051374/，引用日期：2014 年 6 月 8 日。

的，这不仅表明这部作品对阅读群体持续不衰的吸引力和感召力，也从一个侧面见证了一部神作对创作/书写群体的巨大影响力。这些作品，2011 年均处于更新状态，主要有：《诛仙之诛仙剑》（辰风月明 378）、《诛仙逆》（仙灵月）、《诛仙神》（舞苍天）、《笔诛仙》（幽域蓝光）、《诛仙阵》（无法桄逎）、《诛仙曲》（烟如云）、《诛仙劫》（玖世散仙）、《诛仙痛》（青衫不改）、《诛仙怒》（z 诛仙 z）、《诛仙泪》（盘龙魔）、《诛仙梦》（帝迷）、《22 诛仙》（灵魂魔卡师）、《诛仙刀》（O 书迷 O）、《诛仙榜》（兮殇）、《诛仙记》（宇文珂）、《诛仙诀》（离·落）、《诛仙录》（独倚西楼）、《诛仙泣》（楚王昭君）、《飞升诛仙》（花海边的虫）、《御剑诛仙》（千山慕雪）、《封神诛仙》（祭音）、《诛仙古阵》（宁海侯）、《都市诛仙》（泉道）、《诛仙杀阵》（昨日之日）、《灭世诛仙》（Q7）、《三国诛仙》（湖月弄影）、《成魔诛仙》（木乃奕）、《诛仙剑传》（黑桃 D）、《诛仙万年》（小七 02）、《诛仙梦魇》（少叶）、《斗神诛仙》（独饮寂醉）、《诛仙问天》（左手风轻轻）、《异世诛仙》（爱南燕）、《末世诛仙》（转世妖道）、《神湖诛仙》（心梦若水）、《神谕诛仙》（单身的海豚）、《血刃诛仙》（为爱上了锁）等。①

在改编成网络游戏的十大网络小说中，萧鼎的《诛仙》名列前茅（见表 5-1）②。

表 5-1 改编成网络游戏的十大网络小说

小说	写手	游戏名	开发运营商	游戏类型
诛仙	萧鼎	诛仙 1 诛仙 2	完美时空	大型多人在线角色扮演
兽血沸腾	静官	兽血沸腾	百游汇通	大型多人在线角色扮演（2.5D）
恶魔法则	跳舞	恶魔法则	北京卓智	大型多人在线角色扮演 & 即时战斗（3D）

① 王纬：《21 世纪新媒体与文学发展》，社会科学文献出版社 2012 年版，第 212 页。
② 禹建湘：《网络文学产业论》，中国社会科学出版社 2011 年版，第 242 页。

小说	写手	游戏名	开发运营商	游戏类型
鬼吹灯	天下霸唱	鬼吹灯外传	开发：麦石 运营：盛大	横版格斗
天元	血红	天元	网龙公司	大型多人在线角色扮演 （2.5D）
飘渺之旅	萧潜	飘渺之旅	开发：智冠 &NREV STUDIO 运营：上海悠游网	大型多人在线角色扮演 （3D）
仙剑神曲	牛语者	仙剑神曲 OL	开发：御风行 运营：迅雷游戏	大型多人在线角色扮演 （3D）
星辰变	我吃西红柿	星辰变 OL	盛大	大型多人在线角色扮演 （2D）
佣兵天下	说不得大师	佣兵天下	蓝港在线	大型多人在线角色扮演 （3D）
神墓	辰东	神墓 OL	边城游侠	大型多人在线角色扮演 （2D）

第三节　中国网络文学产业的未来走势

经过网络文学十多年来的市场化和商业化运作，我国网络文学在品质和数量上均有了长足发展，越来越多的作品通过网络完成它从诞生到全版权运营的全部工作。目前，各大网络文学网站特别是网络文学市场的巨头们——"盛大文学""腾讯文学""百度文学"，正在发力将网络文学产业向多元化、跨平台、全版权、泛娱乐的方向推进。借助个人电脑、智能手机、平板电脑、电子阅读器、智能电视等各种终端，在继续推进线下出版、声讯制作、付费阅读、海外版权、动画漫画改编、影视改编、网络游戏改编的基础上，发掘、开拓更多的产业化领域，与更多的相关方进行合作，满足不同阶层、民族、性别、年龄、职业的受众的多样化需求，成为我国网络文学产业化发展的必然趋势。具体说来，以下三个方面将成为我国网络文学产业的未来发展趋势和走向。

一、在运营机制上，从以"版权售出"为主的全版权运营向开发立体化的全版权产业链拓展

随着网络技术的快速进步，文化的生产和传播已步入全媒体时代。版权作为文化的重要生产要素和核心发展要素，已成为拉动文化产业发展乃至整个国民经济发展的重要力量。单就网络文学产业而言，许多有识之士已经认识到，"全版权"营销的时代正在来临：优秀的网络文学作品不仅可以在线阅读和无线阅读，还可以出版实体书，出售海外版权以及改编成电影、电视剧、网络游戏、动画、漫画等作品，"全版权"的价值远超传统文学主要以实体出版为主的版权价值。"全版权"运营在国外已有很多成功的经验，迪士尼等大型跨国公司在这方面已经做出了许多成功的探索：其旗下品牌包括皮克斯动画工作室、漫威漫画公司、试金石电影公司、博伟影视公司、好莱坞电影公司、米拉麦克斯电影公司、ESPN 体育、美国广播公司、卢卡斯影业公司等，所涉几乎包括了动画、漫画、图书、电子游戏、影视、玩具制造、零食、体育用品、娱乐节目制作、主题公园等适合儿童玩乐的所有领域。比如：2009 年底，迪士尼收购美国漫画巨头之一——漫威漫画公司，获得了绝大部分漫画角色的所有权；2009 年，通过与美国梦工厂《变形金刚 2》的联合制作，深化了在影业方面的深度合作。著名作家罗琳的《哈利·波特》作品也是如此，它以同一系列作品的版权为基础，在前端对接畅销原著，在中端进行影视剧集制作，在后端拓展主题歌、同名游戏、图书等衍生产品，在将文学作品贯穿于文学、影视、动漫、音乐、游戏、玩具等全产业链的同时，实现用户从读者到观众、听众、玩家的全方位转换。"中文在线"是我国最早提出"全媒体出版"概念的网站，目的是"通过打通数字出版产业链，以将单一渠道与单一形态向多元渠道与多元形态转换，实现一元化生产，多媒体发布，多渠道传播，为不同需求的用户同步提供适配各类终端的阅读产品，有效扩大阅读产品的全方位覆盖"。其旗下的"17K 小说网"，将网络小说《吞噬苍穹》改编成游戏后表现优异，多部作品改编成的影视剧集表现良好，初步形成了精品阅读"全内容、全媒体、全渠道"的完整产业链模式。"盛大文学"也于 2009 年开始了对"全版权"运营机制的探索，涉及在线付费、图书出版、漫画、声讯、海外版权、电影、电视和网络游戏改编等多个领域，并已取得骄人的成绩：大量原创网络作品在国内外的出版发行带来了巨大的零售额，成就了中国最大的民营出版公司；漫画改编作品《斗破苍穹》发行 300万余册，《斗罗大陆》更是创造出近千万册的改编漫画发行奇迹；在影视和游戏改编方面，仅 2012 年就售出约 1000 部网络小说的改编版权，电影《致我们终将逝去的青春》《搜索》等均创造了高额的票房佳绩；《步步惊心》《裸婚时代》等电视剧作品位居各大电视台收视率首位；游戏改编作品《盘龙》《鬼吹灯》《斗破苍穹》《星辰变》等受到玩家的普遍好评。《杜拉拉升职记》是"全版权"运营的另一典型案例。2007 年 9 月，《杜拉拉升职记》实体图书正式上市。凭借无数白领的狂热追捧，《杜拉拉升职记》迅速成为图书市场的宠儿，成为畅销书中的神话之作。除实体书热卖外，其产业链更是成为 2010 年最强大的"吸金王"：从小说到电影，从话剧到电视剧，从真人秀《寻找职场杜拉拉》到各色衍生品，这条名叫"杜拉拉"的文学产业链，目前产值已经超过 3 亿元，成为一出名副其实的"升值记"。[①] 需要说明的是，我国网络

---

① 2009 年 4 月，上海话剧中心将《杜拉拉升职记》搬上话剧舞台，由当红明星姚晨主演，全国巡演几十场，票房突破 3000 万元；2010 年 4 月，由徐静蕾自导自演的电影《杜拉拉升职记》上映，以 1500 万元的投入收获 1.2 亿元的票房；2010 年 4 月 20 日起，电视剧《杜拉拉升职记》在上海、北京、深圳等 8 个城市试播，收视率持续走高，成为当年东方卫视和北京卫视收视率最高的电视剧；电视剧广告收入超过 1800 万元，总体利润率高达 100% 以上，远高于电视剧市场收益的基准线。在走红荧屏的同时，该剧也创下互联网点播新纪录：在搜狐视频单日播放量突破 1000 万次，并创下上线 14 天总播放量超过亿次的视频点播纪录。同时，由《杜拉拉升职记》衍生出的车载听书 DVD 销售额超过 500 万元，在电影档期期间，卓越亚马逊上的《杜拉拉升职记》电影 DVD 销售创下了 300%—400% 的日增量。另外，《杜拉拉升职记》将被堪称全球游戏霸主的美国艺电有限公司开发为白领益智游戏。有知名的鞋业集团想借"杜拉拉"推出一个主打白领的女鞋系列。服装、音乐剧、网络剧，甚至轻轨静态电影的商家都找上门来，要做"杜拉拉"。很多知名品牌也想和"杜拉拉"做深度合作，比如 HP 打印机的网络联合征文营销等。可以看出，"杜拉拉"已成为"全版权"文化品牌营销成功的经典样本。

文学产业界目前所谓"全版权"运营，还不是完全意义上的全版权，即大多数内容提供商对网络文学作品版权的开发尚停留在"售出"阶段，也就是说，仅仅是将作品的线下出版权、电子版权、无线发布权，以及影视剧集、电子游戏及动漫的改编权等以买断的方式出售给相关方，而并不参与作品的漫画、动画、游戏、影视改编等层面，自然也就无法从被改编后的作品中获得相应的收益分成。就像前盛大文学 CEO 侯小强所说，"全版权主要还是版权的售卖和分销"，"把我们最有价值的版权，输送到各个通道上去，这就是我们在做的这个布局"；"盛大文学目前只有一个核心，那就是运营版权，围绕这个核心只做两件事情：第一是把盛大文学变成一个版权生产基地，第二是做好版权的分销"①。在激烈的市场竞争中，网络文学产业要想实现产业价值的最大化，就应当将这种以"售卖、分销"为主的全版权模式推向深入，立体挖掘原创网络文学作品的版权价值，既要对文字负责，也要参与到影视、游戏、动画、漫画等作品改编的各个环节，同时，要向玩具、服装、体育用品、日常生活用品等更多的衍生领域拓展，以打造出真正意义上的网络文学立体化、全版权的产业链运营模式。

二、在产业渠道上，从主要依靠线下出版、非移动式终端向适合于跨平台、多终端同步切换的移动式智能终端拓展

网络文学产业主要以线下出版和非移动式终端为渠道进行传播和消费的阶段正在成为历史。智能手机、平板电脑、手持电子阅读器等覆盖全网络的移动终端正在成为网络文学产业化的主要媒体依托。将网络文学产业向移动互联网领域的拓展，成为当前和未来一个时期内各大文学网站角逐的主要领域。这一拓展是随着第三代移动通信技术（3G）的兴起和智能手机的迅速普及而实现的。1995 年问世的第一代模拟制式手机（1G）只能进行语音通话。1997 年出现的第二代数字制式手机（2G）已增加数据接收功能，如接

---

① 侯小强、张琦：《盛大文学：打造全版权运营基地》，http://www.cloudary.com.cn/News/1010086，引用日期：2015 年 1 月 2 日。

收电子邮件或网页等，但由于第二代数字通信系统带宽有限，限制了数据业务的应用，无法实现移动的多媒体业务。同第一代、第二代数字移动通信相比，第三代是覆盖全球的多媒体移动通信，能够实现数据的高速传输和宽带多媒体服务。也就是说，3G 手机除具有普通语音通话功能外，还具备信息浏览、文件和图片下载、声音和视频传送、手机购物、手机游戏等功能。2009年 1 月 7 日，工信部向中国移动、中国联通、中国电信颁发第三代移动通信牌照，标志着我国正式进入 3G 移动互联网时代。加之近年来移动运营商在全国范围内下调了手机上网使用资费，这进一步刺激了手机上网用户的大幅增长。CNNIC 数据显示，到 2013 年底，我国网民数量已接近 6 亿人，其中仅手机互联网用户的覆盖率已接近 80%；百度大平台数据显示，"用户的网络文学消费向移动端的转移非常明显，移动端的搜索指数占比已经超过 80%，而且还在持续增加"[①]。可以说，我国互联网用户基本上完成了从 PC 端到移动端的转变。在此背景下，盛大文学于 2009 年即已开始了其 3G 战略布局，不仅早早开通了 WAP 站点"*qidian.cn*"，推出了手机文学原创平台"MOGA"，而且开发出手机客户端软件"盛大书童"，并同多家电信运营商和手机制造商达成了战略合作协议。到 2012 年，盛大文学通过移动互联网提供的网络文学内容所吸引的总访问量就达到 1.5 亿；2013 年上半年，盛大文学自有移动阅读终端的日均活跃用户达 500 万，月均 3000 万，这些数据已经超过了通过电脑终端产生的数据。[②]需要说明的是，网络文学产业目前向移动互联网的倾斜所取得的成绩有目共睹、值得肯定，但还远远不够。因为与移动互联网普及相伴随的另一现象是：移动互联网用户使用的操作平台也在趋于多元化，许多用户可能同时持有安装着 Android、IOS、Windows 等不同操作系统的移动智能终端。用户对于借助不同移动终端，利用碎片化的时间进行同步观看（影视视频、动画片、漫动画）、收听（声讯制品、音乐）、阅读（电子书、数字

① 陈望治：《游戏牵手文学 IP 开启版权变现新模式》，http://news.gao7.com/article/404053-2014 1218-1，引用日期：2015 年 2 月 6 日。

② 易观智库：《2013 年中国网络文学市场研究报告》。

文本）、娱乐（网络游戏、手机游戏）的需求日趋增强。网络文学市场的关注点也应聚焦于此。因此，不仅要推动网络文学产业从线下出版、非移动式终端向移动终端倾斜，更要推动其向适合跨平台、多终端同步切换的移动式智能终端的拓展，这已成为我国网络文学市场发展的既定趋势和必然选择，对于我国网络文学产业发展和市场重构具有重要的战略意义。

三、在核心任务上，从开拓产业化实现渠道转向以开发原创作品作为网络文学网站的核心任务

从我国网络文学产业化进程路线图可以看出，我国网络文学产业发展史几乎就是一部不断拓宽产业化渠道的历史：从早期以"线下出版"为主到"在线付费阅读"模式的成功，再向"影视改编""动漫改编""游戏改编"等的拓展。可以说，我国目前网络文学产业的主要收入，主要依靠的依然是通过各种产业化渠道以达到版权变现的目的，尤其是运营商作为最强势的渠道依靠强大的用户资源，在网络文学产业中占据着主导地位。随着近二十年来产业化渠道向线上阅读、线下出版、海外销售、影视改编、动画和漫画改编、游戏改编等领域的不断拓展，网络文学产业化的渠道建设已经基本成熟，如何进一步拓宽网络文学产业化的渠道已不再显得那么重要。人们常说，文化产业是 21 世纪的"朝阳产业"，而网络文学产业则是此"朝阳产业"中更具有发展和增值潜力的"蓝海产业"和"黄金产业"。在此"蓝海产业"中，网络原创作品位居网络文学产业链的最顶端，它除了能够直接产生价值之外，其输出的知识版权也有着非常多样化的版权衍生和二次价值变现方式。因此，抓住网络文学产业链的源头，开发出更多高质量的原创作品，将成为未来网络文学产业提升核心竞争力的关键所在。而这又主要取决于文学网站编辑者的策划水平、核心作者的数量以及网站签约作者的写作水平与更新速度等。由此，健全和完善对网站策划编辑和原创作者的激励机制和培养机制，就成为其中的重中之重。

|附|录|

表 5-2　部分网络小说的出版情况一览表 ①

作品名	作者名	出版社	出版年月
第一次的亲密接触	蔡智恒	知识出版社	1999 年 11 月
雨衣	蔡智恒	知识出版社	2000 年 10 月
爱尔兰咖啡	蔡智恒	知识出版社	2003 年 3 月
暖暖	蔡智恒	作家出版社	2007 年 1 月
好花不常开	刘世大	上海文化出版社	2000 年 1 月
迷失在网路中的爱情	李寻欢	中国社会出版社	2000 年 7 月
边缘游戏	李寻欢	知识出版社	2001 年 1 月
女人心事风过留香	李寻欢	时代文艺出版社	2000 年 1 月
飞翔	李寻欢	杭州出版社	2002 年 4 月
粉墨谢场	李寻欢	天津人民出版社	2002 年 8 月
我一定要找到你	云中君	长江文艺出版社	2000 年 12 月
数字化精灵	云中君	江苏文艺出版社	2001 年 3 月
当我再也无法离开	邢育森	天津人民出版社	2001 年 1 月
极乐世界的下水道	邢育森	知识出版社	2001 年 1 月
网侠	邢育森	文化艺术出版社	2001 年 1 月
风中玫瑰	风中玫瑰	人民文学出版社	2001 年 4 月
悟空传	今何在	光明日报出版社	2001 年 4 月
悟空传	今何在	21 世纪出版社	2006 年 1 月

---

① 此表由黄晓群根据《网络文学发展史》相关表格和 2014 年度北京部分书店上架书目不完全统计结果制作。

续 表

作品名	作者名	出版社	出版年月
天下无双	刘镇伟、今何在	上海文艺出版社	2002 年 2 月
一直向西，直到世界和你的尽头	今何在	天津人民出版社	2004 年 1 月
羽传说	今何在	新世界出版社	2005 年 6 月
海上牧云记	今何在	天津人民出版社	2006 年 12 月
九州幻想	今何在	天津人民出版社	2007 年 7 月
九州幻想·九月风华	今何在	二十一世纪出版社	2007 年 9 月
九州幻想·十月流金	今何在	二十一世纪出版社	2007 年 10 月
九州幻想·十一月枫火燎原	今何在	二十一世纪出版社	2007 年 11 月
九州幻想·岁正盛典·跨年特辑	今何在、潘海天	二十一世纪出版社	2008 年 1 月
九州幻想·三春晖	今何在	万卷图书公司	2008 年 3 月
西游	今何在	江苏文艺出版社	2013 年 2 月
灰锡时代	Flying—max	花城出版社	2001 年 4 月
告别薇安	安妮宝贝	南海出版公司	2002 年 1 月
二三事	安妮宝贝	南海出版公司	2004 年 1 月
春宴	安妮宝贝	湖南文艺出版社	2011 年 8 月
逃离爱情	辛唐米娜	时代文艺出版社	2002 年 10 月
绝不堕胎	辛唐米娜	辽宁画报出版社	2004 年 3 月
双身	辛唐米娜	辽宁教育出版社	2006 年 2 月
二三毛——三毛传记	辛唐米娜	珠海出版社	2007 年 12 月
辛唐米娜女人书	辛唐米娜	珠海出版社	2007 年 12 月
病毒（插图本）	蔡骏	中国戏剧出版社	2002 年 4 月
荒村公寓	蔡骏	接力出版社	2004 年 11 月

续　表

作品名	作者名	出版社	出版年月
地狱的第 19 层	蔡骏	接力出版社	2005 年 1 月
爱人的头颅	蔡骏	新世界出版社	2005 年 6 月
荒村归来	蔡骏	接力出版社	2005 年 7 月
圣婴	蔡骏	作家出版社	2005 年 7 月
猫眼	蔡骏	接力出版社	2006 年 1 月
肉香	蔡骏	接力出版社	2006 年 1 月
诅咒	蔡骏	接力出版社	2006 年 1 月
玛格丽特的秘密	蔡骏	接力出版社	2006 年 1 月
旋转门	蔡骏	接力出版社	2006 年 6 月
蝴蝶公墓	蔡骏	作家出版社	2007 年 1 月
天机 第一季 沉睡之城	蔡骏	陕西师范大学出版社	2007 年 1 月
天机 第二季 罗刹之国	蔡骏	陕西师范大学出版社	2007 年 1 月
异现场调查科	蔡骏	新世界出版社	2008 年 2 月
最后的宣战	黎家明	天津人民出版社	2002 年 5 月
小妖的网	周洁茹	花山文艺出版社	2002 年 5 月
成都，今夜请将我遗忘	慕容雪村	内蒙古人民出版社	2003 年 1 月
天堂向左，深圳往右	慕容雪村	作家出版社	2004 年 2 月
伊甸樱桃	慕容雪村	中信出版社	2005 年 10 月
哈哈，大学	李臻	漓江出版社	2003 年 8 月
湖边有棵许愿树 3	陈江选编	陕西师范大学出版社	2003 年 11 月
毕业那天我们一起失恋	何员外	上海人民出版社	2003 年 7 月
一个女人的七个侧面	葛红兵主编	中国文联出版社	2003 年 9 月
我哥的情书	葛红兵主编	中国文联出版社	2003 年 9 月

续　表

作品名	作者名	出版社	出版年月
杀手·新娘	葛红兵主编	中国文联出版社	2003 年 9 月
人皮娃娃	葛红兵主编	中国文联出版社	2003 年 9 月
成都粉子	文迪	百花洲文艺出版社	2004 年 3 月
艳遇昙花一现	黑可可	天津人民出版社	2004 年 3 月
瑞典火柴	小雨康桥	作家出版社	2004 年 5 月
打喷嚏	九把刀	北岳文艺出版社	2004 年 5 月
一直到厌倦	菊开那夜	南海出版社	2004 年 5 月
七宗爱	菊开那夜	中国广播电视出版社	2006 年 5 月
七宗爱	菊开那夜	珠海出版社	2007 年 9 月
云端以上，水面以下	恭小兵	北方妇女儿童出版社	2004 年 9 月
1238 公里的忧伤	吴藏花	民族出版社	2004 年 12 月
网络大虾的拍砖生活	筱凡	大众文艺出版社	2004 年 12 月
城外	千夫长	百花文艺出版社	2005 年 1 月
冰火魔厨	唐家三少	人民美术出版社	2005 年 1 月
狂神	唐家三少	百花洲文艺出版社	2005 年 12 月
唯我独仙 1	唐家三少	百花洲文艺出版社	2006 年 6 月
光之子	唐家三少	百花洲文艺出版社	2007 年 5 月
善良的死神 1	唐家三少	海南出版社	2012 年 4 月
斗罗大陆·第二部·绝世唐门	唐家三少	湖南少儿出版社	2013 年 8 月
左倾 45 度	阿菜	接力出版社	2005 年 1 月
那小子真帅	[韩]可爱淘	世界知识出版社	2005 年 3 月
局外人	[韩]可爱淘	中国城市出版社	2005 年 11 月
局外人 2	[韩]可爱淘	中国城市出版社	2006 年 1 月

续　表

作品名	作者名	出版社	出版年月
局外人 3	［韩］可爱淘	中国城市出版社	2006 年 3 月
哆来咪发唆	［韩］可爱淘	中国城市出版社	2006 年 7 月
B 栋 11 楼	藤井树	汕头大学出版社	2005 年 4 月
凯旋鸢尾	紫薇朱槿	作家出版社	2005 年 5 月
第七个恐怖	紫薇朱槿	台湾成纬出版社	2006 年 8 月
深度迷失	紫薇朱槿	南海出版社	2007 年 2 月
游戏：血镇	紫薇朱槿	中国妇女出版社	2007 年 5 月
鼠皮玉人	一枚糖果	北方文艺出版社	2005 年 5 月
抓狂	一枚糖果	安徽文艺出版社	2006 年 6 月
心中有鬼	一枚糖果	花山文艺出版社	2007 年 3 月
心怀鬼胎	一枚糖果	花山文艺出版社	2007 年 6 月
迷醉	一枚糖果	中国妇女出版社	2008 年 1 月
搜神记 I	树下野狐	辽宁教育出版社	2005 年 5 月
搜神记 II	树下野狐	辽宁教育出版社	2005 年 5 月
搜神记 III	树下野狐	万卷出版公司	2009 年 1 月
搜神记 V	树下野狐	万卷出版公司	2009 年 1 月
蛮荒记 2 青帝	树下野狐	新星出版社	2006 年 10 月
幸福单行道	霍艳	时代文艺出版社	2007 年 1 月
给我一刹那宠爱	霍艳	中国友谊出版社	2006 年 6 月
兔八七的小时代	霍艳	天津教育出版社	2008 年 5 月
黄了青梅	马中才	汕头大学出版社	2005 年 5 月
我的秀秀姐	马中才	接力出版社	2005 年 7 月
一池水葫芦	马中才	接力出版社	2007 年 6 月

续　表

作品名	作者名	出版社	出版年月
诛仙 1	萧鼎	朝华出版社	2005 年 6 月
诛仙 3	萧鼎	朝华出版社	2005 年 8 月
诛仙	萧鼎	花山文艺出版社	2007 年 7 月
诛仙 7	萧鼎	花山文艺出版社	2009 年 9 月
九洲·缥缈录 III	江南	新世界出版社	2005 年 6 月
光明皇帝	江南	新星出版社	2007 年 2 月
龙族 II 悼亡者之瞳	江南	长江出版社	2011 年 5 月
此间的少年	江南	京华出版社	2012 年 1 月
2 条命	春树	作家出版社	2005 年 8 月
红孩子	春树	21 世纪出版社	2007 年 1 月
北京娃娃	春树	天津人民出版社	2008 年 4 月
永恒之井	张尧臣	上海文汇出版社	2005 年 9 月
亵渎 2	烟雨江南	朝华出版社	2005 年 9 月
亵渎 3	烟雨江南	朝华出版社	2005 年 11 月
亵渎 5	烟雨江南	朝华出版社	2006 年 1 月
尘缘 1	烟雨江南	新世界出版社	2010 年 4 月
尘缘 2	烟雨江南	新世界出版社	2010 年 7 月
尘缘 3	烟雨江南	新世界出版社	2010 年 9 月
紫川一　帝都风云	老猪	百花洲文艺出版社	2005 年 11 月
紫川二　帕伊血战	老猪	百花洲文艺出版社	2005 年 12 月
紫川三　蓝河泣血	老猪	百花洲文艺出版社	2006 年 1 月
紫川（1—5）	老猪	江苏文艺出版社	2010 年 1 月
中国公主	尚爱兰	江西少年儿童出版社	2005 年 11 月

作品名	作者名	出版社	出版年月
王子进化论	乔克天使	内蒙古人民出版社	2005 年 12 月
我把爱情煲成汤	宝妻	中国三峡出版社	2005 年 12 月
佣兵天下 1 圣龙骑士	说不得大师	新世界出版社	2006 年 1 月
佣兵天下 2 骑士精神	说不得大师	新世界出版社	2006 年 1 月
佣兵天下 3 生死宿敌	说不得大师	新世界出版社	2006 年 2 月
佣兵天下 4 巨星陨落	说不得大师	新世界出版社	2006 年 3 月
佣兵天下 5 魔武大战	说不得大师	新世界出版社	2006 年 4 月
佣兵天下 6 魔法帝国	说不得大师	新世界出版社	2006 年 4 月
佣兵天下 7 诸神对决	说不得大师	新世界出版社	2006 年 5 月
佣兵天下 8 群星璀璨	说不得大师	新世界出版社	2006 年 6 月
佣兵天下 9 池门大乱	说不得大师	新世界出版社	2006 年 9 月
佣兵天下 10 史前遗迹	说不得大师	新世界出版社	2007 年 2 月
佣兵天下 11 大陆战争	说不得大师	新世界出版社	2007 年 2 月
佣兵天下 12 天地为棋	说不得大师	新世界出版社	2007 年 6 月
佣兵天下全集	说不得大师	新世界出版社	2011 年 8 月
我的大学不恋爱	玉宇清澄	二十一世纪出版社	2006 年 3 月
手工美人	花想容	朝华出版社	2006 年 3 月
影·十字	李洪绸	广西人民出版社	2006 年 4 月
斩·龙诀	李洪绸	广西人民出版社	2006 年 4 月
蝴蝶来过这世界	饶雪漫	宁夏人民出版社	2006 年 5 月
沙漏	饶雪漫	当代世界出版社	2007 年 1 月
飞毯	任晓雯	上海文艺出版社	2006 年 5 月
不可能犯罪	普西	朝华出版社	2006 年 5 月

续 表

作品名	作者名	出版社	出版年月
我和校花一起成长	七点 77	中国友谊出版公司	2006 年 6 月
原来我不帅	洛斯	中信出版社	2006 年 6 月
剑侠情缘	步非烟	新世界出版社	2006 年 6 月
我的麻烦男友 1	nini 棒棒糖	北岳文艺	2006 年 7 月
熟男淑女	深爱金莲	中国三峡出版社	2006 年 7 月
爱上痞子女	王蒙蒙	花山文艺出版社	2006 年 7 月
我的爱小无赖	[韩] 薄 vivi	北方文艺出版社	2006 年 8 月
壁花小姐奇遇记 1	郭妮	二十一世纪出版社	2006 年 8 月
走开，我有情流感	邓芷辛	朝华出版社	2006 年 8 月
飘邈之旅 4 赤明魔尊	萧潜	南海出版公司	2006 年 8 月
燃犀奇谈	迦楼罗火翼	上海人民出版社	2006 年 8 月
我的名字叫红	帕慕克	上海人民出版社	2006 年 8 月
鬼吹灯之精绝古城	天下霸唱	安徽文艺出版社	2006 年 9 月
鬼吹灯之云南虫谷	天下霸唱	安徽文艺出版社	2006 年 11 月
鬼吹灯之昆仑神宫	天下霸唱	安徽文艺出版社	2006 年 12 月
鬼吹灯 II 之一黄皮子坟	天下霸唱	安徽文艺出版社	2007 年 7 月
迷航昆仑墟	天下霸唱	百花洲文艺出版社	2008 年 8 月
谜踪之国 I 雾隐占婆	天下霸唱	安徽文艺出版社	2009 年 5 月
谜踪之国 II 楼兰妖耳	天下霸唱	安徽文艺出版社	2009 年 10 月
谜踪之国 III 神农天匦	天下霸唱	安徽文艺出版社	2010 年 6 月
谜踪之国 IV 幽潜重泉	天下霸唱	安徽文艺出版社	2011 年 2 月
河神·鬼水怪谈	天下霸唱	安徽人民出版社	2013 年 2 月
殁神	天下霸唱	江西教育出版社	2014 年 4 月

作品名	作者名	出版社	出版年月
七界传说	心梦无痕	太白文艺出版社	2006 年 9 月
邪仙	无极	文学艺术出版社	2006 年 9 月
水龙吟	狐言	21 世纪出版社	2006 年 9 月
二鬼子李富贵之基督将军	无语中	当代世界出版社	2006 年 9 月
逆龙道	血红	东方出版社	2006 年 9 月
翻译官	纪媛媛	人民文学出版社	2006 年 10 月
恍然如梦	月下箫声	花山文艺出版社	2006 年 10 月
魔天星之艳后	高拙音	花山文艺出版社	2006 年 12 月
兽王·神鹰之城	雨魔	湖北少年儿童出版社	2006 年 12 月
驭魂	雨魔	文化艺术出版社	2007 年 6 月
兽王·宠兽大赛	雨魔	湖北少年儿童出版社	2007 年 7 月
妖夜莲华传	樱桃青衣	重庆出版社	2006 年 12 月
春江花月夜之幻境	可爱多的粉丝	重庆出版社	2006 年 12 月
春江花月夜	可爱多的粉丝	重庆出版社	2006 年 12 月
遵命女王陛下	易拉罐	作家出版社	2007 年 1 月
遵命女王陛下 2	易拉罐	作家出版社	2007 年 4 月
香薰恋人 1	灵希	作家出版社	2007 年 1 月
香薰恋人 2	灵希	作家出版社	2007 年 4 月
仙缘 3	鬼雨	新世界出版社	2007 年 1 月
恋爱禁止学校	银锋	远方出版社	2007 年 1 月
有多少爱可以胡来	小宝	湖南人民出版社	2007 年 1 月
致我们终将逝去的青春	辛夷坞	朝华出版社	2007 年 1 月
浮世浮城	辛夷坞	江苏文艺出版社	2011 年 4 月

作品名	作者名	出版社	出版年月
致我们终将逝去的青春	辛夷坞	百花洲文艺出版社	2013 年 5 月
下班抓紧谈恋爱	奕香檬	中信出版社	2007 年 1 月
盗墓笔记 1	南派三叔	中国友谊出版公司	2007 年 1 月
盗墓笔记 5	南派三叔	中国友谊出版公司	2009 年 7 月
盗墓笔记 6	南派三叔	中国友谊出版公司	2010 年 1 月
盗墓笔记 7	南派三叔	时代文艺出版社	2010 年 9 月
大漠苍狼全集	南派三叔	上海文化出版社	2012 年 2 月
嘘！今夜哪里有鬼	黯然消混蛋	重庆出版社	2007 年 1 月
哇！今夜哪里有鬼	黯然消混蛋	重庆出版社	2007 年 1 月
哈！今夜哪里有鬼	黯然消混蛋	重庆出版社	2007 年 3 月
镜·辟天 1	沧月	新世界出版社	2007 年 1 月
羽·苍穹之烬	沧月	时代文艺出版社	2013 年 10 月
梦回大清（终结篇）	金子	朝华出版社	2007 年 2 月
我不是精英	金子	沈阳出版社	2010 年 5 月
水墨山河	金子	沈阳出版社	2011 年 4 月
万历后宫之乱	盛慧	重庆出版社	2007 年 2 月
我的灵魂在古代 2	半个灵魂	天津人民出版社	2007 年 3 月
裂锦	匪我思存	新世界出版社	2007 年 4 月
东宫	匪我思存	新世界出版社	2010 年 7 月
花颜	匪我思存	新世界出版社	2010 年 12 月
千山暮雪	匪我思存	新世界出版社	2011 年 8 月
爱情的开关	匪我思存	新世界出版社	2013 年 1 月
遗忘国度之神秘徽章 4	貌似高手	世界知识出版社	2007 年 4 月

续　表

作品名	作者名	出版社	出版年月
独步天下	李歆	朝华出版社	2007 年 4 月
秀丽江山 4	李歆	朝华出版社	2009 年 1 月
朵蝴蝶	萧泊零羽	二十一世纪出版社	2007 年 5 月
夜芙蓉	却却	花山文艺出版社	2007 年 5 月
三宫六院七十二妃（1）	石章鱼	九州出版社	2007 年 5 月
三宫六院七十二妃（2）	石章鱼	九州出版社	2007 年 5 月
历史的尘埃 1 真城风云	知秋	九州出版社	2007 年 5 月
历史的尘埃 2 死灵奇谋	知秋	九州出版社	2007 年 5 月
历史的尘埃 4 暗影激斗	知秋	九州出版社	2007 年 8 月
历史的尘埃 3 帝都狂潮	知秋	九州出版社	2007 年 8 月
我就是火影忍者	西门柳上	花山文艺出版社	2007 年 5 月
重玄传说	星际	中国电影出版社	2007 年 5 月
盗墓之王	飞天	中国友谊出版社	2007 年 5 月
猛虎王朝 6 血洗荒原	猛虎	花山文艺出版社	2007 年 5 月
泡沫之夏（全 3 册）	明晓溪	新世界出版社	2007 年 5 月
寻龙记（上下集）	vivibear	新世纪出版社	2007 年 5 月
传古奇术 1	未六羊	中国友谊出版公司	2007 年 6 月
迷途	夜安	作家出版社	2007 年 7 月
末世朱颜	晓月听风	作家出版社	2007 年 7 月
魅惑帝王爱	芥蓝	朝华出版社	2007 年 7 月
再生勇士（第一卷）	施鸥	湖北少年儿童出版社	2007 年 7 月
灵异笔记	睿兮	文化艺术出版社	2007 年 7 月
第一女生	蒋方舟	长江文艺出版社	2007 年 7 月

续　表

作品名	作者名	出版社	出版年月
清空万里 2	星野樱	远方出版社	2007 年 8 月
暗夜君王 .5	拂晓晨星	九州出版社	2007 年 8 月
我是你儿子	孙睿	长江文艺出版社	2007 年 8 月
醉玲珑（上）	十四夜	朝华出版社	2007 年 9 月
清宫·红尘尽处（上下）	爆走金鱼	朝华出版社	2007 年 9 月
师士传说②命运之痕	方想	国际文化出版社	2007 年 9 月
师士传说③不朽征程	方想	国际文化出版社	2007 年 12 月
卡徒·第二季	方想	广西人民出版社	2010 年 2 月
修真世界 2·问题少年	方想	新世界出版社	2013 年 1 月
修真世界 6·吾王在上	方想	新世界出版社	2013 年 6 月
西双版纳铜甲尸	肥丁	花山文艺出版社	2007 年 11 月
战争之王	荒原独狼	花山文艺出版社	2007 年 11 月
半头牛	集钱罐	敦煌文艺出版社	2007 年 11 月
血镯迷棺	冬雪晚晴	北方文艺出版社	2007 年 12 月
雌雄盗墓王	独孤一叶	珠海出版社	2007 年 12 月
凤凰面具 1	蘑菇	花山文艺出版社	2007 年 12 月
指南录	酒徒	国际文化出版公司	2007 年 12 月
开国功贼 1·好人歌	酒徒	文化艺术出版社	2010 年 5 月
匆匆那年	九夜茴	东方出版社	2008 年 1 月
股剩是怎样炼成的	一扔就涨	中信出版社	2008 年 1 月
佛本是道	梦入神机	花山文艺出版社	2008 年 1 月
龙蛇演义 1	梦入神机	译林出版社	2012 年 6 月
阳神 1·侯府风云	梦入神机	同心出版社	2013 年 8 月

作品名	作者名	出版社	出版年月
阳神 2 · 庶子扬威	梦入神机	同心出版社	2013 年 8 月
阳神 3 · 破釜沉舟	梦入神机	同心出版社	2013 年 8 月
阳神 4 · 真武圣侣	梦入神机	同心出版社	2013 年 9 月
阳神 5 · 重返玉京	梦入神机	宁波出版社	2013 年 10 月
阳神 6 · 战神之威	梦入神机	宁波出版社	2013 年 10 月
阳神 7 · 初震朝野	梦入神机	宁波出版社	2013 年 12 月
阳神 8 · 麒麟降世	梦入神机	宁波出版社	2013 年 12 月
阳神 9 · 众圣之殿	梦入神机	宁波出版社	2014 年 4 月
阳神 10 · 枭雄末路	梦入神机	宁波出版社	2014 年 4 月
我成为崇祯以后①末日曙光	鲟鱼	国际文化出版公司	2008 年 1 月
我和大清有个约会	珠雅	内蒙古人民出版社	2008 年 1 月
莲城之乱	燕骐	二十一世纪出版社	2008 年 2 月
卜王之王（上）	竹林探月	中信出版社	2008 年 3 月
少年闪耀 2	叶沧浪、飞花	明天出版社	2008 年 3 月
斩龙 Ⅱ 天师道	红尘	江苏文艺出版社	2008 年 4 月
窃明	灰熊猫	南海出版公司	2008 年 5 月
韦帅望的江湖之大刃无锋	晴川	湖北辞书出版社	2009 年 1 月
和藤井树停留在最好时光	三十	中信出版社	2009 年 1 月
和空姐同居的日子（第二季）	三十	中国海关出版社	2009 年 4 月
轻熟男女：三十岁那天遇见你	三十	重庆出版社	2011 年 7 月
神墓 13	辰东	九州出版社	2009 年 1 月
神墓 14	辰东	九州出版社	2009 年 1 月
极品家丁 6 / 极品家丁 7	禹岩	广西人民出版社	2009 年 1 月

作品名	作者名	出版社	出版年月
极品家丁 8	禹岩	广西人民出版社	2009 年 2 月
月上重火（前世今生系列之二）	天籁纸鸢	沈阳出版社	2009 年 1 月
月上重火之水落石出	天籁纸鸢	北方妇女儿童出版社	2009 年 10 月
奥汀的祝福	天籁纸鸢	文化艺术出版社	2010 年 3 月
夏梦狂诗曲	天籁纸鸢	中国华侨出版社	2012 年 7 月
亲亲亲吻鱼	小妮子	湖南少儿出版社	2009 年 1 月
风槿如画	张瑞	大众文艺出版社	2009 年 1 月
武林萌主（共三册）	玄色	湖南人民出版社	2009 年 1 月
哑舍 2	玄色	长江出版社	2012 年 4 月
调教成神	玄色	湖南人民出版社	2012 年 10 月
篡清 2	天使奥斯卡	太白文艺出版社	2009 年 2 月
篡清 3	天使奥斯卡	太白文艺出版社	2009 年 9 月
寻秦记（壹）	黄易	云南人民出版社	2009 年 4 月
寻秦记（陆）	黄易	云南人民出版社	2009 年 6 月
脸谱·大结局	叶听雨	长征出版社	2009 年 4 月
貌似高手在异界 4	高楼大厦	中国戏剧出版社	2009 年 5 月
新宋 III·燕云 3	阿越	花山文艺出版社	2009 年 6 月
八分钟的温暖	夏茗悠	新世界出版社	2009 年 7 月
三年 K 班	夏茗悠	新世界出版社	2010 年 4 月
声息 2	夏茗悠	新世界出版社	2011 年 2 月
尘埃眠于光年	夏茗悠	新世界出版社	2011 年 6 月
再见，冥王星	夏茗悠	新世界出版社	2011 年 8 月
曾有你的天气	夏茗悠	新世界出版社	2011 年 11 月

作品名	作者名	出版社	出版年月
陪你到世界终结	夏茗悠	新世界出版社	2012 年 5 月
少女病	夏茗悠	新世界出版社	2013 年 6 月
混在三国当军阀 1	寂寞剑客	珠海出版社	2009 年 7 月
天行健 5	燕垒生	北方妇女儿童出版社	2009 年 7 月
天行健 7	燕垒生	北方妇女儿童出版社	2009 年 8 月
大女三十	唐欣恬	中国文联出版社	2009 年 7 月
裸婚	唐欣恬	华文出版社	2010 年 4 月
超级教师：壹	张君宝	珠海出版社	2009 年 7 月
爱情跑单	白晶	新世界出版社	2009 年 8 月
吞噬星空：觉醒①	我吃西红柿	湖北少儿出版社	2012 年 5 月
吞噬星空：觉醒②	我吃西红柿	湖北少儿出版社	2012 年 7 月
吞噬星空：觉醒③	我吃西红柿	湖北少儿出版社	2012 年 8 月
吞噬星空：觉醒④	我吃西红柿	湖北少儿出版社	2012 年 10 月
吞噬星空·涅槃②	我吃西红柿	湖北少儿出版社	2013 年 4 月
吞噬星空·涅槃③	我吃西红柿	湖北少儿出版社	2013 年 6 月
吞噬星空·涅槃④	我吃西红柿	湖北少儿出版社	2013 年 8 月
吞噬星空·秘境①	我吃西红柿	湖北少儿出版社	2013 年 10 月
吞噬星空·秘境③	我吃西红柿	湖北少儿出版社	2014 年 2 月
吞噬星空·秘境④	我吃西红柿	湖北少儿出版社	2014 年 5 月
吞噬星空·崛起①	我吃西红柿	湖北少儿出版社	2014 年 7 月
盘龙：Ⅶ黑龙部落	我吃西红柿	太白文艺出版社	2009 年 8 月
盘龙 1	我吃西红柿	广州出版社	2013 年 7 月
盘龙 7	我吃西红柿	新世纪出版社	2014 年 6 月

作品名	作者名	出版社	出版年月
暗房：壹	刘嘉俊	九州出版社	2009 年 8 月
微微一笑很倾城	顾漫	江苏文艺出版社	2009 年 8 月
何以笙箫默	顾漫	沈阳出版社	2011 年 1 月
杉杉来吃	顾漫	江苏文艺出版社	2011 年 9 月
知安	娓娓	新世界出版社	2009 年 10 月
浮沉 II	崔曼莉	陕西师范大学出版社	2009 年 11 月
山楂树之恋	艾米	江苏人民出版社	2009 年 12 月
环肥燕瘦	艾米	新世界出版社	2014 年 1 月
凡人修仙传 1	忘语	太白文艺出版社	2010 年 1 月
鹰隼展翼 2	纷舞妖姬	文化艺术出版社	2010 年 1 月
小时代 2.0：虚铜时代	郭敬明	长江文艺出版社	2010 年 1 月
小时代 3.0：刺金时代	郭敬明	长江文艺出版社	2011 年 12 月
冒牌大英雄 1	七十二编	珠海出版社	2010 年 2 月
后宫·甄嬛传（1—7）	流潋紫	重庆出版社	2010 年 2 月
逃婚俏伴娘	涅槃灰	北方妇女儿童出版社	2010 年 4 月
穿 prada 的王妃	涅槃灰	武汉出版社	2010 年 11 月
琴倾天下	宁芯	东方出版社	2010 年 5 月
等到天蓝再看海	宁芯	二十一世纪出版社	2011 年 10 月
结缘	雪灵之	国际文化出版公司	2010 年 6 月
斗破苍穹 1	天蚕土豆	湖北少儿出版社	2010 年 7 月
斗破苍穹（共 27 册）	天蚕土豆	湖北少儿出版社	2012 年 3 月
斗破苍穹（1—27）	天蚕土豆	湖北少儿出版社	2013 年 1 月
近身保镖	柳下挥	敦煌文艺出版社	2010 年 7 月

作品名	作者名	出版社	出版年月
金陵十三钗	严歌苓	江苏文艺出版社	2010 年 7 月
春情只到梨花薄	三月暮雪	江苏文艺出版社	2010 年 9 月
猎国 1	跳舞	太白文艺出版社	2010 年 9 月
地师 1	徐公子胜治	太白文艺出版社	2010 年 9 月
神游	徐公子胜治	中国华侨出版社	2012 年 10 月
地师（第 5 部）：江湖飘门律	徐公子胜治	太白文艺出版社	2013 年 7 月
地师（第 7 部）：神游	徐公子胜治	太白文艺出版社	2013 年 7 月
碧城书	梦亦非	新世界出版社	2010 年 10 月
尼禄王	姚伟	新世界出版社	2010 年 10 月
还阳	侯磊	新世界出版社	2010 年 10 月
武神 2：血屠夫	苍天白鹤	太白文艺出版社	2010 年 10 月
错嫁良缘之洗冤录	浅绿	北方妇女儿童出版社	2010 年 10 月
错嫁良缘之一代军师	浅绿	北方妇女儿童出版社	2011 年 1 月
错嫁良缘之后宫疑云（上下）	浅绿	江苏文艺出版社	2013 年 1 月
双鲤迢迢一纸书	梨魄	北方妇女儿童出版社	2010 年 11 月
节节最爱声光电	石一枫	新世界出版社	2011 年 1 月
祸从笔出	移然	新世界出版社	2011 年 1 月
虇舞	蒋雅楠	新世界出版社	2011 年 3 月
藤花香	龙一	新世界出版社	2011 年 3 月
龙舞	可蕊	文化艺术出版社	2011 年 3 月
帝世纪（五元素卷上、下）	陈渐	凤凰出版社	2011 年 4 月
苍商	丁力	新世界出版社	2011 年 4 月
米洛	冥灵	新世界出版社	2011 年 4 月

续　表

作品名	作者名	出版社	出版年月
大唐御风记	金寻者	云南人民出版社	2011 年 4 月
橙红年代	骁骑校	山东人民出版社	2011 年 4 月
放爱沉积一亿年	禹说	新世界出版社	2011 年 5 月
冥界红娘	非影	光明日报出版社	2011 年 5 月
爱情保卫战	小赖	新世界出版社	2011 年 6 月
扶摇皇后（上下）	天下归元	江苏文艺出版社	2011 年 6 月
帝凰	天下归元	江苏文艺出版社	2011 年 10 月
凰权	天下归元	江苏文艺出版社	2012 年 3 月
燕倾天下	天下归元	青岛出版社	2013 年 9 月
你是我，不能言说的伤	空青	光明日报出版社	2011 年 6 月
锦娘	伶九	光明日报出版社	2011 年 7 月
鸾凰欲鸣	芳华无息	光明日报出版社	2011 年 7 月
步步惊心（全二册）	桐华	湖南文艺出版社	2011 年 9 月
大漠谣（全二册）	桐华	湖南文艺出版社	2012 年 3 月
最美的时光	桐华	湖南文艺出版社	2012 年 8 月
云中歌	桐华	湖南文艺出版社	2014 年 4 月
二号首长 2	黄晓阳	重庆出版社	2011 年 9 月
花开的温度	叶孤娘	光明日报出版社	2011 年 9 月
七重微笑天空	燃聿	新世界出版社	2012 年 1 月
玫瑰与极恶灵魂（永生卷）	墨竹	新世界出版社	2012 年 1 月
匿名时光机	盛颖	新世界出版社	2012 年 1 月
乱世红颜	林家成	金城出版社	2012 年 2 月
和宫物语	笑颜	新世界出版社	2012 年 2 月

作品名	作者名	出版社	出版年月
幻夜神域	宫琯吟	新世界出版社	2012 年 2 月
德国之恋	卢因诚	新世界出版社	2012 年 2 月
双重心跳恋爱曲	琉萱	新世界出版社	2012 年 3 月
爱神迷踪馆	千若	新世界出版社	2012 年 3 月
枪与花	夏生	新世界出版社	2012 年 3 月
蜀山剑侠传（1—8）	还珠楼主	作家出版社	2012 年 3 月
流血的仕途：李斯与秦帝国	曹昇	时代文艺出版社	2012 年 4 月
音证	张立波	新世界出版社	2012 年 4 月
异世情缘（共 2 册）	叶桔桔	百花洲文艺出版社	2012 年 4 月
青城	乐小米	新世界出版社	2012 年 4 月
梧桐那么伤	乐小米	新世界出版社	2012 年 7 月
傲风之光芒大陆	风行烈	江苏文艺出版社	2012 年 4 月
傲风之北境放逐之地	风行烈	江苏文艺出版社	2012 年 11 月
傲风之诸神大陆	风行烈	江苏文艺出版社	2013 年 4 月
争铁	黄光耀	新世界出版社	2012 年 5 月
仙逆 3：古神之秘	耳根	云南教育出版社	2012 年 5 月
仙逆 5：雨之仙门	耳根	云南教育出版社	2012 年 6 月
仙逆 9：黑塔魔魂	耳根	云南教育出版社	2012 年 8 月
谜样时光学院	帛曳	新世界出版社	2012 年 8 月
苗巫九引	卯升斌	新世界出版社	2012 年 8 月
花雕	海飞	新世界出版社	2012 年 9 月
寻找小芳	赵兴华	新世界出版社	2012 年 10 月
三生三世十里桃花	唐七公子	湖南文艺出版社	2012 年 10 月

续　表

作品名	作者名	出版社	出版年月
华胥引纪念画册	唐七公子	湖南文艺出版社	2013 年 9 月
锁龙夺脉	搜异者	新世界出版社	2012 年 11 月
婆娑：女公务员	柳迦柔	新世界出版社	2012 年 12 月
独闯天涯 2	蝴蝶蓝	新世界出版社	2012 年 12 月
网游之江湖任务行	蝴蝶蓝	新世界出版社	2013 年 10 月
当品小姐	轻寒	新世界出版社	2013 年 1 月
仙剑奇葩传	玄小青	新世界出版社	2013 年 1 月
亿万星辰（第 1 季）	亿万星辰	少年儿童出版社	2013 年 1 月
列仙叙异（龙鹊篇）	翩竹	少年儿童出版社	2013 年 1 月
欲动 II	老范行军	新世界出版社	2013 年 1 月
沉浮：谁说我没人性	伍汉	新世界出版社	2013 年 1 月
周天·镜弓劫	碎石	新世界出版社	2013 年 1 月
纹在疼痛上的阳光碎片	金朵儿	新世界出版社	2013 年 2 月
移爱：繁华一梦	猗兰霓裳	新世界出版社	2013 年 2 月
遇见你是我最美丽的意外	叶紫	新世界出版社	2013 年 2 月
耶鲁凤凰	莫争	新世界出版社	2013 年 2 月
魅生·涅槃卷	楚惜刀	新世界出版社	2013 年 3 月
像忧伤一样明媚	不·伤	新世界出版社	2013 年 3 月
傲世九重天 1	风凌天下	福建少儿出版社	2013 年 3 月
天才相师 1	打眼	北方文艺出版社	2013 年 3 月
校花的贴身高手 1 横扫校园	鱼人二代	江苏文艺出版社	2013 年 3 月
校花的贴身高手 2 拯救女神	鱼人二代	海南出版社	2013 年 6 月
人在险途	韩兆若	当代世界出版社	2013 年 4 月

续　表

作品名	作者名	出版社	出版年月
爱情 99℃	秋古墨	新世界出版社	2013 年 4 月
樱花落海洋	微酸袅袅	光明日报出版社	2013 年 6 月
汉室瑶光（上）	梦三生	新世界出版社	2013 年 6 月
华南利剑	王海	新世界出版社	2013 年 6 月
邪神传说 1	云天空	湖南少儿出版社	2013 年 6 月
邪神传说 2	云天空	湖南少儿出版社	2013 年 8 月
倾尽天下（上下）	风宸雪	新世界出版社	2013 年 7 月
婚姻遇刺	秦岭	新世界出版社	2013 年 7 月
跑江湖	皓东	当代世界出版社	2013 年 7 月
蔷色山河	月斜影清	新世界出版社	2013 年 7 月
超级经纪人	辛笔由纪	新世界出版社	2013 年 8 月
中国团队	左岸江安	新世界出版社	2013 年 8 月
珍馐传	寒烈	新世界出版社	2013 年 8 月
仙魔变 I	无罪	中国华侨出版社	2013 年 9 月
仙魔变 II	无罪	太白文艺出版社	2013 年 10 月
新婚姻时代	那森	新世界出版社	2013 年 10 月
有你，我才有了最好的时光	记忆坊主编	新世界出版社	2013 年 10 月
君临天下	寂月皎皎	青岛出版社	2013 年 10 月
大周皇族 1	皇甫奇	陕西人民出版社	2013 年 10 月
大周皇族 2	皇甫奇	陕西人民出版社	2014 年 3 月
猛龙过江 1·叱咤风云	骷髅精灵	江苏文艺出版社	2013 年 10 月
机动风暴 3	骷髅精灵	湖南少年儿童出版社	2014 年 1 月
狗日的战争 2	冰河	海峡书局出版社	2013 年 10 月

作品名	作者名	出版社	出版年月
狗日的战争 3	冰河	海峡书局出版社	2014 年 2 月
花月佳期（全三册）	八月薇妮	新世界出版社	2013 年 11 月
韩城暖恋（共 2 册）	柳晨枫	新世界出版社	2013 年 11 月
你的世界，星光如初	青罗扇子	新世界出版社	2013 年 12 月
菀心有晴天	清风莫晚	新世界出版社	2013 年 12 月
遗忘与宽容	阿兹兰若	鹭江出版社	2013 年 12 月
朱雀记 3	猫腻	湖南人民出版社	2014 年 1 月
将夜 01	猫腻	新世界出版社	2014 年 4 月
幸福接力棒	柯晓青	新世界出版社	2014 年 2 月
陌上君如玉	禾早	新世界出版社	2014 年 3 月
缘石物语	衣宝泰	当代世界出版社	2014 年 3 月
琅琊榜（全三册）	海宴	四川文艺出版社	2014 年 5 月
老子的门徒：列国风云	魏萌	新世界出版社	2014 年 6 月
总有一天，我们都会长大	白小葵	新世界出版社	2014 年 6 月
爱在最美的时光	蓝白色	国际文化出版公司	2014 年 6 月
美人谋律·洛阳卷	柳暗花溟	北方文艺出版社	2014 年 7 月
千金记	石头与水	北方文艺出版社	2014 年 7 月
嫁时衣（上下）	卫风	新世界出版社	2014 年 7 月
当爱情来敲门	期海飞鱼	新世界出版社	2014 年 7 月
大唐奇案攻略	李惟七	新世界出版社	2014 年 8 月
青春是一场无知的奔忙	天倪	新世界出版社	2014 年 8 月
以后的我们，如果遇不见	卢小渭	新世界出版社	2014 年 8 月
买房战争	翟之悦	当代世界出版社	2014 年 9 月

结　语　浅论"读图时代"的媒介诗学

读图时代的到来，是快速发展的现代科学技术与传统悠久的视觉中心主义共同作用的必然结果。当今时代，图像日渐占据主导地位，并形成了所谓"图像霸权"。从一定意义上说，图像对于文学王国的凌越与吸纳类似工业文明对农业文明的淹灌与重塑，借力于新媒介技术的媒介诗学，不仅在于数字化声像对"文本传统"遗产的扬弃与承传，而且更有赖于其对新技术的亲和力与统合性。网络时代的视觉文化的发展得益于其审时度势的吐故纳新，形成了一种图文共生与视听互补的"媒介诗学"新范式，它对传统文艺中"视听失衡"或"声像割裂"的文化形态，起到了一定程度的补偏救弊的作用。"走向媒介诗学"是现实的召唤和理性的选择。在以"抖音"为代表的图像叙事日益成为"悦读"时尚的时代，新兴"媒介诗学"必将把读图文学和视像美学纳入自己的研究视野，这既是文学与文论自我发展的必然要求，也是网络时代文化数字化生存的必然趋势。

诗人泰戈尔曾把文字喻为人类灵魂的锁链，他希望被囚困于文字的灵魂发起"暴动"，"冲破寂静，焚毁文字的藩篱，冲向广阔的世界"。虽然诗人无法预言一个数字化、多媒体化的网络时代的到来，但他所幻想的自由平等地交流思想情感的新世界，与数字媒介开辟的新天地具有惊人的相似性。在这里，"被解放"的声音、文字、图像和谐相处，让每一个畅游知识海洋的人各取所需，能与往圣时贤做跨越时空的对话与交流，犹如海螺能让渔人听到海啸，新媒介技术正在唤醒一个沉睡的世界，一个包孕天地、贯通古今的网络世界。

随着新媒介技术的日臻完善，以互动为特色的"在线阅读"，已经部分实现了泰戈尔的梦想："生者与死者同在，辩护与驳斥相伴，犹如孪生兄弟；在这里，疑虑与坚定，探索与发现，彼此形影不离；在这里，长寿者与夭折人心平气静地友好相处，没有嘲弄，也没有歧视。"当今时代，"网络世界"在以"降维打击"的优势征服"原子世界"的同时，也使得一批批经典文献快速成为"数字化生存"的"被解放"者，它们穿越飘忽不定的"时光隧道"，越过形形色色的"字库书城"；借助多媒体的力量挣脱了文字的幽禁，告别"铅与火"，迈入"光与电"；以"图文音影"浑然天成的形式，鲜活地再现那早已远逝的"流金岁月"，让人类充分展开想象的翅膀，在那"闪耀着灵魂不朽光芒"的"广阔世界"里自由翱翔。可以想象，在网络对"原子世界"实行改天换地式的颠覆与重构之前，有多少自由的灵魂被困死于白纸黑字的牢笼。从这个意义上说，"网络时代"之于"原子世界"确乎隐含着一种"起死人而肉白骨"的魔力。

网络预言家凯文·凯利曾将"原子世界"和"网络世界"的说法称为"带有禅意的思想"。关于这一点，凡是读过尼葛洛庞帝的《数字化生存》的人一定印象深刻。尼氏与凯利的观点如出一辙，"原子世界"代表过去的时代，"网络世界"则指向未来。凯利宣称，20世纪的科学图标是原子，21世纪的科学象征是网络："网络的图标是没有中心的——它是一大群彼此相连的小圆点，是由一堆彼此指向、相互纠缠的箭头织成的网。不安分的图像消退在不确定的边界。……这个图标很具有迷惑性，看着它，你很容易陷入其自相矛盾的困境：没有开始，没有结束，也没有中心，或者反之，到处都是开始，到处都是结束，到处都是中心。纠结是它的特性。真相暗藏于明显的凌乱之下，要想解开它需要很大的勇气。"[1]

在无边无际的网络世界里，仿佛有只无所不能的神手暗藏其间，一种没有权威的权威无处不在，一种貌似失控的控制疏而不漏。"作为一面旗帜，网络更难与之相处——它是一面非控的旗帜。网络在哪里出现，哪里就会出现对抗人类控制的反叛者。网络符号象征着心智的迷茫，生命的纠结，以及追求个性的群氓。"[2]当人们设想和涉足国际互联网的时候，信心满满地期待着新技术会"如我们所想"地实现众生的众多愿望。但是，人们很快发现互联网

---

[1] 凯文·凯利：《失控》，陈新武等译，新星出版社2010年版，第39页。
[2] 凯文·凯利：《失控》，第39页。

并没有按照人类的意愿发展。"网络有其自己的逻辑性，与我们的期望格格不入。"①从期望"如我们所想"到"与期望格格不入"，这种戏剧化的逆转，可以说是网络技术不断纠错、不断更新甚至自我否定的多变性、自反性和不可控性的必然表现。

一、网络时代与视觉文化

美国学者尼古拉斯·米尔佐夫指出："现代生活就发生在荧屏上。……在这个图像的旋涡里，观看远胜于相信。这绝非日常生活的一部分，而正是日常生活本身。"②他的理由显而易见：在工业化国家里，生活越来越受到视频的监视：在公共汽车和购物商场里，在高速公路和桥梁上，以及在自动取款机（ATM）的边上，摄像镜头在一刻不停地监视着人们的行动。人们越来越多地借助于包括从传统的照相机到便携式摄像机及网络摄像头等在内的各种设备来回顾往事。与此同时，工作和休闲也越来越集中于包括从电脑到 DVD 在内的各种视像媒体。人们的经验比以往任何时候都要更具视觉性或是更加视觉化，从卫星照片到人体内部的医学摄像，简直是无所不包。在视像屏幕的时代，观看视点显得至关重要。电影电视已成为日常生活中不可缺少的组成部分，更为值得注意的是，这种主导日常生活的视觉化形式如今正遭到诸如互联网和虚拟现实软件等互动式视觉媒体的挑战。

在米尔佐夫看来，新的视觉文化最惊人的特征之一是它越来越趋于把那些本身并非视觉性的东西予以视觉化。与这一知识运动相伴而来的是不断发展的技术能力，它使我们能够借助外部器械设备看见原本看不见的东西，这些东西小到 1895 年伦琴偶然发现的 X 射线，大到在哈勃望远镜里看到的遥远星系的"星河图"。他认为海德格尔所谓"世界图景"本质上就是把世界作为一幅图画来加以理解和把握，用海德格尔自己的话来说，"世界成为图景根本就是现代的区别性本质"。米尔佐夫曾以"高速公路上驾车"为例，对当

---

① 凯文·凯利：《失控》，第 41 页。
② 尼古拉斯·米尔佐夫：《视觉文化导论》，江苏人民出版社 2006 年版，第 1 页。

代人的图像化生活情景进行了生动形象的隐喻式描绘："车辆前行有赖于驾车者做出一系列视觉判断，他要注意其他车辆的相对车速，以及完成旅程所必需的任何操作。同时，他或她还要遭到其他信息的轰击：交通灯、路标、转弯信号、广告牌、汽油价格、商店招牌、当地时间和气温等等。"①

当然，人类用不着担心自己的眼睛无法适应图像信息的轰炸。相关科学研究表明，人的视网膜含有 1 亿个神经单元，每秒钟能进行 100 亿次运算。从 19 世纪直至当下的现代视觉文化的强刺激，一直被用来企图使视觉领域达到饱和，然而却不断遭到失败，因为我们学会了怎样去看，而且能做出更快的反应。

众所周知，视觉文化并不是什么新东西，但把视觉聚焦为一个意义生产和竞争的场所看待却是近年来才出现的文化研究新动向。西方文化一直把口语当作知识实践的最高形式，而把视觉再现形式看作是对于理念的第二等的图解。譬如，美国学者 W.J.T. 米歇尔风靡一时的"图像理论"（Picture Theory）正是在视觉文化日益兴盛的基础上发展起来的。米歇尔的理论意识到，西方哲学和科学的某些方面已经开始采用一种图像的而非文本的世界观。果真如此，那就构成了对那种把世界当作一个书写文本的观念的重大挑战，这种观念紧随在诸如结构主义和后结构主义等以语言学为基础的各种运动之后，主宰了许多知识讨论。在米歇尔看来，图像理论根源于这样一种认识，即，"不管图像转向是什么，应该清楚的是，它不是回归到天真的模仿、拷贝或再现的对应理论，也不是更新的图像'在场'的形而上学，它反倒是对图像的一种后语言学的、后符号学的重新发现，将其看作是视觉、机器、制度、话语、身体和比喻之间复杂的互动。它认识到观看（看、凝视、扫视、观察实践、监督以及视觉快感）可能是与各种阅读形式（破译、解码、阐释等）同样深刻的一个问题，视觉经验或'视觉读写'可能不能完全用文本的模式

---

① 尼古拉斯·米尔佐夫：《视觉文化导论》，第 5—6 页。

来解释"①。更加值得关注的是，人类有史以来始终没有真正解决图像再现的问题，方便经济的文字帝国也因此得以固守其千年霸业，现在，图像再现已经日渐明确地显示出比文字表意更加方便快捷的趋势，图像转型也以前所未有的力量从文化的每一个层面向我们压来，从最精华的哲学理论到最庸俗的大众媒体的生产，使我们无法逃避。传统的抑制策略再也无法控制视觉文化的迅猛发展，人文知识分子刻意发起的对视觉文化批判和传统文化拯救的运动也变成了一场注定无果的审美文化之大逃亡。

虽然那些已从事视觉媒体批判的人可能会觉得这种说法太悲观了，但它们却是一个标尺，可以测量出这种极端的程度。随着以数码图像为支撑的"抖音"的流行与普及，文学研究者们不得不面对这样一种事实："作为文本的世界已经被作为图像的世界所取代。这种世界图像虽然不可能纯粹是视觉性的，但基于同样的理由，视觉对于纯粹从语言学方面来界定文化的任何企图都是一种破坏和挑战。"②近年来，"网络叙事"出现的一股视频优先于文字的强劲趋势已经使纯文本叙事的空间日见逼仄，"如无视频，概不理会"的文化消费心态在读屏新一代之间渐渐演化成了一种"声像崇拜"风习，可以毫不夸张地说，持续了数千年之久的"读文时代"正在让位于迅猛崛起的"读图时代"或"声像时代"。

我们知道，读图时代的到来，是快速发展的现代科学技术与传统悠久的视觉中心主义（ocularcentrism）共同作用的必然结果。长期以来，图像或对象的可视性一直被当作理智活动的可见同伴。从文化发展的历史看，有关人们对视觉信息偏爱的观察与研究，至迟可以追溯到柏拉图时代，在柏拉图的著作《蒂迈欧篇》中，有一段广为人知的话被学者们反复引用：

在我看来，视觉乃是我们最大利益的源泉，因为我们若是从来

---

① W. J. T. 米歇尔：《图像理论》，北京大学出版社 2006 年版，第 7 页。
② 尼古拉斯·米尔佐夫：《视觉文化导论》，第 5—7 页。

不曾见过星辰、太阳、月亮，那么我们有关宇宙的谈论一句也说不出来。而现在我们看到了白天与黑夜，看到了月份和年岁的流转，这种运动创造了数，给了我们时间观念和研究宇宙性质的能力。从这一源泉中，我们又获得了哲学，诸神已赐予或将赐予凡人的恩惠中没有比这更大的了。我认为这就是视觉给我们带来的最大好处，至于其他那些较小的好处，我还有必要谈论吗？即使是普通人，如果失去视觉，也会为他的损失徒然地痛哭。然而，我还是要这样说，神发明了视觉并且将它赐予我们，其目的在于让我们能看到天上的理智运动，并把它应用到我们自身的理智运动上来，这两种运动的性质是相似的，不过前者稳定有序而后者则易受干扰，我们通过学习也有了天然的理性真理，可以模仿神的绝对无误的运动，对我们自身变化多端的运动进行规范。①

尽管敢为真理开罪于老师的亚里士多德在许多问题上坚持了与柏拉图不同的"真理"，但在对视觉的推崇与偏好上却与老师的观点如出一辙。正如前文提到过的，亚里士多德的《形而上学》开篇就说："求知是所有人的本性。对感觉的喜爱就是证明。人们甚至离开实用而喜爱感觉本身，喜爱视觉尤胜于其他。不仅是在实际活动中，就在并不打算做什么的时候，正如人们所说，和其他相比，我们也更愿意观看。这是由于，在一切感觉中它最能使我们识知事物，并揭示各种各样的区别。"②

如今，只要打开网页，很难没有图像的踪影。图像已成为人们直观地展示自我、张扬个性的有效视觉符号。美国社会学家丹尼尔·贝尔认为，当代文化正在变成一种视觉文化，而不是一种印刷文化，影像组织了美学，统率

---

① 参见《柏拉图全集》第3卷，人民出版社2003年版，第298—299页。
② 亚里士多德：《形而上学》，中国人民大学出版社2003年版，第1页。有关"视觉文化研究的历史和现状"可参见吴琼《视觉性与视觉文化——视觉文化研究的谱系》，《文艺研究》2006年第1期。

了观众，为人们看见和想看见（不是读到和听到）事物提供了大量优越的机会。由此，变幻万千、飘忽不定的数字图像构成了我们生活的新的方式。而生活方式、观念的变化都诱发了追求图像变化和视觉满足的冲动。有鉴于此，有人得出了这样的结论："人们喜欢图像，并非源于人们对于文字的恐惧、疲倦或是反动，而是当代文化发展的自然走向。值得注意的是，图像虽然作为阅读的重要内容出现，但它超越了资料性和欣赏性，网民从中不仅仅得到视觉冲击、审美愉悦，更重要的是获得一种文化熏陶。在当下，计算机的普及、数字技术产品的发展和多媒体编著工具的日益丰富，更使基于互联网传播的视觉文化成为 21 世纪文化的一种主导性力量。所有这一切，都预示着网络视觉文化正迅速向我们走来。"①

　　网络视觉文化作为最能充分体现时代综合创新趋势的"文化主导力量"，对传统印刷文学的生产与消费模式的颠覆与改造具有强烈的爆破效应，其冲击波已从媒介形式深入到了文学主体的潜意识层面。当以想象为基本内容的"内视觉"洪流，突破了影像描绘之"可能性"屏障，与图像社会造成视觉轰炸的比特之流相互交融时，当"眼中之境"与"心中之境"能够以视频形式自由转化时，即便一个毫无专业知识的诗人或文学家，都可以像卢卡斯那样拿起数字影像工具写诗作画。卢卡斯、塔尔科夫斯基等极少数"电影诗人"的桂冠正在悄然博兴的数字视频中变成大众头上的遮阳帽。诗歌已不再是文学艺术中最纯粹的门类，在影像描绘的一个"一如倒影、一如梦境"的神奇世界里，一个由文字支撑了数千年的读写艺术的帝国，已经被一个信息交换更为直观、更为直接、更为高效的图像魔法击溃。

　　在艺术媒介大变革过程中，文字与图像之间的所谓"图文战争"又一次引起了学界的高度关注，并取得许多令人耳目一新的研究成果。例如，高建平先生的《文学与图像的对立与共生》一文以西方古代、中世纪和近代，以及中国古代的"图"与"词"关系的观念作为切入点，对文学与图像的关系

① 冯奕竞：《视觉文化研究新领域——网络视觉文化》，《电化教育研究》2003 年第 2 期。

进行了探讨，并联系图像转向这一流行的话题，对现代与后现代、日常生活审美化，以及视觉与听觉之争等问题逐一做了分析，说明了科学技术对人类社会的推动作用及其局限，最后，文章归结到社会生活的话题上来，提出了"人的社会生活实践是处于共生关系的文学与图像背后的动力源"的深刻思想。①高建平的"共生说"为我们认识"抖音"的文化意义提供了宝贵的思想借鉴。

我们看到，挟持文字和声音的视频正在以一种挑战者的姿态嘲讽作家与诗人——看不到"形象"与图像，还有什么艺术可言？这种睥睨一切非图像艺术的狂悖之论似乎不值一驳，但细加辨析，不难发现，图像崇拜理论与古老的艺术"再现说"以及"现实主义"之间存在着千丝万缕的联系。当科学技术能够把幻想中的"再现"转变为真正具体可感的"虚拟现实"时，它并没有剥夺人们自由发挥想象才能的权利。尽管新旧媒介之间在某些具体场合下存在着一种彼此皆欲置对方于死地而后快的敌对关系，但是，如果从更宏观的视角看待"图文"关系，我们会发现，"图文之间"与其说是一种敌对关系，毋宁说是一种"共生关系"，只不过在漫长的共生过程中，常常会出现主客易位的情况罢了。

当图像日渐占据主导地位的时候，形成了所谓"图像霸权"。从一定意义上说，图像对于文学王国的凌越与吸纳颇有些像工业文明对农业文明的淹灌与重塑，新事物的出现可能是旧传统危机产生的缘由，但传统之所以能"传而统之"，最根本的奥秘不仅在于对历史遗产的扬弃与承传，而且更有赖于对新生事物的亲和与统合。历史上任何时期的主导文化，一旦离开了审时度势的吐故纳新，很快就会丧失生机与活力。人类历史文化的长河，之所以能日益壮大，就在于它始终保持着主流传统精神与支流新生文化的彼此汇合和相互吸纳，融会与交流，意味着彼此的改变，正如诗文纯净的溪流，汇入视像文化泥沙俱下的大河之中，文学在图像主导的文化潮流中并没有"消

---

① 高建平：《文学与图像的对立与共生》，《文学评论》2005 年第 6 期。

亡"，它所失去的只是先前的"纯净"。作为虚构的艺术，文学也因此走出了语言与文字的"牢笼"。无论如何，图像时代到来的历史进步意义都是不容置疑的。相对于文字世界里的"奥吉亚斯牛圈"（The Augean Stables）而言，所谓图像过剩或泛滥成灾的说法多少有些言过其实。说到底，图像与文学之间的共生关系并没有发生本质性的改变。

二、"图文共生"与"视听互补"

我们注意到，图文"共生说"理论在当代众多学者的相关研究中得到了具体化描述，例如，周宪先生在探讨图文关系的论文中认为，"'读图时代'这个颇为传神的说法道出了晚近文化的实际变迁。阅读本来是和文字联系在一起的，现在却和'图像'有一种密切关联，个中三昧值得深省……在这个时代，文字退居次席，图像作为文化主因"①。文字退居"次席"，图像作为"文化主因"，这显然还只是一种尚未真正成为事实的趋向。接着，周宪通过对比李泽厚《美的历程》的两个版本（即 1981 年文物出版社的纯文字版和2000 年广西师范大学出版社的插图版），得出了一些值得玩味的结论。他认为，《美的历程》插图本读来更具有吸引力，更具视觉快感。文字的深意被图像化为直观的形象，而文字反过来为解释图像服务。在《美的历程》一书中，图像不但诱导读者对文字的理解，甚至逼促读者图解和简化文字的原意，转向对编者图像意图的揣摩和适应，文字不断沦为图像的注脚，更有甚者，图像不可避免地将文字的叙述平面化和直观化了。

因为文字读物可以唤起读者更加丰富的联想和歧义的体味，在解析现象的深刻内涵和思想深度方面，有着独特的表意功能。而读图时代，文字沦为图像的配角和辅助说明，诸多插图进入文字著作之中，搅乱了文字原有的叙事格局和逻辑，中断了文字的命脉，破坏了文字的感悟方式。周宪作为一个较早关注视觉文化的著名学者，他的这些说法是颇有代表性的。姑且不论"图像霸权"是否存在，仅就图像化是否必然导致文字深意平面化而言，多数

① 周宪：《读图、身体、意识形态》，《文化研究》第 3 辑，第 74—75 页。

人文学者的观点趋向于将文字的表意功能神秘化。笔者对文字表意功能必定优越于图像的流行说法深感疑惑。我们知道，在许多极为复杂的人类宏伟工程的设计与施工过程中，文字说明是绝对无法代替那些"图纸"含义的。说到底，任何文字在其问世之初几乎都是某种图像的抽象替代品。而文字具有激发想象和情感的功能，大多数情况下也是与文字所代表的情景密切相关的。其实，图像激发想象和情感的功能何时又必定逊色于文字？

人类视觉发展的历史充分说明，图像实际上比文字更容易激发想象和情感，从纯粹表情达意的媒介工具论视角看，任何文字本质上都是图像，都是形象化或抽象化的图像。当下不少精英主义知识分子往往不假思索地贬斥图画的人文意义而过分夸大文字表意功能和运思模式，很大程度上是因为对文字与图像的本质缺乏应有的认识。与图像相比，文字其实是一个离客观真理和自然人性越来越远的符号系统。关于这个问题，朱存明博士的相关研究对我们颇有启发意义。朱存明曾将人类视觉文化的历史范型概括为三种图式，他认为，视觉、观看、幻想、造型和图像，都有一个发展的过程。在不同的历史时期，视觉图像有不同的特征，表现了人类不同的生存状况。通过对人类生存状况的研究，可以探讨人类面临的生存问题。我们审视视觉的历史，将从符号的形式分析出发，省略琐碎的细节，建立起一个结构模式。然后分析这一模式的特点，以揭示视觉文化的历史范型。这一范型建立在人类学、考古学、艺术史、历史学等提供的大量实证资料基础之上。黑格尔曾把人类艺术的发展类型归为三大类，这就是象征型艺术、古典型艺术和浪漫型艺术。尽管黑格尔的描述已受到许多人的怀疑，他为了理念的逻辑体系牺牲了许多真实的东西，但黑格尔美学巨大的历史感，仍然给艺术史的研究以启示。朱存明根据具体时代的图像的发展，运用抽象演绎的逻辑方法将视觉文化的历史范型概括为图腾（totem）、图像和仿像（Simulacrum）三种图式。[①]

这种大而化之的对比与归类虽然明显失之粗疏与刻板，但就其核心观念

---

① 朱存明：《图腾·图像·仿像——论视觉文化的历史范型》，《文学前沿》2002 年第 1 期。

而言，如此一目了然的分析与图解，往往比那些动辄数十万言的文字描述更让人心明眼亮。不难看出，声音、书籍和声像制品虽然分属于"图腾""图像"与"仿像"的范型，但本质上它们都是人类对话与交往的"信息方式"。从人类使用这些信息方式的具体实践看，上述人为的范型区隔，并没有改变图文的"共生"关系。当然，上述略显呆板与简化的分类，反倒让我们更清晰地看到了媒介共生的复杂性。如果说"图像"之"范型"在技术与信息方式上是对"图腾"的历史性超越，那么，"仿像"之于"图像"的超越程度必是有过之而无不及的。事实上，文学的生存方式和本质内涵早已受到图像化的侵蚀和改造，文论界流行多年的"边缘化"和"消亡论"在很大程度上是与图像化造成的恐慌与焦虑分不开的，关于这一点，学界显然还严重缺乏应有的研究。

　　一个意味深长的现象是，尽管中外学者对视像文化的分期和理解可能存在这样或那样的分歧，但在视觉化图像时代业已到来这一点上似乎没有太多争议。法国作家吉斯·黛布雷的一个简要的媒体发展三段论受到视觉文化研究界普遍的认可就是一个例证，其三段论可简要表述如下：

　　（1）书写（writing）—偶像（the idol，地方性，源于古希腊）—语言统治（logosphere）—神学（theology）；

　　（2）印刷（print）—艺术（the art，西方的，源于意大利）—书写统治（graphosphere）—美学（aesthetics）；

　　（3）视听（audio—visual）—视觉（the visual，全球性，源于美国）—视图统治（videosphere）—经济（economy）。

　　不难看出，吉斯·黛布雷的媒体发展三段论与麦克卢汉的媒介分类与历史著名分期虽然不同，但在其分类所体现的方法论上却是完全一致的。尽管黛布雷的说法具有强烈的西方中心主义色彩，但从历史的角度看，"视听化"成为包括文学艺术在内的一切艺术无可避免的发展趋势已越来越明显，即便是在表达形式上绝对排斥视觉因素的音乐艺术，也一直在利用通感等途径与方法，使艺术传达与接受具有强烈的画面感，不少伟大的音乐家甚至以能制造出绘画般的审美幻象为至高无上的艺术境界。因此，与那些将视听功能割裂开来进行对比研究的种种学说相比，黛布雷将视听阶段看作高于书写与印刷的阶段，应该说是符合媒介发展的基本事实的。但近年来，随着听觉文化的觉醒，新媒介主导的"视听互补"倾向渐成潮流，这也是当代文艺理论界越来越受关注的一大趋势。

网络时代的"视听互补"是对"视听失衡"或"声像割裂"的文化形态的一种纠偏和救治。一个堪作反证的例子是基督教历史悠久的破坏圣像运动。表面看来，圣像破坏风暴的出现，代表着"图腾文化"对"图像文化"的胜利，但从本质上说，对图像的粗暴拒斥却正源于对视觉化浪潮的恐慌——德尔图良在《论偶像崇拜》中说，"当魔鬼把制作雕像、图像和各种其他类似事物的匠人引进世界时"，对虚假之神和魔鬼的崇拜就立刻紧紧地迷惑住了世人的视线。对视觉化的抗拒正说明了视觉化作为"历史潮流"的巨大力量，而技术的发展又成为这股力量的助力——其中一股影响深远的助力来自笛卡尔的透视法，如海德格尔所言："绘画居统治地位的根源早在希腊化时代就已经出现，笛卡尔只是向着错误的方向又迈进了一步。"视觉文化并不在意大师圣哲们的褒贬与臧否，它在大众文化的欢呼声中一路高歌猛进，进入数字化时代以后的发展速度更是令人瞠目结舌。

纵观视觉文化的发展历程，一条越来越急促的飞跃式跨越的递进轨迹十分清晰，从绘画到摄影，从电影到电视，从家庭影院到视频电话，从网络电视直到今日流行的"播客"与"抖音"等，人们不无惊奇地发现，我们当代人已经生活在一个由影像大众化生产与消费的声像组成的"仿像时代"。

三、"图文之争"与"媒介诗学"

作为当下最时兴的个性化"声像写作"方式，其具体表现形式无疑当推"播客"与"抖音"。播客是与"博客"同样热门且颇为相似的一个新名词。有人将"播客"看作英文 Podcast 或 Podcasting 的中译名，和博客一样，它也是个人通过互联网发布信息的一种方式。"博客"与"播客"的主要区别在于，博客所传播的以文字和图片为主，而播客所传递的则主要是音频和视频信息，文字文本则被降格为情景解说之类的附属物或装饰品。播客这一概念来源于苹果电脑的 Pod 与"广播"（broadcast）的合成词，指的是一种在互联网上发布文件并允许用户订阅 feed 以自动接收新文件的方法，或用此方法来制作的电台节目。2004 年 9 月，美国苹果公司发布 iPodder，这一事件被看作是播客（Podcast）出现的标志。①

　　根据《现代汉语大词典》的解释，"播"有 11 种基本意义："（1）布种，撒种。（2）引申为抛洒。（3）传布；传扬。（4）谓配乐以广流传。（5）显露。（6）布设。（7）施行。（8）分散。（9）流亡；迁徙。（10）背弃，舍弃。（11）放纵。"令人惊异的是，这里的 11 项释义，几乎完全适用于对"播客"本质特征的描述与解释。即便像"撒种""流亡""背弃""放纵"这样一些看似与"播客"毫无关联的"释义"，我们只要对网络视频传播的基本特征和发展趋势略加考察，就不难发现，"播客"（包括"抖音"）是一种多么直接、直观、快捷、有效的信息化"撒种"方式，从一定意义上说，"播客"对书面印刷文化传统的"背弃"，对被压抑的感性狂欢情结特别是视觉欲望的"放纵"，的确给以小说和诗歌为代表的文学艺术带来了前所未有的机遇和挑战，"灵光"消散，诗意"逃亡"，甚至书卷与墨香都将成为一种不利于生态平衡的"陋习"而正渐渐被"数字化制品"取而代之。

　　值得注意的是，"播客"兴起的理由纵然有千条万条，但实用、便利、高效都可以说是其最为重要的理由。日益普及的数码相机和廉价的数码摄像装置使"图像"的"生成"与"加工"比"文案"劳作更加轻快便利，在数千年"图文战争"中，数码相机的出现，第一次使得影像"记录"的效率远远高于文字描述。这种革命性的胜利，正在为"读图时代"建立表情达意的新范式，文学艺术的审美精神将悄悄从纯文字文本扩张到以声像为主的新媒体艺术系统中，而其自身的既有优势逐渐遭到削弱。只要我们想想伊拉克战争和汶川大地震中声像和图片的影响力在何种程度上使单纯的文字描述失去了

---

① 苏振芳：《网络文化研究：互联网与青年社会化》，社会科学文献出版社 2007 年版，第 194 页。

往日的权威，我们就不难理解，当下流行的"播客"将会对传统书面印刷媒介造成何种程度的冲击和影响。关于这一点，我们在讨论文学名著的影视改编时已有过相当充分的论述，在《〈拉奥孔〉导读》①一书中也有过比较深入的分析与阐释，于兹不做赘述。

图像之于文字的优越性，从文字自身显而易见的局限就可以略见一斑。曹聚仁的《文思》一书曾讨论过文字的缺陷，作者引用瓦尔特·罗利爵士（Walter Raleigh，1552—1618）的话说："当初创造文字的人，并没有存着精密的表示理的目的，所以用文字表示真理，绝不能十分完备。根本上既有这种弱点，加以历来用文字的人的偏见和迷信，于是愈加残缺不全了。人类的非常行为，多赖文字以传久，人类光耀的美德，多赖文字以为碑志；但文字以平心静气的精密来陈述事物，便少有十分适当的时候了。"曹聚仁认为，罗利的话其实就是陆机所说的"文不逮意"，和刘勰说的"言征实而难巧"完全一致。"人的情思，一部分是官感所接受的外物印象：外物的形态声音，用色彩来描，用乐音来摹，还不能得其十之三四（如傍晚的云霞，瞬息万变，画家且为之搁笔）；用文字来状色，不能如图画，摹音不如音乐，自然更差一步了。又一部分是我们内心的细微曲折，更非文字所能表达，因为情绪是浑然的，非常错综的：落到文字上，便着了痕迹，失去浑然的本相了。"②

孔子感叹"天何言哉"！庄子断定"大美无言"。"播客"的流行虽然无法完全克服文字的表意缺憾，但它至少在一定程度上对弥补文字"状色不如图画，摹音不如音乐"的局限有所增益。更重要的是，"播客"借助于数字媒介的便利，将音像制作变得比寻常的读书写字还要轻松灵便，不难想见，即便单从表意工具的经济适用的角度看，"播客"的流行，显然潜藏着解放审美文化生产力的巨大能量和促进艺术多样的无限可能性。文字相对于图像（人类最早的文字，大多具有图像的意味）最大的优越性，概而言之，主要可以

---

① 陈定家：《〈拉奥孔〉导读》，四川教育出版社 2003 年版。
② 曹聚仁：《文思》，生活·读书·新知三联书店 2002 年版，第 40 页。

说是方便快捷。我们看到，网络时代的情形正在发生变化，随着视频音频文件的传播速度和准确性逐步提高，许多描摹场景的文字将被记录情景实况的视频取代。在生动逼真的视频作品中，文字将屈尊为说明性的附件。一种日渐流行的图文互释的"超文本"已将莱辛用《拉奥孔》构筑的那道诗画之间的高墙轰然推倒，文学作为语言艺术的"形象间接性"等特征获得了优化改造的机会。数字化媒介，使无数像电影大师卢卡斯那样的视觉艺术家越来越容易实现那潜伏心底的"诗人"和"画家"的梦想。

不言而喻，"播客"的流行，完全可以说是传统现实主义诗学的伟大胜利。"播客"作为新一代视觉文化的前沿媒介，代表着一种新文化样态和新审美理念。长期以来，人们习惯于把媒介视为工具。但媒介时代的媒介承载着自然、社会和人类自身及其相互之间的各种复杂关系的几乎所有信息，媒介也因其同化同构、互补互渗而获得了超越工具局限的灵性。从学理上讲，"媒介并非工具，也不只是信息，还更是意识形态。作为社会生活的缩影，媒介不仅建构了文学的审美现代性，还几乎影响和参与了现代与后现代所有的文学场景与文学活动，迫使文学烙下或浓或淡的媒介意识。媒介化有两种构成：一是'媒介的文学化'，这是媒介盗用文学的'象征资本'以包装自己的'商业资本'的策略；二是'文学的媒介化'，这是文学在媒介场、媒介文化的强权下拓展生存空间的策略。媒介时代的文学不仅具有文字、声音、图像的同构性，而且还具有在技术支撑下的多媒介性。在媒介时代，文学并非文学的专利，而成为所有媒介制品的公器。文学在被解魅与边缘化的同时，媒介／媒介文化则不断中心化与强权化"[1]。

当代媒介文化研究的学者张邦卫敏锐地看到，考究媒介时代的文学危机，特别是网络文学的兴起使旧文学神话走向破灭，我们有必要考察文学载体大规模迁移后的文学新家园与新格局，为文学与文学理论研究寻找新的"阿基米德支点"和全景敞视的新视窗。只有开放文学理论才能发展文学理论，"走

---

[1] 张邦卫：《媒介诗学——传媒视野下的文学与文学理论》社会科学文献出版社 2006 年版，第 48 页。

向媒介诗学"是一种现实召唤与理性选择。在以"播客"为代表的图像叙事日益成为"悦读"时尚的时代，新兴"媒介诗学"必将把读图文学和视像美学纳入自己的研究视野，这既是文学与文论自我发展的必然要求，也是网络时代文化数字化生存的必然趋势。

当然，我们也不应该忘记，凡事均有其对立的一面。不少学者对"读图时代"的"虚构、虚拟与图像迷误"深怀忧虑。有人认为："图像正在逐渐消弭虚假与现实之间的隔阂。首先，在强大的图像虚拟面前，特别是普通电视观众，最容易使用角色介入的视听方式，以致无法清晰辨别现实与虚拟，比如会对某个演员产生符合剧情的喜爱或憎恨。其次，图像不再只是'再现'现实，还对现实有强力干扰，而其对现实的干扰又以图像的方式表达，比如 *Matrix* 包含了对视觉化的忧虑，而它本身作为一个视觉化作品，上映后也影响了受众，以致有人因为看了这电影而自杀……最大的图像迷误，是以为图像是'最直观、最真实'的反映，认为图像比文字更可靠、更接近自然本质。从绘画，到摄影，到影视，到虚拟现实，图像崇拜也正是人类膨胀的认知欲望与歧途。"[1]

当代学者路文彬先生出版的《视觉时代的听觉细语》可谓是一部"视觉文化忧思录"。在这本书中，作者除了讨论文学与人性、善恶、权力等问题外，还专设"感官的偏废"一章，详细讨论了视觉与听觉之于文学的价值及其相关问题。作者本着福柯式的反思精神，对人类获取知识的两大途径——视觉和听觉的意义进行了"知识考古"式理性反思和价值衡估。作者认为，自亚里士多德以降，理性主义对视觉的充分信赖就一直为听觉所不及。只要看看我们现在正在使用的那些具有理性色彩的词语，诸如"观点""看法""见解"等，我们便不难发现理性与视觉之间的亲密关系。至于"澄清""考察""反映"等理性方法论之类的术语，同样也与视觉息息相关。鉴

---

[1] 参见《攻壳机动队·Animatrix·文艺概论之动画片·图像时代》，http://blog.mdbchina.com/，引用日期：2008 年 6 月 5 日。

于理性是对感性的某种超越和提升，理性主义者因此就顺理成章地拥有了优越感；眼睛／视觉也便由此高于了耳朵／听觉。"眼见为实，耳听为虚"这样的说法便是个很好的明证。而自笛卡尔以降的理性主义哲学，包括启蒙运动的思想传播，更是将知识喻作黑夜里的光芒来表达对视觉的认同。

在《视觉时代的听觉细语》中，路文彬的担忧跃然纸上：人们好像并不知道自己一直在耗费着自己的视觉，不然，为什么今天几乎所有的国人都在欢呼"读图时代"的来临？各式各样的著作都开始配上插图或照片（连学术著作也不例外），漫画、小人书也不再仅仅是专供孩子的读物。更有甚者，北京大学的一些所谓名教授还将古代的《点石斋画报》《绣像小说》以及时下销得正欢的几米漫画也搬上了课堂。这是返老还童，还是返璞归真？抑或是全民性质的怀旧？在他看来，以视觉范式确立起来的知识信赖，完全是西方的形而上学所为。中国的形而上学，不论儒家还是道家，都是以听觉范式为基础的。先秦儒家的重伦理和道家的重感悟，无不是以情感为本位的反理性学术。中国古代的文学艺术审美原则同样也是属于听觉范式的，特别是在绘画和戏曲当中，逼真的拟现实效果从来都是不被重视的。模糊与陌生的景象对于视觉的拒绝，迫使观者由外在的搜索，转向了内在的感受。[1]路文彬甚至呼吁我们"闭上眼睛，屏息聆听一下我们的生活"。遗憾的是，对于这种善意的吁请，如今恐怕是很难听得到积极的回应了。

必须指出的是，有些人将"视觉霸权"的形成归咎于柏拉图，这实际上是一种历史的误会。我们并不认为柏拉图是最早强调视觉天然优越性的学术权威，因为我们注意到，柏拉图并没有忘记"言语和听力"的作用。他在为视觉的神奇发表过感慨之后紧接着说："诸神出于同样的目的和原因把言语和听力赋予我们。这就是言语的主要目的，而言语对这一目的贡献也最大。还有，为了和谐，神还把适合我们嗓音和听觉的音乐赋予我们。……一般说来

---

[1] 路文彬：《视觉时代的听觉细语》，安徽教育出版社 2007 年版，第 61—63 页。关于"情与声"的诗学意义，刘方喜《声情说》一书有专深研究，对反思"视听"关系颇具启发性。

人的行为总是不守规矩的，不光彩的，而节奏可以帮助我们克服这些缺点。"①
在柏拉图看来，和谐的运动和我们灵魂的运动具有相似的性质，缪斯将和谐
赐给艺术的爱好者，不像许多人所想象的那样为了让人获得非理性的快乐，
而是为了用它来矫正灵魂内在运动的无序，帮助我们进入和谐一致的状态。
这就是节奏被缪斯赐予众生的原因。尽管人文学者对新兴视觉文化表示这样
或那样的担忧都有自圆其说的依据，但是，有一个不容争辩的事实是，视觉
化并不是取代语言和听觉的异质话语，图像也不会损害文字的表意功能，相
反，以"播客"为代表的综合媒介，集视、听、图、文等各家之长，使其各
司其职，各尽其能。

---

① 《柏拉图全集》第 3 卷，第 298—299 页。

| 参考文献 |

一、中文著作

［1］张国良．神奇的机器人［M］．北京：新华出版社，1985.

［2］黎鸣．信息时代的哲学思考［M］．北京：中国展望出版社，1987.

［3］曲光．电脑启示录［M］．北京：电子工业出版社，1991.

［4］陆宗周．怎样用电脑写文章［M］．重庆：重庆出版社，1992.

［5］严峰，卜卫．生活在网络中［M］．北京：中国人民大学出版社，1997.

［6］王小东．信息时代的世界地图［M］．北京：中国人民大学出版社，1997.

［7］胡咏，范海燕．网络为王［M］．海口：海南出版社，1997.

［8］祁述裕．市场经济下的中国文学艺术［M］．北京：北京大学出版社，1998.

［9］黄鸣奋．电脑艺术学［M］．上海：学林出版社，1998.

［10］黄鸣奋．电子艺术学［M］．北京：科学出版社，1999.

［11］郭良．网络创世纪——从阿帕网到互联网［M］．北京：中国人民大学出版社，1998.

［12］李河．得乐园·失乐园——网络与文明的传说［M］．北京：中国人民大学出版社，1997.

［13］吴伯凡.孤独的狂欢：数字时代的交往［M］.北京：中国人民大学出版社，1998.

［14］黄鸣奋.比特挑战缪斯：网络与艺术［M］.厦门：厦门大学出版社，2000.

［15］方舟子.网路新语丝［M］.石家庄：河北人民出版社，2000.

［16］南帆.双重视域：当代电子文化分析［M］.南京：江苏人民出版社，2001.

［17］柳珊.与时尚抬杠：网络时评［M］.合肥：安徽教育出版社，2001.

［18］李叙.网界辞典［G］.上海：上海三联书店，2001.

［19］铁马，曦桐.赛博的文学空间［M］.济南：山东文艺出版社，2001.

［20］黄鸣奋.超文本诗学［M］.厦门：厦门大学出版社，2002.

［21］欧阳友权.网络文学论纲［M］.北京：人民文学出版社，2003.

［22］欧阳友权.网络文学本体论［M］.北京：中国文联出版社，2004.

［23］黄鸣奋.数码艺术学［M］.上海：学林出版社，2004.

［24］欧阳友权.网络传播与社会文化［M］.北京：高等教育出版社，2005.

［25］欧阳友权.数字化语境中的文艺学［M］.北京：中国社会科学出版社，2005.

［26］王瑾.互文性［M］.桂林：广西师范大学出版社，2005.

［27］欧阳友权.网络文学发展史：汉语网络文学调查纪实［M］.北京：中国广播电视出版社，2008.

［28］黄鸣奋.新媒体与西方数码艺术理论［M］.上海：学林出版社，2009.

［29］黄鸣奋.西方数码艺术理论史［M］.上海：学林出版社，2011.

［30］陈定家.比特之境：网络时代的文学生产研究［M］.北京：中国社会科学出版社，2011.

［31］欧阳友权.网络文学词典［G］.北京：中国出版集团，2012.

［32］陈定家.文之舞：网络文学与互文性研究［M］.北京：社会科学文献出版社，2014.

［33］陈定家.网络时代的文学转向［M］.北京：中国社会科学出版社，
　　　2020.

［34］陈定家.耳根与《一念永恒》［M］.北京：作家出版社，2021.

［35］陈定家.网络文学作家论［M］.北京：中国社会科学出版社，2022.

二、译著

［1］本雅明.发达资本主义时代的抒情诗人［M］.张旭东，魏文生，译.北
　　京：生活·读书·新知三联书店，1992.

［2］本雅明.机械复制时代的艺术作品［M］.王才勇，译.杭州：浙江摄影
　　出版社，1993.

［3］巴特.罗兰·巴特随笔选［M］.怀宇，译.天津：百花文艺出版社，
　　1996.

［4］德曼.解构之图［M］.李自修，等，译.北京：中国社会科学出版社，
　　1998.

［5］巴赫金.巴赫金全集［M］.李兆林，等，译.石家庄：河北教育出版社，
　　1998.

［6］德里达.文学行动［M］.赵兴国，译.北京：中国社会科学出版社，
　　1998.

［7］卡勒.论解构［M］.陆扬，译.北京：中国社会科学出版社，1998.

［8］本雅明.本雅明文选［C］.陈永国，译.北京：中国社会科学出版社，
　　1999.

［9］巴特.S/Z［M］.屠友祥，译.上海：上海人民出版社，2000.

［10］丹托.艺术的终结［M］.欧阳英，译.南京：江苏人民出版社，2001.

［11］德里达.书写与差异［M］.张宁，译.北京：生活·读书·新知三联书店，2001.

［12］巴特.文之悦［M］.屠友祥，译.上海：上海人民出版社，2002.

| 后 记 |

　　《一屏万卷：网络文学理论与媒介文化批评》这本小书是笔者过去 20 多年学术研究的一个小结，也是未来 5 至 10 年学术研究的一个新起点。如果从 1999 年发表《电脑艺术的兴起和古典艺术的终结》算起，笔者关注媒介文化与网络文学已有二十几个年头了。20 多年来，笔者编撰了 20 多本书，撰写了 300 多篇文章，其中绝大多数与媒介文化和网络文学有关，如《比特之境》《文之舞》《网络时代的文学转向》等著作，都是相关研究的阶段性成果。在《中国社会科学》《文学评论》《红旗文稿》《人民论坛》《人民日报》等刊物和报纸上发表的一系列文章，在相关领域产生了一定影响，部分文章被《新华文摘》《中国社科文摘》转载或被收录各种文集和高校教材之中。此外，本人主持的"中国网络文学发展报告"曾被 CCTV"朝闻天下"等数十家高端媒体报道，在业内广受关注。凡此种种，皆与书中内容有直接关联。

　　多年以来，笔者一直与众多媒介文化和网络文学机构保持着密切联系，曾多次参加中宣部、团中央、社科院、中国作协、中央电视台、北京大学、中南大学、安徽大学、阅文集团、爱奇艺等机构组织的相关活动，并担任"茅盾文学新人奖"（网络文学组）、中国作协网文年度排行榜，以及"石榴杯""星璨杯""马栏山杯""天马奖""金桅杆奖""扬子江征文奖""爱奇艺文学奖"等多种网文奖项的评委，这类活动虽然占据了笔者大量时间，但也为媒介文化和网络文学研究的"进场"和"入圈"积累了大量基本信息与素材。2021年，笔者在高建平、张政文、王轻鸿、欧阳友权、邵燕君、周志雄、马季、夏烈、吴子林、单小曦、张跣、许苗苗、陈奇佳、禹建湘、李勇等师友的帮助下，成功申报了国家社会科学基金重大招标项目"中国网络文学文化传承与海外传播研究"，这无疑为笔者的研究工作带来了新的机遇和挑战。

目前，笔者重点关注的问题是中国网络文学如何能够"不忘本来、吸收外来、面对未来"，保持健康发展态势，达到有序繁荣的目的。为此，笔者希望将关注点集中到"网络文学的文化传承和海外传播"这一课题上，在弄清网络文学的文化传承（从何而来）和海外传播（向何而去）之基本内涵的前提下，深入系统地探讨网络文学的发生语境、发展动力、传承模式、传播创新和海外发展等相互呼应的5个命题。换言之，要在中国网络文学的"继承与发展""技术与媒介""资本与市场""受众与用户""出海与交流"这5个方面，建立起一种互答互应的联动关系，并使相关研究保持各自独立而又彼此关联的内在逻辑关系。

我在课题申报书中，针对中国网络文学的文化继承与有序发展，提出了一系列看法，如保护传统文化、唤醒文学经典、开发传统资源、坚持守正创新、保持开放心态，对网络文学的海外传播也进行比较深入的思考。但课题申报的重点实际上是如下3个问题，这些问题或隐含在本书之中，或直接导源于这本书中遇到的问题。

第一，网络文学生产的媒介转型与审美重构。其基本内容包括：（1）媒介与文学的关系。网络文学与媒介文化的内在关联和发展态势密切相关。在当代艺术生产过程中，网络文化利用技术手段、技术材料、技术方式，从艺术生产的操作层面不可抗拒地渗透到艺术生产的观念层面，科学技术已成为一种"本体性"的存在并支配着当代艺术生产，在网络文学的文化传承传播方面表现尤为突出。（2）媒介转型的文化后果。当代大众传播活动不断助长了技术力量向艺术生产的本体性渗透。由于网络文学的生产对科学和技术的依赖，不知不觉间，传统的、手工艺性质的艺术生产活动和鉴赏型的艺术消费行为逐渐消失了，对艺术创造性的追求渐渐变成了对技术和工具革新的追求。这些变化对网络文学的文化传承与海外传播影响尤巨。（3）媒介文化与审美重构。在网络文化不可拒绝的影响下，技术作为操纵艺术行为的幕后指挥正在渐渐走向艺术舞台的中心。网络文化已经悄悄地改变了人们的思维模式和审美习惯赖以形成的生活习惯。

第二，网络文学产业的市场开发与艺术创新。涉及内容有：（1）资本与市场。从艺术生产论视角探讨网络文学与传统文化的内在关联和发展态势。关于文学经典及其所体现的技术主义、商业规则和娱乐趣味等问题的讨论，正在以理论所特有的方式悄然影响着当代文学的生存状况和发展方向。（2）经典的价值。真正的文学经典，作为能够超越价值观和美学观之时代局限的优秀作品，理应是些在历史维度与美学维度上呈现出一定普适性、富有教益且常读常新的权威性典范之作。（3）挑战与机遇。在以全球化、现代性为基本特色的产业化和数字化背景下，利润法则与媒介霸权对文学经典产生了前所未有的冲击，但同时也给文学经典的承传与赓续带来了全新的机遇。

第三，网络文学接受的消费模式与文化效应。探讨的问题有：（1）读者与"用户"。以网络文学的用户与受众为对象，从文化消费论和积极受众论的视角探讨网络文学与传统文化的内在关联和发展趋势。（2）品鉴与"悦读"。从阅读心理学的角度看，读者的联想往往也和作者的思路一样错综复杂，千回百转。读屏者通过相应的视频、图像和声音以及可以任意跳转的网络超链接，将线性阅读变成了一种"天高任鸟飞"式的"悦读"。（3）知音与"粉丝"。网络文艺界对经典作品的通俗化、快餐化、图像化、影视化、视频化等多样化改造，带来了一系列后果，例如，声应气求的"知音"变成了娱乐追星的"粉丝"，这类历史性转变的内在原因、合理性与局限性，急需深入探讨。

莎士比亚说，一切过往，皆为序章。这本小书作为过去学术研究之心得体会的一次梳理和小结，同时也是笔者在文学之路上走向未来的一个新起点。

2022 年 3 月 31 日于安定门外